헐리우드 키드의 20세기 영화 그리고 문학과 역사

전설의 시대

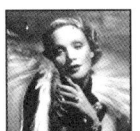

헐리우드 키드의 20세기 영화 그리고 문학과 역사

전설의 시대 ⓒ 안정효 2002

초판 1쇄 발행일 | 2002년 3월 20일
초판 2쇄 발행일 | 2002년 4월 15일

지 은 이 | 안정효
펴 낸 이 | 이정원
펴 낸 곳 | 도서출판 들녘

등록일자 | 1987년 12월 12일 | 등록번호 10-156
주   소 | 서울시 마포구 합정동 366-2 삼주빌딩 3층
전   화 | 편집 (02) 323-7366 / 마케팅 (02) 323-7849 / 팩스 (02) 338-9640
홈페이지 | www.ddd21.co.kr

ISBN 89-7527-296-6(03810)

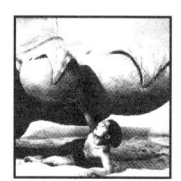

헐리우드 키드의 20세기 영화
그리고 문학과 역사

전설의 시대

안정효 지음

들녘

전설의 시대

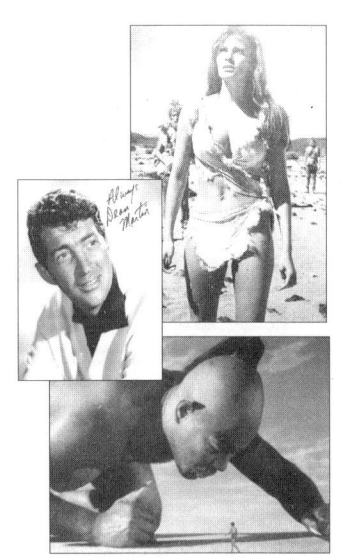

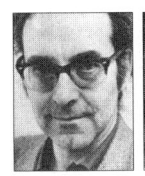
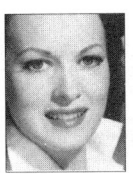
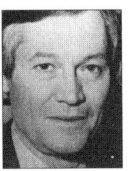

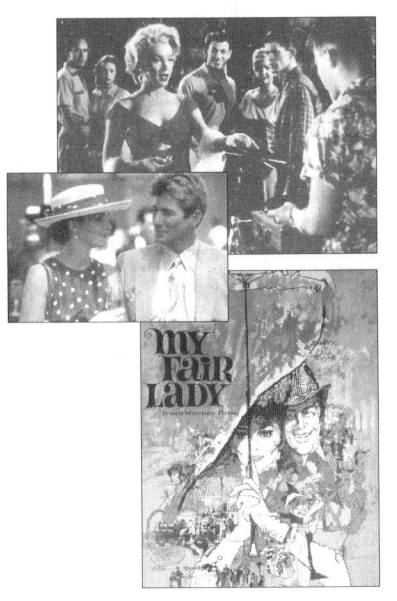

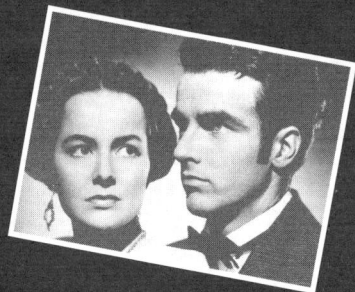

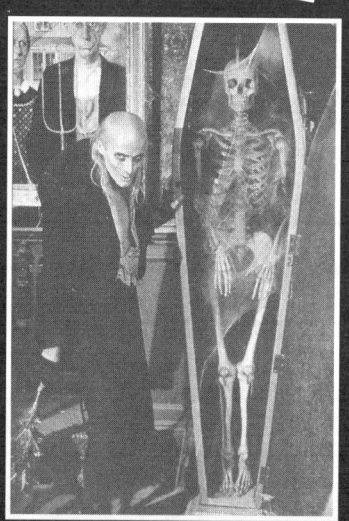

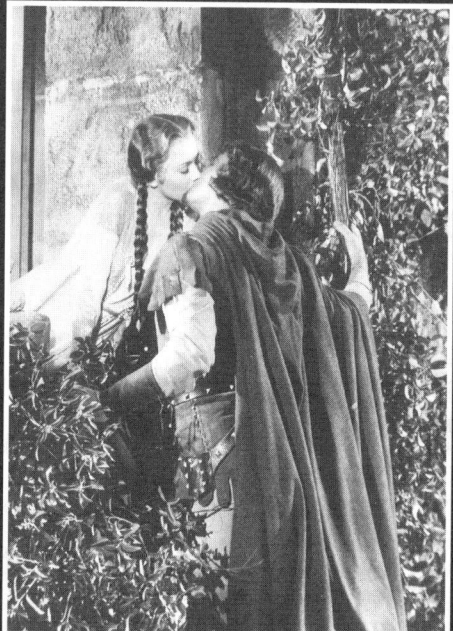

영화는 어둠의 공간 속에 나란히 줄지어 앉아
그림을 보면서 수많은 사람이 동시에 집단적인
꿈을 꾸게 했다.

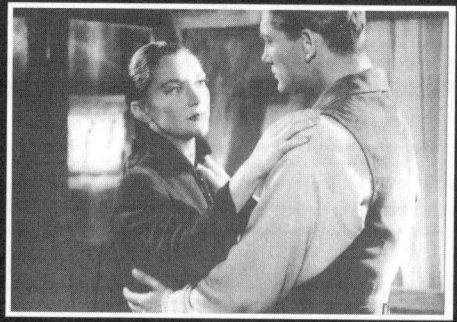

20세기의 영화를 정리하는 까닭

 큰직한 가위를 철거덕거리고 뒷골목을 누비며 "부러진 숟가락이나 헌 고무신 받아요!"라고 외치던 엿장수처럼, 또는 대한민국의 산업과 수출이 발전하던 초기에 이 동네 저 동네 돌아다니며 "머리카락 삽니 다!"라고 외치던 가발장수처럼, 언젠가는 서울의 뒷골목에서 "고장난 헌 텔레비전 삽니다!"라고 외치는 소리를 듣게 될 날이 오리라고 '헐 리우드 키드'가 학교 친구들에게 예언했을 때, 모두들 코웃음을 쳤다.

 헐리우드 키드가 대학교에 다니던 1960년대에는 대부분의 사람들 이 집에 따로 텔레비전이 없었다. 그래서 메르데카컵 축구 중계를 보 려면 극장에라도 가듯이 회사 근처 다방에 모여 앉아 할당량의 커피 를 시켜 몇 잔씩 마시며 자리값을 한 대가로 겨우 '관람'이 가능하던 시절이었다. '그때를 아시나요' 시대에는 그렇게 텔레비전이 귀했고, 그래서 고장이 나면 고치고 또 고쳐서 망가질 때까지 간직하고 봐야 지, 천지개벽이 나더라도 그런 귀한 물건을 도대체 누가 고물로 내다

팔리라고 아무도 상상이 가지를 않았다. 하지만 요즈음에는 마이크를 설치한 반트럭이 골목골목 돌아다니며 이렇게 외치는 소리를 자주 듣는다. "고장난 텔레비전이나 냉장고 삽니다. 중고 컴퓨터 파세요!"

이제 21세기와 제3 천년(The Third Millennium)으로 접어들면서 보니, 세상은 그렇게 많이 변해 버렸다.

필자가 열심히 '영화 구경'을 다니던 '헐리우드 키드'의 시절에는 물론 비디오도 없었다. 그래서 영화를 테이프에 담아 개인 재산으로 집에다 소장하면서 아무 때나 생각나면 보고 또 보게 될 날이 오리라고는 꿈에도 생각하지 못했고, 우리들은 영화를 보면 테이프가 아니라 저마다의 기억 속에 담아두고 간직해야 했다. 그러했기 때문에 헐리우드 키드 세대는 지금 젊은 사람들처럼 어떤 영화도 함부로 생각하지를 못했다.

헐리우드 키드는 영화 한 편을 보기 위해 모란이 피기를 기다리는 그런 마음으로 기다리고는 했었다. 버트 랭카스터나 리처드 위드마크가 나오는 어떤 영화가 제작되었다고 뒤늦은 소식이 미국이나 일본의 잡지를 통해서 전해지고 나면, 아무리 빨라도 1 년이나 2 년이 지나야 우리나라에 수입되었고, 몇 년 늦게 막상 한국에 들어왔다고 하더라도 단성사나 중앙극장이나 수도극장 같은 개봉관에서 상영을 한 다음 또 몇 달이 다시 지나야 '재개봉관'인 경남이나 명동이나 성남 극장에 간판이 붙었으며, 그리고서도 반년이 더 지난 다음에야 드디어 시골이나 변두리 3류 극장에서 필름이 낡아 비가 주룩주룩 내리는 화면으로 보통사람들은 기다리고 기다리던 영화를 보고는 했다.

하지만 동네 극장으로 올 때까지 손꼽아 기다렸다가 보게 되는 그런 영화가 어쩌면 그토록 감격스럽고 흐뭇했던가. 기다림이란 아마도 기쁨과 감동을 부풀게 하는 효소인지도 모른다. 기쁨은 어쩌면 누리는 순간 자체보다도 기다리는 시간에 더 풍요한 모양이다. 그러나 아예 미국과 동시에 서울을 위시한 전국의 대도시에서 새로운 영화가 소개되는 요즈음, 옛날의 그런 신비감은 모두 사라지고 말았다.

전국에서 거의 모든 극장이 동시에 같은 영화를 상영하기 때문에 '개봉'이라는 개념조차도 희미해진 지금은 구태여 극장까지 찾아가지를 않더라도 얼마 후에는 텔레비전으로 소개가 되고, 이어서 동네 비디오 가게로 모든 영화가 천박스럽게 풀려 나오는 실정이니, 영화 한 편을 기다렸다가 접할 때의 소중함을 느끼기가 사뭇 힘들어졌다.

비디오가 없던 시절, 이렇게 서부영화의 방랑자처럼 동네로 찾아온 영화를 어쩌다 놓치면, 우리는 죽을 때까지 그 영화를 영원히 못 보리라는 절박감에 사로잡혔고, 그래서 헐리우드 키드는 필사적으로 모든 영화를 쫓아다녀야 했다. 그렇게 헐리우드 키드가 놓쳤던 영화 가운데 하나가 졸탄 코르다 감독이 1939년에 만든 영국 영화 「네 날개」였다. 학교에서 너도나도 좋은 영화라고 소문이 나돌던 「네 날개」를 보지 못했기에 오랫동안 절망에 빠졌던 헐리우드 키드는 3류 극장 가운데에서도 '썩은 영화'만 갖다 돌리기로 소문이 났던 동대문 밖 광무극장에 그 영화의 간판이 걸렸다는 소식을 듣고는 마포에서 아침에 출발하여, 서대문에서 전차를 갈아타고, 다시 동대문에서 전차를 바꿔 타고 몇 시간이 걸려 극장까지 가서 영화를 두어 차례 보고 해질 녘에야 집으로 돌아오기도 했었다.

이렇게 천신만고 끝에 저마다 먼저 본 영화는 학교에 가서 휴식시간이면 아이들이 복도나 운동장에 옹기종기 모여 서서 '영화 얘기'로 시간이 가는 줄 몰랐고, 공부 시간이 되어도 아이들은 선생님한테 "영화 얘기 해 주세요"라고 조르는 버릇이 들었으며, 특히 영어 선생들이 그랬지만, 공부를 시키는 대신 무책임하게 영화 얘기로 한 시간을 보내고는 하던 선생님들이 아이들에게는 대단한 인기였었다.

20세기 중반의 그런 감동을 상실한 대신에 오늘의 세대는 과거에 사라진 영화를 비디오나 DVD로 다시 접하는 축복을 받았고, 그래서 지나간 날의 영광과 기쁨을 그들과 되새기고 함께 나누기 위해 헐리우드 키드는 20세기에 태어나서 수많은 추억을 남긴 갖가지 영화를, 약 2만 편 가량의 영화를 여러분과 함께 정리해 보려는 계획이다.

20세기의 영화를 나름대로 정리해 보겠다는 계획을 세웠던 때는 1996년, 처음에는 일이 너무 방대하다 싶어서 「문학과 영화」라는 제목으로 일을 시작했다. 그러나 세 권 가량의 분량으로 짐작했던 원고 가운데 책 한 권의 분량을 마련했어도 마땅히 연재할 곳이 없어서 5년을 그냥 보냈고, 결국 21세기에 접어들어서야 본격적으로 재정리를 시작하게 되었다.

*

사람들은 문학에서 소설의 시대가 사라졌다 하고, 텔레비전이 등장했을 때는 영화의 수명도 다 했노라고 결론을 내렸었다. 그러나 소설 문학과 영화 예술은 아직 사라질 때가 아니다. 그것은 소설과 영화가 세상에서 가장 커다란 꿈의 산실이기 때문이다.

영화는 집단적으로 꾸는 꿈이다.

극장이라는 어둠의 공간 속에 나란히 줄지어 앉아 같은 영화를 보면서 수많은 사람이 동시에 꿈을 꾸기 때문에 그것은 여럿이 함께 꾸는 집단적인 꿈이다.

헐리우드를 '꿈의 공장'이라고 이름지은 까닭이 영화에 담긴 수많은 꿈을 그곳에서 생산하기 때문이었다. 그리고 우리는 헐리우드의 영화를 보면서, 프랑스와 독일의 영화를 보면서, 그리고 우리나라의 영화를 보면서, 미처 이루지 못한 사랑을 이룩하고, 떠나 보지 못한 모험을 실현하고, 과거를 수정한 현재의 모습을 상상하고, 현실이 거부하는 환상을 누리고, 영원히 찾아오지 않을 미래까지도 살아 본다.

우리들은 사열식(査閱式)을 벌이는 병사들처럼 앞뒤로 줄지어 앉아 같은 화면을 쳐다보면서 모두가 함께, 그리고 모든 사람이 저마다, 엘비라 마디간의 외롭고 배고픈 사랑을 슬퍼하며, 의사 지바고와 라라를 따라 혁명과 전쟁의 소용돌이 속을 헤매고, 벤허와 멧살라의 증오에서 통쾌한 심리적 복수의 묘미를 맛본다.

　로드 설링(Rod Serling)의 「환상지대(The Twilight Zone)」에서 과거의 영광을 잊지 못해 화면으로 빨려 들어가던 여배우처럼 우리는 벌써부터 은막에 펼쳐지던 가상 현실(virtual reality)에 익숙해졌다. 그래서 떠나가는 셰인의 뒷모습과 와이오밍 들판에 울려 퍼지는 조이 소년의 외침을 너도나도 자신의 추억으로 삼았고, 키스를 하려면 코는 어디로 가느냐고 로베르또에게 묻던 마리아의 맑고 푸른 눈에서 사랑하는 여인의 모습을 찾고는 했으며, 링고 키드와 함께 역마차를 타고 인생극장을 구경하거나 해적선에 몸을 싣고는 망망대해를 항해하기도 했다.

　입장권 한 장만 사면 우리는 컴컴한 극장 안으로 들어가 아프리카 정글에서 타잔을 만났고 솔로몬 왕의 보고(寶庫)를 찾아냈으며, 남태평양에서 노래를 듣고 티베트의 산을 오르거나 베라크루스와 마라카이보, 홍콩의 밤과 카이버 고개까지도 다녀오고는 했다.

　그렇게 우리는 착각에 도취되어 현실의 고통과 밋밋한 권태를 이겨냈고, 현실 밖에서 빌어 온 낭만으로 힘겨운 삶을 채색해 가면서, 타인의 현실을 대신 살면서, 환상에 몰입하여 다양하고도 찬란한 갖가지 체험을 재산으로 모았다. 과학과 기술이 너무나 발달하는 바람에 꿈과 상상의 세계가 황폐하여 사막이 되어 버린 오늘날에도 영화가 갖가지 꿈을 거느리고 곁에 남아서 기다린다는 축복을 그래서 우리는 기뻐해야 한다.

　꿈과 환상은 인간으로 하여금 숨을 돌릴 정신적인 공간을 만들어 주기 때문이다.

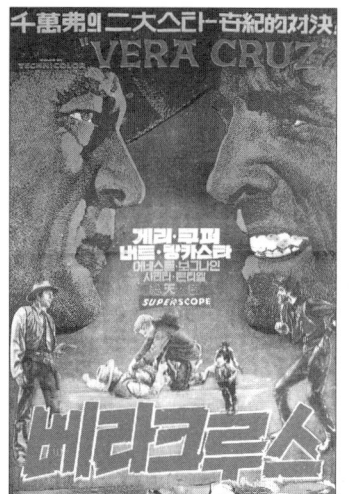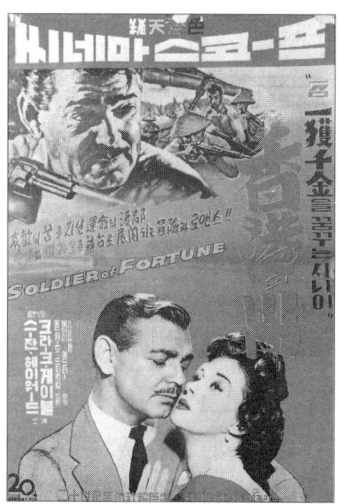

입장권 한 장만 사면 우리는 컴컴한 극장 안으로 들어가 아프리카 정글에서 타잔을 만났고 솔로몬 왕의 보고(寶庫)를 찾아냈으며, 남태평양에서 노래를 듣고 티베트의 산을 오르거나 베라크루스와 마라카이보, 홍콩의 밤과 카이버 고개까지도 다녀오고는 했다.

그래서 사람들은 앞으로도 오랫동안 상상의 현실에서 살아 보기 위해 영화를 보려고 극장으로 찾아갈 것이다.

영화는 어둠 속에서 빛나는 소금이기 때문이다.

*

영화는 처음 생겨날 때부터 문학하고는 가까운 사이였다. 영화를 만들기 위한 대본은 희곡의 한 형태이고, 희곡이라면 현대 문학의 주종을 이루는 소설이 세상에 나타나기 전 그리스 시대부터 시와 더불어 문학을 이끌어 온 고유분야이다.

그리고 문학은 영화의 환상을 만들어 주는 원자재이다. 영화는 많은 경우에 기존의 문학 작품을 모태로 삼아 태어나기 때문에 문학은 원료이고 영화는 가공품인 관계, 밀가루와 빵의 관계, 쌀과 밥의 관계를 맺는다. 문학은 영화라는 밥을 짓도록 많은 쌀을 제공했다. 아직 본격적인 문학의 꼴을 갖추지 못한 구전 옛날얘기에서부터 그리스의 희곡과 로마 신화는 물론이요, 셰익스피어와 파스테르나크의 위대한 희곡과 소설, 심지어는 안델센 동화와 엘러리 퀸의 추리소설에 이르기까지, 문학은 두루 영화의 소재로서 동원되고는 했다.

　그래서 헐리우드 키드는 영화와 문학의 관계를 꼬치꼬치 살펴보기로 했다. 문학에 얽힌 얘기, 영화에 얽힌 얘기, 그리고 영화와 문학이 서로 얽힌 얘기를 풀어 보려는 생각에서이다. 처음에는 「아라비안 나이트」나 아더왕과 로빈 후드의 전설 같은 '옛날얘기'들이 어떻게 영화로 만들어졌는지를 훑어보고, 신화와 종교에서는 또 어떤 영화들이 갈래쳐 나왔는지도 보겠다. 그리고는 영국, 프랑스, 독일 등 국가별로 어떤 순수 문학과 고전 작품들이 지금까지 영화로 만들어졌는지를 살피고, 어니스트 헤밍웨이, 윌리엄 포크너, 로맹 가리, 러디아드 키플

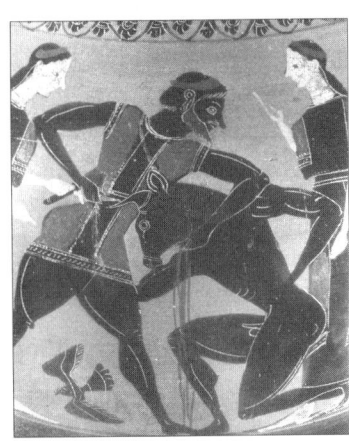

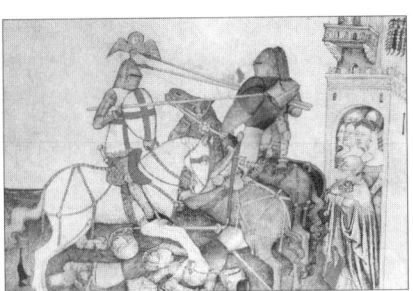

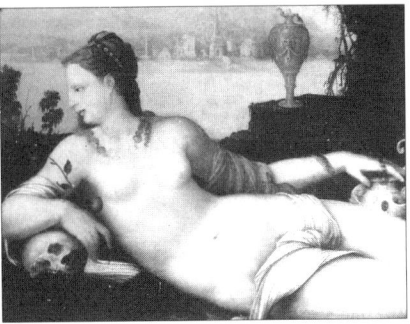

구전 옛날 얘기에서부터
그리스의 희곡과 로마 신화는 물론이요,
중세의 기사 문학과 전설에 이르기까지,
문학은 두루 영화의 소재로 동원되곤 했다.

링, 조지 버나드 쇼 같은 작가들을 조명하게 된다.

영국 고전시대의 작가들을 얘기할 때는 셰익스피어가 포함되지 않는다. 희곡과 영화의 관계를 다루는 부분이 따로 설정되었는데, 셰익스피어는 극작가로 분류할 터이기 때문이다. 이런 비슷한 예가 많으니까, 낭만파 시인들을 위한 항목에서 프랑켄슈타인이 튀어나와도 놀랄 일이 아니다. 그리고 왜 당연히 다루어야 할 작가를 언급하지 않는지에 대해서도 조바심을 하지 않기 바란다. 모든 작가와 작품에게는 적절한 자리가 따로 마련되었다.

문학과 영화의 관계부터 앞세우는 또 하나의 까닭은, 웬만큼 좋은 영화라면 거의 대부분 문학 작품이 원작이라는 사실에 이의를 제기할 사람이 별로 없겠듯이, '고전적인 영화'가 그만큼 대우를 받아야 한다는 뜻에서이기도 하다. 보고 나서 몇 달이 지나면 제목조차 기억이 나지 않는 헐렁영화, 특수 효과가 볼거리이기는 하지만 전혀 아무런 생각조차 할 필요가 없는 멍청영화, 줄거리나 깊이가 따로 없이 치고 받으며 죽이기만 하는 무식한 영화, 이러한 상업적 영화가 지배하는 세기말과 세기초를 맞으면서, 정작 그런 얘기를 나누기에 앞서서 우선 사라진 고뇌와 환상을 '문학적 영화'를 통해 되새김질하자는 뜻이다.

*

여기쯤에서 필자는 '헐리우드 키드'를 왜 제목으로 걸고 나왔느냐 하는 이유를 밝혀두고 싶다. 필자가 『헐리우드 키드의 생애』라는 소설을 발표했을 때는 헐리우드 영화에 의해서 염색 또는 오염된 한국인의 문화와 정신을 주제로 다루어 보려고 했었다. 지금도 우리 주변에서 자주 발견하는 유형이지만, 외래 문화를 체계적으로 흡수하고 반추하며 비판력을 키우는 대신, 전혀 아무런 반발도 하지 않으면서 그냥 몰두해 버린, 참으로 비극적이고 단순한 주인공이 헐리우드 키드였다. 따라서 그가 영화를 과학적으로, 또는 학문적으로, 또는 예술적으로 분석할 능력을 갖추지 못했다는 전제를 독자는 받아들여야 한다.

헐리우드 키드는 '관객'이다. 너무나 영화를 좋아해서 극장에 갔다가 적발되어 두 번이나 정학을 받고는 더 이상의 학업을 포기하고 세계일주 여행을 떠났어야 할 정도로 '극장구경'을 좋아했던 관객이다. 그래서 그는 관객의 입장에서 영화를 얘기한다. 물론 중간중간에 '해설'적인 정보와 설명이 토막토막 나오기는 하지만, 어쨌든 '영화와 문학'은 '관객'을 위한 글이다.

그리고 여기에 적용된 두 가지 원칙을 꼽는다면 우리나라 사람들이 접하기가 불가능한 영화나 그런 영화와 관련된 문학의 원작은 가능한 한 다루지 않았다는 점이 하나이고, 우리나라에서 이미 소개된 영화는 극장에서 개봉될 당시의 제목을 찾아 그대로 쓴다는 것이 두번째이다. 극장에서 개봉된 적이 없는 영화의 경우에는, 불행히도 대부분 일본에서 수입한 이름들이지만, 영화

인들 사이에 일반적으로 알려진 제목을 쓰겠으며, 텔레비전에서만 소개가 된 경우에는 가급적 그때 사용된 제목을 사용하겠다. 말하자면 처음 지은 제목을 존중하겠다는 원칙이다. 물론 '찾아보기'에는 독자에게 정보를 제공한다는 의미에서 「환상(Vertigo)」이나 「인생의 낙원(It's a Wonderful Life)」이라

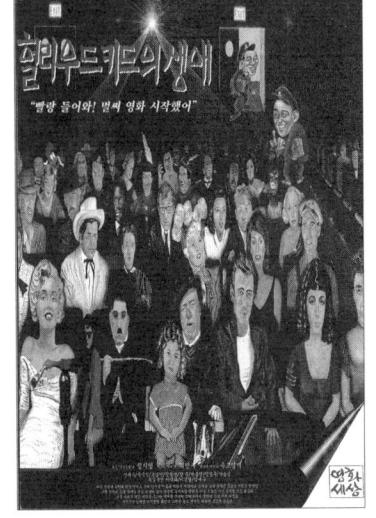

헐리우드 키드는 '관객'이다.
그래서 그는 관객의 입장에서 영화를 얘기한다.
(사진은 박재동 화백이 만든 영화 「헐리우드 키드의 생애」 포스터)

는 본디 제목말고도 현재 비디오 판에 붙인 「현기증」과 「멋진 인생」 등의 새 제목도 함께 싣기로 한다.

다만 본디 극장 제목을 사용하더라도 문법이나 고유명사의 특수 표기법은 현행에 맞춰 고쳐놓았다. 예를 들어 「셰인」, 「돌아오지 않는 강」, 「다윗과 밧세바」 같은 제목을 영화가 처음 소개되었을 당시 그대로 「셰―ㄴ」, 「도라오지 않는 강」, 「다비데와 바스시바」로 그냥 내버려 둘 수는 없기 때문이다. 많은 사람들이 「쾌걸 다루도(The Flame and the Arrow)」라고 제목을 기억하는 버트 랭카스터와 버지니아 메이요의 영화 경우에도 제목을 「쾌걸 다르도」로 수정해야 한다. '다루도'는 주인공 'Dardo'의 일본식 표기이기 때문이다. 리타 헤이워드와 글렌 포드가 주연했던 「기루다(Gilda)」 또한 같은 이유로 해서 「길다」가 된다.

또한 20세기만을 대상으로 삼기 때문에 여기에서는 불가피한 극소수의 예외를 제외하고는 2000년부터 세상에 나온 영화는 원칙적으로 다루지 않기로 한다. 작가나 영화인의 경우도 2000년 이후에 작고한 경우는 그냥 생존한 인물로 다루려는 생각이다.

마지막으로, 하나의 작은 주제에 관한 설명이 끝날 때마다 그 대목에서 언급한 영화에 관한 정보를 독자가 추적하여 알아보기 쉽도록 '찾아보기'라는 풀이를 달기로 했다. 예를 들면 서문에서 지금까지 「네 날개」, 「환상지대」, 「힐리우드 키드의 생애」, 「환상」, 「인생의 낙원」, 「셰인」, 「돌아오지 않는 강」, 「다윗과 밧세바」, 「쾌걸 다르도」, 「길다」라는 영화를 언급했는데, 만일 그 가운데 「네 날개」의 내용을 설명한다면 이렇게 된다.

「네 날개(The Four Feathers, 1939, 영국, 115분)」, 감/Zoltan Korda, 출/Ralph Richardson, C. Aubrey Smith

감독이나 출연배우는 지면을 아끼기 위해 본문에서 이름을 한글로 표기하는 대신 찾아보기에서는 외국어로 적겠으며, '깜짝출연 (cameo)' 또는 데뷔 당시의 단역 등은 숨은그림 찾기만큼이나 재미있는 관심거리여서 출연자(출/) 소개를 끝낸 다음 괄호 속에 넣겠다. 극장 제목과 다른 비디오 제목 또한 따로 밝히겠으며, 외국이나 우리나라에서 새로운 제목을 붙여 이름이 여럿인 경우는 으뜸 제목 다음에 추가 정보를 붙이기로 한다.

영화의 내용을 설명할 때는 주인공의 작중(作中) 이름을 쓰기로 원칙을 삼겠으며, 때로는 배우 이름으로 대치하는 경우도 적지 않겠는데, 고유명사의 표기법에 관해서도 한 마디 밝혀두겠다. 우리나라에서 흔히 상용하는 표기법은 'Meg Ryan'을 '맥 라이언'이라고 써서 우리말 식으로 '맹나연'이라는 엉뚱한 발음으로 나오기도 하는데, 영어에서는 그런 자음접변이 일어나지를 않기 때문에 '메그 라이언'이라는 쪽으로 적겠다. 또한 'd'와 't'로 끝나는 말을 모두 'ㅅ'으로 표기하여 'Hud'와 'hut' 모두 '헛'이 되기도 한다. 그렇다면 '헐리우드 키드 (Kid)'도 '헐리웃 킷(Kit)'이 되고, 그러다 보니 '로빈 홋(Robin Hood)'과 '험프리 보가트(Bogart)', 또한 혼선을 일으킨다. '투나잇'과 '나이트 쇼'의 혼란은 어쩌겠는가? 그리고 왜 'Richard'는 '리첫'이라 적지 않고, 'Julia Roberts' 또한 '줄리아 롸벗'이나 '롸벗'이라고 적지 않는가? 'Robert Redford'는 '롸벗 레드풋'이어야 하고, 'Peter Sellers'도 '피터 셀럿'이어야 일관성이 있지 않을까? 그리고 'Out of Africa'도 '아웃 옵 애프리커'라고 적고 '아우소배프리커'라고 발음해야 현대식 표기법에 충실하지 않을까? 하지만 그것은 아무래도 무리가 가는 주장이다. 그래서 '컨쌥'처럼 발음에 충실하다면서 이상하게 들리는 단어보다는 비록 무성음이 유성음으로 바뀌더라도 여기에서는 '허드 (Hud),' '허트(hut),' '키드(Kid),' '키트(Kit),' '후드(Hood),' '나이트,' '컨쌥트' 등으로 적으려고 하니, 독자들의 양해를 바란다.

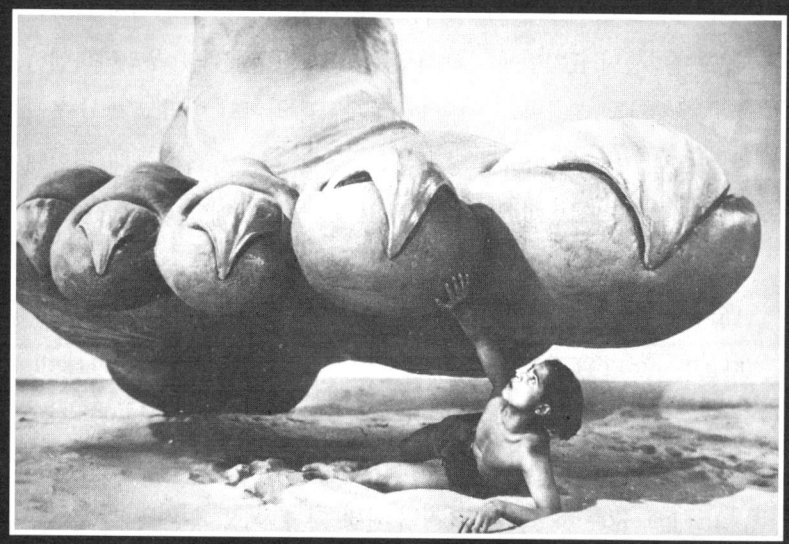

거인 지니에게 밟혀 죽을 운명에 처한
「바그다드의 도적」.
이런 환상이 펼쳐지던 나라를
지금은 사담 훗세인이 지배한다.

CNN과 「바그다드의 도적」

　인간은 신비를 과학으로 풀어내기 시작하면서부터 신화와 전설을 잃기 시작했다. 진화론과 종교가 갈등을 일으키고, 지구와 인간이 우주의 중심이 아니라는 진실의 발견에 놀라고, 허공에 뜬 '크고 푸른 구슬(the Big Blue Marble)'에 아슬아슬하게 얹혀서 인류가 살아간다는 새로운 공포를 배우고, 이렇듯 인간은 과학으로 신비를 물리쳐 '승리'하는 과정에서, 그런 승리의 대가로 환상을 하나씩 잃어 갔다.

　이제는 전쟁도 사람이 아니라 기계가 대신 하기 때문에 영웅도 사라져 간다. 20세기 중반까지만 해도 사람들은 화성과의 전쟁을 가상현실로서 두려워했고, 점점 비인간화하고 기계화하는 전쟁 속에서조차도 드와이트 아이젠하워나 더글라스 맥아더, 그리고 보다 극적인 조지 패튼 같은 근대적 영웅이 계속해서 태어났다. 그리고 아마도 신화적·전설적·전통적 개념으로서의 전쟁 영웅은 이라크 전쟁을 통해 유명해진 노먼 슈워츠코프가 마지막일지도 모른다. 만일 미래의 전쟁에서 영웅이 태어난다면 그는 골방에 앉아서 '쥐(mouse)'를 데리고 모든 단추를 작동시키는 비디오 게임의 명수(master)일지도 모른다.

영화에서 만드는 영웅도 사라져 간다. 컴퓨터그래픽의 완벽한 가짜 만들기 때문에 이제 영화만들기에서는 야키마 카누트(Yakima Canutt)처럼 역마차의 밑바닥으로 기어 내려가 몸으로 때우는 스턴트맨의 원시적 영웅성은 필요로 하지 않는 시대가 되었다. 머지않아 아마도 인류는 첨단 과학 정신에 위배되는 모든 신화적 또는 인간적 영웅을 배척하게 되고, 인간성에 대한 갈망조차 사라질지 모른다.

그리고 우리는 그것을 발전이라고 부른다.

미신적인 신화와 첨단 과학의 실용성 가운데 예술이 어느 쪽을 선택하느냐 하는 점은 가치관의 차이에 따라 결정되겠지만, 어쨌든 흐르는 역사 속에서 우리는 환상과 신비를 잃어 간다.

사담 훗세인의 쿠웨이트 침공으로 시작된 이라크 전쟁 당시 미국 CNN의 피터 아네트 기자가 미국의 노먼 슈워츠코프 장군이 이끄는 다국적군의 바그다드 폭격을 위성으로 생중계하는 장면을 지켜보면서 헐리우드 키드는 참으로 기분이 묘했다. 바그다드의 푸른 밤에 폭탄이 흰 줄을 그으며 땅으로 쏟아지고 대공포가 하늘에다 침뱉기를 하는 비디오 게임 같은 장면을 CNN이 위성 접시로 전파에 실어 날려 보내는 동안, 하지 바바나 알리 바바처럼 무슨 바바라는 이름의 아라비아 남자와 예쁜 공주가 양탄자를 타고 행복을 찾아 날아가는 바그다드의 하늘이 얼핏 머리에 떠올랐기 때문이었다.

바그다드. 최첨단 컴퓨터 과학 병기가 쑥밭을 만들겠다고 두들겨 부수던 바그다드는 레이저 무기가 지배하던 「스타 워스(Star Wars)」의 무대는 결코 아니었다. 이란은 세상에 버젓이 존재해도 같은 땅의 페르샤는 옛날얘기에만 존재했던 나라처럼 여겨지는 착각, 바그다드의 하늘에는 폭격기가 아니라 양탄자가 날아다녀야 한다는 착각은 「천일야화(千一夜話)」 환상의 안경 때문에 생겨난 것이었다.

워낙 영어권 문화의 영향을 크게 받아 온 우리들에게 영어식으로 『아라비안 나이트(The Arabian Nights)』라고 알려진 작품집은 아직 정통 문학의 단계는 아니지만 자유분방한 줄거리의 전개와 초현실적인 상상의 자유를 베풀기 때문에 이미 무성영화 시대에서부터 영화의 좋은 소재가 되어 왔다. 셰헤라짜데를 화자로 삼은 『천일야화』라는 제목으로 인도와 페르샤와 아라비아의 옛날얘기들이 카이로에서 현재의 형태를 갖추며 아랍어로 집대성된 것은 1450년경이라고 알려졌는데, 앙뜨완 갈랑(Antoine Galland)이 12권짜리 프랑스어 번역본을 펴낸 것이 1704~17년이었고, 『34번가의 기적』으로 낯익은 미국의 영화배우와 이름이 똑같은 존 페인(John Payne)이 3권짜리 영어판을 출판한 때는 그보다 한 세기 반이 늦은 1840년이었다. 다시 반 세기가 지나 1882~84년에 10권짜리 영문 번역 전집이 나왔는데, 번역한 사람의 이름이 리처드 버튼 경이었다고 한다. 유작시를 남기고 죽은 영국 영화배우 리처드 버튼과는 물론 이름은 같아도 다른 사람이다.

1천 하룻밤 동안 이어졌다는 야화(夜話) 가운데 세계적으로 가장 잘 알려진 얘기는 "알리 바바와 40인의 도적"과 "신바드의 모험" 그리고 "알라딘의 등잔"을 다룬 내용이겠는데, 헐리우드 키드가 마포의 경보극장에서 영화로 처음 만난 「천일야화」는 알라딘을 주인공으로 한 1945년판 코넬 와일드의 「아라비안 나이트」였다. 당시 헐리우드 키드는 초등학교 학생이었고 우리나라에서는 한참 전쟁이 진행 중이었으며, 추위와 배고픔에 시달리던 아이에게는 화려한 '총천연색' 화면 가득 헐렁헐렁한 파자마 같은 옷과 터번과 꼬부라진 칼을 찬 남자들과 속이 비치는 하늘하늘한 의상을 걸친 서양 여자들이 벌이던 '모험과 낭만'의 모습은 가히 환상의 세계였다. 황량한 서울의 풍경 속에서 만난 아라비안 나이트는 상상 속에만 존재하는 기적과 마법의 세계였다. '로버트 테일러와 엘리자베드 테일러'로 상징되던 미남미녀 배우가 지배하던 이른바 '인기배우 앞세우기(Star System)' 시절에 프레드 맥머리(Fred MacMurray)와 더불어 참으로 특징도 없고 잘생기지도 못한 코넬 와일드가 그토록 오랫동안 인기를 누렸던 덕택은 아마도 「아라비안 나이트」의 마법 때문이 아니었나 하는 생각이 지금까지도 가끔 들고는 한다.

알라딘을 주인공으로 삼은 다른 영화로는 월트 디즈니에서 1992년에 내놓은 만화영화 「알라딘(Aladdin)」 그리고 2년 후에 만든 속편 「돌아온 자파르(The Return of Jafar)」 그리고 또다시 2년 후인 1996년에 「알라딘과 도적(Aladdin and the King of Thieves)」이 뒤를 이었고, 그보다 앞서 1990년에는 알라딘의 요술등잔을 찾아 다니는 내용을 다룬 「잃어버린 등잔(Duck Tale : The Movie-Treasure of the Lost Lamp)」도 역시 월트 디즈니에서 내놓았지만, 이런 만화영화는 나중에 따로 모아서 다루기로 하겠다.

1952년에 제작된 파트리샤 메디나 주연의 「알라딘과 요술등잔」은

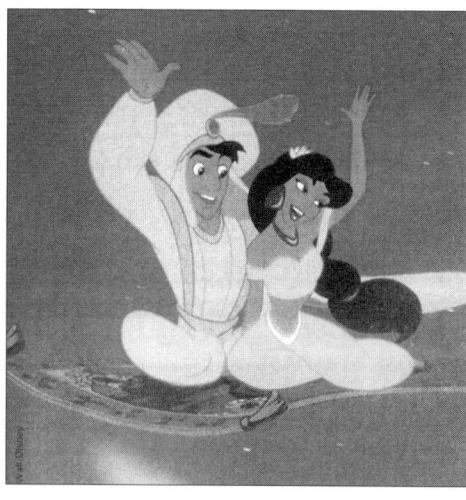

디즈니 식으로 풀어내는
알라딘의 이야기

청소년용 영화로서 우리나라에는 수입이 되지 않았으며, 1961년에는 헨리 레빈 감독이 도널드 오코너와 비또리오 데 시카 등을 출연시켜 「알라딘의 기적」을 미국과 이탈리아의 합작으로 내놓았다.

알라딘의 얘기에서 가장 매력적인 소도구는 요술등잔이다. 이루지 못할 꿈과 사랑을 영원히 갈구하는 인간의 무한한 갈등과 욕구를 상상 속에서나마 현실화시키는 위력을 발휘하는 등잔이기 때문이다. 우리나라 설화에서 이런 요술등잔을 찾아보면 '금 나와라 뚝딱 은 나와라 뚝딱' 하는 도깨비방망이나 흥부의 박씨에 해당된다. 투명인간이 되어 미운 놈들을 골탕먹이고 마음대로 무엇이라도 다 하고 싶어하는 욕망을 충족시켜 주는 도깨비 감투 또한 알라딘의 요술등잔이라고 하겠다. 그리고 알라딘의 손에 우연히 들어온 헌 등잔을 비빌 때마다 홍길동처럼 펑 연기를 터뜨리며 나타나는 도깨비 머슴은 현실의 모든 고뇌를 풀어 주는 헤라클레스적 해결사이다.

코넬 와일드의 「아라비안 나이트」에서 등잔 거인으로 출연했던 우람한 흑인 배우 렉스 잉그람은 「바그다드의 도적」에서도 같은 도깨비 머슴으로 출연해서, 어렸을 때 헐리우드 키드는 저 갈색 피부의 남자가 진짜 마법사의 하인인 모양이라는 상상도 했었다. 그리고 모든 인간의 온갖 황당한 꿈을 실현시키는 도깨비 머슴의 존재는 훗날 지니(Jeannie)라는 예쁜 여자로 둔갑해서 우리들 앞에 다시 나타난다.

소설가로 이름을 드날리기 전에 시드니 셸던이 각본을 맡아서 쓴 1960년대의 유명한 텔레비전 코미디 시리즈 「내 사랑 지니(I Dream of Jeannie)」에서 바바라 이든이 맡았던 배꼽을 드러낸 하녀 역이 바로 그것이다. 「금발의 제니(Jeanie with the Light Brown Hair)」를 작곡한 스티븐 포스터의 전기영화 「나는 제니를 꿈꾼다(I Dream of Jeanie)」에서 n자 하나만 보태고 제목을 그대로 따온 「내 사랑 지니」의 지니는 총각 공군 장교 래리 해그먼(Larry Hagman)의 온순하고도 매혹적인 하녀로서 병 속에 담겨 기다리다가 필요할 때면 펑 튀어나와 시중을 드는 다분히 선정적인 주인공이다. 혹시 바바라 이든의 지니 얘기가 낯선 사람은 「15년 후의 내 사랑 지니」, 그리고 도깨비 감투를 쓴 투명인간처럼 눈에 보이지 않는 개 진진(Jin-jin)까지 등장하는 「지니는 아직도 내 사랑」 두 편의 텔레비전 영화를 찾아보면 되겠다.

코넬 와일드의 「아라비안 나이트」에서 이블린 키스가 맡은 역할 역시 바바라 이든만큼이나 깜찍하고 요정같은 '지니'였다.

알라딘의 등잔에서 연기와 함께 튀어나오는 도깨비(genie)와 래리 해그먼의 병에서 연기와 함께 튀어나오는 아가씨 지니의 이름은 발음이 비슷하다. 지니는 본디 jinnee(복수는 jinn)라고 표기하는데, 이슬람 전설에 등장하는 도깨비로서 아담이 흙으로 빚어진 것보다 2천 년 앞서서 불에서부터 창조되었다. 지니들은 자유자재로 뱀, 개, 고양이, 괴물 그리고 인간으로까지 변신하며, 도깨비 감투를 쓰듯 언제라도 사람의 눈에 보이지 않게 모습이 사라지기도 한다.

나쁜 지니는 (렉스 잉그람처럼) 흉악하기 짝이 없는 모습이지만 착한 지니는 (바바라 이든이나 이블린 키스처럼) 지극히 아름다운 모습이었다고 전해지니까, 「바그다드의 도적」에서 병 속에 갇힌 지니(역시 렉스 잉그람)는 나쁜 지니이고 래리 해그먼의 병 속에서 예쁜 방석을 깔고 앉아 기다리던 지니는 착한 지니인 모양이다.

「아라비안 나이트」에서는 지니가 말썽을 피우면 다시 등잔에 가두려고 주인공이 애를 쓰는 장면이 자주 나오는데, 등잔이나 항아리에 지니를 가두듯 나쁜 귀신을 가두려는 풍습은 우리나라에서도 얼마 전까지는 생활로 실천되었다. 태백 호랑이에게 잡아먹힌 사람의 무덤인 호식총(虎食塚) 위에 시루를 엎어놓아 귀신이 도망쳐 나오지 못하게 하던 풍습이 바로 그것이었다.

지니는 앞으로 계속해서 소개할 여러 「천일야화」 영화에 단골로 등

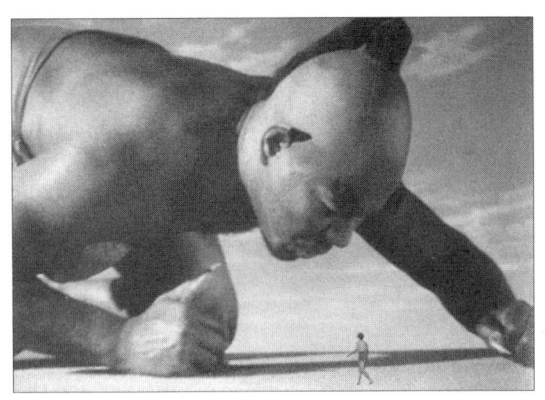

음흉한 지니로 분장한 렉스 잉그람은
전직이 의사 출신이었다.

장하고, 화려한 의상을 앞세우는 그런 영화를 풍자한 「천일야화 마왕의 사자」에서는 게을러빠진 지니도 등장을 하며, 그 이외에도 자세히 찾아보면 도처에 지니가 숨어 있다.

1945년에 나온 뮤지컬 영화 「어디로 모실까요(Where Do We Go From Here?)」에서는 지니가 '타임 머신' 노릇을 해서 프레드 맥머리를 모시고 과거와 현재를 넘나드는데, 이 영화는 'H. G. 웰스' 항에서 다시 다루겠으며, 여기에서는 가장 최근의 지니 영화인 「카잠」과 「주인님 뜻대로」만 잠깐 살펴보며 전설과 환상이 현대로 와서 어떻게 변질되는지를 생각하기로 하자.

도시 환상 영화(urban fantasy)인 「카잠」에서는 정신적인 갈등에 시달리는 아이가 우연히 빗자루통에서 착한 지니를 불러내어 소원풀이를 한다는 내용인데, 온갖 잡스럽고 불쾌한 등장인물을 곁들여서, 아름답고 정다운 환상과 꿈을 차마 눈뜨고 못보는 현대적인 영화 감각이 노골적으로 드러난다.

한편 「주인님 뜻대로」에서는 보석으로부터 해방된 나쁜 지니가 여주인의 소원을 들어 줌으로써 세상을 파괴하려는 자신의 꿈을 달성해 나간다는 꼬임수를 줄거리에 집어넣어 점점 멀어져 가는 현대인

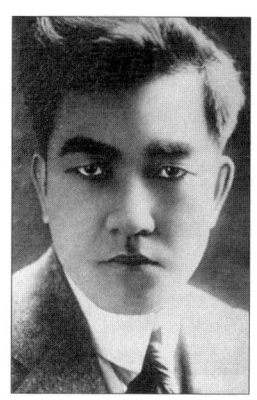

'포토제니' 현상의 대표적인 얼굴로 꼽혔던 일본계 미국 배우 하야가와의 젊은 시절 모습

의 신화 감각을 여실히 보여 준다.

정작 관람을 위한 영화뿐 아니라 지니는 영화의 전문 용어에도 등장한다. 프랑스의 영화평론가 루이 들뤽(Louis Delluc)은 일본계 미국인 배우 하야가와 세수에(Sessue Hayakawa, 훗날 「크와이 강의 다리」에서 포로수용소 소장 역을 맡아 우리나라 사람에게도 낯익은 배우임)가 영화에 찍힌 모습을 '발생시킨 현상'을 '설명이 불가능한 포토제니(photogénie)'의 본보기로 들었다. 평범한 사물이나 배우를 영화로 찍어 놓으면 요술처럼 멋져 보이는 현상, 이런 신비는 훗날 '사진발을 잘 받는 현상'이라는 뜻의 'photogeny'라는 단어로 발전하는데, 바로 이 낯익은 단어 속에는 지니가 도사리고 숨어 있다.

뿐만 아니라 '지니 영화상(Genie Award)'까지 생겨나서, 「엑소티카」라는 스트립 쇼 클럽을 배경으로 전혀 공통점이 없는 다섯 명의 주인공이 엮어 나가는 얘기를 담은 영화가 1994년에 캐나다 최우수 영화 작품상인 지니상을 수상하기도 했다.

찾아보기 ●---

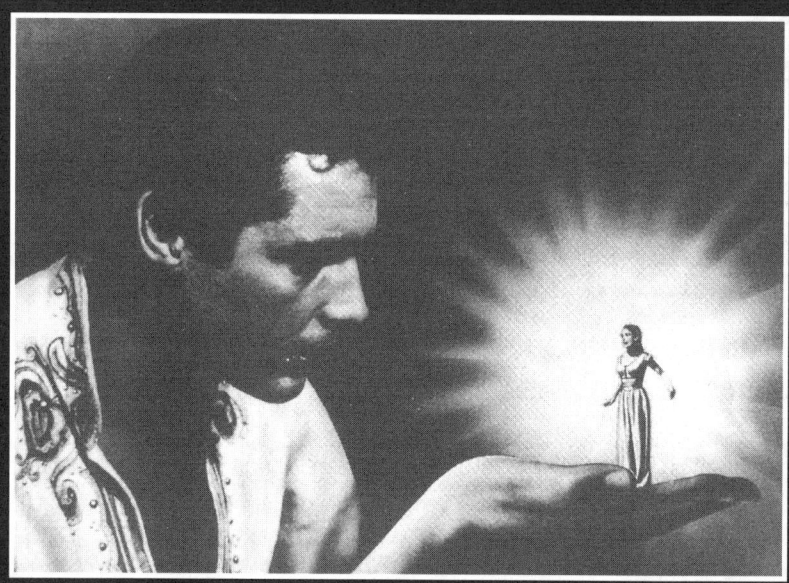

「신바드의 항해」에서 마법에 걸려 작아진 공주가 손바닥에 올라섰다.
해리하우젠의 특수 효과가 돋보이는 대표적인 영화이다.

신바드와 해리하우젠

「천일야화」에서 가장 자주 등장하는 소도구 가운데 두 가지를 꼽는 다면 비행 양탄자(flying carpet)와 요술등잔(magic lamp)이다. 하늘을 날고 싶어하던 꿈은 레오나르도 다 빈치말고도 수많은 인간의 욕망이었는데, 「천일야화」에서도 이미 날아다니는 양탄자가 등장하여 상상 속에서나마 그런 욕망을 충족시켜 주었다.

그리고 지평선과 수평선 너머, 하늘을 넘어 무한의 우주 공간으로 오르려는 인간의 소망은 아직 과학의 힘으로도 현실적으로 충족되지를 않아서, 이른바 모험극(adventure)과 활극(action) 분야를 구성하는 요즈음 영화를 보면, 미래의 하늘에서 아직 존재하지 않는 기상천외한 첨단 병기로 싸우는 공중전이 대부분이다. 그래서 하늘로 향하는 사람들은 들판에서 달리는 서부극과 바다를 누비는 해양활극이 몰락했다고 생각한다.

하지만 「스타 워스」를 왜 사람들이 '우주 서부극(space Western)'이라고 분류하는지를 생각해 보자. 소설 『헐리우드 키드의 생애』에서 지적하고자 했던 한 가지 사실이 수많은 영화가 서로 얼마나 벗겨먹고 베껴먹는지 하는 현실이었는데, 이제는 고유분야가 바뀌더라도 내용물(text)은 그대로 가져다 새로운 공식에 따라 포장하는 예가 많아진다. 전에도 그런 현상은 가끔 눈에 띄었었다. 「네 날개」의 감독 졸탄 코르다가 만든 전쟁영화 「사하라 전차대(Sahara, 1943)」는 1937년 러시아 영화 「13인」이 원작인데, 등장인물이 줄어 「9인」이라는 제목으로도 다시 영화로 제작되었고, 같은 영화를 안드레 드 토드(Andre de Toth)는, 제2차 세계대전에서 미군의 적으로 나오는 독일군을 기병대의 적인 인디언으로 설정하고는 갈증에 시달리는 적을 약올리기 위해 말라붙은 사막의 우물 앞에서 세수를 하는 장면을 그대로 살려가면서, 1952년 「폐허의 수비대(Last of the Comanches)」라는 서부극으로 만들어 놓기도 했다. 그런가 하면 하워드 호크스의 유명한 서부극 「리오 브라보(Rio Bravo, 1959)」는 20년 후 존 카펜터 감독의 손에 의해 긴박감이 넘치는 경찰영화 「13구역을 수비하라(Assault on Precint 13)」로 옷을 갈아입는다. 그래서 사람들은 우주영화를 서부극이라 부르면서 과거와 현재의 거리감을 좁히려고 한다.

미국과 소련 사이에서 우주 개발 경쟁이 치열하던 시절, 존 F. 케네디 미국 대통령이 "10년 안에 인간을 달에 착륙시키고 무사히 귀환하게 하는 꿈을 실현하겠다"고 선언하기 이전에도 물론 우주영화는 많았다. 스티븐 스필버그가 무척이나 존경했던 듯싶은 조지 팔(George Pal)의 여러 영화와, 텔레비전 시리즈 「스타 트랙」의 성공이 영화의 미래판 비행 양탄자를 만들어냈고, 서부극과 해양활극은 지금도 새로운 옷을 입은 채로 건재하다.

1950년대 서부극의 전성기에 사람들은 서부영화가 인기를 끄는 이유가 상영 시간의 70퍼센트 동안 화면에 하늘이 보이기 때문이라고 했었다. 답답한 촬영소 내부와 실내를 벗어나 자연을 접하는 기쁨을 제공한다는 설명이다.

그렇다면 해양활극은 하늘뿐 아니라 망망대해를 배경에 깔기 때문에 훨씬 더 시원스럽다. 그래서 서부극의 전성기에는 해적을 영웅화하는 해양활극 또한 번성했으며, 「천일야화」에서는 신바드라는 주인공이 배를 타고 극장에 나타나서 알라딘 못지않게 유명한 이름이 되었다. 신바드는 컴컴한 극장 안에 모인 사람들에게 시원한 바다를 구경시켜 주었을 뿐 아니라, '헤라클레스의 12가지 고역' 못지않게 흥미 있는 모험을 벌이는 주인공이기 때문에 영화의 좋은 소재가 되었다.

신바드는 바그다드의 상인으로서 일곱 번의 항해를 통해 큰 재산을 모으고, 이 경험담을 가난하고 불만투성이인 짐꾼에게 전하면서 재산을 모으려면 모험심과 노력이 필요하다는 교훈을 상기시킨다. 신바드는 인도양의 첫 번째 항해에서 섬인 줄 잘못 알고 거대한 잠든 고래의 등에 상륙하는데, 이 얘기는 우리나라에서도 한국전쟁 당시 만화로 소개되기도 했다. 두 번째 항해에서는 무인도에서 코끼리를 잡아먹는다는 거대하고 흰 괴조(roc)의 알을 발견하고는 새의 발톱에 몸을 묶고 다이아몬드 계곡으로 날아가는 모험을 벌인다. 세 번째 항해에서는 퀴클롭스를 만나고 네 번째 항해에서 신바드는 신비한 섬에서 귀한 신분의 여인과 결혼했다가 아내가 죽자 순장(殉葬)을 당하지만 시체와 함께 매장된 부장품을 거둬 지하 묘지로부터 탈출하여 바그다드로 돌아간다. 다섯 번째 항해에서는 원숭이에게 돌멩이를 던져 화가 난 원숭이가 마주 던지는 야자열매를 거두어 돈을 벌기도 한다. 여섯 번째 항해에서는 세렌디프(Serendip, 현재의 스리랑카) 섬으로 가서 낙원으로부터 추방당한 아담이 쫓겨갔던 산의 정상에 오른다. 일곱 번째 항해에서는 해적선의 공격을 받아 노예로 팔려 가서 코끼리 사냥을 하는데, 상아로 뒤덮인 산을 찾아내어 주인에게 알려 주고는 자유의 몸이 되어 고향으로 돌아간다.

헐리우드 키드가 극장에서 처음 만난 신바드 영화는 1947년 더글라스 페어뱅크스 주니어, 모린 오하라, 앤토니 퀸, 제인 그리어가 주연한 「신바드의 모험(Sinbad the Sailor)」이었는데, 이것은 「천일야화」라기보다는 노골적인 활극(swashbuckler)이었다. 주연을 맡은 배우들부터가 그러했다. 더글라스 페어뱅크스(Douglas Fairbanks, 1983~1939, 본명 Douglas Ullman)라면 요즈음 성룡 같은 홍콩 배우들이나 마찬가지로 갖가지 곡예를 부리며 「쾌걸 조로(The Mark of Zorro, 1920)」, 「삼총사(The Three Musketeers, 1921)」, 「로빈 후드(Robin Hood, 1921)」, 「바그다드의 도적(1921)」, 「철가면(The Iron Mask, 1927)」 등에서 종횡무진 무성영화 시대에 맹활약을 했던 검객영화의 선두주자였으며, 그의 검술 솜씨는 훗날 에롤 플린, 타이론 파워, 그리고 신바드의 역을 맡은 아들 더글라스 페어뱅크스 주니어가 물려받게 된다. 더글라스 페어뱅크스 주니어의 상대역을 맡은 모린 오하라(1920~생존) 역시 「바다의 정복자(The Black Swan, 1942)」 같은 여러 해양활극 영화에 단골로 출연했고, 때로는 실제로 칼을 휘두르는 검술 솜씨까지 아낌없이 발휘하던 정열적인 붉은 머리의 씩씩한 여배우였다.

그렇다면 신바드 영화 가운데 대표작이라고 손꼽히며 가장 「천일야화」적이라고 알려진 「신바드의 항해」는 과연 어떤 내용인지 잠시 시간을 내어 살펴보고 지나가기로 하자.

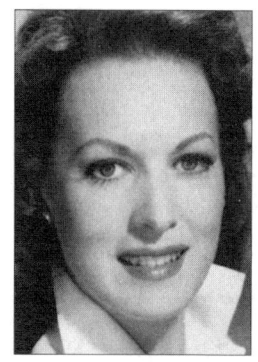

다혈질의 에이레 출신에 정열적인 붉은 머리였던 미녀 모린 오하라(본명 Maureen FitzSimons)는 검술 또한 눈부셨다.

영화는 신바드가 찬드라의 퍼리사 공주를 태우고 바그다드로 항해하는 장면에서 시작된다. 훗날 스티븐 스필버그가 별로 알려지지 않은 얼굴을 즐겨 기용해서 참신한 현실감을 도모했듯이, 신바드 역을 맡았던 커윈 매튜스는 그때까지 겨우 한 편의 영화(「Five Against the House」, 1955)에만 출연해서 거의 알려지지 않은 배우였고, 찬드라의 공주 역을 맡은 캐드린 그랜트(1933년생) 역시 나이가 서른 살이나 위인 빙 크로스비(1903년생)와 결혼하기 위해 은퇴를 할 때까지는 별로 이름이 알려지지 않은 여배우였다. 요즈음에는 진 해크먼과 클린트 이스트우드에서 최근 마이클 더글라스 그리고 우리나라의 작곡가 길옥윤과 김흥수 화백의 경우에 이르기까지 나이차가 심한 결혼(May-December marriage)을 자주 보게 되지만, 캐드린 그랜트와 빙 크로스비의 결혼은 당시 대단한 화제였다.

어쨌든 생소한 얼굴이 은막에서 환상을 유발하기에는 분명히 도움이 되기는 했지만, 정작 영화 자체는 토막토막 어디선가 이미 보았던 장면들을 주워다가 이어놓은 듯한 느낌을 준다. 나중에 「크라잉 게임(The Crying Game, 1992)」을 표본으로 삼아 보다 집중적으로 분석할 기회가 오겠지만, 벗겨먹고 베껴먹기가 오래 계속된 나머지 끌어다 댈 만한 새로운 얘기가 하나도 남지 않아 서로 흉내를 내는 바람에 너도나도 비슷해지던 현상이, 너무나 유치해서 차라리 재미있었던 옛날 영화에서도 이미 나타난다.

이런 식으로 말이다.

신바드와 선원들은 항해를 하던 중에 물을 구하러 섬에 상륙했다가 마왕의 동굴을 발견하고는 그곳에 사는 퀴클롭스(Cyclops, Kyklops)를 만난다. 그런데 퀴클롭스라면 4년 전에 이탈리아에서 만들어낸 영화 「율리시즈(Ulysses, 1954)」에도 등장했던 외눈박이 괴물이 아니었던가.

그리고 퀴클롭스에게 쫓기던 마법사 소쿠라는 요술등잔에서 지니를 불러내고, 펑 연기와 함께 나타난 착한 소년 지니는 나쁜 심부름을 하지 못하는 천성 때문에 괴물을 죽이지 못하고, 대신 투명한 벽을 쳐서 공격을 막아낸다. 그리고 바다에 빠진 등잔은 퀴클롭스가 회수해 가지고 가서 그의 보물창고에 보관한다. 물론 지니가 속에 갇힌 요술등잔도 우리는 이미 1945년 영화 「아라비안 나이트」에서 만났다.

　억지로 신바드를 따라 바그다드까지 항해를 같이 한 마법사는 요술등잔을 찾으러 콜로사 섬으로 돌아가고 싶어하지만 칼리프가 배를 내주지 않자 바그다드와 찬드라 사이에 전쟁이 일어나리라고 저주하고는 공주에게 마법을 걸어 '엄지공주'로 만들어 버린다. 그림 형제

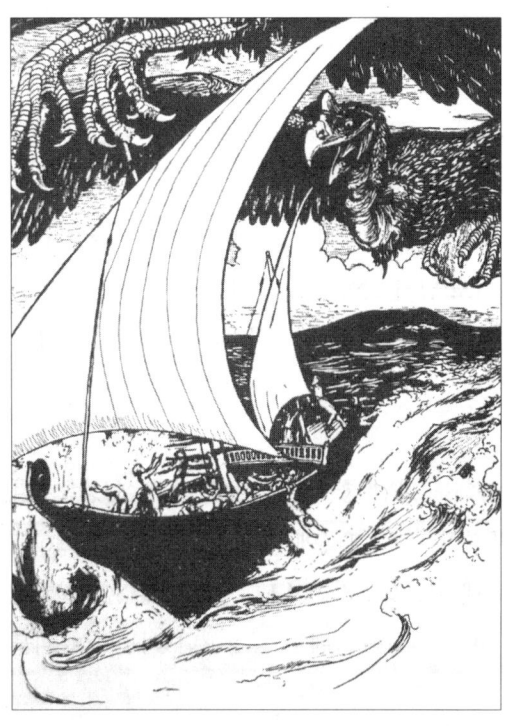

알을 빼앗기고 화가 나서
바위를 집어던지며
신바드의 배를 추적하는 괴조

와 안델센적인 색채까지 가미되는 순간이다.

그리고 나중에 지니를 불러내는 주문을 알아보려고 등잔 안으로 들어간 엄지공주의 모습은 훗날 시드니 셸던의 「내 사랑 지니」에서 어쩌면 그렇게 똑같이 바바라 이든으로 재생되는가.

엄지공주가 마법에서 풀려나 정상으로 돌아가려면 콜로사 섬의 괴조(怪鳥)가 낳은 알의 껍질이 들어간 비약(秘藥, potion)을 마셔야 한다는 말에 신바드는 마법사와 함께 섬으로 돌아가는데, 이때 목숨을 걸고 섬으로 가는 선원들을 선발하는 장면 또한 매우 낯이 익다. 전쟁영화 「특공대작전(The Dirty Dozen)」에서처럼 사형수들을 선발하여 결사대를 만드는 과정 말이다.

외눈박이 괴물을 죽이려고 제2차 세계대전 당시 독일의 V2 로케트처럼 만든 대형 석궁을 싣고 공주는 보석 상자에 숨긴 채 콜로사로 돌아가는 항해 도중에 해적이 되어 돈이나 벌자고 반란(mutiny)을 일으켜 선원들이 배를 빼앗는 장면 또한 해양영화의 단골 양념이다.

해적질을 하러 가는 선원들이 마녀의 소리에 미쳐 날뛰는 장면 또한 「율리시즈」에 나왔던 세이레네스의 전설, 로렐라이의 전설이다. 그리고 퀴클롭스에게 잡힌 신바드 일행이 나무 우리에 갇혀 괴물의 '밥(barbecue=불고기)'이 되기 직전 엄지공주가 빗장을 열어 탈출하고, 뾰족하게 깎은 나무로 하나뿐인 괴물의 눈을 찔러 멀게 해서는 절벽으로 유도하여 추락사시키는 상황은 역시 빼다박은 「율리시즈」이다.

이러한 우여곡절을 겪은 다음 공주는 본디 모습을 찾아 신바드와 바그다드로 돌아가고, 본명이 버라니인 지니는 소망대로 인간이 되어 그들과 함께 행복하게 살았다던가 어쨌다던가 하는 지극히 천편일률적인 구조를 갖춘 이 영화가 그렇다면 왜 그토록 재미있을까? 친숙함에서 생겨나는 편안한 분위기 때문일까? 아니면 지나치게 빤하기 때문에 얄잡아 봐도 된다는 우월감? 그것도 아니면 진부한 요소를 요리

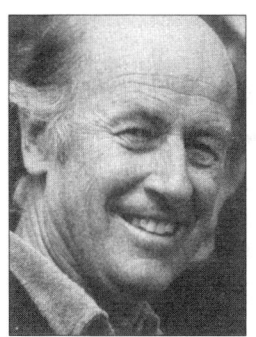

레이 해리하우젠은 영화의 마법 사였다.

하는 네이탄 후란 감독의 짜임새있는 솜씨 때문일까?

여러 가지 설명이 가능하겠지만, 이 영화를 주목해야 하는 이유를 손꼽는다면 뭐니뭐니 해도 레이 해리하우젠(Ray Harryhausen, 1920~)의 특수 효과이겠다.

미국의 눈속임 촬영 전문가(trick film specialist)이며 모형 제작가인 해리하우젠은 영화사적(映畵史的)으로 볼 때 동영상화(animation)의 발전에서 획기적인 공헌을 하여 아주 중요한 위치를 차지했던 인물이다. 그는 실사 장면에다 정지 동작 동영상(stop motion animation)을 결합하는 입체 동작화 작업(Dynamation 또는 Superdynamation)을 발전시킨 장본인이며, 화면 분할 등을 통한 이런 기술을 본격적으로 처음 시도한 작품이 바로 「신바드의 항해」이다.

이 영화에서 하반신은 켄타우로스를 닮았고 당시로서는 대단히 정교한 움직임(animation)을 보였던 외눈박이 괴물 퀴클롭스도 물론 해리하우젠의 작품이었다. 요술등잔을 찾으려고 섬으로 돌아가고 싶어하는 마법사 소쿠라가 배를 얻기 위해 결혼 축하연에서 궁녀 사디를 독에 넣어 하반신은 코브라이고 팔이 넷인 괴물로 만들어 춤을 추게 하는 장면 또한 해리하우젠의 솜씨인데, 컴퓨터그래픽이 대단히 발달한 지금 봐도 놀라울 정도로 춤 동작이 빠르고 정교하다.

신바드가 알을 구하기 위해 절벽 위에서 사투를 벌이는 뇌조 비슷한 쌍두조(雙頭鳥)의 날갯짓도 절묘하고, 공주가 잡혀간 소쿠라의 동굴을 지키는 흑룡(黑龍)은 신화에 등장하는 하데스의 문지기 개 케르베로스

(Cerberus, Kerberos)와 비슷하고 고질라를 닮기도 했는데, 고질라가 공룡을 닮고 공룡이 흑룡을 포함한 모든 용을 닮았는지도 모를 일이기는 하지만, 흑룡이 입에서 불을 뿜어내는 모습을 보면 일본 영화에서 불을 토하는 연습을 하던 귀여운 새끼 고질라를 연상시키기도 한다.

그리고 정상으로 돌아온 공주를 구출한 다음 착한 소년 지니를 해방시켜 주려고 용암 속에 등잔을 던져 넣고 동굴을 탈출하다가 만나는 소쿠라의 해골과 신바드가 벌이는 결투 장면은 지금까지도 걸작으로 손꼽히는 동영상으로 알려졌다. 마지막으로 흑룡과 또 다른 퀴클롭스의 결투, 신바드와 흑룡의 대결에서도 해리하우젠의 실력은 유감없이 발휘된다.

요즈음 컴퓨터그래픽으로 처리한 화면을 보면 지나치게 매끄럽고 곱기만 해서, 마치 성형 수술로 얼굴을 뜯어 고치고 젖가슴도 큼직하게 만든 여자처럼 가짜임이 너무 빤하게 드러나는데, 아무리 영화 예술이 허구 속에서의 현실감을 추구하는 작업이라지만, 가끔씩은 해리하우젠의 인간적인 노력이 그리워지기도 한다.

해리하우젠은 그 후 두 편의 신바드 영화에서 다시 특효 솜씨를 발휘하는데, 1974년 영국에서 존 필리프 로 주연으로 만들어진 「신바드의 황금 항해」에서는 배의 이물 조상(彫像, figurehead)이 살아나게 하기도 하고 팔이 여섯이나 달린 조각품이 신바드와 칼싸움을 벌여 해골 결투 장면만큼이나 경탄을 자아내기도 했다. 1977년에는 역시 영국에서 존 웨인의 아들 패트릭 웨인과 타이론 파워의 딸 타린 파워 그리고 제인 씨모어를 주연으로 동원하고 역시 해리하우젠의 특수 효과를 곁들인 「신바드와 호랑이의 눈」이 선을 보였다.

동영상화(animation) 작업을 하는 모든 영화학도가 당연히 관심을 가져야 마땅한 해리하우젠이라는 영화인이 여태까지 발휘한 재능을 확인할 만한 영화는 무척 많아서, 아카데미 특수 효과상을 받았으며 킹 콩 영화의 아류인 「유원인 조 영」과 역시 킹 콩과 비슷한 선사시대의 괴물이 등장하는 「광이의 계곡」에서부터 외계인의 침공을 다룬 「비행접시」 또는 시칠리아의 바다로 추락한 금성 탐험 우주선과 금성의 괴물에 관한 「2천만 마일의 여정」 그리고 거대한 문어가 태평양으로부터 기어올라와 샌프란시스코를 공포의 도가니로 몰아넣는 내용 자체보다 특수 효과가 더 볼 만하다는 평을 들었던 「해저의 괴물」 같은 공상과학물에 이르기까지 다양하다.

「최초의 월인(月人, First Men in the Moon, H. G. 웰스 원작)」, 「걸리버 여행기(The 3 Worlds of Gulliver)」, 헐리우드 키드가 각별히 좋아하는 「거인들의 전쟁(Clash of the Titans)」, 그리고 「야손과 아르고 원정대(Jason and the Argonauts)」 역시 해리하우젠의 특수 효과가 대단히 빛나

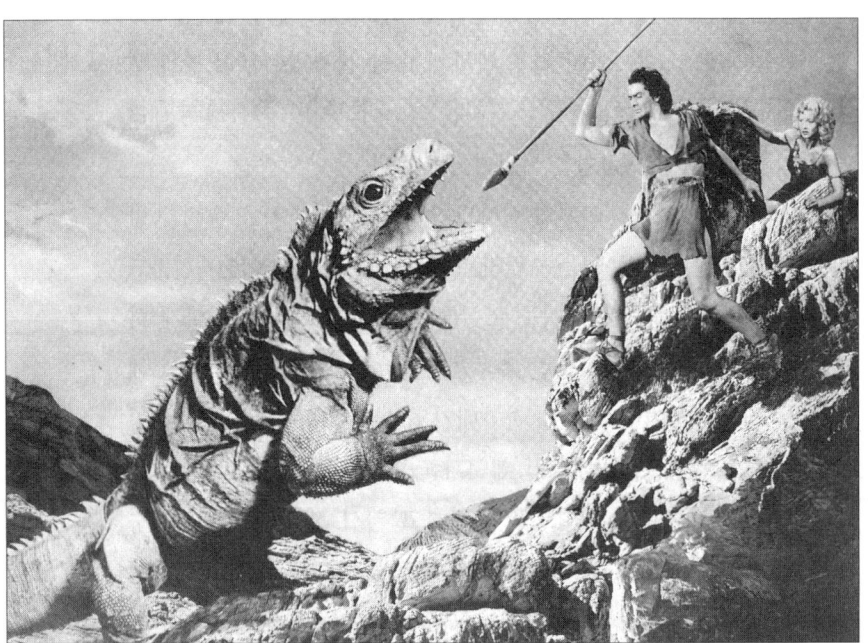

특수 촬영으로 화제가 되었던 빅터 머튜어의 「기원전 백만년」

는 영화이지만 '고전시대'와 '신화'에서 다룰 테니까 여기에서는 그냥 넘어가기로 하고, 마지막으로 「공룡 백만년」을 소개하겠다. 이 영화는 본디 빅터 머튜어를 주연으로 1939년에 할 로치 감독(아버지와 아들 2대)이 연출했으며, 비슷한 내용의 무성영화 「인간 창세기(Man's Genesis, 1912)」를 만든 D. W. 그리피드가 일부 연출을 맡았었다는 소문도 오랫동안 나돌았던 영화 「기원전 백만년」이 모체인데, 그때도 화려한 색채와 더불어 공룡과 화산 폭발 등의 특수 촬영이 화제가 되었지만, 해리하우젠의 공룡과는 상대가 되지 않는다.

「공룡 백만년」은 원시인들의 언어(?)를 그대로 흉내내어 썼기 때문에 대화가 없고 그림만 보도록 만들었는데, 해리하우젠의 특수 효과 말고도 라켈 웰치의 풍만한 육체가 대단한 구경거리여서 많은 관객을

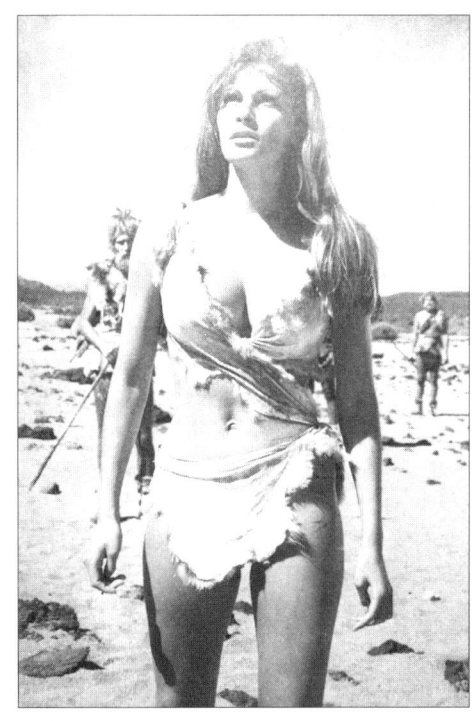

「공룡 백만년」에서 해리하우젠의
특수 효과 못지않게
시선을 끌었던 라켈 웰치의
탐스러운 모습.
이혼까지 당했던 고달픈 시절에
웰치는 이 영화 한 편으로
성공의 길로 들어섰다.

끌어모으기도 했었다. 짐승의 털로 몸의 중요한 부분만 아슬아슬하게 가린 채로 줄곧 화면을 가득 채우던 라켈 웰치는 이 영화로 '스타'가 되었다.

해리하우젠에 관심이 있는 독자라면 1972년에 그가 펴낸 저서 『영화 환상의 낙수(落穗, Film Fantasy Scrapbook, 우리말로는 번역이 안 되었음)』의 일독을 권하고 싶다.

찾아보기 ●--

▮「신바드의 모험(Sinbad the Sailor, 1947, 미국, 117분)」, 감/Richard Wallace, 출/Douglas Fairbanks, Jr., Maureen O'Hara, Anthony Quinn, Jane Greer, Walter Slezak

▮「신바드의 항해(또는 "신바드의 일곱 번째 모험", The 7th Voyage of Sinbad, 1958, 미국, 87분)」, 감/Nathan Juran, 출/Kerwin Mathews, Kathryn Grant, Richard Eyer, Torin Thatcher

▮「신바드의 황금 항해(The Golden Voyage of Sinbad, 1974, 영국, 104분)」, 감/Gordon Hessler, 출/John Phillip Law, Caroline Munro, John Garfield, Jr.

▮「신바드와 호랑이의 눈(Sinbad and the Eye of the Tiger, 1977, 영국, 113분)」, 감/Sam Wanamaker, 출/Patrick Wayne, Jane Seymour, Taryn Power

▮「유원인 조 영(Mighty Joe Young, 1949, 미국, 94분)」, 감/Ernest B. Schoedsack, 출/Terry Moore, Ben Johnson

▮「비행접시(Earth vs. the Flying Saucers, 1956, 미국, 82분)」, 감/Fred F. Sears, 출/Hugh Marlowe, Joan Taylor

▮「2천만 마일의 여정(20 Million Miles to Earth, 1957, 미국, 82분)」, 감/Nathan Juran, 출/William Hopper, Joan Taylor

▮「광이의 계곡(Valley of Gwangi, 1969, 미국, 95분)」, 감/James O'Connolly, 출/James Franciscus, Gila Golan, Richard Carlson

▮「해저의 괴물(It Came From Beneath the Sea, 1955, 미국, 94분)」, 감/Robert Gordon, 출/Kenneth Tobey, Faith Domergue

▮「기원전 백만년(One Million B. C., 1939, 미국, 80분)」, 감/Hal Roach, Hal Roach, Jr., 출/Victor Mature, Carole Landis, Lon Chaney, Jr.

▮「공룡 백만년(One Million Years B. C., 1966, 영국, 100분)」, 감/Don Chaffey, 출/Raquel Welch, John Richardson

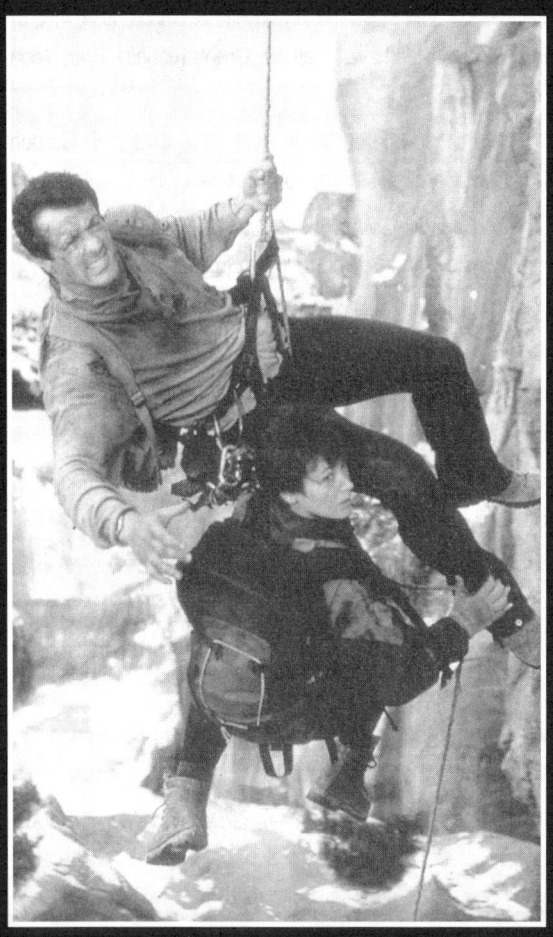

멍청배우 실베스터 스탤론이
각본을 쓴 멍청영화 「클리프행어」가
재미있는 쪽으로 간 까닭은?

셰헤라짜데의 '클리프행어'

아놀드 슈워츠네거, 브루스 윌리스, 스티븐 시걸, 척 노리스, 장 클로드 반담과 더불어 대표적인 멍청배우로 손꼽히는 실베스터 스탤론이 각본을 썼으니 그럴 만도 하겠지만, 영화 「클리프행어」는 별로 느낄 필요도 없는 엉터리 책임감 때문에 엄청난 죄의식을 느끼는 산악구조대원(protagonist)에서 전화번호부의 이름만큼이나 사실성이 결여된 희극적인 악역 존 리트고우(antagonist)에 이르기까지 등장인물의 엉성한 설정이나, "사랑한 적도 증오한 적도 없지만 변함없이 너를 이해한다"는 식의 해괴한 대사로 이어지는 작위적인 줄거리 전개, 그리고 1억 달러의 돈을 수송하는 비행기에 생면부지의 FBI 요원이 제멋대로 동승하는 식의 서술 논리가 삼류 만화를 방불케 한다.

그런데도 「클리프행어」가 빤한 거짓말로 관객을 긴장시키는 이유가 무엇일까?

영화의 실제 배경인 록키산맥이 아니라 대서양을 건너가 이탈리아

북동부의 백운암(白雲岩) 산맥에서 알렉스 톰슨(Alex Thompson)의 솜씨로 촬영한 기막힌 설경 속에서 발빠르게 펼쳐지는 추격전의 맛 때문일까?

아마도 가장 숨막히는 긴박감을 자아내는 요소를 찾아보자면—바로 '벼랑 끝에 매달린 사람'이라는 뜻의 '클리프행어(cliffhanger)'일 터이다.

영화가 시작되면 다짜고짜 벼랑에 매달린 산악구조대원의 아슬아슬한 모습부터 보여 준다. 그리고는 절벽에서 이것저것 떨어지기 시작한다. 구조 헬리콥터에 연결된 케이블에서 젊은 여자가 가장 먼저 떨어지고, 장난감 곰도 덩달아 떨어지고, 악당도 떨어져 죽고, 공중낙하하는 즐기면서도 밥벌이를 위해 일하기는 죽기보다 싫어하던 동네 건달 아이도 떨어지고, 눈사태에 휩쓸린 사람도 떨어지고, 심지어는 나중에 헬리콥터도 떨어지고, 존 리트고우도 떨어지고, 하늘에서는 돈가방이 떨어지고, 추락하기 직전의 비행기에서는 시체들이 떨어지고, 폭파된 비행기도 떨어지고, 자꾸만 자꾸만 떨어진다.

그러나 주인공은 끝까지 절벽에 매달려 떨어지지를 않는다.

이렇게 악착같이 절벽에 매달려 버티는 사람을 뜻하는 '클리프행어'는 실베스터 스탤론의 영화 제목이 되기 전에 '아슬아슬한 결말'이라는 뜻으로 텔레비전과 영화에서 널리 쓰이던 용어이기도 했다. 매주일 계속되는 연속극이나 속편으로 자꾸만 이어지는 영화에서 관객이나 시청자의 관심을 잡아두기 위해 마지막 장면에 주인공이 벼랑 끝에 매달린 상황처럼 아슬아슬하게 끝내서, 다음 편이 어서 나오기를 사람들로 하여금 열심히 기다리게 만드는 그런 기법이 바로 '클리프행어'였다.

'클리프행어' 기법을 가장 먼저 본격적으로, 그리고 효과적으로 활용한 헐리우드 영화들 가운데 하나를 꼽는다면 펄 화이트(Pearl White,

1889~1938)가 주연을 맡았던 연속 영화(serial) 「폴린의 모험(The Perils of Pauline)」이다.

여섯 살에 「톰 아저씨의 오두막」에서 꼬마 이바(Little Eva) 역을 맡아 무대에 데뷔한 이후 1902~09년에는 곡마단에서 말타기를 했고, 승마 솜씨 덕택에 1910년부터 무려 백 편의 짧은 서부극에 출연한 경력의 소유자였던 펄 화이트는 1914년에 「폴린의 모험」을 시작했는데, 그녀의 활동은 훗날 세실 B. 드밀 감독의 서커스 영화 「지상 최대의 쇼(The Greatest Show on Earth, 1952)」에서 통통한 몸매로도 공중그네 곡예사 연기를 날렵하게 해낸 베티 허튼을 주연으로 내세우고, 무성영화 시대의 여러 배우들도 동원해서, 경쾌한 영화의 명장으로 유명했던 조지 마샬 감독이 만든 뮤지컬 코미디 영화 「폴린의 모험」에 잘 나타난다.

펄 화이트의 자서전 『오직 나 혼자만이(Just Me)』는 대부분의 유명인에 대한 전기나 자서전이 그렇듯 거짓말을 많이 보탰다고 알려졌는데, 비록 그런 자서전을 가지고 만든 영화이기는 하지만, 헐리우드 키드는 베티 허튼의 영화 「폴린의 모험」에서 '클리프행어'의 묘미만큼은 충분히 맛볼 수가 있었고, 몇몇 장면은 그 짙은 테크니칼라의 색감과 더불어 지금까지도 기억에 생생하다.

성적인 매력을 가미하기 위해 아름다운 금발(가발)을 썼던 폴린(펄화이트)을 꽁꽁 묶어 제재소의 톱으로 조금씩 조금씩 밀어넣거나, 악당들이 폴린을 철로에 쇠사슬로 묶어놓고 달아난 다음 저쪽에서 기차가 전속력으로 달려오는데, 이런 아슬아슬한 순간 갑자기 그림이 얼어붙으면서 화면을 가득 채우던 글의 내용은 "다음 주일에 계속!"이었다. 펄 화이트에 관한 내용이 담긴 수많은 책 가운데 하나의 제목역시 『다음 주일에 계속(Continued Next Week, Kalton Lahue, Oklahoma, 1964)』인데, 당시 우리나라 극장에서는 이에 해당하는 선전문이 일본식 표현을 빌어다 쓴 "걸 기대, 개봉박두!(乞 期待, 開封迫頭)"였다.

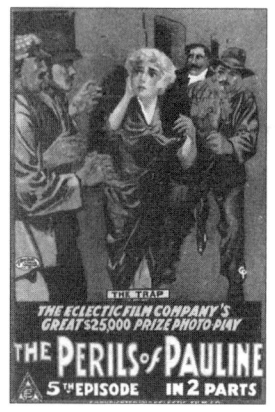

연속물 「폴린의 모험」에서
제5편 "함정"을 선전하는 포스터

　　「폴린의 모험」을 텔레비전 연속물로 부활시키려
는 시도가 1967년에 이루어지기는 했지만, 종교적인
이유로 낙태를 하지 않아 자식이 퍽 많았다고 알려
진 착한 가수 패트 분을 주연으로 동원했음에도 불
구하고 펄 화이트 차원의 성공을 거두지는 못했다.

　　그러나 텔레비전에서는 '클리프행어' 기법만큼은
지금까지도 널리 활용되는 실정이고, 그런 대표적인 예가 「내 사랑
지니」로 얼굴이 비교적 잘 알려진 래리 해그먼이 무자비한 악역을 맡
아 대스타로 떠오르게 된 연속물 「달라스」였다. 우리나라에서도 텔레
비전 연속극을 수입 · 방영했을 뿐 아니라 책으로 번역 · 출판까지 되
었던 「달라스」가 한 시즌을 끝낼 때, 책상 앞에 앉아 있던 주인공 J. R.
유잉이 누구에게인가 총을 맞고 쓰러지면서 막을 내리자, 도대체 누
가 그를 쏘았는지, 그리고 '악질 유잉'이 정말 죽게 되는지 궁금해서
미국 전역이 떠들썩했으며, 이에 대해 민감한 반응을 보이며 시사주
간지 〈타임〉은 표지에 래리 해그먼의 사진을 싣고는 "누가 J. R. 유잉
을 쏘았는가(Who Shot J. R. Ewing)?"라는 제목을 달기까지 했었다.

　　그러나 누가 뭐라고 해도 세계적으로 가장 대표적인 '클리프행어'
가 무엇이겠느냐고 물으면 헐리우드 키드는 「천일야화」라고 말하기
를 서슴지 않겠다.

　　180 가지 정도 전해 내려오는 『천일야화(Alf laiah wa-laiah)』에서 "술
탄 샤리아르(Schahriah)와 아우의 이야기" 편을 보면, 인도와 중국 남
부의 여러 나라를 통치하는 술탄 샤리아르가 찾아온다기에 기뻐서
형을 마중나갔던 페르샤의 왕이 잊어버린 일이 있어서 집으로 돌아

갔다가 흑인 노예와 아내가 간음하는 현장을 목격하게 되었고, 형도 나중에 역시 아내에게 배신을 당했다고 한다. 형은 왕비를 죽이고 아우와 방랑길에 나섰으나, 여성의 부정에 대한 회의를 끝내 극복하지 못하고, 그래서 궁으로 돌아가 그때부터 날마다 숫처녀를 하나씩 아내로 맞아들여서는 초야를 치른 다음 날이 밝으면 목을 졸라 죽였다.

아라비아 판 '푸른수염'의 의처증에 나라 안 처녀가 하나도 살아남지 못하리라는 생각에 대신(vizier)의 딸인 셰헤라짜데(Scheherazade)와 디나르짜데(Dinarzade) 자매가 계략을 짜고, 자청해서 신부가 된 셰헤라짜데는 날이 밝기 한 시간 전에 디나르짜데한테 재미있는 얘기를 하나씩 시작하게 되고, 옆에서 같이 듣던 술탄은 날이 밝기는 했는데 항상 뒷맛 '클리프행어')을 남기고 끝내는 셰헤라짜데의 다음 얘기를 듣고 싶어서 아침에 차마 죽이지 못하기를 1000하고도 하루, 결국 술탄은 그녀에게 애정을 약속했고, 아내를 "여성의 해방자"라고 칭했다 한다.

내일 다시 속편을 듣고 싶어서 왕이 목숨을 살려둘 만큼 재미있는 얘기를 해야 하는 승부라면 그것은 분명히 생명을 건 '미션 임파서블'이다. 그리고 목숨을 내놓고 셰헤라짜데가 한없이 엮어낸 얘기는 다시 새끼를 치고 가지를 냈으며, 20세기로 들어와 영화로 가공되기에 이른다.

이렇게 해서 만들어진 뱃사람 신바드 영화 가운데 레이 해리하우젠의 이름이 오르지 않은 작품으로는 「신바드」가 있지만, 주연을 맡은 B급 검객영화 배우 가이 윌리엄스와 멕시코 배우 페드로 아멘다리스의 이름만으로는 아무리 「우주전쟁(The War of the Worlds)」의 바이런 해스킨 감독이라고 해도 한국의 관객을 매료시키기가 역부족이었고, 1952년에 폴 헨리드(「카사블랑카」)와 「천의 얼굴을 가진 사나이(Man of a Thousand Faces)」론 채니를 출연시켜 만든 「다마스커스의 도적」은 뱃사람 신바드와 요술등잔 알라딘과 알리 바바까지 모두 등장시켜 공주님을 구출하는 활극을 벌였는데, 엉뚱하게도 잉그리드 버그만의 「잔다크(Joan of Arc)」를 제작하고 남은 필름을 많이 빌어다 썼다고 하니 수준은 짐작이 갈 만하다.

헐리우드의 영화를 보면 로빈 후드, 프랑켄슈타인, 해적선장 블러드(Captain Blood), 드라큘라, 제킬 박사, 고릴라 킹 콩, 의견(義犬) 래씨, 노예 반란을 주도한 스파르타쿠스, 몬테 크리스토, 심지어는 서부극의 '요절' 쌍권총(Paleface) 등등 제법 이름이 알려진 소설이나 영화의 주인공의 경우에는 사람이건 동물이건 흡혈귀이건 가리지 않고 그 아들을 등장시켜 재탕을 우려먹는 예가 많은데, 신바드 역시 은막에서 대를 이었다.

우리나라에서 「40인의 여도적」이라는 이름으로 소개된 1955년 영화의 본디 제목이 바로 "신바드의 아들"이었다. 칼리프에게 붙잡힌 신바드가 자유를 찾고 바그다드까지 해방시키기 위해 벌이는 모험담인데, 알리 바바도 아닌 신바드에 웬 40인의 여도적인가 궁금해하겠지만, 정작 영화를 보면 이해가 간다. 속이 비치는 야릇한 의상을 걸친 40인의 미녀가 가득한 화면을 상상해 보면 말이다. 그리고 얼굴은 베일로 가렸어도 미끈한 다리와 배꼽을 드러낸 그 미녀들 중에는 아직 이름이 나지 않은 초보 배우 킴 노박이 숨어 있었다.

「40인의 여도적」은 전설적인 백만장자 하워드 휴스가 제작한 마지막 영화였다. 여배우 진 피터스를 숨겨놓은 애인으로 삼았다고 알려졌던 그는 10여 편의 영화를 제작하는 데서 그치지 않고 하워드 호크스에게 감독을 맡겼던 「무법자」를 1940년경에 직접 나서서 감독을 맡아 3년 후에 완성시켜 다시 3년 후인 1946

이것이 '얼굴없는 백만장자'라고 알려졌던 신비스러운 인물 하워드 휴스의 '얼굴'이다. 여기에서 비행사 차림인 휴스는 미국 최대의 수상 비행기를 제작했었지만, 시험 비행도 제대로 못해 보고 그냥 폐기처분했던 유명한 사건의 주인공이기도 하다.

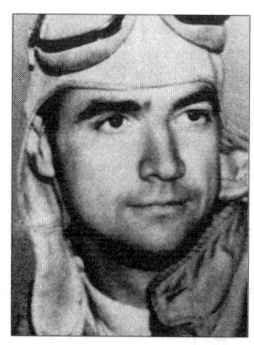

년에 발표한 적도 있었다. 탐스러운 젖가슴을 한껏 과시하며 제인 럿셀이 데뷔한 작품이기도 한 「무법자」는 결국 '섹스 웨스턴(sex western)'이라는 별명을 얻었는데, 이런 내력을 알면 왜 신바드의 아들 주변에 40인의 여도적을 배치시켜 놓았는지 쉽게 짐작이 간다.

「다마스커스의 도적」에서 신바드와 함께 등장했던 알리 바바한테도 역시 아들이 있었겠고, 헐리우드는 알리 바바의 아들도 역시 가만히 내버려 두지 않고 우려먹었다. 1952년에 만들어진 「알리 바바의 아들」은 알리 바바의 보물을 노린 칼리프가 공주 파이퍼 로리를 동원해서 알리 바바를 잡아들이자 알리의 아들 토니 커티스가 나타나 보물도 찾고 공주의 사랑도 얻는다는 활극이다. 토니 커티스와 파이퍼 로리는 바로 1년 전인 1951년에도 빼앗긴 왕권을 되찾는다는 내용을 담은 루돌프 마테의 활극영화 「도적왕자」에서 공연했었다. 「도적왕자」는 내용이 「다마스커스의 도적」뿐 아니라, 앞으로 자세히 살펴보게 될 「바그다드의 도적」과도 상당히 많은 공통점을 지닌다.

영화 「알리 바바와 40인의 도적」은 1944년 아더 루빈 감독이 마리

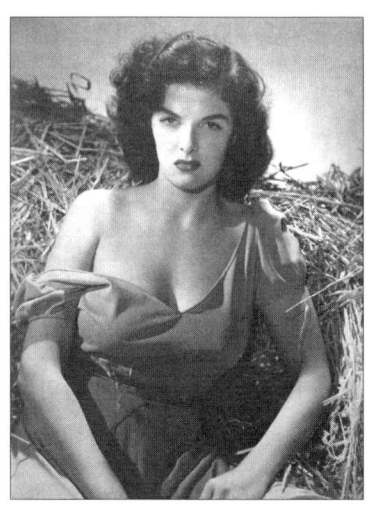
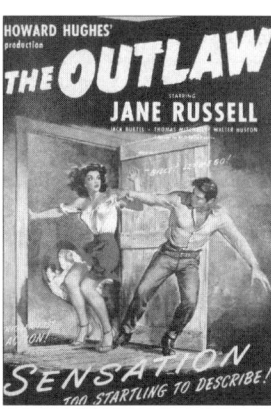

백만장자 하워드 휴스가 감독한 '섹스 웨스턴' 「무법자」의 포스터(우)와 이 영화로 명성을 얻은 제인 럿셀(좌)

아 몬테즈와 존 홀을 주연시켜 만들었는데, 제목은 「천일야화」 그대로이지만, 줄거리는 도둑한테서 보물을 도둑질한 가난뱅이 나무꾼 알리 바바가 보물을 되찾으려는 도둑 두목에게 쫓겨 위기를 당할 때마다, 「내 사랑 지니」에서 래리 해그먼이 예쁜 도깨비 하녀 지니로부터 도움을 받듯이, 예쁘고 똑똑한 하녀 모르지아나(Morgiana)의 도움을 받다가 급기야는 독 속에 담긴 도둑떼를 기름부어 죽인다는 얘기가 아니라, 쫓겨난 군주가 자신의 자리를 되찾기 위해 투쟁한다는 「바그다드의 도적」과 비슷한 맥락으로 흘러간다.

「알리 바바와 40인의 도적」이 인기를 끌자 버질 보겔 감독은 1965년에 속편 「사막의 도적왕자」를 만들면서 「40인의 도적」에 나오는 많은 장면을 그대로 다시 사용하기도 했다. 남이 고생해서 찍어 놓은 장면이 좋아 보이니까 다른 영화에서 가져다 쓰는 경우가 없는 것은 아니지만, 「사막의 도적왕자」는 같은 장면을 워낙 많이 재사용하다 보니 「40인의 도적」에서 카씸 역을 맡았던 배우를 다시 불러다 역시 카씸 역으로 재활용하지 않으면 안 될 정도였으니, 아무래도 좀 심하지 않았나 생각된다.

속편 「사막의 도적왕자」에 출연하는 배우 개빈 매클리오드(Gavin MacLeod)는 훗날 나이를 먹어 대머리가 벗겨진 다음 텔레비전의 인기 연속물 「사랑의 유람선(Love Boat)」에서 선장 노릇을 하게 되는데, 우리나라 텔레비전에서 제목도 그대로 갖다 쓰면서 줄거리 전개까지 비슷하게 펼쳐가는 「사랑의 유람선」이라는 텔레비전 연속물을 보았을 때는 도둑들한테서 도둑질을 하는 알리 바바에 관한 영화를 속편에서 도둑질해다 쓰던 사람들이 생각났고, 「뜨거운 것이 좋아」, 「태양은 가득히」, 「비는 사랑을 타고」, 「자전거 도둑」처럼 외국 영화의 제목을 아무렇지도 않게 훔쳐다 쓰는 영화나 텔레비전 연속극에 종사했던 대한민국 '예술인'들의 두꺼운 얼굴도 생각나고는 했다.

알리 바바의 시대로 시간 여행을 해서 돌아가 벌어지는 얘기를 다룬 영화 「알리 바바의 외출(Ali Baba Goes to Town, 1937)」은 음악극에 관해서 얘기할 때 「집시(Gypsy)」와 함께 엮어 소개하겠다.

찾아보기 ●

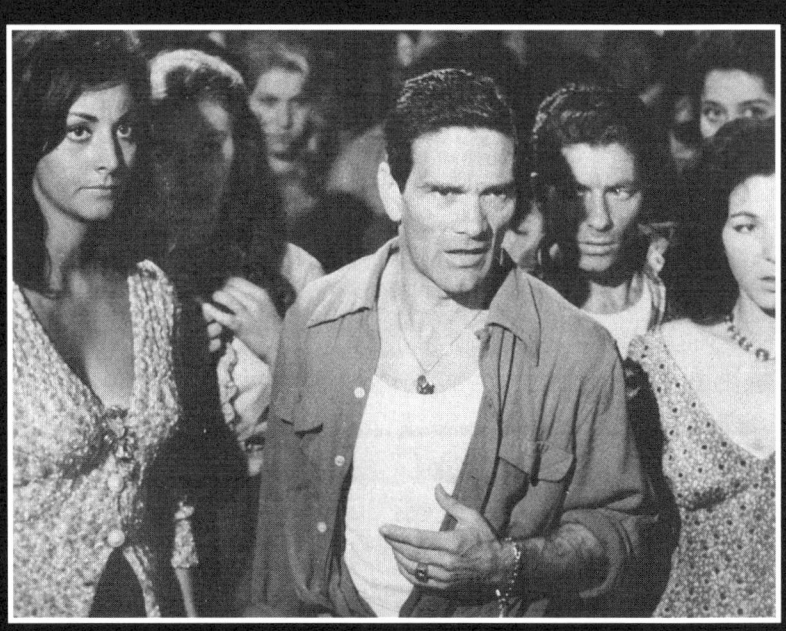

이탈리아의 빠솔리니 감독도 「아라비안 나이트」를 만들었다.

도둑과 도적

세하라짜데가 목숨을 내놓고 아라비아의 밤을 밝히며 들려 줬다는 얘기를 본디 제목 그대로 붙여서 만든 영화로는 우선 아더 루빈 감독의 「알리 바바와 40인의 도적」에 함께 출연했던 마리아 몬테즈와 존 홀, 그리고 영국인의 마구간에서 일하다가 아역 배우로 출발하여 「정글북」과 "아라비아 야화"의 이색적인 배우로 당대를 '풍미' 했던 인도의 사부(Sabu)까지 가세한 화려하기 짝이 없는 테크니칼라 모험극 「아라비안 나이트」를 꼽겠다. 이 영화에서는 세하라짜데가 칼리프 (calif)의 노예로 나온다. 1965년에는 프랑스 영화 「세헤라짜데」도 우리나라에 수입된 바가 있다.

32 년 뒤인 1974년에는 역시 노예였던 여자가, 그것도 여성을 억압하기로 유명한 이슬람 국가에서, 대도시의 '왕' 이 된다는 황당무계한 내용을 위시하여 "아라비아 야화" 몇 가지를 함께 담은 「아리비안 나이트」를 이탈리아의 삐에르 빠올로 빠솔리니(Pier Paolo Pasolini,

1922~1975) 감독이 만들어낸다. 동성애를 한다는 이유로 공산당에서 축출되었고, 오스띠아(Ostia)의 바닷가에서 우익 깡패들에게 살해를 당했다고도 알려지고, 동성애를 하던 남창이 때려 죽인 다음 차로 깔 아뭉갰다는 끔찍한 소문까지 날 정도로 영화만큼이나 기이하고도 괴 이한 삶을 살았으며 "인생이란 무의미하고 역설적인 한 무더기의 쓰 레기"라는 말을 남긴 빠솔리니는 중세를 무대로 한 3부작을 만들었는 데, 본디 상영 시간이 155분이었던 「아라비안 나이트」가 그 마지막 작 품으로서, 몽환적이고 이색적인 연출 때문에 3부작 가운데 최고로 꼽 힌다.

「아라비안 나이트」 또는 「아라비아 야화」는 우리나라에서 「천일야 화(千一夜話)」뿐 아니라 「천야일야」라는 제목으로도 알려졌는데, 1968 년에는 스페인에서 멋쟁이 검객과 지니와 사악한 대신과 비행 양탄 자를 등장시키고 제프 쿠퍼와 라프 발로네를 주연으로 삼은 「천일야 화」를 다시 만들었고, 1959년에는 요즈음에도 텔레비전에 자주 등장 하는 만화 주인공이며 조순 서울시장과 인상이 매우 비슷한 근시안 영감 매구 선생(Mr. Magoo)을 내세워 현대 감각에 맞도록 손질한 만 화영화 「아라비아의 천일야화」로도 재생이 되었다. 「아라비아의 천일 야화」에서는 「신바드의 항해」에서 엄지공주가 되었던 캐드린 그랜트 가 목소리 출연을 한다.

6세기 인도에서 기원하여 페르샤뿐 아니라 아라비아, 이라크, 시리 아, 이집트 등의 다양한 옛날얘기가 첨가되고 작가와 화자가 다수로 늘어나면서 아라비아어로 된 대설화집이 지금의 모양으로 정착된 과 정이나 마찬가지로, 「천일야화」가 영화로 만들어진 과정 또한 여기저 기서 살이 붙고 새로 지어낸 줄거리가 끼어들고 채색되면서, 아류도 많이 생겨났고, 어쩌면 사극(史劇) 항에서 다뤄야 마땅할 듯싶은 의상 극(衣裳劇, costumer)도 아라비아의 옷을 걸치고 상당히 많이 나타났다.

그러한 아류의 「천일야화」 가운데 가장 흥미를 끄는 영화를 얼마 전(1996년) 이란과 프랑스에서 합작으로 만들었는데, 제목도 「양탄자」라고 했다. 어느 할머니가 강가에서 양탄자(gabbeh)를 세탁하려니까 세혜라짜데 역할을 하는 유목민 아가씨가 나타나서 서로 연관된 몇 가지 얘기를 들려 준다는 상황의 설정인데, 동양의 설화를 헐리우드가 아니라 동양(이란=페르샤)에서 어떻게 다루는지 그 특이한 시각을 보여 준다.

　「신바드의 항해」를 만든 네이탄 후란 감독과 커윈 매튜스는 3년 후에 다시 만나 역시 특수 효과를 앞세운 아류 신바드 의상 모험극 「거인을 죽인 잭」을 만들었지만, 크게 성공을 거두지 못해 재녹음을 해서 뮤지컬 분위기를 내려고도 했으나, 역시 실패했다.

　사부(Sabu)가 제목에 이름까지 내걸고 강탈당한 애인과 귀한 보석을 되찾기 위해 도둑들을 추적하는 저예산 영화 「사부와 마법의 왕」도 역시 아류 「천일야화」였다. 상영 시간을 보면 알겠지만, 이 영화는 돈을 들이지 않고 혹시 텔레비전에 연속물을 올릴 길이 없을까 눈치를 보느라고 30분짜리 두 편으로 만들었던 작품이기 때문에 별로 신통치가 않다.

　아류 「천일야화」 영화 가운데 가장 고급스러운 작품을 꼽으라면 단연 마를레네 디트리히가 온몸에 황금빛을 칠하고 춤을 추어 화제가 되었던 「키스메트」이다. '운명' 또는 '천명(天命)'이라는 뜻이 담긴 제목의 영화 「키스메트(Kismet)」는 꾀많은 마술사이면서 '거지의 왕'을 아버지로 둔 디트리히와 칼리프가 엮어가는 얘기로서, 제작 역사도 사뭇 깊다. 「키스메트」는 1920년과 1930년에도 이미 영화로 만들어졌고, 윌리엄 디털레 감독의 1944년판은 나중에 제목이 「동방의 꿈(Oriental Dream)」으로 바뀌었으며, 브로드웨이 뮤지컬로 탈바꿈했다가 1955년 빈센트 미넬리 감독이 하워드 킬, 앤 블라이트, 세바스찬

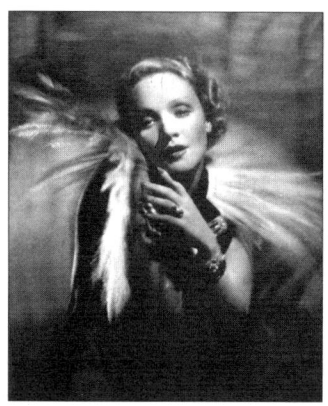

「천일야화」 주제가 담긴 「키스메트」에서
황금빛 춤을 춘 마를레네 디트리히

캐보트, 그리고 제임스 딘이 그토록 사랑했던 피어 안젤리와 결혼한
뮤지컬 배우 빅 데이몬(본명 Vito Farinola)을 주연시켜 뮤지컬 영화로
만들기도 했다.

훗날 미국의 NBC-TV에서 자니 카슨의 「투나이트 쇼」 연출을 맡았
던 프레데릭 드 코르도바 감독에 이본느 드 카를로, 리처드 그린 주연
으로 1950년에 제작된 「아라비아의 공주」는 아라비아의 사막을 배경
으로 벌어지는 화려한 의상극인데, 「허슬러」에서 당구 솜씨를 겨루는
'미네소타 뚱보(Minnesota Fats)' 역으로 우리나라에서는 성격배우로
알려지기 오래 전부터 미국 텔레비전 연속물에서 서민적 코미디(버스
운전기사 역)를 전문으로 했던 잭키 글리슨과 단역배우 시절 록 허드
슨의 젊은 모습을 보여 주기도 한다.

사담 훗세인의 전쟁 무대였던 바그다드를 무대로 삼은 영화도 여
럿인데, 조지 셔먼 감독에 빅터 머튜어, 장수 텔레비전 서부극 「초연
(硝煙, Gunsmoke)」에서 닷지 시티를 지키는 꿋꿋한 거구의 보안관 매
트 딜론(Matt Dillon) 역으로 명성을 얻은 제임스 아네스, 그리고 버트
랭카스터와 곡마단 시절부터 짝패였던 닉 크라바트가 주연했던
1953년도 영화 「바그다드의 밀사」를 필두로 하여, 천편일률적인 「천

일야화」 줄거리이지만 마술사와 친구가 노예시장에서 아가씨들을 구해낸다는 내용을 담은 코미디 모험극 「바그다드의 무희」, 그리고 같은 해 네이탄 후란 감독이 만들었으며 록 허드슨이 바그다드에서 파이퍼 로리를 구해내기 위해 대활약을 벌이는 「황금의 검」도 볼 만하다. 헐리우드 키드가 중학교 입학 기념으로 구경을 갔던 영화 「바그다드(Bagdad)」는 용감한 모린 오하라가 아버지의 죽음에 대한 복수를 한다는 얘기인데, 우리나라에서는 「열사(熱砂)의 공주」라는 제목으로 상영되었다.

어느 고유분야(genre) 못지않게 관객의 눈을 즐겁게 해주는 「천일야화」 영화의 아류로서는 존 데리크과 일레인 스튜어트와 아만다 블레이크가 출연해서 정략 결혼을 하는 족장의 딸과 사막에서 나누는 사랑의 얘기를 펼쳐냈으며 서울에서는 "하지 하지 하지 바바"라는 유쾌한 주제가가 한참 유명했던 「하지 바바」, 13세기 아라비아에서 미녀가 머리를 써서 징기스칸의 후손인 침략자들을 물리치는 내용을 담은 「황금 군단」, 엉뚱하게도 드라큘라 단골 영국 배우 크리스토퍼 리와 그의 짝패 피터 쿠싱이 출연하면서 깜짝출연 얼굴들이 양념 노릇을 하는 「아라비아의 모험」을 포함시켜도 되겠다. 크리스토퍼 리는 더욱 황당하게도 폴레트 고다르, 집시 로즈 리, 세바스찬 캐보트 같은 어마어마한 배우들과 어울려 「바그다드의 아가씨들」이라는 엉터리 영화를 만들기도 했다.

그러면 이제는 「바그다드의 도적」을 마지막으로 살펴보고는 「천일야화」 영화에 관한 얘기를 마무리짓겠다. 「도적」이 처음 영화로 만들어진 것은 1924년, 더글라스 페어뱅크스 주연에 활극 전문 라울 월시 감독에 의해서였는데, 무성영화로서는 보기 드물게 상영 시간이 155분이나 된다.

"아라비아의 환상(An Arabian Fantasy)"이라는 부제가 붙었고, 당시

대유행이던 뮤지컬의 영향을 받아 음악까지 곁들인 1940년판 영국제 사부의 「도적」은 역시 대부분의 낯익은 ‘재료(공식)’가 동원되어, 아내가 365 명에 궁전이 50 개인 아메드 국왕과, “생각을 한다”는 백성의 죄를 참수로 다스리는 잔혹한 자파 대신의 마법에 걸려 맹인이 된 지나치게 선량한 왕자와, 눈먼 청년이 찾아와야 눈을 뜨게 된다는 ‘잠든 공주’와, 나무 위에 숨어서 훔쳐보고 몰래 만나 은밀히 나누는 구식 사랑과, “시간이 시작될 때부터 당신을 찾아다녔고 시간이 끝날 때까지 사랑하리라”는 대사의 유치한 순수함과, 역시 자파의 마법에 걸려 개가 된 사부와, 험상궂고 호탕한 지니 렉스 잉그람이 들어 주겠다는 세 가지 소원과, 장터의 희극적 추격전 곡예와, 탈옥과, 태엽을 감으면 하늘을 날아가는 천마와 비행 양탄자, 풍랑과 표류, 팔이 여섯 개인 인형 무희가 저지르는 살인, 그리고 ‘새벽의 신전’에서 거대한 거미가 지키는 천리안 따위로 엮어내는 온갖 환상에 대해서, 옛날 관객은 종교적일 정도로 진지한 믿음을 보이고는 했었다.

알렉상드르 뒤마(아들)의 「춘희」가 일찍이 1928년 이경손(李慶孫) 감독에 의해 우리나라에서까지도 영화로 만들어진 예로 미루어 보아 「바그다드의 도적」처럼 재미있는 내용이 도대체 얼마나 많은 나라에

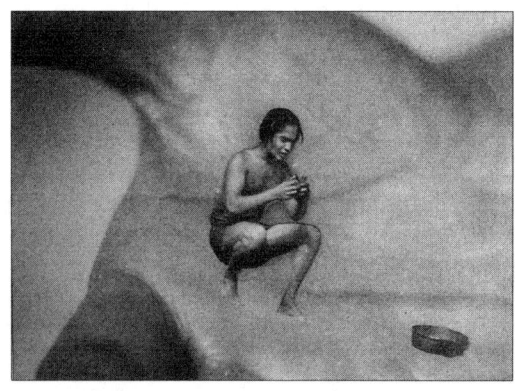

코르다 감독이
사부를 주연시킨
「바그다드의 도적」

서 얼마나 여러 번 영화가 되었는지는 확인할 길이 없지만 미국, 영국, 이탈리아, 프랑스에서 1924년부터 1978년까지 54 년에 걸쳐 제작된 네 편의 영화를 살펴보면 시대를 반영해 가면서 조금씩 모양과 의미를 바꿔 가는 일종의 '시간 여행(time travel)'을 하는 기분이 든다.

영화는 거리 풍경에서부터 의식주와 사고 방식에 이르기까지 당시의 사회 역사를 그대로 기록한다고 하지만, 문화적 발전과 쇠락도 반영하고, 국가에 따라 민족성의 차이도 나타낸다. 1961년에는 아더 루빈 감독이 스티브 리브스를 주연으로 내세워 만든 이탈리아 판 「바그다드의 도적」을 봐도 그렇다. 스티브 리브스라면 미스터 유니버스 근육을 잘 가꾼 덕택에 배우가 된 인물로서, 그런 면에서는 아놀드 슈워츠네거의 선배격이다. 리브스는 헤라클레스를 주인공으로 삼은 멍청영화에 많이 출연해서 한때 우리나라에서도 마카로니 웨스턴만큼이나 이탈리아 영화가 인기를 끌게 했었고, 그렇다면 슈워츠네거의 데뷔작이 하필이면 헤라클레스가 주인공인 「뉴욕의 헤라클레스(Hercules in New York)」였다는 사실도 단순한 우연의 일치만은 아니었는지도 모른다.

같은 제목이기는 하지만 「도적」은 새로 만들어질 때마다 조금씩 내용도 달라져서, 영국 영화에서는 사부와 사악한 마법사의 대결이 기둥줄거리를 이루지만 이탈리아 영화에서는 술탄의 딸과 결혼하기 위해 스티브 리브스가 '고역(苦役)'에 나선 헤라클레스처럼 마법의 파란 장미꽃을 찾아다니는 모험이 펼쳐진다.

가장 현대 감각에 잘 맞는 「바그다드의 도적」은 1978년에 영국과 프랑스가 합작으로 만든 클라이브 도너 감독의 작품으로서, 천일야화적인 재미의 극적 요소를 골고루 갖추었지만, 그렇게 커다란 몸으로 어떻게 저 작은 병 속에 들어가 있었느냐고 약을 올려 지니를 굴복시키는 장면말고는 사부의 「도적」과는 비슷한 구석이 거의 남아 있지 않다.

　바그다드 칼리프(피터 우스티노프)의 딸 야스민 공주(피터의 진짜 딸인 파블라 우스티노프)를 사랑하는 사카르의 타지 왕자는 그의 왕위를 찬탈한 마법사 자두의 온갖 훼방을 받지만 장터에서 마술과 도둑질로 밥벌이를 하는 핫산과 병 속에 갇힌 지니의 도움을 받아 검은새의 알 속에 숨겨둔 자두의 영혼을 찾아내어 바그다드로 돌아가 간악한 마법사를 죽이고 마술에 걸린 도시를 깨어나게 해서 야스민 공주와 결혼하여 아주아주 행복하게 잘 살았다는 얘기가 담긴 이 「바그다드의 도적」은 사랑과 음모와 모험의 3박자가 양탄자처럼 촘촘히 짜여졌고, "칼이란 기회가 주어지면 겨누는 방향을 바꾼다"는 따위의 잠언적 대사나 "진실한 사랑은 서로 속박하라고 사슬을 채우는 것이 아니라 날개를 달아준다"는 식의 유려한 표현이 번득일 뿐 아니라, 『춘향전』에서 방자와 향단이처럼 주인공의 무대를 빼앗아(steal the show) 독차지하는 주변 인물의 감초 사랑 얘기도 곁들였다.

　「도적」에서는 타지 왕자와 야스민 공주가 주인공으로서 얘기를 주도해 나가야 하는 부담에 시달리는 동안 장터의 마술사 로디 맥도월(핫산)과 칼리프의 하렘에서 내무반장격인 마리나 블라디는 바쁜 틈틈이 농염한 사랑을 나눈다. 킴 노박처럼 눈썹이 안 보이는 음욕적인 고양이 눈의 소유자인 마리나 블라디는 「악인은 지옥으로」, 「홍수전야」, 「연애시대」, 「야성의 유혹」, 심지어는 「죄와 벌」의 쏘냐 역에 이르기까지, 한때 헐리우드 키드의 시대를 지배했던 프랑스의 여배우로서, 당시만 해도 금기시되었던 여자의 겨드랑이 털을 깎지 않고 대담히 드러내어 여성은 치모도 아름답다는 진리를 증명하기도 했었는데, 「도적」에서 보여 준 그녀의 무르익은 모습은 요즈음 흔해빠진 샤론 스톤류의 과다 노출보다 훨씬 선정적이다.

　물론 여기에서도 날아다니는 자가용 양탄자, 이국적인 양파지붕의 건물들, 말끝마다 나오는 알라신과 끝없는 사막의 뜨거운 태양과 오아시스 종려나무 그늘, 화려하고 얇은 의상을 통해서 내비치는 여자의 살냄새가 가득한 하렘, 검정 두건을 두르고 버섯코처럼 꼬부라진 칼을 휘두르는 남자들의 검은 눈에서 풍기는 음산한 살기, 왁자지껄한 장터(bazaar)의 빛깔과 소리, 어둠과 불과 연기와 거짓된 소리와 환각이 가득한 마법의 산, 인간이 돌로 굳어진다는 신화, 막케나(막캐나?)의 황금 계곡처럼 온통 금으로 도배를 한 방에 모셔 놓은 진실의 눈, 천마와 비행 양탄자의 공중전 등등 「천일야화」의 진수를 한껏 살리기는 했지만 —.

그러나 어딘가 다르다.

시대가 달라지면 영화를 만드는 감각과 시각도 달라지기 때문이다.

지금은 한국의 건설 근로자들이 바그다드를 드나들고 사막과 오아시스와 인도의 달밤도 경험이 가능해졌지만, 아라비아 공주는 마법사 공주이고 페르샤 왕자는 별을 보고 점을 친다는 가요가 유행했던 시절, 전쟁으로 무너져 가난하고 배고팠던 시절의 한국 아이 헐리우드 키드에게는 꿈과 상상력에 날개를 달아 주던 "아라비아의 밤(Arabian nights)"이라면 분명히 날아다니는 양탄자를 타고 상상의 세계를 찾아가는 정신적인 모험이었다. 이렇듯 한때는 우리나라에서 '비행 담요'라고 알려졌던 물건이 이제는 보잉 747로 바뀌었고, "양산박"이니 "대도전"이니 해가면서 다분히 영웅적인 의적을 염두에 두고 사용하던 '도적'이라는 단어보다 비열한 좀도둑에게나 어울릴 듯싶은 '도둑'이라는 단어가 통용되는 지금의 현실에서라면 영화 또한 달라지게 마련이다.

그래서 피터 우스티노프의 「도적」은 「도둑」이라는 제목이 훨씬 더 잘 어울릴 듯싶고, 신화나 설화의 '엉터리 논리'를 정돈하기 위해 진실성(authenticity)을 부여하느라고 전개와 진행의 안무를 지나치게 고려하다 보니 예외와 기적이 묘미로 작용하는 전설이 사라져 버렸다.
사람도 너무 매끄럽고 빈틈이 없으면 깊이가 사라지고 얄밉지 않던가.

그리고 또 한 가지 달라진 점은 도적 사부가 장터에서 생선이나 떡을 훔쳐 배고프고 가난한 이웃에게 나눠 주는 '의적'의 모습을 보인다는 사실이다. 말하자면 그는 「천일야화」적인 로빈 후드이다. 그러나 참을 수 없는 경박함의 로디 맥도월은 그냥 '도둑'일 따름이다.

찾아보기 ●

▌「아라비안 나이트(Arabian Nights, 1942, 미국, 86분)」, 감/John Rawlins, 출/Jon Hall, Maria Montez, Sabu, Leif Ericson, John Qualen

▌「아라비안 나이트(Arabian Nights, 1974, 이탈리아-프랑스, 128분)」, 감/Pier Paolo Pasolini, 출/Ninetto Davoli, Ines Pellegrini, Franco Citti

▌「천일야화(A Thousand and One Nights, 1968, 스페인, 86분)」, 감/Jose Maria Elorrieta(Joe Lacy), 출/Jeff Cooper, Raf Vallone

▌「아라비아의 천일야화(1001 Arabian Nights, 1959, 미국, 75분)」, 감/Jack Kinney, 출(목소리)/Jim Backus, Kathryn Grant (Crosby)

▌「양탄자(Gabbeh, 1996, 이란-프랑스, 75분)」, 감/Mohsen Makhmalbaf, 출/Shaghayegh Djodat, Hossein Moharami

▌「거인을 죽인 잭(Jack the Giant Killer, 1962, 미국, 94분)」, 감/Nathan Juran, 출/Kerwin Mathews, Judi Meredith, Torin Thatcher

▌「키스메트(Kismet, 1944, 미국, 100분)」, 감/William Dieterle, 출/Ronald Colman, Marlene Dietrich, Edward Arnold, James Craig

▌「키스메트(Kismet, 1955, 미국, 113분)」, 감/Vincent Minnelli, 출/Howard Keel, Ann Blyth, Dolores Gray, Sbastian Cabot, Vic Damone

▌「사부와 마법의 왕(Sabu and the Magic King, 1957, 미국, 61분)」, 감/George Blair, 출/Sabu, Daria Massey, Vladimir Sokoloff, Robin Moore

▌「아라비아의 공주(The Desert Hawk, 1950, 미국, 77분)」, 감/Frederick de Cordova, 출

/Yvonne De Carlo, Richard Green, Jackie Gleason, Rock Hudson

▌「바그다드의 밀사(Veils of Bagdad, 1953, 미국, 82분)」, 감/George Sherman, 출/Victor Mature, Virginia Field, James Arness, Nick Cravat

▌「바그다드의 무희(Siren of Bagdad, 1953, 미국, 77분)」, 감/Richard Quine, 출/Paul Henreid, Patricia Medina

▌「황금의 검(The Golden Blade, 1953, 미국, 81분)」, 감/Nathan Juran, 출/Rock Hudson, Piper Laurie, Gene Evans, Kathleen Hughes

▌「열사의 공주(Bagdad, 1949, 미국, 82분)」, 감/Charles Lamont, 출/Maureen O'Hara, Paul Christian, Vincent Price, John Sutton

▌「하지 바바(The Adventures of Hajji Baba, 1954, 미국, 94분)」, 감/Don Weis, 출/John Derek, Elaine Stewart, Thomas Gomez

▌「황금 군단(The Golden Horde, 1951, 미국, 77분)」, 감/George Sherman, 출/Ann Blyth, David Farrar, George Macready, Richard Egan

▌「아라비아의 모험(Arabian Adventure, 1979, 영국, 98분)」, 감/Kevin Connor, 출/Christopher Lee, Milo O'Shea, Oliver Tobias, Peter Cushing, Mickey Rooney, Capucine

▌「바그다드의 도적(The Thief of Bagdad, 1924, 미국, 155분)」, 감/Raoul Walsh, 출/Douglas Fairbanks, Julanne Johnston, Anna May Wong

▌「바그다드의 도적(The Thief of Bagdad, 1940, 영국, 106분)」, 감/Ludwig Berger, 출/Tim Whelan, Michael Powell, Sabu, John Justin, Rex Ingram, Conrad Veidt

▌「바그다드(The Thief of Baghdad, 1961, 이탈리아, 90분)」, 감/Arthur Lubin, 출/Steve Reeves, Giorgia Moll

*지명 "바그다드"를 영어권에서는 보통 'Bagdad'로, 다른 언어권에서는 'Baghdad'로 표기한다.

▌「바그다드의 도적(The Thief of Baghdad, 1978, 영국-프랑스, 100분)」, 감/Clive Donner, 출/Roddy McDowall, Peter Ustinov, Kabir Bedi, Frank Finlay, Marina Vlady, Terence Stamp, Pavla Ustinov

▌「바그다드의 아가씨들(Babes in Bagdad, 1952, 미국-영국-스페인, 79분)」, 감/Edgar G. Ulmer, 출/Paulette Goddard, Gypsy Rose Lee, Richard Ney, John Boles, Sebastian Cabot, Christopher Lee

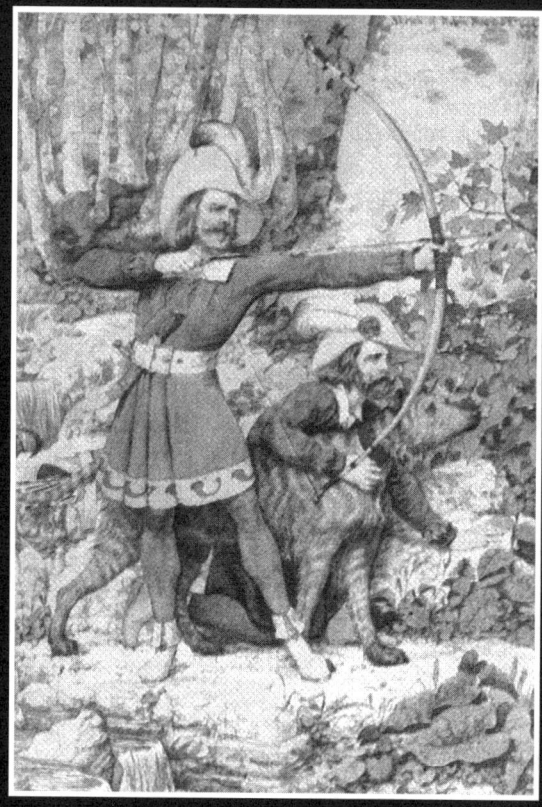

떼강도 두목이 어찌하여 영웅이 되었는가? 리처드 대드(Richard Dadd)의
회화에서 귀족처럼 멋진 모습으로 재현된 로빈 후드

로빈 후드의 전설

시간이 흐름에 따라 세상은 변한다. 세상이 변하면 인간의 시각도 변한다. 그리고 「바그다드의 도적」에 대한 시각이나 마찬가지로 로빈 후드에 대한 사람들의 시각도 무척 많이 변했다.

사람들은 떼강도의 두목인 로빈 후드를 영웅이라고 생각한다. 지금도 그렇게 생각하는 사람이 많지만 옛날에는 그에 관한 전설이 하나의 진실로 간주되었다.

로빈 후드를 "떼강도 두목"이라고 부른 까닭은 그의 직업이 사실상 숲에서 강도질을 한 산적의 두목이기 때문이다. 요크셔의 커클리(Kirkley) 수도원 터에 있다는 로빈의 무덤에 세워 놓은 비석에서도 1247년에 사망한 그를 '전무후무한 무법자(Such outlaw as he and his men/Will England never see again)'라고 정의했다. 비문에는 이런 내용의 글이 중세 영어로 적혔다고 한다.

이 작은 돌 밑에는

헌팅튼의 백작 로버트가 묻혔노라.

그는 누구보다도 활솜씨가 뛰어났으며

사람들은 그를 로빈 후드라고 불렀다.

그와 그의 부하들 같은 무법자를

영국에서는 다시 보지 못하리라.

　　문학 작품에 로빈 후드(Robin Hood)의 이름이 처음 나타난 것은 1377년에 중세 영어로 쓰여진 윌리엄 랭리(William Langley 또는 Langland)의 장시(長詩) 「농부 피터에 대한 윌리엄의 환상(The Vision of William Concerning Piers Plowman)」에 나오는 "로빈 후드의 시(rymes of Robyn Hood)"라는 언급이었다. 로빈은 영국 현대 소설의 원조인 월터 스코트 경의 두 소설 『아이반호(Ivanhoe)』와 『부적(The Talisman)』에도 등장하고, 알프레드 테니슨의 희곡 『숲사람들(The Foresters)』과 레지 날드 드 코븐(Reginald De Koven)의 경가극 「로빈 후드」에도 얼굴을 비친다.

　　본디 발라드의 형태를 취한 로빈 후드 얘기가 가장 왕성하게 피어 난 것은 영국의 동학란이라고 할 1381년 농민의 난(the Peasants' Revolt) 무렵이었고, 당시의 농노와 서민층은 왕의 사슴을 제멋대로 잡 아먹고 탐관오리들을 혼내주던 로빈의 배짱과 자유분방한 무정부주 의적 생활 양식에서 정신적으로 위안을 많이 받았으며, 로빈 후드의 전설에는 당연히, 시간이 흐름에 따라, 서민의 불만과 자유에 대한 갈 망을 반영하는 내용이 자꾸만 첨가되었을 것이다.

　　로빈 후드의 갖가지 발라드는 1510년에 「로빈 후드의 모험담(A Lytell Geste of Robyn Hode)」이라는 제목으로 456개의 4행 연(stanza)으 로 엮어져 서사시에 가까운 모습을 갖추었고, 이때부터 로빈 후드가 과연 실존인물인가 하는 확인 작업이 시작된다. 로빈 후드가 실존했다고 밝힌다며 18세기에는 골동품 수집가 윌리엄 스튜클리(William Stukeley)가 가짜 족보를 만들어낸 사건도 벌어졌었지만, 전래되어 내려오는 발라드에 의하면 그는 1160년경 노팅엄셔(Nothinghamshire)의 록슬리(Locksley)에서 태어났는데 내기를 하느라고 왕의 사슴을 죽였다가 쫓기는 몸이 되었다고 한다.

16세기 이후에는 귀족 계층이 로빈을 그들의 편으로 영입해 들이려는 작업을 활발히 벌여, 발라드에 나타난 로빈의 이미지가 왜곡되기 시작한다. 1562년 리처드 그래프톤이 집필한 『역사 초본(Abridgement of Chronicles)』에서 로빈이 몰락한 귀족이었다는 첫 언급이 나오고, 궁정 희곡 작가인 앤토니 먼데이(Anthony Munday)와 헨리 체틀(Henry Chettle)이 그래프톤의 주장을 이어받아 1601년 그들의 작품 『헌팅튼 백작 로버트의 몰락(The Downfall of Robert, Earl of Huntington)』과 『헌팅튼 백작 로버트의 죽음(The Death of Robert, Earl of Huntington)』에 그대로 반영한다. 이때부터 로빈은 귀족으로 둔갑하여, 본디 헌팅튼의 로버트 피트주트(Robert Fitzooth)였지만 빚에 몰려 신분을 감추고 무법자 노릇을 했다는 얘기로 바뀐다.

그의 이름 로빈 후드에서 '로빈(Robin)'은 '울새'라는 뜻으로 '로버트'의 애칭이고, '후드(hood)'는 'hoodlum(건달, 불량배, 폭력단원)'과 친족 단어로서 '깡패'라는 뜻이다. 하지만 '후드'의 실제 어원은 13세기 전원극(田園劇, pastrourelle dramatique)에 등장하던 주인공 "숲속의 로빈(Robin des Bois)"이라고 한다. 고대 영어로는 프랑스어 'bois(숲)'에 해당하는 'wood'를 'whode'라고 표기했으며, 그것이 'hode(hood)'로 정착되었다는 주장이다. 어쨌든 로빈 후드는 이렇게 해서 헌팅튼의 백작 로버트 피트주트로 귀족 등록을 마친다.

매리언 아가씨(Maid Marian)도 중세의 발라드에서는 전혀 등장하지 않았으며, 1285년경에 프랑스에서 선보인 아담 드 라 알(Adam de la Halle)의 전원극 「로빈과 마리온의 연극(Jeu de Robin et Marion)」으로부터 빌어 온 여주인공이다.

이렇게 누덕누덕 기워서 만든 전설을 얼마나 믿어야 좋을지 사람들을 당혹하게 만드는 인물 로빈 후드를, 그렇다면 영화에서는 어떻게 그려 왔는지를 살펴보기로 하자.

로빈 후드 영화의 고전은 역시 1938년판 「로빈 후드의 모험」으로서, 2년 후 또 다른 걸작 검술영화 「씨호크(The Sea Hawk)」에서 다시 만나게 될 마이클 커티스 감독과 에롤 플린이 돌층계에서 인상적인 검술을 엮어내는데, 상대방은 악역으로 이름을 떨쳤던 배질 래트본이다. 음악(Erich Wolfgang Korngold), 미술 감독(Carl Jules Weyl), 편집(Ralph Dawson) 분야에서 아카데미 상을 타낸 유명한 작품이기도 하다.

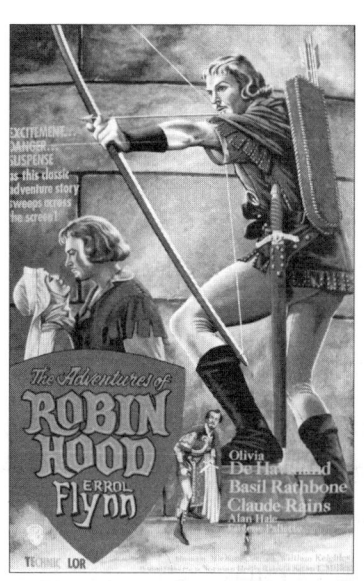

에롤 플린이 종횡무진 활약하는 「로빈 후드의 모험」 포스터

다음 장에서 소개할 리처드 토드의 「로빈 후드(The Story of Robin Hood and His Merrie Men)」와 더불어 화려한 색채가 큰 재산이요 '소품'이었던 에롤 플린의 「로빈 후드」는 테크니칼라(Technicolor)로 촬영한 의상극이요 시대극이기도 했다. 1915년 테크니칼리 영화사(Technicolor Motion Pictures Corporation)를 세운 칼머스(Herbert T. Kalmus)와 콤스탁(Comstock)이 완성한 테크니칼라는 빛의 빨강과 초록 구성 요소를 촬영기로 따로 분리시켜 두 개의 음화를 만든 다음 영사기의 초록과 빨강 여과 장치를 거쳐 상영하도록 처리해 만드는 기법인데, 나중에는 하나의 필름에 두 음화를

결합하여 자홍색(magenta)이나 청록(cyan)으로 색채 보완을 했다.

MGM이 해양활극(「Toll of the Sea, 1922」, 「The Black Pirate, 1926」)을 통해 실험을 했던 과도기를 거쳐 1932년에는, 4도(plates)나 5도로 이루어진 오프세트 인쇄 과정에서처럼, 광선 분리 장치로 석 장의 흑백 색분해 필름을 만드는 '총천연색 촬영법(full-color cinematography)'을 완성한다. 헐리우드 키드 시대의 사람들은 영화 포스터마다 일본을 흉내내어 '總天然色(총천연색)'이라는 한자를 글자마다 빛깔을 바꿔가며 파랑, 노랑, 빨강, 초록 등으로 예쁘게 인쇄해 넣고는 하던 때를 기억할 텐데, 이 '총천연색'이라는 표현이 바로 'in full natural color'라는 총천연색 촬영 영화의 단골 선전 문구를 그대로 번역한 표현이었다.

3색 분해 과정을 처음 활용한 사람은 월트 디즈니로, 단편 만화영화 「꽃과 나무(Flowers and Trees, 1932)」에서였고, 극영화에서는 1935년 루벤 마물리안 감독이 19세기 영국의 소설가 대커리(William Makeplace Thackeray, 1811~1863)의 대표작 『허영의 시장(Vanity Fair, 우리나라에서는 『허영의 도시』라는 제목으로도 번역되었음)』을 영화로 만든 「베키 샤프(Becky Sharp)」가 최초였다. 테크니칼라의 화려한 색채가 절정에 이른 것은 그림책처럼 강렬한 색채를 동원한 「바람과 함께 사라지다(1939)」에서였으며, 두드러진 테크니칼라 영화로는 「킹 솔로몬(King Solomon's Mines, 1952)」이 대표작 가운데 하나로 꼽힌다.

춥고 배고프고 황량하던 전쟁 시기에 헐리우드 키드는 당시에 쏟아져 들어오던 테크니칼라의 따뜻한 빛깔에서 크나큰 위안을 얻었으며, 비록 1970년대까지 명맥을 유지하기는 했지만 1952년 이스트만칼라(Eastman Color)의 등장과 더불어 쇠퇴의 길로 들어선다.

이스트만 코닥(Eastman Kodak)이 개발한 필름은 작업 과정이 훨씬 간단하고 비용도 덜 들어서 그 후 영화 산업의 한가운데로 파고 들었는데, 심도 초점(deep focus)을 사용한 영화처럼 차갑고 투명한 인상을 주고는 했다. 그래서 헐리우드 키드는 이스트만칼라라고 하면 파라마운트 영화사의 특허품인 선명한 비스타비전 화면에 정말로 잘 어울린다는 생각을 자주 했었다.

투명성은 보잘것없었지만 차갑기로서는 아마도 20세기 폭스사가 즐겨 사용하던 딜럭스칼라(De Lux Color)가 으뜸이었으리라. 테크니칼라나 이스트만칼라에 비하면 색감과 결도 뒤떨어지고, 마치 한국에서는 기술이 없어 서울의 사진관들이 일본에서 인화를 해오고는 했던 초기의 칼라 사진처럼 푸르딩딩하던 화면을 기억하는 사람들이 많을 텐데, 번지는 듯 묽었던 그 화면이 바로 딜럭스 판이었다. 'deluxe'라면 화려함을 뜻하는 프랑스어이지만, 20세기 폭스의 '딜럭스'는 정말로 어울리지 않는 이름이 아니었나 생각된다.

그러나 에드워드 드미트리크의 「애증(Broken Lance, 1954)」이나 서부극 전문 감독인 델머 데이브스(Delmer Daves)가 만든 「최후의 포장마차(The Last Wagon, 1956)」와 같은 경우, 한 영화에서는 리처드 위드마크가 악인으로 그리고 다른 영화에서는 선인으로 나오기는 하지만, 사생아(로버트 와그너)와 인디언 혼혈아(위드마크)가 겪는 삭막한 삶의 배경으로서는 황량한 딜럭스 화면이 제격이었다는 생각도 든다.

영화의 색채를 얘기하려면 어떤 사람들은 '무색(無色)'이라고 착각하는 흑백 영화를 빼놓아서는 안 된다. '색채'를 걸러낸 흑백 화면의 질감을 '천연색'으로는 얻어내기가 힘들고, 그래서 철학적인 깊은 분위기는 흑백이 제격이다. 천연색이면서 음악까지 곁들인 「셸부르의 우산」이 아무리 '우수(憂愁)'의 분위기를 마련하려고 해도, 예를 들어 1932년 노벨 문학상을 수상한 영국 소설가 갈스워디(John Galsworthy, 1867~1933)의 작품을 원작으로 삼아 롤프 한젤 감독이 만든 독일 영화 「백화는 지다(Die Letzten werden die Ersten sein, 1957)」에서 막시밀리언 셸의 고백서를 찢어 바람에 날리면서 O. E. 핫세가 어둠 속으로 사라지는 마지막 장면의 '우수'와 비애감은 흑백이 아니었다면 절대로 담아내지 못했으리라는 생각이다.

스웨덴과 프랑스 합작인 「싱고아라(Gypsy Fury, 1951)」역시 시종일관 음울하고 어두운 흑백 화면이 시각적인 충격으로 가득했으며, 바람에 낙엽이 휘날리는 황량한 마을에 어린아이가 망또를 걸치고 나타나면 마을 사람들이 "페스트다!"라고 외치며 도망치던 모습은 가히 알베르 까뮈적이었다.

흑백의 미학은 심도 초점으로 홀랑 벗겨 놓은 듯 선명한 살륙의 현장을 보여 주는 스탠리 큐브릭의 「돌격(Paths of Glory, 1957)」을 밝히기도 하며, 사람들은 미켈란젤로 안또니오니와 페데리코 펠리니와 마틴 리트와 오슨 웰스 같은 감독의 이름을 들으면 그들이 만든 흑백 영화부터 연상하게 된다. 그리고 영국의 캐롤 리드와 미국의 윌리엄 와일러는 아예 흑백 영화만 전문으로 만드는 감독으로 명성을 얻었으며, 그래서 윌리엄 와일러가 「벤허」를 완성하기 3년 전인 1956년에 「우정있는 설복」을 내놓았을 때는 그가 만든 최초의 천연색 영화라면서 떠들썩하게 선전을 했었다.

아무튼 테크니칼라인 「로빈 후드의 모험」이후에도 화려하고 다양한 로빈 후드의 모험은 계속되어서, 1948년에는 "떼강도의 두목"과 가장 근사한 제목인 「도적떼의 왕자」라는 존 홀 주연의 활극이 청소년층 관객을 겨냥해서 나왔다.

2년 후에는 활극 전문인 고든 더글라스 감독이 존 데리크, 조지 맥크레디, 앨런 헤일을 출연시켜 「쾌걸 로빈 후드」를 만들었는데, 주인공은 로빈이 아니라 그의 아들로서, 대헌장(Magna Carta)을 둘러싸고 벌어지는 활극이다. 로빈의 아들은 조지 셔먼 감독에 데이비드 헤디슨 주연인 1959년 영국 영화 「로빈 후드의 복수」에도 등장하여 대를 이어 셔우드 숲의 도둑떼를 거느리고 집권한다. 대를 잇는 집권과 전설은 1946년 조지 셔먼과 헨리 레빈 감독에 코넬 와일드가 로빈 후드의 아들 역을 맡아 주연한 「싸우는 로빈 후드」에서도 이루어진다.

　로빈 후드라면 영국이 고향인지라 아무래도 영국에서 가장 많은 영화가 만들어질 수밖에 없었던 모양이다. 1954년에 「셔우드 숲의 용사들」이 선을 보였고, 크리스토퍼 리와 피터 쿠싱의 드라큘라 영화를 즐겨 만든 테렌스 피셔 감독이 무개성(無個性) 미남형 배우 리처드 그린을 주연으로 동원한 1961년 「셔우드 숲의 검」은 기둥줄거리가 본디 전설에서 좀 벗어나 캔터베리 대주교 살인 음모를 중심으로 삼았으며, 1968년의 어린이용 영화였던 「로빈 후드의 도전」도 영국 제품이다. 역시 영국에서 만든 존 길러민 감독의 「미스 로빈 후드」는 제목만 보면 여성상위시대를 맞아 로빈 후드의 아들이 아니라 딸이 셔우드 숲에서 대를 이어 집권하는 내용 같지만, 위스키를 만드는 가문의 비법을 찾아 헤매는 여자와 여성지에 글을 쓰는 순진한 남자가 주인공이다.

　로빈 후드는 영국과 미국에서만 활약한 것이 아니어서, 우리나라에는 「해적과 로빈 후드」라는 이탈리아 영화가 수입되기도 했지만 자료를 찾을 길이 없다.

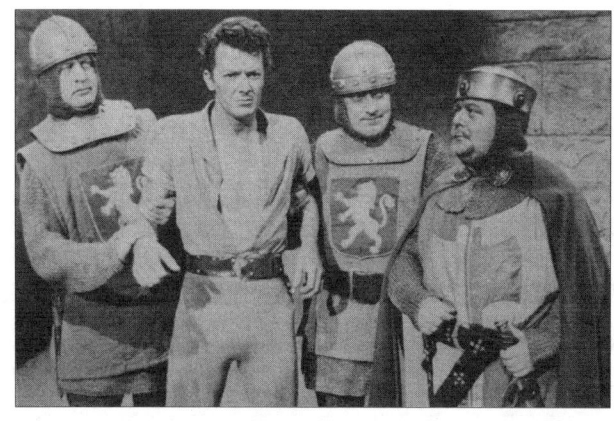

검술 활극에 자주 얼굴을 보였던
코넬 와일드의
「싸우는 로빈 후드」

그런가 하면 로빈 후드 전설의 아류도 영화에 가끔 나타나서, 「엘도라도의 로빈 후드」는 살해당한 아내의 복수를 위해 범죄의 길로 들어선 멕시코의 떼강도 두목 호아낀 무리에따(Joaquin Murietta)의 '전설'을 상당히 재미있게 만든 영화이고, 「무뢰한 켈리」는 오스트렐리아 판 로빈 후드로 알려진 네드 켈리(Ned Kelly)의 후손이 가족의 은신처인 섬을 지키기 위해 돈을 만들려고 미국 로스앤젤레스로 가서 영화를 만드는 사람들과 어울려 요란한 폭주형 모터사이클을 몰고 다니며 어쩌고저쩌고 한다는 황당무계한 내용인데, 각본과 감독에 주연을 맡고 스턴트까지도 직접 했다는 야후 시리어스(Yahoo Serious, "야후 심각해")라는 이름을 보면 어떤 영화인지 알 만하겠다. '야후(Yahoo)'는 조나던 스위프트의 「걸리버 여행기」에서 네 번째 항해에 등장하는 괴물 부족의 이름인데, 더럽고 혐오스러운 야수로서 퇴락한 인간을 상징한다.

「무뢰한 켈리」보다는 조금 진지한 로빈 후드 아류를 찾아본다면 18세기 프랑스의 로빈 후드로 알려진 빠리 범죄 조직의 두목을 주인공으로 삼은 장 뽈 벨몬도 주연의 희극적 활극영화 「대도적 까르뚜시」를 꼽아도 되겠다.

떼강도의 두목이 영웅으로 둔갑하는 로빈 후드의 전설이 만들어진 과정을 연상시키는 영화도 있다. 찰스 브론슨과 나중에 암으로 사망한 그의 아내 질 아이얼런드가 주연을 맡은 「정오에서 3시까지」에서는 죽었다고 알려진 범죄자를 전설적인 영웅으로 만드는 여자를 등장시킨다. 그녀는 물론 '전설'과 나누었던 그녀의 사랑에 관한 거짓말도 지어낸다.

이러한 영웅과 전설만들기 작업과 연관지어 관심을 갖고 봐 둘 만한 영화가 무법자와 사회의 이단자들을 흠모하고 사랑하여 미화시키는 미국인들의 심리 행태를 풍자하려는 의도로 만들었다는 「올리버

스톤의 킬러」이다.

본디 제목이 「타고난 살인자(Natural Born Killers)」인 「킬러」의 두 주인공 우디 해럴슨과 줄리에트 루이스는 '신혼여행' 동안에 동기도 없고 이유도 없이, 별로 쾌감조차도 느끼지 않으면서, 사교(邪敎, cult)의 예식을 치르듯 환각과 '무의식'에 쫓겨 52명을 살해하는 무책임한 무궤도 행동을 거친 다음 형무소에 수감되는 쾌락주의자 남녀 한 쌍이다. "미국의 미치광이들(American Maniacs)"이라는 폭력적이고 선정적인 텔레비전 프로그램의 진행자는 시청률을 높이기 위해 그들 두 사람과 생방송 인터뷰를 해서 '미국의 진정한 영웅'으로 만들 계획을 세운다. 텔레비전이 범죄를 가지고 스포츠처럼 '흥행'을 벌이려는 것이다.

「우리에게 내일은 없다」의 바니와 클라이드가 활동 무대로 삼았던 오클라호마와 인접한 텍사스에서 제2의 바니와 클라이드 노릇을 하는 '미키와 맬로리'는 "유전무죄, 무전유죄"식으로 "살인은 순수하다"거나 "사악한 자만이 살아남기 때문에 살인을 한다"거나 "사랑만

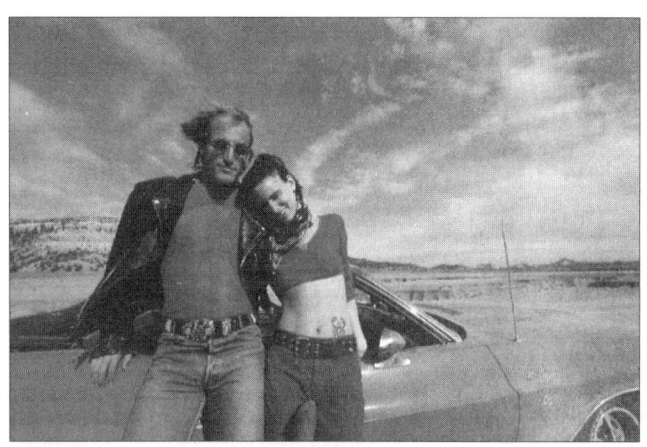

'로빈 후드 만들기'를 주제로 삼은 「타고난 살인자」

이 악마를 죽인다"는 식의 잠언적 철학을 텔레비전의 노예가 된 세상에 알리면서 '팬'들을 열광시키며, '숲을 죽이는 산업화'와 그들의 '살인 작업' 행각을 병치하는데, 방송(언론)은 두 사람의 범죄를 감동적으로 해석하며 극화한다. 폭력을 먹고 사는 텔레비전의 생태에 대한 '탐구'를 시도하는 이 영화에서는 어지러운 영상 구성으로 이어진 지옥도(地獄圖)를 펼쳐 보이며, 고리타분한 비판은 유보한 채 미래주의적 환몽의 '상태'에만 열중한다.

「펄프 픽션」을 만든 쿠엔틴 타란티노가 각본을 썼으니 이해가 가겠지만, 흑백과 색채와 동영상(animation)이 어지럽게 환각 교차를 이루고, 만화 주인공 같은 형무소 소장을 포함하여 정상적인 사람이 하나도 없는 분위기와 상황 속에서 탈옥에 성공한 미키와 맬로리는 생방송으로 그들을 열심히 도와 준 텔레비전 기자를 무참히 살해하고 유유히 사라진다.

따라서 이렇게 험악한 시각적 언어와 사회심리학적 시각을 가지고는 로빈 후드 전설을 해석하기가 불가능하다. 올리버 스톤의 언어를 가지고 로빈 후드에 얽힌 전설의 분석이 제대로 이루어지기가 어려워 보이는 까닭은, 「킬러」가 의도했던 바를 전달하는 데 실패했다는 평을 듣기도 했지만, 시간을 따라 변해 가는 전설과 첨단 의식을 지향하는 현실 감각 사이에 간격이 벌어지기 때문이라고 여겨진다.

그러나 올리버 스톤의 「킬러」는 전설이 제조되는 과정과 주인공이 처한 환경(주변 사람들)을 대비시키면서 읽기를 해볼 만한 가치를 지닌 영화이다. 전설을 만들고 뒤엎어 가면서 떠들썩한 사람들에 대해 조롱과 무관심으로 일관하는 주인공의 시각은 참으로 흥미있는 관찰 대상이다.

▌「로빈 후드의 모험(The Adventures of Robin Hood, 1938, 미국, 102분)」, 감/Michael
Curtiz, William Keighley, 출/Errol Flynn, Olivia de Havilland, Claude Rains,
Basil Rathbone, Ian Hunter, Alan Hale

▌「도적떼의 왕자(The Prince of Thieves, 1948, 미국, 72분)」, 감/Howard Bretherton, 출
/Jon Hall, Patricia Morison, Michael Duane

▌「로빈 후드 이야기(Tales of Robin Hood, 1951, 미국, 60분)」, 감/James Tinling, 출
/Robert Clark, Mary Hatcher

▌「쾌걸 로빈 후드(Rogues of Sherwood Forest, 1950, 미국, 80분)」, 감/Gordon Douglas,
출/John Derek, Diana Lynn, George Macready, Alan Hale

▌「로빈 후드의 복수(The Son of Robin Hood, 1959, 영국, 81분)」, 감/George Sherman,
출/David Hedison, June Laverick, David Farrar

▌「싸우는 로빈 후드(The Bandit of Sherwood Forest, 1946, 미국, 86분)」, 감/George
Sherman, Henry Levin, 출/Cornel Wilde, Anita Louise, Edgar Buchanan

▌「셔우드 숲의 용사들(Men of Sherwood Forest, 1954, 영국, 77분)」, 감/Val Guest, 출
/Don Taylor, Reginald Beckwith

▌「셔우드 숲의 검(Sword of Sherwood Forest, 1960, 영국, 80분)」, 감/Terence Fisher, 출
/Richard Greene, Peter Cushing, Niall MacGinnis, Nigel Green, (Oliver Reed)

▌「로빈 후드의 도전(A Challenge for Robin Hood, 1968, 영국, 85분)」, 감/C. M.
Pennington-Richards, 출/Barrie Ingham, James Hayter

▌「미스 로빈 후드(Miss Robin Hood, 1952, 영국, 78분)」, 감/John Gillermin, 출/Margaret
Rutherford, Richard Hearne

▌「엘 도라도의 로빈 후드(The Robin Hood of El Dorado, 1936, 미국, 86분)」, 감/William
Wellman, 출/Warner Baxter, Ann Loring, Margo, Bruce Cabot, J. Carrol Naish

▌「무뢰한 켈리(Reckless Kelly, 1993, 오스트렐리아-미국, 94분)」, 감/Yahoo Serious, 출
/Yahoo Serious, Melora Hardin

▌「대도적 까르뚜시(Cartouche, 1961, 프랑스-이탈리아, 115분)」, 감/Philippe De Broca, 출
/Jean-Paul Belmondo, Claudia Cardinale, Odile Versois

▌「정오에서 3시까지(From Noon Till Three, 1976, 미국, 99분)」, 감/Frank D. Gilroy, 출
/Charles Bronson, Jill Ireland

▌「올리버 스톤의 킬러(Natural Born Killers, 1994, 미국, 119분)」, 감/Oliver Stone, 출 /Woody Harrelson, Juliette Lewis, Robert Downey, Jr., Tommy Lee Jones

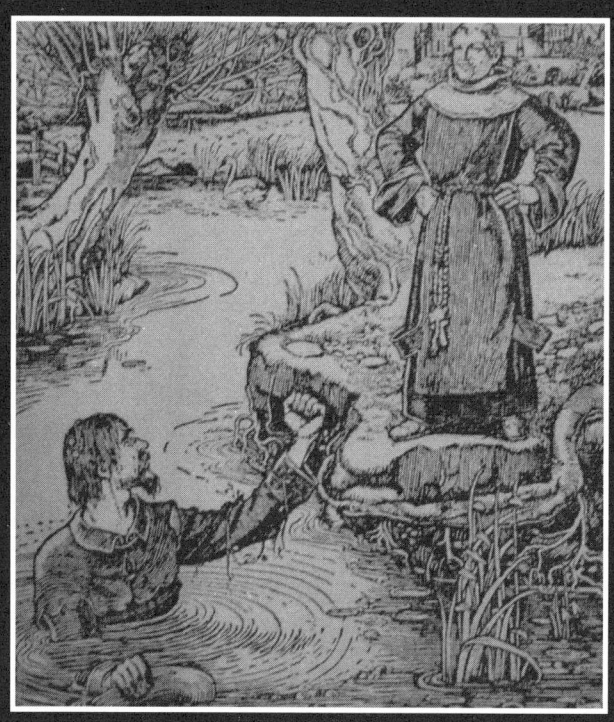

「로빈 후드」 리처드 대드 작품
터크 승려와 로빈이 개울을 건너며
머리싸움을 벌이는 유명한 장면의 삽화

의적과 홀태 바지

    지난 반 세기 동안 그렇다면 로빈 후드 영화들은 어떤 시각으로 인간 로빈 후드를 보게끔 관객을 유도해 왔는지도 한 번 따져 볼 만하겠다.

    여태까지 등장한 수많은 로빈 후드 영화 가운데 전통적인 가사 문학인 발라드(ballad) 판에 가장 비슷했던 작품은 1952년에 나온 「로빈 후드」였다. 켄 아나킨 감독에 영국 배우 리처드 토드가 주연했고 나중에(1973년) 로빈 후드 이하 모든 주인공을 동물로 대치시킨 만화영화 「로빈 후드(Robin Hood)」를 만들기도 한 월트 디즈니가 제작한 작품으로서, 서부영화 「캐트 벌루(Cat Ballou)」에서 내트 킹 콜(Nat King Cole)과 스터비 케이(Stubby Kaye)가 그랬던 것처럼 로빈의 부하들 가운데 한 사람이었던 방랑 음유시인 앨런-어-데일(Alan-a-Dale, '골짜기의 앨런'이라는 뜻)이 노래하는 해설자 역할을 맡아 "즐거운 산적 생활" 얘기를 전해서 고전풍 분위기를 살린다. 양념으로 들어간 이런 노래 가운데 "휘파람을 불어요(Whistle, My Love)"는 어느 뮤지컬에 써 먹어도 빠지지 않을 정도로 흥겨운 곡이기도 하다.

경쾌한 피터 팬 옷차림으로 신출귀몰하는 로빈, 오랫동안 우리나라에서는 일본식 발음으로 "탁구(table tennis?)"라고 알려졌던 뚱뚱보 장난꾸러기 터크 승려(Friar Tuck), 외나무다리에서 처음 만나 작대기 싸움을 벌이는 리틀 존과 로빈, 남장을 하고 로빈을 찾아나서는 매리언, 세금을 긁어내는 탐관오리 노팅엄 지사(知事, Sheriff of Nottingham), 이미 과녁에 박힌 화살을 다시 맞혀 가르는 궁술대회, "부자한테서 빼앗아 가난한 사람들에게 나눠 준다"는 활빈당 정신, 공권력과 민중의 대결, 이런 모든 양념이 담긴 영화였다.

누구나 다 아는 얘기를 남다른 방법으로 재미있게 만들기 위해서는 가끔 특별한 장치가 필요한데, 리처드 토드의 「로빈 후드」에서는 촉에 호루라기를 달아 하늘에서 소형 사이렌처럼 소리가 나게 하는 신호용 화살이 그것이었다. 온갖 기기묘묘한 물건들을 가지고 장난치는 제임스 본드 역시 영국인이니까, 사이렌 화살이 날아가는 장면을 볼 때마다 007뿐 아니라 맥가이버 계열의 주인공들은 로빈의 후배로구나 하는 생각이 들기도 한다.

「로빈 후드」는 주연 배우들도 재미있는 관찰 대상이다. 어딘가 아폴로 신을 닮은 듯한 리처드 토드의 젊었던 시절의 모습도 인상적이지만, 프랑스 인상파 초기의 화가이며 영화감독 장 르누아르의 아버지이기도 한 삐에르 오귀스뜨 르누아르가 풍만한 여인을 즐겨 그렸듯이, 1940~50년대 영화의 주연 여배우는 「로빈 후드」의 조운 라이스(Joan Rice)처럼 통통한 여인이 많았다. 사부의 「바그다드의 도적」에서도 그런 현상은 확인이 가능하다. 우리나라에서도 탐스러운 '부잣집 맏며느리' 상이 비슷한 시기에 호감의 대상이었다.

화려한 색채와 자연 풍광으로 우선 눈이 즐겁고 마음이 편한 애국적 영화에서 젊은 로빈과 매리언이 나무들 사이로 "나 잡아봐라"를 하는 장면도 낙천적 향수를 불러일으키고, 역시 디즈니 제작이며 정말로 '신나는' 영화 「용감한 도네갈 왕자(The Fighting Prince of Donegal)」와 쌍벽을 이룰 정도로 다채로운 의상 또한 좋은 구경거리이다.

그러나 세월은 흘렀고, 40년이 지난 다음 1991년에는 케빈 코스트너가 「로빈 후드」에서 셔우드 숲의 의적(義賊) 역을 맡았는데, 숀 코너리 판 「카멜로트의 전설」이나 마찬가지로 로빈 후드 전설을 현대화한 영화였다. 여기에서는 자주 장난꾸러기로 그려지던 떼강도 두목 로빈이 햄리트나 맥베드만큼 심각한 인물로 변했고, 흑인(무어인 역을 맡은 모건 프리먼)까지 나타난다. 그러나 로빈 후드에 대한 현대적인 해석이나 시각이 별로 돋보이지를 않았고, 주연 배우도 지나치게 전형적인 미국 얼굴이어서 어울리지 않는다는 평이었으며, 현실감이 모자라는 영화로 남게 되었다.

코스트너 영화가 나오기 직전 같은 해에 패트릭 버긴의 「의적 로빈 후드」가 텔레비전용으로 제작되었는데, 특이하게도 '무대 예술'의 뒷맛이 담긴 훌륭한 영화였다. 과거의 의상극이나 시대극에서처럼 의상과 색채를 자랑으로 삼는 대신, 오히려 색채를 죽여 가며 분위기를 추구한 이 영화에서는 감독(John Irvin)과 두 주연 배우가 마치 시간의 흐름을 역으로 거슬러

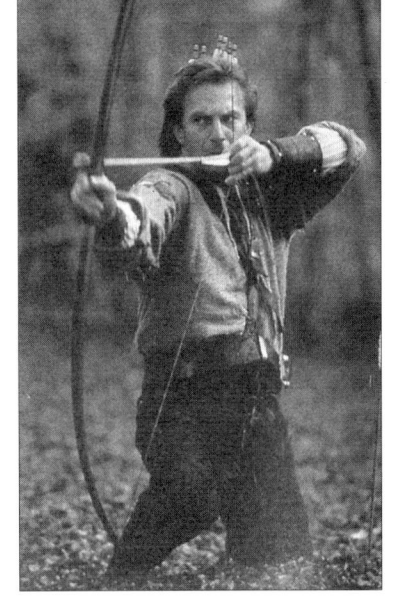

케빈 코스트너의 로빈 후드 역은
과녁을 빗나갔다는 평을 들었다.

올라가듯 주인공의 인물 구성에서 '원형'을 찾으려고 노력한 흔적이 보인다. 패트릭 버긴은 사념적이고 '도둑'다운 연기를 했으며, 매리언 역의 우마 터만 역시 못된 성미를 지닌 '인간'다운 여성을 그려냈다.

이렇듯 로빈 후드의 변모는 주로 텔레비전을 통해서 이루어졌는데, 1950년에 텔레비전 연속물로 만들었다가 방영되지 못한 내용들을 이어 붙여 만든 60분짜리 「로빈 후드 이야기」라는 영화가 말하자면 첫 로빈 TV 영화인 셈이다.

그러나 텔레비전 판 로빈 후드 얘기로는 단연 멜 브룩스의 30분짜리 시트콤 「더러운 세상(When Things Were Rotten)」이 정말로 볼 만했다. 십여 년 전 우리나라에서도 AFN-TV를 통해 방영되었던 「더러운 세상」은 배우로서, 연출가로서, 각색자로서, 그리고 심지어는 작사-작곡가로서 맹활약을 벌이는 팔방미인 희극인 멜 브룩스(Mel Brooks)의 솜씨가 한껏 발휘된 작품이었다.

로빈 후드의 전설에는 워낙 다채로운 인물이 여럿 등장하기도 하지만, 「사랑의 유람선(Love Boat)」을 위시한 미국의 많은 인기 시트콤 단골 희극배우들을 총망라하여 "궁술대회"나 "리처드 왕의 인질금" 같은 일화를 하나씩 골라 연속물로 만든 「더러운 세상」이 거두어 들인 대성공의 후광을 뒤늦게 살리려는 듯, 멜 브룩스는 1993년에 영국의 인기 여자 코미디언 트레이시 울만을 미녀 리트린(Latrine, '뒷간'이라는 뜻임)으로, 「더러운 세상」에도 나왔던 디크 밴 패튼, 그리고 「대부」의 말론 브란도 흉내(spoof)를 기막히게 해낸 돔 딜루이스 등을 출연시켜 「못 말리는 로빈 후드」라는 극장용 영화도 만들었다.

본디 영어 제목 「로빈 후드와 홀태바지를 입은 사나이들」이 「못 말리는 로빈 후드」라는 제목으로 바뀌어 비디오로 보급 중인 이 영화는 정조대를 차고 다니는 매리언, 유도탄처럼 날아가는 '패트리어트 화살' 같은 웃기는 장치(gag)를 많이 마련하기는 했지만, 영어를 모르는 사람들이라면 '멜 브룩스 장난'의 재미를 절반은 손해를 보고 들어가는 셈이다.

예를 들면 '뒷간'이라는 이름의 마녀의 경우처럼, 'Sheriff of Notthingham'이라는 악역의 직책을 'Sheriff of Rottingham("썩어가는 돼지고기")'라는 명칭으로 바꿔 놓으면 왜 우스운지를 눈치채지 못하기 때문이다. 이러한 영어 말장난은 영화가 계속되는 동안 쉴새없이 나온다. 그러나 우스운 이런 대사를 한국 관객에게 어떻게 제대로 전달한다는 말인가?

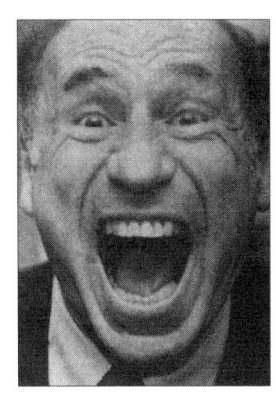

멜 브룩스의 이런 장난스러운 표정을 보면 그의 로빈 후드 영화가 어떤 모습인지 쉽게 짐작이 간다.

'Who's your king? King Richard? King Luois? King Kong? Larry King?" ('Larry King'은 미국의 유명한 방송인이다.)

"...dear to kill King's dare...or dare to kill King's deer."

"Hey, Blinkin"이라고 이름을 부르니까 대답하기를 "Abe Lincoln?"

멧돼지(wild boar)가 어디 있느냐는 질문에 존 왕자를 가리키며, "That's a wild bore."

"That'll cost you."라는 위협에 대답하기를, "Put it on my bill."

로빈이 말에서 떨어지자 Ahchoo(재채기 소리)가 하는 말, "White men can't jump."

그리고 오스트리아에서 돌아온 사자왕 리처드가 그동안 폭정을 계속해 온 동생 존(John)을 괘씸하게 생각해서 전국민에게 "이제부터 영국의 모든 화장실을

John이라고 부르도록 칙령을 내리겠노라."('john'은 영어 속어로 '화장실'이라는 뜻이다.)

번역을 하는 사람들에게 풀기 힘든 영원한 숙제로 남아 있는 이런 '말장난'들 때문에 외국 코미디 작품의 수입은 항상 어려움을 겪고, 바로 그런 이유로 해서 멜 브룩스처럼 대단한 희극인이 한국에는 잘 알려지지를 않는다.

평상시 얘기를 할 때까지도 정신나간 사람처럼 보이는 멜 브룩스가 누구인지 보고 싶으면 「못 말리는 로빈 후드」에서 터크 승려(Friar Tuck) 격인 랍비 터크맨(Rabbi Tuchman)을 찾아보기 바란다. 그리고 브룩스의 대표작 가운데 하나인 해괴한 서부극 「불붙은 안장(Blazing Saddles, 1974)」에서 미치광이 '사팔뜨기 주지사' 역할을 맡은 '배우'가 말하자면 브룩스의 '진면목'이다.

로빈 후드 전설의 텔레비전 풍자는 1984년에도 레이 오스틴 감독이 조지 시걸, 모건 페어차일드, 로디 맥도월을 동원한 「로빈 후드의 웃기는 모험」에서도 시도되었지만, 「더러운 세상」하고는 상당히 거리가 멀었다.

로빈 후드 떼강도 전설을 1928년의 시카고로 끌고 와서 고든 더글라스 감독이 1964년에 만든 영화가 프랭크 시나트라를 필두로 해서, 딘 마틴, 새미 데이비스 주니어, 빙 크로스비, 피터 포크, 바바라 러시, 에드워드 G. 로빈슨이 출연하는 「로빈과 7인의 깡패(Robin and the Seven Hoods)」였다. 우리나라에서는 「시카고의 7인」이라고 제목을 붙였던 「깡패」는, 제목에서 노골적으로 나타나듯이, 두목 프랭크 시나트라가 영웅으로 둔갑하는 전형적인 로빈 후드 전설의 줄거리이다.

로빈 역을 맡은 프랭크 시나트라라는 배우도 퍽 흥미있는 인물이다. 가수 토니 베네트도 그렇지만, 시나트라와 마피아의 관계는 이제 널리 알려진 사실인데, 서기 2000년에는 그의 첫 부인으로부터 얻은 셋째딸 티나(Tina Sinatra)가 『아버지의 딸(My Father's Daughter)』이라는 책을 통해 프랭크 시나트라가 존 F. 케네디의 대통령 선거 유세에 적극적으로 참여하면서, 시카고의 범죄 조직을 어떻게 동원했었는지를 밝혀 화제가 되기도 했다.

우리나라의 '밤무대'와 비슷한 개념이지만, 가수들은 마피아가 소유하고 운영하는 호텔이나 카지노에서 활동하는 경우가 많았고, 이탈리아 사람이었던 시나트라는 자연스럽게 암흑가의 지배자들과 친해졌다. 라스 베이거스는 마피아가 완전히 장악하고 관리하기 때문에 오히려 범죄가 없다는 이상한 질서의 나라 아메리카에서라면 이해가 가는 얘기이지만, 케네디는 대통령이 되기 위해서 범죄 조직의 도움도 필요했고, 이때 시카고의 마피아 거물에게 '협조 요청'을 하는 일이 시나트라의 몫으로 떨어졌던 것이다.

케네디 대통령의 아버지이며 케네디가의 족장(patriarch) 노릇을 해 온 조세프 케네디는 금주법(The Prohibition)이 실시되던 무렵에 시카고의 알 카폰(Al Capone)이나 마찬가지로 밀주를 팔아 재산을 모았고, 이런 어두운 과거 때문에 특히 정계로의 진출에 신경을 많이 썼다고 한다. 「대부」 같은 영화에서도 자주 다루는 주제이지만 범죄자들은 그들의 '사업'을 합법화하기 위해 많은 노력을 기울였고, 조세프 케네디의 의도 또한 그런 식으로 해석이 가능하다. 기업화하는 우리나라의 범죄 조직도 말하자면 케네디가의 전철을 밟는 셈이다.

어쨌든 그래서 암흑가와 가까운 사이이기는 했지만 아들의 대통령 선거를 위해 직접 나서기가 아무래도 불편했던 조세프 케네디가 '연락책'으로 지명한 사람이 가수이며 배우였던 프랭크 시나트라였다. 그러고 보면 뉴 프론티어 정신을 부르짖으며 우주 개척에 발벗고 나선 젊은 대통령을 배출한 '케네디가의 전설' 역시 어딘가 어두운 그늘이 있는 셈이다.

또 한 가지 흥미있는 일은 케네디의 선거 활동을 도
와 준 대가로 프랭크 시나트라가 '쥐떼(Rat Pack)'를
이끌고 마피아 두목이 소유한 시카고의 업소에서 하
루에 2 회씩 8 일 동안 16 회의 공연을 해 주었다는 사
실이다. 시나트라는 결국 로빈보다는 '똘만이(hood)'
역을 맡았던 것이다.

'쥐떼'는 '벌족(閥族, the Clan)'이라고도 알려진 집
단으로서, 1950~60년대에 프랭크 시나트라 주변에서
활동했던 연예인들을 지칭하여 시사주간지 〈타임〉이
붙여 준 이름으로서, 험프리 보가트의 술친구 패거리
였던 '홈비 힐스 쥐떼(Holmby Hills Rat Pack)'에서 따온

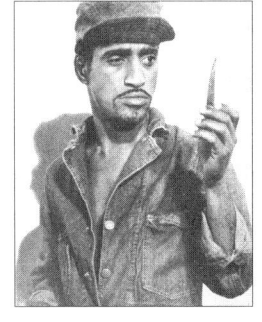

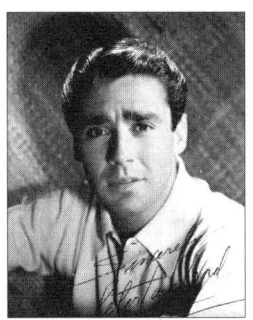

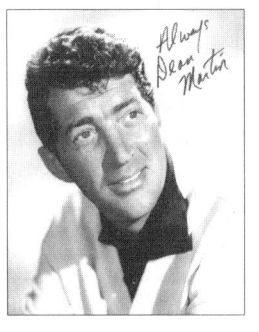

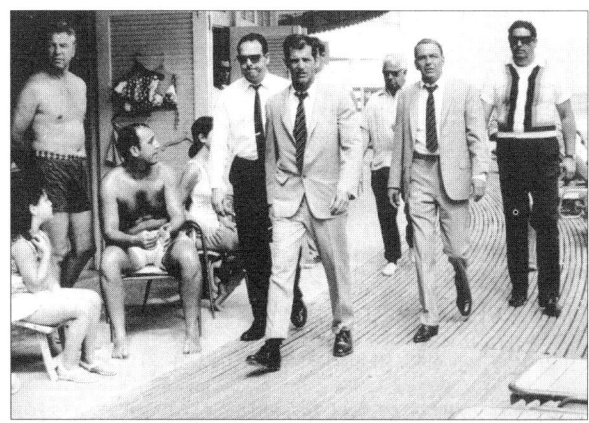

프랭크 시나트라가 거느린 진짜 호위병들(위), 그리고 "쥐떼"의 일원이었으며 자
기보다 훨씬 몸집이 큰 마이 브리트 같은 백인 여배우들과 결혼하기로 유명했
던 새미 데이비스 주니어(왼쪽 위), 제리 루이스와 짝을 지어 희극영화를 만들다
가 독립하여 쥐떼에 가담한 딘 마틴(왼쪽 아래)도 시나트라나 데이비스처럼 가
수였다. 역시 쥐떼의 일원이었던 피터 로포드(왼쪽 중간)는 케네디 집안과 인척
관계였다. 피터 로포드는 케네디 대통령에게 마릴린 몬로를 소개한 장본인이라
는 소문도 나돌았었다.

표현이다. 딘 마틴, 새미 데이비스 주니어, 조이 비쇼프(Joey Bishop), 케네디 대통령과는 인척 관계로 알려진 아역 배우 출신의 피터 로포드(Peter Lawford)가 주요 구성 인원이었던 '쥐떼'에서는 그들의 지도자인 프랭크 시나트라를 대부처럼 떠받들어 '교황(the Pope)'이나 '장군(the General)'이라고 불렀다. 그들은 「황야의 3상사(Sergeants 3, 1962)」 같은 몇 편의 영화를 함께 만들었으며, 1998년에는 그들의 전성기를 그린 「쥐떼」라는 영화가 나오기도 했다.

헐리우드 키드가 가장 좋아하는 '쥐떼 영화'는 1960년에 루일스 마일스톤 감독이 만든 파나비전 코미디 「오션과 11인의 전우(Ocean's Eleven)」이다. 프랭크 시나트라, 딘 마틴, 새미 데이비스 주니어, 피터 로포드, 앤지 딕킨슨, 리처드 콘티, 시사 로메로, 「누구를 위하여 좋은 울리나」의 파블로 역으로 유명한 에이킴 타미로프, 헨리 실바, 코미디언 노먼 펠의 호화 배역진이 벌이는 라스 베이거스 동시다발 절도 작전이 끝나고, 애써 훔친 돈이 관 속에서 홀랑 타 버린 다음 휘황찬란한 인적 구성을 갖춘 떼강도가 맥이 풀려 길거리를 터벅터벅 걸어가는 마지막 장면은 「매드 매드 대소동」의 허무한 마지막 장면만큼이나 인상적이었다.

다시 로빈 후드의 전설로 돌아가서 살펴보면, 로빈의 귀족화 작업

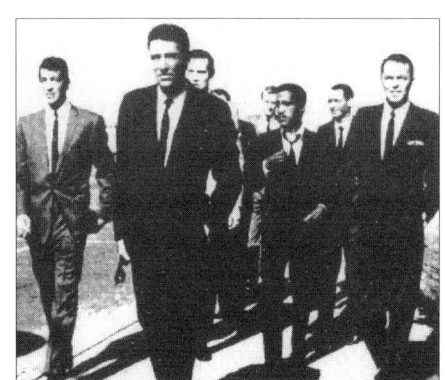

「오션과 11인의 전우」에서
"쥐떼"가 행군한다.

의 일환이었겠지만, 얘기가 끝나 갈 무렵에는 사자왕 리처드가 단신으로 셔우드 숲을 찾아가 로빈을 만나 헌팅턴 백작의 작위를 주는 극적인 장면이 나온다. 물론 이것은 로빈과 사자왕의 첫 만남이었다. 하지만 케빈 코스트너의 「로빈 후드」에서는 아예 사자왕 리처드와 함께 로빈이 십자군 원정을 떠났다가 포로 생활을 한 다음 고향으로 돌아와 아버지의 복수를 한다는 식으로 설정이 달라진다.

리처드 레스터 감독의 1976년판 영국 영화 「로빈과 매리언」에서는 한술 더 떠서 로빈과 리처드는 20년 동안이나 십자군 원정에서 같이 싸우던 끝에 서로 사이가 나빠져 "이 새끼 저 새끼"하는 지경에 이른다. 우리나라에서도 1972년 극단 산울림에서 첫 공연을 한 이후 무척 자주 공연되었고 1983년에는 고두심이 주연을 맡았던 유명한 사극 「겨울사자들(The Lion in Winter)」을 쓴 극작가 제임스 골드맨이 새로운 수정주의(revisionist) 각도로 로빈 후드 전설을 해석해서 각본을 써낸 「로빈과 매리언」은 멜 브룩스처럼 장난이 심하지는 않지만 블랙 코미디 요소가 두드러진다. 예를 들면 용감무쌍한 '사자왕'으로 전설화한 리처드(리처드 해리스)의 성격 묘사가 그렇다. 마크 트웨인 원작인 「카멜로트의 커넥티커트 양키」에서 희화적으로 그려진 아더왕처럼 여기에서 리처드는 잔인무도하고 고집불통이며 망녕기가 든 탐욕스러운 왕으로서, 프라잉팬 하나만 들고 저항하는 미친 노인이 손으로 던진 화살이 목에 맞아 죽는다.

리처드 왕에게 투옥되었던 로빈(숀 코너리)은 왕이 죽은 다음 리틀 존과 함께 고향으로 돌아가 인걸은 간 곳 없고 잡초만 우거진 셔우드 숲에서 밀렵꾼이 되어 버린 늙은 터크 승려와 방랑시인 앨런-어-데일과 재회한다. 옛 동지들은 모두 죽었거나 뿔뿔이 흩어졌고, 매리언(오드리 헵번)은 18년째 수녀 생활을 하던 중이다. 그러나 매리언과의 옛 사랑은 다시 불씨가 타오르고, 로빈은 아직도 세금 착취를 일삼는

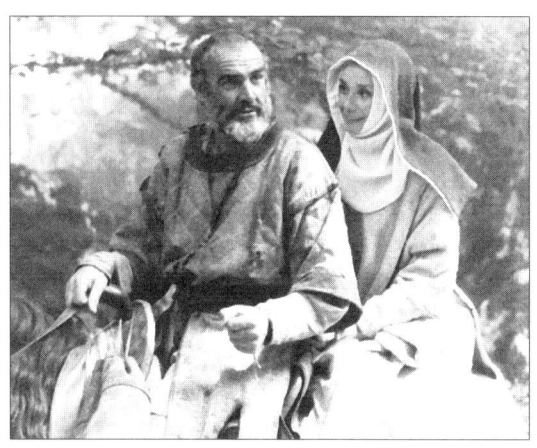

늙은 숀 코너리와 오드리 헵번이 주연한 「로빈과 매리언」은 극작가 제임스 골드맨의 수정주의가 가미된 변형 전설이다.

노팅엄 지사(로버트 쇼)와 필연적인 최후의 대결도 벌인다.

리처드 토드의 「로빈 후드」에서는 노팅엄 지사 역을 맡은 피터 핀치의 악역 연기는 '만화'로서 참으로 볼 만했는데, 숀 코너리의 「로빈과 매리언」에서 로버트 쇼는 전혀 간신배 같은 인상을 주지 않는다. 곡마단 광대 차림이 아니라 가죽 갑옷 차림의 로빈과 들판에서 결투를 벌이는 사슬갑옷 차림의 로버트 쇼는 원탁의 기사 랜슬로트만큼이나 당당한 모습이다. 로빈은 노팅엄 지사를 죽이지만, 한물 간 노인들이 절반이요 소년단 군대처럼 아이들이 절반인 그의 병력은 곧 궤멸되고, 도망칠 곳도 없어지자 매리언은 포도주에 독약을 타서 먼저 마시고 로빈에게도 먹인다.

두 사람이 동반자살로 한많은 세상을 떠나게 함으로써 작가 제임스 골드맨은 수도원에서 수도녀에게 배반을 당해 로빈이 죽었다는 전설에 새로운 해석을 붙인다. 로빈은 1247년 87세의 늙은 나이에 방혈(放血)을 하러 커클리(Kirkley) 수도원으로 갔다가 여수도원장이 출혈을 멈춰 주지 않고 그냥 내버려둬서 죽었다고 한다. 방혈이란 거머리 등을 이용해서 일부러 피를 흘려 병을 치료하는 것으로 우리나라 사람들이 급체에 걸리거나 했을 때 바늘로 손끝을 따는 민간 요법과 비슷하다.

「로빈과 매리언」에서는 리틀 존이 로빈을 '로브(Rob)'라고 호칭하는데, 이것은 월터 스코트 항에서 설명하게 될 「로브 로이」와 연관을 지은 것이라고 믿어진다.

찾아보기 •

- 「로빈 후드(The Story of Robin Hood and His Merrie Men, 1952, 미국, 83분)」, 감/Ken Annakin, 출/Richard Todd, Joan Rice, Peter Finch, James Hayter, James Robertson Justice

- 「로빈 후드(Robin Hood, 1973, 미국, 83분)」, 감/Wolfgang Reitherman, 출(목소리)/Brian Bedford, Phil Harris, Monica Evans, Peter Ustinov

- 「로빈 후드(Robin Hood: Prince of Thieves, 1991, 미국, 138분)」, 감/Kevin Reynolds, 출/Kevin Costner, Morgan Freeman, Mary Elizabeth Mastrantonio, Christian Slater, Alan Rickman

- 「의적 로빈 후드(Robin Hood, 1991, 미국, 150분)」, 감/John Irvin, 출/Patrick Bergin, Uma Thurman, Jeroen Krabbe

- 「로빈 후드 이야기(Tales of Robin Hood, 1951, 미국, 60분)」, 감/James Tinling, 출/Robert Clarke, Mary Hatcher

- 「못말리는 로빈 후드(Robin Hood: Men in Tights, 1993, 미국, 102분)」, 감/Mel Brooks, 출/Cary Elwes, Richard Lewis, Roger Rees, Tracy Ullman, Megan Cavanaugh, Mel Brooks, Dom Deluise, Dick Van Patten

- 「로빈 후드의 웃기는 모험(Zany Adventures of Robin Hood, 1984, 미국, 100분)」, 감/Ray Austin, 출/George Segal, Morgan Fairchild, Roddy McDowall

- 「시카고의 7인(Robin and the Seven Hoods, 1964, 미국, 123분)」, 감/Gordon Douglas, 출/Frank Sinatra, Dean Martin, Sammy Davis, Jr., Bing Crosby, Peter Falk, Barbara Rush, Victor Buono, Edward G. Robinson

▌「쥐떼(The Rat Pack, 1998, 미국, 118분)」, 감/Robin Cohen, 출/Ray Liotta, Don Cheadle(새미 데이비스 역), Joe Mantegna(딘 마틴), Angus McFayden(피터 로포드), Bobby Slayton(조이 비쇼프), Megan Dodds(마이 브리트), Barbara Niven

▌「오션과 11인의 전우(Ocean's Eleven, 1960, 미국, 127분)」, 감/Lewis Milestone, 출/Frank Sinatra, Dean Martin, Sammy Davis, Jr., Peter Lawford, Angie Dickenson, Richard Conte, Ceasr Romero, Joey Bishop, Akim Tamiroff, Henry Silva, Norman Fell

▌「로빈과 매리언(Robin and Marian, 1976, 영국, 112분)」, 감/Richard Lester, 출/Sean Connery, Audrey Hepburn, Robert Shaw, Richard Harris, Ian Holm

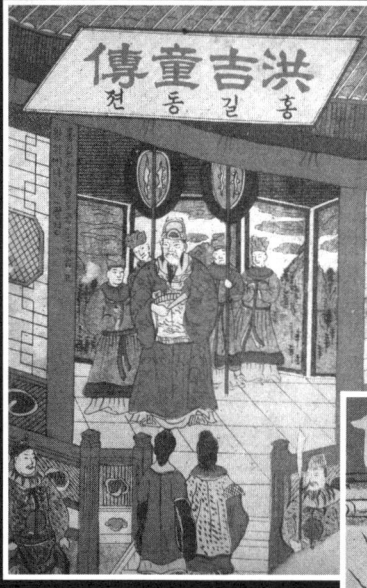

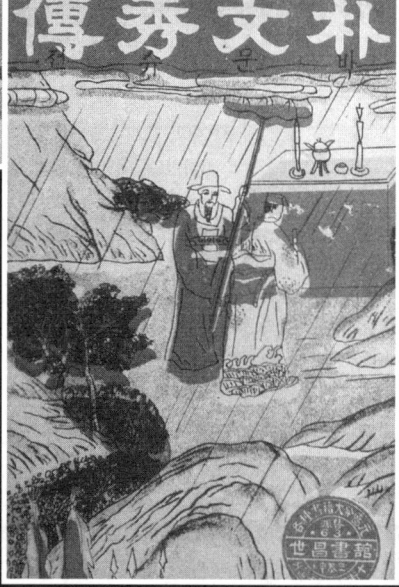

장터에서 늘어놓고 팔던 소설 『홍길동전』과
『박문수전』의 표지. 이런 소설이 한국 영화
초창기에는 가장 만만한 '원작'이었다.

한국의 로빈 후드

헐리우드 키드는 아주아주 어렸을 때, 마포의 공덕동 기찻길 옆 옹기 가게의 공터에다 광목으로 둘러친 노천 천막극장에서 세상에 태어나 처음으로 '국산 활동사진'을 보았는데, 그것은 펑 연기를 터뜨리며 한국의 로빈 후드가 나타나고는 하던 1935년 영화 「홍길동전」이었다. 연기 속에서 귀신처럼 나타나는 홍길동, 아마도 그것은 '신출귀몰'을 시각적으로 보여 주기 위한 옛날식 표현이었으리라. 뿐만 아니라 홍길동은 만화에서 구름을 타고 날아가기도 하며, 온갖 희한한 묘기를 부린다.

지금 우리는 인간 홍길동이 연기 속에서 홀연히 나타나거나, 바그다드의 양탄자 노릇을 하는 구름을 타고 하늘을 날아다니지는 않았음을 과학적으로 확신한다. 이희승 박사의 『국어 대사전』을 찾아보면 '홍길동'을 "허균의 소설 『홍길동전』의 주인공으로, 신출귀몰한 재주를 가진 의적의 괴수"라 하여 그의 역사적 존재성을 언급조차 하지 않았고, 『세계 문예 대사전』에서는 "한국 최초의 국문 소설로서 중국 소설 『수호전』을 모방"한 『홍길동전』의 주인공이라고 밝혔고, 작품에 대해서는 이런 식으로 줄거리를 소개했다.

"작자가 1608년(선조 41년) 봄에 서양갑(徐羊甲), 심우영(沈友英) 등 서류(庶流)들이 연명 상소하여 사로(仕路)의 허통을 청하였다가 실패하고 소양강 강변에 굴을 파고 혈거하며 역모하다 사전에 발각되어 처형되었는데 이들을 모델로 한 작품이 『홍길동전』이라 한다."

그렇다면 겨우 역모를 꾸미다가 '사전에 발각' 되었으니 별로 일도 못하고 죽었다는 얘기인데, "홍정승과 시비(侍婢) 춘섬(春蟾) 사이에 태어난 서자" 길동이 언제 도술을 익히고, 가출하여 도적의 괴수가 된 다음 해인사의 재물을 탈취하고 활빈당을 조직하였으며, 기계(奇計)로 팔도 지방 수령들이 부정축재한 재산을 빼앗아 빈민에게 나눠 주는 의적 노릇을 하다가 훗날 율도국에 이상적인 국가를 이룩하고 왕위에 오르기까지 했다는 전설이 어떻게 이루어졌을까?

율도국과 연결지어 식민지 개척을 하는 정복자로서의 홍길동이라는 인물에 관한 연구가 적극적으로 진행 중이어서 그에 대한 역사적인 위상의 평가는 보류하기로 하고, 여기에서는 소설과 전설에 나타난 측면에서만 생각해 보자.

왜 사람들은 홍길동이 비행 구름과 신출귀몰(神出鬼沒)의 주인공이 되기를 원했을까? 그리고 누구의 상상력에 의해서 그런 꿈이 전설로 실현되었을까?

그것은 아마도 버트란드 럿셀이 얘기하는 '집단의 승리'를 보장받기 위해 힘없는 사람들이 홍길동에게 초인의 능력을 부여했기 때문이리라. 못된 탐관오리와 막강한 지배층을 혼내 줄 대리인이 필요했던 그들은 홍길동이 초인이어야 할 필요성을 느꼈고, 그래서 전설은 보완되고 채색되어 로빈 후드만큼이나 훌륭한 영화의 소재가 되었던 것이다.

계급 타파를 원하던 서민들의 극진한 사랑을 받았던 의적 홍길동과 활빈당을 주인공으로 삼은 얘기는 『자유부인』으로 '장안의 지가'를 올렸으며 나중에 『손자병법』을 다시 써서 톡톡한 인기를 누렸던 작가 정비석의 '원작'을 가지고 김일해 감독이 석금성과 황해남을 주연으로 「인걸(人傑) 홍길동」이라는 제목을 달고 1958년에 다시 영화로 만들었다.

1976년에는 신봉승 각본에 최인현 감독의 「홍길동」이, 그리고 1967년에는 신동헌 화백의 만화영화 「홍길동전」이 나왔으며, 신동헌의 동생이며 역시 만화가인 신동우 화백은 「돌아온 영웅 홍길동」을 만들었다.

텔레비전의 유명 희극인들이 동원된 영화도 여럿이어서, 마을의 예쁜이를 괴롭히는 산적 두목과 대결을 벌이는 심형래의 「슈퍼 홍길동」, 현대로 시간여행까지 벌이며 요괴와 싸움을 벌이는 김정식의 「슈퍼 홍길동 3」, 왜구와 손잡은 변부사와 대결하는 김정식, 임하룡의 「제2탄 공초도사와 슈퍼 홍길동」, 악의 제국을 세우려는 흑마왕과 요괴들을 무찌르는 '짬뽕' 이창훈의 「짬뽕 홍길동」으로 이어져 비디오 게임 영화 쪽으로 기우는 경향을 보였다.

1960년에는 허백년 원작에 노능걸 각본 권영순 감독 남궁원과 도금봉 주연인 「옥련공주와 활빈당」이, 그리고 다시 1964년에는 황해와 최난경이 주연한 「활빈당」이 나왔다. 제목에서 홍길동이 사라지고 활빈당이 나선 까닭은 이승만 독재 정권이 박정희 군사 정권으로 넘어가는 시대적인 배경과 별다른 관계는 없어 보이지만, 어쨌든 "부자에게서 빼앗아 가난한 사람들에게 나눠 준다"는 셔우드 숲과 활빈당의 정신은 산업화와 더불어 '보통사람'들이 도둑한테서 자선을 바라지 않고도 먹고 살기에 큰 어려움이 없어지면서 매력을 잃게 된다. 그러더니 언제부터인가 우리 사회는 부자의 물건을 빼앗아 아무한테도 주지 않고 혼자 챙기는 순수한 도둑에게도 '대도(大盜)'라는 존경스러운 호칭을 붙여 주기를 서슴지 않았다.

진짜 '큰 도둑(의적)'을 주인공으로 삼은 윤백남의 소설 『대도전(大盜傳)』은 1935년 김소봉 감독에 맹만식과 현순영 주연으로 영화가 되었다. 삼일운동이 일어났던 1919년 〈동아일보〉에 연재되어 크게 인기를 끌었던 이 장편소설은 고려 말기 공민왕 시절 아버지를 학정에 잃은 주인공 무룡이 원수를 갚기 위해 의협 집단을 일으켜서 악정을 펼치는 왕과 정치적인 농간을 부리는 요승 신돈을 죽인 다음 산으로 돌아간다는 내용이다.

작가 윤백남(1888~1954)은 극작가이고 연극인이기도 해서, 예성좌(藝星座)를 창립하여 1916년 단성사에서 알렉상드르 뒤마 원작인 「코르시카의 형제」를 공연했다. 『대도전』은 한국 최초의 대중소설로 꼽히며, 해방 후에 그는 동학란과 전봉준의 최후를 그린 소설 『회천기(回天記, 1949)』를 〈자유신문〉에 연재하기도 했다. 희곡집으로는 『운명(1930)』을 남겼다.

「대도전」은 1962년 주인공 무룡과 이름이 같은 최무룡과 김삼화 주연으로 노필 감독이 다시 영화로 만들었다.

같은 해인 1962년에 유현목 감독이 치과의사 출신의 배우라고 한참 화제였던 신영균과 문정숙을 주연시켜 또 다른 의적영화 「임꺽정」을 만들었다. 홍명희(洪命熹)의 『임꺽정전』과 조영암(趙靈岩)의 10권짜리 대하소설 『신임꺽정전(新林巨正傳)』의 주인공인 임꺽정은 양주의 백정 출신으로서 정치가 혼란에 빠지고 관리의 부패가 극심해서 민심이 혼란해지자 불평분자들을 규합하여 1559년부터 황해도와 경기도 일대를 휩쓸며 관아를 습격하고 부패 관리를 살해하여 역시 의적의 칭호를 들었다. 그리고 그에게도 "창고를 털어 곡식을 빈민에게

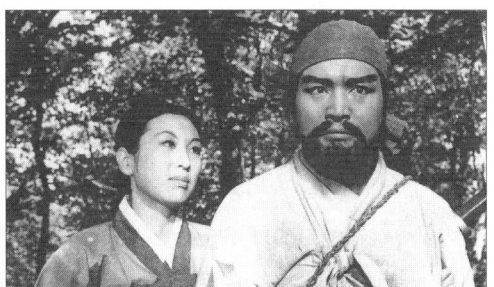

임꺽정은 우리나라에서 영웅이 된 대표적인 떼강도 두목이다(아래). 「임꺽정」의 주연을 맡은 신영균은 표정까지 늠름하기 그지없다(옆).

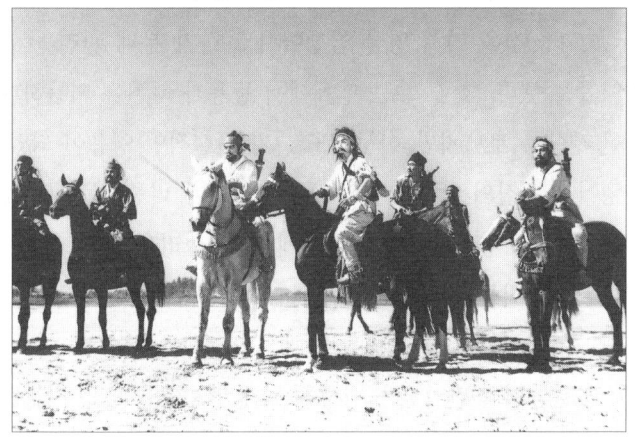

나눠 주었다"는 로빈 후드와 홍길동의 전설이 뒤따르게 된다.

　권력도 없고 돈도 없으며, 아무리 정직하게 뼈빠지도록 일을 해도 고달픈 삶에서 해방과 희망이 보이지 않는 시절이면, 프랑스와 한국 뿐 아니라, 여러 자연주의 소설에서처럼, 사람들은 범죄를 미덕으로 착각하는 경우가 많이 생겨난다. 그래서 로빈 후드와 홍길동과 더불어 명성을 얻게 된 여러 인물 가운데 한 사람이 임꺽정이다.

　1997년에는 김청기 감독이 「의적 임꺽정」을 내놓았고, 1968년 작 「천하장사 임꺽정」은 신봉승이 각본을 썼다. 아류로는 임꺽정의 두 부하가 가짜 암행어사 행각을 벌이는 「박철수의 헬로 임꺽정」과 임꺽정이 애인 꽃단이와 함께 20세기의 서울역 광장으로 시간여행을 와서 혼란한 시대의 사람들을 도와 준다는 「오 내 사랑 임꺽정」도 있다.

그러나 피탈자의 편에 선 사람들이라고 해서 모두가 도둑이지는 않았다. 의적과 비슷하면서도 기득권층 소속이었던 인물로는 암행어사 박문수도 전설이 되었기 때문이다.

박문수(朴文秀, 1691~1756)는 조선조 영조 때의 문신으로서, 병조정랑(兵曹正郎)까지 올랐다가 노론파의 득세로 삭직을 당했으며, 정미환국(丁未換局)을 거쳐 영남 암행어사로 나가 부패 관리들의 척결에 큰 역할을 했다. 그 후 그는 정계에서 등용과 좌천을 거듭하며 파란만장한 생애를 보냈지만, 아무래도 그가 전설적인 영웅이 되었던 것은 암행어사 시절의 빛나는 활약 때문이었으며, 나중에는 무협소설에나 나올 법한 검객의 모습까지 갖추게 된다. 헐리우드 키드의 어린 시절에는 「어사 박문수」라는 김종래의 만화가 대단한 인기였는데, 여기에서도 그는 문무를 겸한 영웅이었다.

홍길동처럼 탄압받는 백성을 위해 맹활약을 벌인 박문수를 주인공으로 내세운 영화는 1930년 이금룡 감독 주연인 「박문수전」이 있었고, 부패 척결과 사회 개혁을 부르짖던 박정희 정권 초기인 1962년, 최무룡의 「대도전(大盜傳)」과 유현목의 「임꺽정」과 더불어 이규웅 감독에 김진규와 김지미가 주연한 「암행어사 박문수」가 다시 출도했었다.

'암행어사' 영화는 헐리우드에서도 나왔다. 러시아의 작가이며 극작가인 고골리(Nikolai Vasilievich Gogoli, 1809~1852)의 5막 희극 「검찰관」을 헨리 코스터 감독이 음악극(musical)으로 만든 「암행어사」가 문제의 영화이다. 여러 면에서 우리의 『춘향전』을 연상시키기도 하는 「암행어사」의 내용을 보면 어릿광대(희곡에서는 도박사)가 우연히 어느 마을에 들르는데, 「박철수의 헬로 임꺽정」에서도 재현된 상황이지만, 부정 부패를 일삼아 늘 뒤가 켕기던 지방 관리들이 그를 암행어사로 잘못 알고 온갖 추태를 보인다. 러시아의 비판적 사실주의를 대표

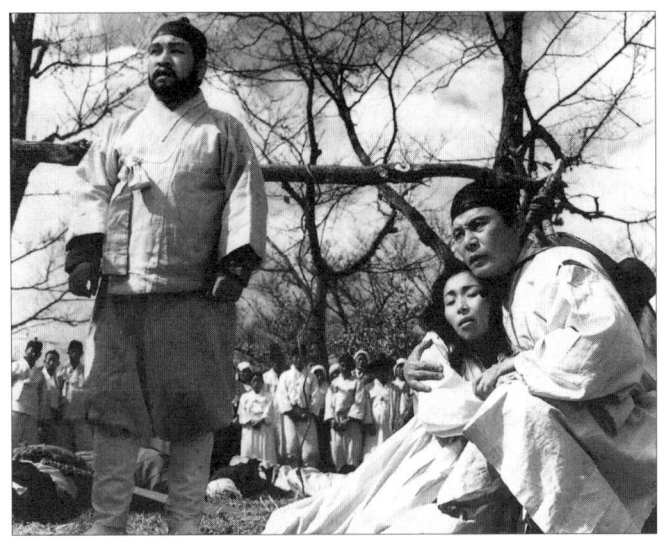

「암행어사 박문수」는 어느 떼강도 두목보다도 훨씬 더 열심히 서민을 위해서 싸운 전설의 주인공이 되었다.

하는 작품 가운데 하나인 풍자극 「검찰관」은 1932년 5월 우리나라에서 극예술 연구회 직속 극단인 실험무대가 조선극장에서 시연을 갖기도 했다.

어쨌든 화려한 색채의 헐리우드 음악극 「암행어사」에서, 이승만 정권 시절의 가짜 이강석을 '귀하신 몸'이라며 한국의 지방 관리들이 벌벌 떨었듯이 '동유럽 국가'의 썩은 관리들이 가짜 어사 앞에서 쩔쩔매는 모습을 보면, 왜 청와대의 청소부가 몇억 원의 뇌물을 챙기고 경무대에서 '똥 푸는 사람'이 어째서 '고위층' 대접을 받았는지 쉽게 이해가 간다.

사회 배경과 역사적 현실이야 어쨌든 아무래도 도둑이 영웅으로 둔갑하는 사회라면 건강하다고 하기는 어렵겠고, 그러니 이제는 '도둑 숭배론'을 여기에서 마무리짓고, 보다 전설다운 전설로 넘어가겠다.

찾아보기 •--

▌「암행어사 박문수(1962, 한국)」, 감/李圭雄, 출/金振奎, 金芝美

▌「암행어사(The Inspector General, 1949, 미국, 102분)」, 감/Henry Koster, 출/Danny
Kaye, Walter Slezak, Gene Lockhart, Alan Hale

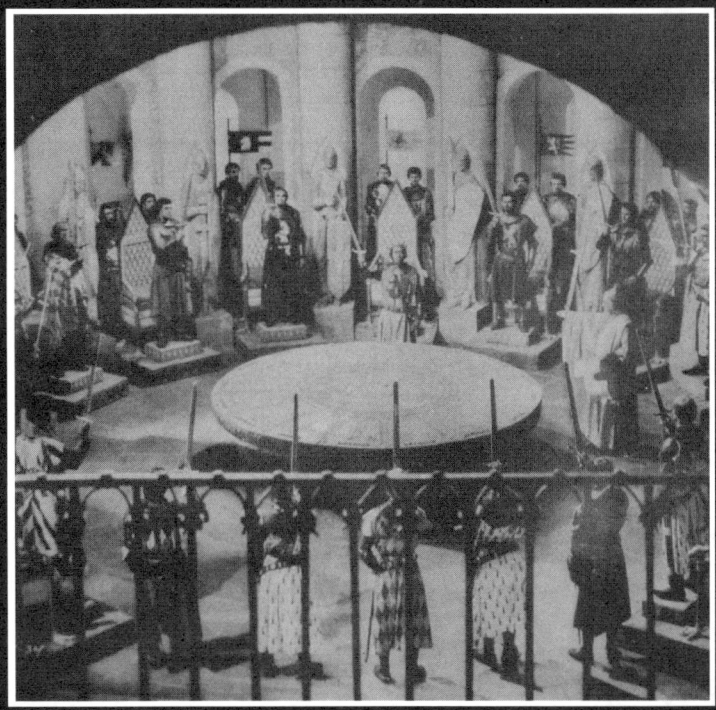

「원탁의 기사」는 텔레비전과의 경쟁에서 살아남기 위해
갑자기 넓어진 시네마스코프 화면을 채울 만큼
화려한 소재로서 가장 먼저 선택된 전설이었다.

아더왕의 전설

벌써 여러 해 전 일이지만, 저수지에 빠져 죽을 뻔한 어린 주인을 개가 물고 헤엄쳐 나와 살려냈다는 기사가 신문에 실려 대단한 화제가 되었고, 어떤 사람은 기특한 충견 얘기에 감격한 나머지 헌금을 보내기까지 했었다. 성금을 냈던 사람은 물론 신문에 실린 의견(義犬)에 대한 현대판 전설의 진실성 여부를 조금도 의심하지 않았다. 만일 그때 떠들썩했던 의견 얘기가 터무니없는 허위 보도였다는 사실이 뒤늦게나마 밝혀지지 않았더라면, 우리나라에도 목에 술통을 찬 세인트 버나드의 전설 비슷한 얘기가 태어났을지도 모른다. 그리고 헌금을 받은 의견에 대한 소설과 영화도 언젠가는 틀림없이 나왔으리라.

우리는 신문에 실리거나 방송에 얹혀 전국으로 전해지는 전설에 대해서만 의구심을 느끼는 것은 아니다. 사람들은 역사도 믿지 못한다. 헐리우드 키드가 고등학교에 다닐 때만 해도 헤이그에 밀사로 파견된 이준 열사가 일본의 식민지 국민으로 살아가는 조선인의 슬픔을 세계가 알아 주지 않아서 울분을 참지 못해 일본 사무라이처럼 배를 갈라 창자를 꺼내 만국 평화회의 석상에다 내던져 뿌렸다는 극적인 전설이 실화처럼 교과서에 버젓하게 실렸었다. 웅변대회가 열릴 때마다 누군가는 윤봉길이나 안중근 같은 민족의 영웅과 더불어 이준 열사에 대해서 열변을 토하고는 했었다. 그리고 여러 해가 더 지난 다음에야 이준 열사가 할복한 것이 아니라 호텔방에서 병사했다는 기록이 발견되어 우리나라 신문에 소개되었다.

구전 문학과 전설이란 세월을 거치며 이런 식으로 다듬어지고 윤색된 내용이기가 쉽다. 바그다드의 도적이나 로빈 후드에 관한 전설의 내용이 시간의 흐름에 따라 바뀌듯이, 이 사람 저 사람의 입을 타고 변질되던 작품은 결국 셰익스피어나 알렉상드르 뒤마의 수많은 희곡처럼, 누가 진짜 작가인지조차도 알 길이 없어지고, 내용면에서도 때로는 와전이 거듭되며 진실과 거짓이 뒤바뀌어 도적과 살인자가 의적과 영웅이 되는가 하면 천하의 역적이 민족의 영도자로 둔갑한다. 영웅을 만들기 위한 전설은 필요에 의해서 조작되기도 한다. 어떤 인물의 온갖 좋은 면(사실)들을 모두 들춰내어 열거하고, 그것도 모자라면 상상력을 동원하여 창작(거짓말)을 보태기까지 하니 말이다.

영웅을 탄생시키기 위해 전설을 조작하는 과정을 통렬하고도 신랄히 조명한 작품으로는 MBC TV 「베스트극장」으로 소개되었던 현길언의 『신(新)·용비어천가』를 꼽을 만하다. 군사 쿠데타를 일으킨 정치 군인(전두환을 비유했음이 분명함)을 대통령으로 추대하려는 음모를 꾸민 '기관'의 시나리오에 따라, 민족과 역사의 반역자를 이성계에 비유하고 위인(偉人)으로 만들어 가면서, 모친께서 어떤 태몽을 꾸었고 어쩌고 하는 전설을 엮어대던 언론인들의 딱한 모습과 새로운 군부 독재자의 탄생을 축하하는 조찬회를 개최하던 종교인들의 허화적인 현실은 분명히 우리들이 겪은 가을 세대의 뒤틀어진 하나의 전설이었다.

『신용비어천가』 같은 '임금만들기' 이야기, 이름하여 건국 신화로서 가장 널리 알려진 전설들 가운데 하나가 아더왕에 관한 것이다. 물론 전설로 격하되기 전에는 당당히 신화의 주인공이었던 아더왕은 6세기 웨일스에서 살았던 켈트족의 족장으로 알려졌으며, 캄란(Camlan) 전투에서 중상을 입어 글라스톤베리로 옮겨진 후 사망했다는 『캄브리아 연대기(Annales Cambriae)』의 기록말고는 확실히 알려진 바가 거의 없다. 그러나 신화적인 존재이면서도 역사적인 인물이었던 아더왕에 대한 전설은 중세 로만스(romance) 문학에서 중요한 위치를 차지했고, 수많은 작가들의 상상력을 자극해서 장 꼭또까지도 『원탁의 기사(Les Chevaliers de la Table Ronde, 1937)』라는 희곡을 남겼다.

아더왕의 얘기는 서기 540년경 역사가 길다스(Gildas)의 언급과, 서기 600년경의 「고도딘(Gododin)」이라는 시와, 서기 800년경 역사가 네니우스(Nennius)의 기록과, 『캄브리아기(記)』 등을 거쳐 10세기에 이

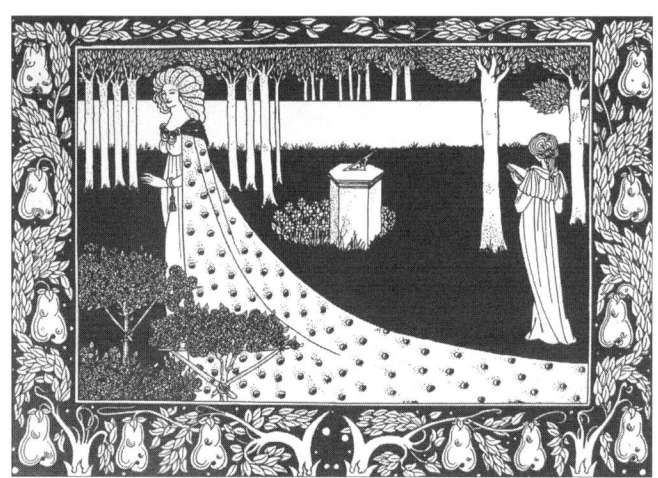

『아더의 죽음』(토마스 말로리)에 수록된 삽화

르러서야 본격적인 골격을 갖추었다. 토마스 말로리 경(Sir Thomas Malrory)이 아더왕의 전설을 다룬 여덟 가지 작품을 하나의 산문집으로 통합하여 엮어낸 것이다. 1470년에 완성해서 1485년에 출판한 21권 501장(章)으로 된 『아더의 죽음(Le Morte d' Arthur)』이 바로 그것인데, 여기에 사용된 여덟 가지 원전은 『아더왕 이야기(The Tale of King Arthur)』, 『랜슬로트 경과 기네비어 왕비의 얘기(The Book of Sir Launcelot and Queen Guinevere)』, 그리고 『아더의 죽음』 등이었다. 이때까지는 아더왕 전설과 전혀 관계가 없었던 『트리스탄과 이졸데』뿐 아니라 성배(聖杯)의 주제가 접목된 것도 말로리의 저서를 통해서였다.

여러 갈래로 저마다 발전해 온 아더왕 얘기에 조금이라도 진실이 담겼느냐는 질문을 받고 중세의 어느 저술가는 이렇게 대답했다고 한다. "전부가 거짓은 아니요 전부가 진실도 아니며, 전부가 지어낸 얘기는 아니요 전부가 사실도 아니지만, 사람들이 너무나 얘기를 많이 하고 새로운 얘기를 지어내기도 해서, 이제는 모두가 지어낸 얘기처럼만 들린다."

진실이냐 아니냐는 제쳐 두기로 하고, 전설에 의하면 아더는 우터 펜드라곤(Uther Pendragon)왕의 아들로서, 태어나자마자 마법사 멀린(Merlin)의 손에 자랐다고 한다. 『아더의 죽음』에서 두드러지게 중요한 인물로 부각된 멀린은 중세의 여러 로민스에서부터 스펜서의 『요정(妖精)의 여왕(The Fairie Queen)』과 테니슨의 시 「왕의 목가(Idylls of the King)」를 거쳐 1958년 디오도어 H. 화이트의 현대 소설 『과거와 미래의 왕(The Once and Future King)』에 이르기까지 아주 많은 작품에 등장해서 신비감을 부여한다.

카리브해의 전설적인 해적 헨리 모건과 파니미의 미녀 산티 로지를 주인공으로 삼은 존 스타인벡의 처녀작 『황금배(黃金杯, Cup of Gold, A Life of Henry Morgan, Buccaneer, with Occasional References to

History, 1929)』에서도 멀린은 어린 시절 헨리 모건의 상상력을 자극하는 중요한 역할을 한다. 바다를 누비는 멋진 해적과 세계 최고의 미녀가 서로 이상형이라고 상상하며 상대방을 동경하고, 결국 산타 로자(Santa Rosa＝장미의 성녀)가 어떤 여자인지 얼굴이라도 한 번 보기 위해 헨리 모건은 결국 파나마를 침공하여 정복하지만, 막상 천신만고 끝에 만나고 나서는 해적과 미녀는 두 사람 다 완벽하다고 상상하며 기대했던 상대방에 대해서 실망을 맛본다. 역시 전설은 전설이어야 하는데, 만남의 현실이 이루어지고 나니 오히려 환멸이 자연스럽다는 주제이다.

이렇게 첫 작품에서만 아더왕의 전설에 관심을 보인 것이 아니라 스타인벡은 평생 아더왕의 전설을 다시 쓰고 싶은 욕망에 사로잡혀 살았고, 말년에는 아더왕 이야기의 무대였다는 영국의 서머세트에 정착하여 칩거하며 말로리 경의 『아더의 죽음』을 현대 영어로 새로 쓰는 작업에 전념했다. 스타인벡은 그 무렵 노벨 문학상을 받고 마지막 소설 『울적한 겨울』을 발표하지만, 끝내 아더왕 얘기는 완성하지 못한 채로 세상을 떠났다.

전설의 아더 펜드라곤은 우터왕이 죽은 다음 바위에 꽂혀 아무도 뽑지 못하는 칼을 뽑아 왕이 되리라는 예언을 실현하는데, 이때 그가 바위에서 뽑은 마법의 검이 엑스캘리버(Excalibur)이다. 알렉산더 대왕이 고르디우스의 매듭을 베어 버린 칼과 더불어 왕이 될 만한 인물을 알아보는 영험을 지닌 전설적 신검(神劍)인 엑스캘리버를 아무 힘도 안 들이고 아더왕이 뽑아내는 장면은 리처드 도프 감독의 영화 「원탁의 기사」에서도 가장 극적인 순간 가운데 하나이다.

'마법의 검' 또는 '신검'이라고 알려진 엑스캘리버는 두 자루여서, 바위에 꽂힌 것이 첫 번째요 두 번째는 신비한 '호수의 여인(Lady of the Lake)'에게서 아더왕이 받은 것이다. 호수의 여인은 마법사이며 예언자인 멀린과 한때 사랑을 하지만, 곧 그에게서 싫증을 느끼자 그를 마법의 성에 영원히 감금해 버린 마녀이다. 1981년 존 부어맨 감독이 현대적 감각으로 만든 영국 영화 「엑스캘리버」에서 나타나듯이 두 번째 신검은 호수의 여인이 검을 든 팔만 물 밖으로 내밀고는 아더에게 받으라고 명령했으며, 아더가 칼을 받은 다음 팔이 사라졌다고 한다.

이렇게 해서 시작된 아더왕의 시대는 기사도가 가장 찬란하게 꽃 피웠던 때였으며, 누구나 다 평등하다는 민주적인 착상에서 상석을 없애려고 사각형 탁자 대신에 둥글게 만들었던 원탁을 둘러싼 기사들의 얘기는 아더왕의 전설에서 가장 화려한 부분을 이룬다.

영화 「원탁의 기사」가 등장했던 까닭은 따지고 보면 시대적인 필요성 때문이었다. 잠재 관객을 안방에 묶어 둘 위협적인 가능성을 지닌 텔레비전의 등장으로 영화 산업이 위기를 맞게 되자 사람들을 극장으로 계속 끌어들이기 위해 헐리우드는 적극적인 반격 작전을 개시했다. 파라마운트 영화사는 고화질(High Definition) 화면의 선두격인 비스타비전(VistaVision)을 개발했다. 1953년에서 54년 전반기에는 3-D 입체 영화도 잠시 나타났다. 대형 화면인 시네마스코프와 토드 AO 방식의 시네라마도 만들었다. 실현은 되지 않았지만 입체 영화에 냄새

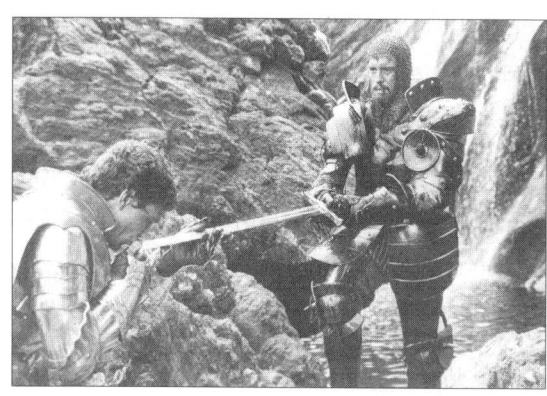

영화 「엑스캘리버」에서
아더왕에게 충성을
맹세하는 랜슬로트

까지 가미한 스멜오비전(smell-o-vision)이 등장하면 여배우가 화면에서 튀어나와 관객에게 키스를 할 때 향수 냄새까지도 맡게 되리라는 얘기도 한때 나돌았다. 이런 모든 전략 가운데 가장 성공한 것이 비스타비전과 시네마스코프였다.

20세기 폭스에서 종교영화 「성의(The Robe, 1953)」를 첫 시네마스코프 작품으로 선보이자 「쿠오 바디스(Quo Vadis?, 1951)」 같은 대형 사극을 전문으로 하던 MGM도 당대의 미남배우 로버트 테일러와 에바 가드너를 동원해서 말로리 경이 집대성한 『아더의 죽음』을 기초로 삼아 첫 시네마스코프 작품 「원탁의 기사」를 만들기에 이르렀던 것이다.

시네마스코프가 처음 선보였을 때는 그것이 '입체 영화'라고 선전했었다. 우리는 입체 영화라면 흔히 3차원(3-Dimension)의 영화를 생각한다. 이것은 양쪽 눈에 각기 다른 영상을 비추어 주면 입체 영상이 이루어지리라는 이론에 근거를 둔 시각적 합성 방법이다.

조류나 동물 가운데 초식을 하면서 도망이나 위장을 생존 수단으로 삼는 경우에는 두 눈이 양쪽으로 멀리 떨어져 붙어 있기가 보통이다. 어디서 천적이 나타나지 않을까 광범위하게 경계를 하기 위해서이다. 반면에 사냥을 해야 하는 맹금류나 맹수는, 카멜레온 같은 소수의 경우를 제외하고는, 두 눈이 모두 앞을 향해 달려 있다. 한 쪽 눈을 가렸을 때 인간이 원근을 파악하기가 어려워진다는 사실에서 확인이 가능하듯, 두 눈으로 볼 때 목표물의 각도가 다르면 거리를 측정하기가 쉽기 때문이다.

이런 원칙에 따라 시각차(視覺差)가 다른 두 가지 영상을 함께 화면에 비추어 주면서, 하나는 호박색으로부터 흑색으로 명암이 짙어지고 다른 영상은 녹청색으로부터 흑으로 명암이 바뀌게 차별하여 영사하고, 관객은 색채가 다른 그림들을 적등과 녹청 두 가지 막(filter)이 한 쪽에 하나씩 달린 안경을 쓰고 걸러서 상을 보게 된다. 당시 미국에서는 그와 같은 이중상(二重像, stereoscope) 원리를 이용해서 「수퍼맨」 같은 만화가 나오기도 했는데, 육안으로 보면 빨강과 파랑 두 가지 선화가 겹쳐서 인쇄가 잘못된 듯 보이지만, 만화 속에 끼어 나오는 빨강-파랑 안경을 떼어내어 쓰고 그림을 보면 입체감이 느껴지고는 했었다. 만화가가 되기를 원했던 헐리우드 키드는 빨강 잉크와 파랑 잉크를 사서 그런 만화를 펜촉으로 직접 그려 보기도 했었다.

그러나 3-D 영화는 동시에 두 개의 영사기를 돌려야 하는 불편함 때문에 실제로는 널리 보급되지를 못하고 얼마 동안 '신기한 구경거리' 노릇을 하다가 결국 자취를 감추어 버렸고, 그에 대한 대안으로 거의 비슷한 시기에 만들어낸 '입체 영화'가 이른바 '파노라마식'인 시네마스코프였다. 시네마스코프를 입체 영화로 생각했던 까닭은 인간의 시야 135도를 가득 그림으로 채우기 위해 3×4 비율의 표준 화면이 아닌 3×8 화면을 사용하면서 음향이 극장 안에서 이리저리 다른 스피커로 옮겨다녀 마치 관객이 화면 속에 들어가 있는 듯한 착각을 느끼게 하기 때문이었다. 요즈음 아이맥스 영화의 입체감과 비슷한 개념이다.

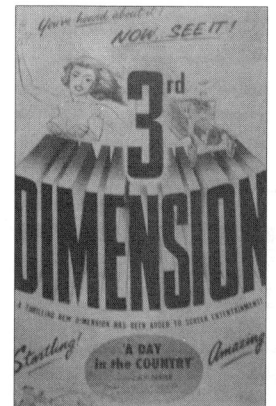

텔레비전을 이겨내기 위해 생겨난 입체영화(좌)와
시네마스코프(아래)를 선전하던 광고문

The Robe in CINEMASCOPE

시네마스코프에서는 관객을 영화 속으로 끌어넣기 위해 화면을 호형(弧形) 곡선으로 만들고는 촬영기와 영사기에 다같이 광학 장치 하이퍼고나(hypergonar)를 달았다. 프랑스의 앙리 크레띠앙(Henri Chrétien, 1879~1956)이 발명한 왜상(歪像) 렌즈 장비인 하이퍼고나를 통해 굴절시킨 영상은 아인슈타인의 상대성 원리에서 달리는 물체와 정지한 배경이 일으키는 착시 현상과도 비슷한 효과가 아닌가 생각된다. 실제로 우리가 운전을 할 때도 속도가 빨라질수록 옆의 경치는 점점 좁아지는 시야 밖으로 사라지고 만다. 그렇기 때문에 거대한 움직임 속으로 관객이 빨려 들어가도록 하기 위해 시네마스코프는 대사(大寫, close-up)가 아니라 주로 전경(全景)을 담아내려고 했었는지도 모른다.

그러나 시네마스코프 또한 3-D 입체 영화나 마찬가지로 머지않아 사양길로 접어들어 요즘에는 만드는 사람이 거의 다 없어졌다. 편리함과 경제성과 갖가지 이점에도 불구하고 사람들의 인지도에 따라 비디오에서 VHS 방식에 베타 시스템이 밀려났듯이, 비디오의 보급과 더불어 텔레비전 화면에 맞지 않는 시네마스코프 화면이 밀려나고 말았기 때문이다. 텔레비전의 도전을 이겨내기 위해 생겨난 시네마스코프와 테크니라마와 다른 모든 대형 화면 체제는 결국 천적인 텔레비전 때문에 사라지는 결과를 맞은 셈이다.

찾아보기 •

▌「원탁의 기사(Knights of the Round Table, 1953, 미국, 115분)」, 감/Richard Thorpe, 출/Robert Taylor, Ava Gardner, Mel Ferrer, Stanley Baker

▌「엑스캘리버(Excalibur, 1981, 영국, 140분, 비디오 119분)」, 감/John Boorman, 출/Nicol Williamson, Nigel Terry, Helen Mirren, Nicholas Clay, Liam Neeson

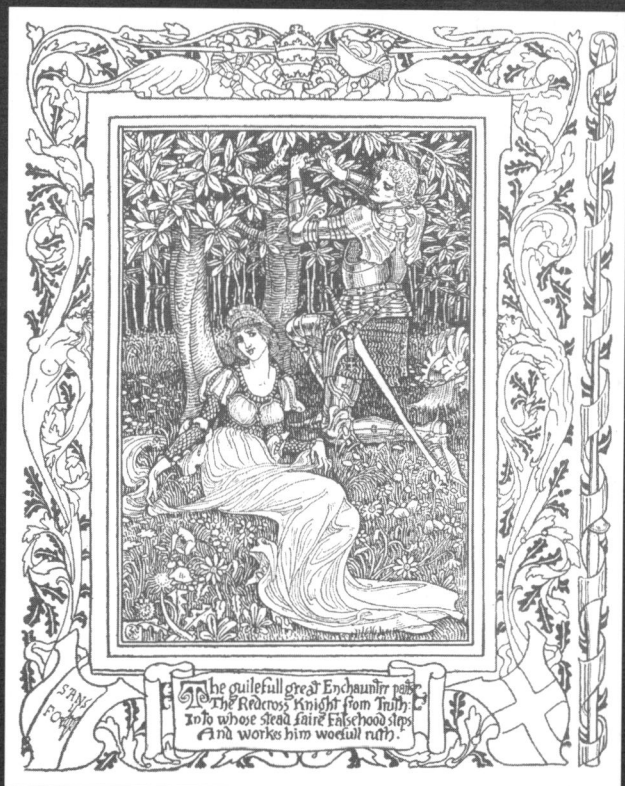

스펜서의 미완성 작품인 『요정의 여왕』에 실린 이 삽화에서처럼
사랑은 기사 문학의 큰 줄거리를 이루었다.

궁정(宮廷)의 사랑

아직 흑백 소형 화면의 단계였던 텔레비전을 무찌르기 위해서 생겨난 시네마스코프 첫 작품으로 MGM이 「원탁의 기사」를 선택했던 까닭은 대형 화면을 현란하게 빛깔로 가득 채우는 의상극이 적격이라는 계산 때문이었다. 소리를 내던 '말하는 영화(talkie)'가 등장하자 달리는 말발굽의 음향과 총성이 큰 몫을 해서 서부극이 한참 유행했듯이, 시네마스코프의 경우에는 말에게도 옷을 입히고 온갖 문장(紋章)이 그려진 방패와 투구와 갑옷이 눈부신 시대극이야말로 사치스러운 눈요기로서 충분했다. 「원탁」의 색채는 물론 테크니칼라였고, 테크니칼라 회사는 색채 인화를 영화사에서 직접 하지 못하게 자기네 사람들을 보내서 일을 하기로 유명했었는데, 이것은 색채가 영화 예술에서 한때 얼마나 큰 비중을 지녔었는지를 반증하는 사실이다. 1950년대 영화를 눈여겨보면 색채 감독(Technicolor Consultant)의 이름이 당당하게 화면에 부각되고는 한다.

그런가 하면, 등뒤에서는 총을 쏘지 않고 연약한 여자를 아낀다며 서부영화에서 내세우던 신사도 정신(the Code of the West)의 원조격인 기사도 정신 또한 권선징악의 기치를 휘날리던 당시의 시대적 정신과 맞아떨어지는 것이기도 했다. 그러니 호숫가에 앉아 백마를 탄 왕자를 기다리는 아가씨나 나쁜 성주의 포로가 된 비운의 여인(damsel in distress) 앞에 투우사만큼이나 멋진 사나이가 나타나서 온갖 낭만적 의협심을 발휘하며 맹활약을 벌이는 원탁의 기사 얘기는 참으로 입맛을 돋우는 영화거리였다.

고유분야를 굳이 따지자면 아더왕 이야기는 '기사 문예' 또는 '기사 문학'으로 분류된다. 약한 자를 돕고 여성을 숭배하며, 기독교를 중심으로 한 도덕적 및 사회적 규범을 따르겠다는 기사도(騎士道, chivalry) 정신을 고취하는 기사 문예(Ritterdichtung)는 프랑스에서 기원하여 13세기에는 독일에 뿌리를 내리고 14세기에 이탈리아로 전파되면서 쇠퇴기에 들어선다. 처음에는 음유시인들에 의해 운문 형태로 전해졌으나 나중에 산문 소설로 바뀌었고, 1773년에는 괴테의 첫 희곡 『괴츠 폰 베를리힝겐(Götz von Berlichingen mit eiserner Hand)』으로 이어진다. 5막 56장으로 된 괴테의 희곡은 주인공인 기사 괴츠가 농민 전쟁의 지도자가 되기는 하지만 의지력이 박약한 친구에게 죽음을 당한다는 내용이다.

민족, 시대, 계보 등이 다양한 기사 문예는 각처에서 무질서하게 생겨나지만 샤를르마뉴와 그의 기사들이 등장하는 『롤랑의 노래(La Chanson de Roland)』, 『가웨인 경과 녹기사(Sir Gawain and the Green Knight)』, 파르지팔의 아들인 백조 기사를 주인공으로 하는 『로엔그린(Lohengrin)』, 『빌헬름 텔』 같은 작품이 전해지며, 영화 「원탁의 기사」의 주인공인 랜슬로트의 인물 구성은 테니슨의 장편 서사시 「왕의 목가(Idylls of the King)」를 따랐다고 한다.

'기사(騎士)'는 하급 귀족 최고의 존칭으로, 왕후백(王侯伯)으로 호칭되는 대영주에게서 작위와 봉지(封地)를 받은 무사를 뜻한다. '기사'를 영어로는 'knight'라 하고, 프랑스어로는 '말을 탄 사람'이라는 뜻으로 'chevalier'라 하는데, 구수한 목소리와 친근한 미소로 유명했던 프랑스의 (음유시인처럼) 노래하는 배우 모리스 슈발리에의 성(姓)이 바로 '기사'라는 뜻이다.

12세기에 유럽에서 생겨난 무사 계급은, 우리 불가에서 스님이 되기 위해 동승이 행자 노릇을 하듯, 일곱 살쯤 되어 시동(page) 생활을 시작하여 기사 밑에서 수련을 쌓고 성주나 귀부인으로부터 예의범절을 배운 다음 종사(從士, squire)가 되어, 전쟁에 나가면 주인 곁을 떠나지 않고 목숨을 바쳐 싸워야 한다. 이러한 과정을 거쳐 기사가 되면, 영화에서 여러 번 보았겠지만, '주인'이 어깨에 칼을 세 번 얹으며 작위(knighthood)를 주고, 훈작사(勳爵士)를 받으면 '경(Sir)'이라는 호칭도 얻게 된다. 영화배우로서 이런 작위를 받은 사람은 셰익스피어극 전문배우로 시작한 로렌스 올리비에(Lord Laurence Olivier, 1907~1989)가 처음이었으며, 「카멜로트의 전설」에서 멀린 대신에 등장한 '오스왈드' 역을 맡았던 존 길구드(Sir John Gielgud, 1904~)도 1953년에 훈작사를 받았다. 올리비에와 길구드는 두 사람 다 햄리트 역으로 유명하며, 브로드웨이에서 「햄리트」의 장기 공연 기록을 세운 길구드는 1970년 공식적으로 귀족이 된 올리비에를 두고 이런 말을 했었다.

"목소리는 내가 좋지만, 각선미는 래리(로렌스의 애칭)를 못 당해."

작위를 가진 영국 배우로서는 버나드 쇼 등의 작품을 많이 했으며, 「꿈의 궁정」에서 망녕이 든 아더왕 역을 맡았던 세드릭 하드위크(Sir Cedric Hardwicke, 1893~1971)도 있다. 우리나라도 마찬가지 실정이지만, 영국에서 풍족하지 못한 무대 생활을 하다가 미국으로 건너간 그는 연극인들의 가난에 대해서 이런 명언을 남겼다.

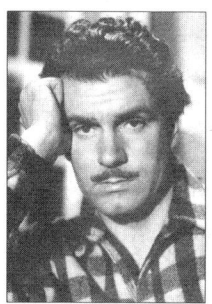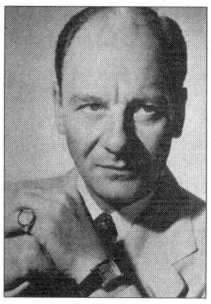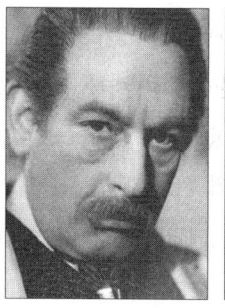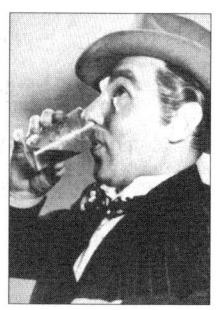

영화배우로서 작위를 받은 (사진 순서대로) 로렌스 올리비에, 존 길구드, 세드릭 하드위크. 랄프 리처드슨 역시 작위를 받은 영국의 무대출신 배우이다.

"내 생각에는 하느님이 배우들을 불쌍하게 여겨서 헐리우드를 창조하여 햇살과 개인 수영장을 마련해 준 듯싶다. 그에 대한 대가로 배우들은 재능을 포기해야 했다."

가난했던 현대의 배우 기사와는 달리, 중세에는 기사가 된 다음 군주를 중심으로 집단을 이루어 사설 군대 노릇을 하며 십자군 원정을 위시한 수많은 전쟁을 치러냈다. 말하자면 대통령 경호대나 소형 군부인 셈이다. 그렇기 때문에 당연히 기사 문예는 전쟁의 모험과 남자의 용맹성이라는 흥미거리를 많이 제공했고, 사랑 이야기도 당연히 뒤따랐다.

아더왕 전설에서도 방랑기사 랜슬로트(Lancelot du Lac, Lancelot of the Lake)와 기네비어 왕비와 아더왕이 펼치는 사랑의 삼각 관계가 가미되어 금상첨화인데, 그것이 어떤 종류의 사랑이었는지는 말랑말랑한 「사랑과 영혼」을 만들어낸 제리 주커 감독의 손을 거친 「카멜로트의 전설」을 통해서 살펴보기로 하자.

우선 결론부터 얘기하자면, 아무리 우리나라에서 제목을 '카멜로트의 전설'이라고 붙여 놓았어도 주커의 영화는 지나치게 현대적이어서 '전설'과는 상당히 거리가 멀다. 전설에 대한 해석이야 마음대로이겠지만, 「카멜로트의 전설」에 나타난 해석 방법을 보면 전설도 세월의 흐름에 따라 시대상에 맞추기 위해 어떻게 변질되는지를 실감하게 된다. 우리나라에서 그동안 여러 차례 영화로 만들어진 「춘향전」을 보면 주연배우들만 다를 뿐이요 서로 별다른 차이가 보이지 않는데, 원작이 같으니 영화로 아무리 여러 번 만들어 봐도 같을 수밖에 없다는 생각이지만, 정작 전설은 자취를 감추고 연애 얘기에만 열중하는 「카멜로트의 전설」을 보면 같은 내용을 가지고도 해석 방법에 따라 작품이 얼마나 달라지는지를 한눈에 느끼게 된다.

우선 랜슬로트에 대한 해석이다. 우리들이 흔히 낭만적인 프랑스 혈통의 방랑기사로 생각하던 랜슬로트는 여기에서 돈내기 검술 시합이나 벌이는 야바위꾼으로 처음 소개되고, 나중에는 다분히 수퍼맨적인 인물로 묘사된다. 카멜로트를 떠난 원탁의 기사 맬러간트(Malagant)의 동굴 속에서 성룡을 방불케 하는 묘기로 기네비어를 구출해 내는 장면을 보면 의상만 원탁의 기사 차림이지 리처드 기어의 랜슬로트는 수퍼맨이나 배트맨, 아니면 제임스 본드나 인디아나 존스라는 착각을 일으키고도 남는다. 그런가 하면 짧은 두 개의 장면에서 (랜슬로트가 아니라) 리처드 기어는 힛치코크를 연상시키는 정신분석 영화를 모방(소년 시절에 목격한 폭력 장면에서 받은 충격)하기도 하고, 때로는 심각한 표정을 지어 가며 서부의 외로운 방랑자 흉내도 낸다. 심지어는 전투 장면에서 엑스트라들은 석궁을 마치 서부영화에서 권총을 쓰는 그런 식으로 다룬다.

기네비어는 또 어떻게 변했는가. 1953년 「원탁의 기사」에서 랜슬로트와 부정을 저지른 데 대한 벌로 아더왕의 명에 따라 하얀 수녀복을 입고 모습을 감추어 버린 에바 가드너는 여성이 해방되는 혁명기를 거치고 나더니 이제는 원더우먼처럼 맹렬한 줄리아 오몽드로 탈바꿈했다. 그녀가 등장하는 첫 장면에서 기네비어는 남자들과 어울려 축구를 하는 말괄량이 여군주로 선을 보이고는 나라를 지키기 위해 아더왕과 정략적으로 결혼하는 정치적 수완도 과시한다. 그리고 아더왕에게서 백마를 선물로 받은 그녀는 "부인용 안장을 가져올까요?"라는 신하의 제안에 "그럴 필요 없어요"라고 잘라 말한다.

'부인용 안장'이란 말을 탈 때 남자들처럼 두 다리를 벌리고 걸터앉는 대신에 한 쪽으로 두 다리를 얌전히 모으고 귀부인들이 '옆으로 앉도록 만든 안장(sidesaddle)'을 의미한다. 여성용 옆안장은 중세의 정조대나 마찬가지로 성차별의 상징처럼 보인다. 여자는 아무 데서나 함부로 두 다리를 벌려서는 안 된다는 고정관념에서 나온 소산이겠기 때문이다. 그러니까 기네비어가 옆안장을 가져다 주겠다는 호의를 거절하고는 두 다리를 벌리고 백마에 걸터앉는 장면은, 약간 과장해서 해석하면, 여성 해방의 순간을 상징한다.

그러나 기사 문예는 본질적으로 성차별적이다. 여성은 약자이기 때문에 보호해야 한다는 의식 자체가 성차별적 사고 방식이기 때문이다. 기사도 정신에서 시작되어 서부영화를 거치고 서양 사회에 정착된 '여자부터 먼저(Lady First)'라는 관습, 특히 멀쩡한 여자한테 남자가 문을 열어 주는 등의 '예절'이 여성 해방 운동으로부터 거부를 당했던 까닭을 아마도 우리는 그런 시각에서 해석해도 될 듯싶다. 남자가 대신 열어 주는 자동차의 문이란 말의 옆안장과 같기 때문이다.

제리 주커 감독의 손에서는 아더왕조차도 무사하지를 못했다. 「로빈과 매리언」에서 늙은 로빈 후드로 나왔던 숀 코너리는 여기에서 백발이 성성한 아더왕 노릇을 하지만, '수석 기사(First Knight)' 랜슬로트와 기네비어가 처음으로 입을 맞추는 현장을 목격하고는 과장된 오델로식 질투에 휩싸여 간통죄로 두 사람을 재판에 회부한다는 멜로드라마적 위기 상황의 설정은 아무래도 '전설적인 영웅'의 모습이라고 하기가 어렵겠다.

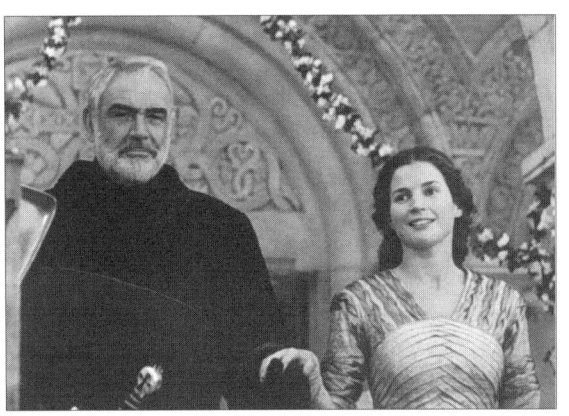

「카멜로트의 전설」에서는 아더왕보다 기네비어가 훨씬 더 용감무쌍한 모습을 보인다.

그리고, 보다 중요한 사실은, 기사도 시절 '궁정의 사랑'에서는 남편의 '질투'가 묵언적으로 금기시되었다는 점이다. 우리나라에서 여성의 질투가 칠거지악으로 꼽히던 전통과는 정반대의 개념이다. 「원탁의 기사」에서는 랜슬로트와 기네비어의 관계를 알게 된 아더왕이 그렇게 흥분해서 옹졸한 행동을 하는 모습을 보이지는 않았다.

'궁정의 사랑(courtly love)'이라는 개념 자체에 대한 해석을 봐도 역시 같은 결론에 이른다. 도르래를 이용한 007식 기네비어 납치 작전에서도 그렇지만, 구경거리 활극을 만들기 위해 전설의 신비감을 애써 지워 버리려는 흔적이 「카멜로트의 전설」에서는 자주 보이는데, 현대 감각으로 풀이하려는 시도야 탓할 일이 못 되더라도, 거대한 전설에서 달랑 사랑 이야기만 한 조각 떼어낸 다음 다시 늘여 통째로 영화 하나를 만들려는 무리한 노력 때문이었는지, 사랑을 설명하는 어휘가 어쩐지 시대적 배경과 맞아떨어지지를 않는다. "날 사랑하지 않는다고 내 앞에서 말해 보세요"라는 (기네비어의) 상투적 표현에서부터, "사랑하기 때문에 떠난다"는 (랜슬로트의) 상투적 화답에 이르기까지, 전설은 자꾸만 말랑드라마로 빠져 들어간다.

그리고 영화가 시작되어 1시간 10여 분이 지나도록 왜 아더왕과 기네비어의 결혼식이 개최되지 않는지도 생각해 보자. 그러다가 겨우 결혼식이 시작되는 순간에 피투성이 남자가 식장으로 뛰어들어와 기네비어의 고향이 맬러간트 공의 침공을 당했다는 소식을 전하면서 장면이 전환되고, 결혼식을 마쳤는지 어쨌는지 설명을 생략한 채로 그들은 모두 전쟁터로 출정한다. 이것은 어떻게 해서든지 두 사람의 결혼식을 뒤로 미루어 랜슬로트와 기네비어의 '불륜'을 '결혼 전에 있었던 일'로 합법화하기 위한 장치로 보인다. 그리고 기네비어와 랜슬로트도 마지막까지 '불륜'을 저지를락 말락 아슬아슬하게 '클리프 행어' 상황을 이끌어 간다.

그러나 기사도 시절의 전설에서는 '불륜'을 그렇게 대수로운 일로 생각하지를 않는다. 고대 로마에서 귀족들이 미소년을 집에 들여놓고 동성애를 당연한 생활의 일부로 보편화하고 받아들였듯이, 중세 기사들의 세계에서는 '주인 마님'과 기사의 사랑을 합법적인 불륜의 애정으로 널리 인식했기 때문이다. 다만, 그들의 불륜이 물론 육체적인 관계를 포함하기는 했더라도, 많은 경우 마치 사진틀에 넣어 벽에 걸어 두고 구경하는 식으로, 다분히 정신적인 그런 사랑으로 미화되었을 따름이었다.

이런 현상은 기사도의 특성 때문에 생겨난 부산물이었다.

'기사도(騎士道)'는 분명히 '도(道)'였다. 그러니까 기사들의 사회를 둘러싼 풍습과 전통의 체제(system)였다. 기사를 선발하여 사군(私軍)을 만들어서 위계질서를 지키며 효과적으로 전쟁을 치르기 위해서는 전투와 사냥, 주인섬기기와 몸가짐을 다스리는 이상적인 규범이 궁정 생활에 필요하게 되었고, 기사는 용감하고 무술이 뛰어날 뿐 아니라 친절하고, 종교적이고, 품행이 방정해야 했으니, 말하자면 사관학교 과정과 많이 닮았으리라고 본다.

그러다가 "약한 자를 위해서 대신 싸워준다"는 '옹호자(champion)'

개념이 기사의 중요한 이상(理想)으로 꼽히게 되면서 궁정에서는 평화 시에도 무술 경연대회(tournament)가 큰 비중을 갖게 된다. 이런 경기 에서는 「원탁의 기사」나 「흑기사(Ivanhoe, 1952)」 또는 「폴워스가의 흑 순(The Black Shield of Falworth, 1954)」 같은 영화에서 볼 수가 있듯이 목 창시합(joust)이나 다른 경기를 벌일 때 출전 기사는 그가 섬기는 여인 의 손수건 또는 스카프 따위의 징표를 깃발처럼 창에 달거나 몸에 지 니고 임하는 풍습이 생겼다. 나중에 스페인 투우가 이런 전통을 물려 받아 여인이 앞으로 손수건을 던지고 투우사는 뒤로 모자를 던지는 등의 예식이 생겨나기도 하는데, 어쨌든 기사가 이렇게 섬기는 여인 을 따로 두는 행위가 결국 '궁정의 사랑(프랑스어로는 amour courtois)' 으로 발전하게 된다.

용감하고 멋진 기사가 아름답고 고귀하며 지적인 귀부인에게 바치 는 숭고한 사랑은 끝내 이루지 못하는 영혼의 순결한 표현으로 영원히 남는 형식이 원칙이었다. 순결하고 고귀해야 하는 위치 때문에 여성은 기사의 헌신적인 애모를 '몸'으로는 받아들이지 않고 무시해야 했으 며, 육체적으로 이루어지지 못하는 이런 사랑은 기사들로 하여금 비참 한 삶을 살게 만들기도 했다. 심지어 기사들은 그들이 흠모하는 여인이 누구인지 그 이름을 대부분의 경우 비밀로 간직하도록 강요를 받았다. 따라서 귀부인이라면 육체적인 사랑을 위해서는 남편을 따로 두고 정 신적은 숭배는 옹호자 기사로부터 받아 묘한 이중 생활을 한 셈이다.

물론 「위험한 관계(Dangerous Liaisons, 1988)」에서 글렌 클로스와 존 말코비치가 벌였던 것과 같은 사랑의 유희(game)와 희롱(flirtation)이 없지는 않았겠으나, 기사 문예에서라면 영화 「원탁의 기사」에서 녹기 사(Green Knight)의 성에 갇힌 위기의 여인(damsel in distress) 기네비어 (에바 가드너)를 구출하기 위해 그녀로부터 파란 스카프를 징표로 받 고 랜슬로트(로버트 테일러)가 결투를 벌이는 장면이 전형적인 설정이겠다. 그렇기 때문에 『원탁의 기사』에서 '백마를 탄 기사'를 일레인(파르지팔의 누이동생)이 호숫가 나무 밑에서 기다리는 장면은 "나만을 사랑하고 위해 줄 낭만적인 남자를 기다리는 행위"가 되고, 결국 기네비어와의 참된 사랑을 적들의 모함으로부터 지키느라고 위장하기 위해 랜슬로트가 일레인과 결혼을 해도, 헛마음뿐인 그 결혼은 당연히 비극으로 끝난다.

궁정의 사랑이라는 전통을 처음 전파한 사람들은 11세기 남부 프랑스의 프로방스 음유시인(troubadour)들이었다. 음유시인들의 후원자 노릇을 했던 일리노어 왕후(Eleanor of Aquitaine, c1122~1204)는 사자왕 리처드와 존 왕자의 어머니로서 리처드 토드의 『로빈 후드』 영화에서는 캔터베리 대주교와 함께 리처드 왕을 구하기 위해 모금 운동을 벌이는 역으로 나오기도 하며, 그녀의 사랑을 받던 음유시인들은 북 프랑스, 영국에 이어 독일의 왕궁을 드나들며 '궁정의 사랑' 얘기를 퍼뜨렸다.

일리노어의 딸 마리 드 샹빠뉴(Marie de Champagne)는 그녀의 지도 신부(Andreas Capellanus)에게 사랑의 기술에 관한 논문을 쓰도록 부추겼으며, '사랑의 궁정(the court of love)'에서는 귀족들이 모여 사랑의 예절을 해석하는 이론적인 문제를 놓고 토론을 벌이고는 했는데, 사교적인 모임의 소일거리로 시작된 이 토론은 곧 문학으로 발전하게 된다. 궁정의 사랑에 관한 원칙은 사랑을 주제로 한 13세기 프랑스의 우유교화문학(寓喩敎化文學)의 최고 걸작으로 꼽히는 『장미 로망(Roman de la rose)』의 제1부를 이루며, 아더왕이나 트리스탄과 이졸데 이야기에도 나오고, 크

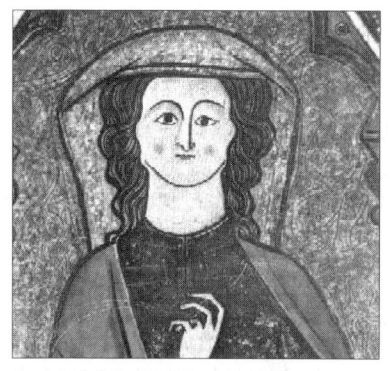

'궁정의 사랑'을 키운 일리노어 왕후

레띠앙 드 트롸예(Chrétien de Troyes)의 랜슬로트 전설에서 절정을 이룬다고 알려져 있다.

이탈리아에서는 13세기 이후 궁정의 사랑이 성모 사상과 결합하여, 우리나라 사람들도 즐겨 입에 올리는 '플라톤주의(Platonism, platonic love)'로까지 발전한다. 시간과 함께 흐르며 전해지는 전설은 이렇게 자꾸만 세월의 옷을 갈아입더니 한국인들의 연애편지에 자주 등장하던 단어까지 만들어 놓았다.

돈이 없어서 시계나 학생증을 담보로 맡기고 막걸리를 받아 마시며 대학생들이 둘러앉아 쇼펜하우어와 니체와 데까르트와 키엘케고르의 철학을 논하고, 프랑스에서 까뮈와 싸르트르가 벌이던 논쟁을 얘기하던 시절은 1960년대, 초라한 학림다방이 대한민국 문화의 전당처럼 여겨지던 때였고, 그런 시절에 젊은이들은 영어 문자를 써가면서 '플라토닉 러브'와 '페이소스'와 '에로스' 얘기를 했었다. 그것은 가을의 전설이었는지도 모른다.

물론 가을의 전설에서 주인공 노릇을 했던 젊은이들이 대학생의 다수는 아니었는지도 모르고, 돈을 지나치게 좋아하는 젊은이가 오늘날 대학생의 전형은 아니겠지만, 컴퓨터로 주식에 투자를 하다가 손해를 보고는 잃은 돈을 메워 보려고 범죄를 저지르다 경찰에 붙잡혀가 쭈그리고 앉은 2000년대 대학생의 모습을 텔레비전 뉴스에서 보면 아마도 저것은 겨울의 전설이 아닌가 하는 생각이 들기도 한다.

찾아보기 ●

▌「카멜로트의 전설(First Knight, 1995, 미국, 132분)」, 감/Jerry Zucker, 출/Sean Connery, Richard Gere, Julia Ormond, Ben Cross, John Gielgud

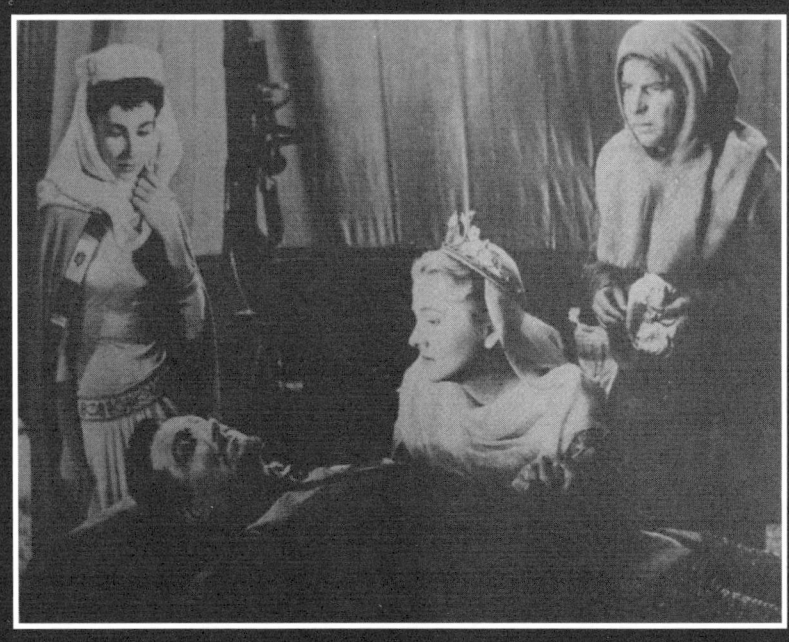

「흑기사」는 색채와 의상이 화려하기 그지없었던
대표적인 시대극 가운데 하나였다.

전설의 숨은그림 찾기

전설이란 정확성을 자랑하는 진실은 아니고, 그래서 부정확한 비논리성 속에서 신비가 생겨나는지도 모른다. 전설이라면 어느만큼은 촌스럽게 전설다워야 하고, 지나치게 현대판 멜러(meller)를 흉내낸 「카멜로트의 전설」은 리처드 기어의 지나치게 큰 코만큼이나 아더왕의 얘기하고는 거리가 멀게 느껴진다.

물론 리처드 도프 감독이 음유시인의 노래처럼 만들어 놓은 「원탁의 기사」라고 해서 약점이 없지는 않다. MGM 최초의 시네마스코프로서 '입체 음향' 뿐 아니라 시각적인 입체감을 과시하기는 했지만, 영화로서는 대단히 평면적이어서, 옛날식 화법과 화려한 채색의 만화를 보는 듯한 기분은 피할 길이 없다. 「풍운의 젠다성(The Prisoner of Zenda, 1952)」, 「흑기사(Ivanhoe, 1952)」, 「고성의 검호(Quentin Durward, 1956)」 같은 일련의 검술영화를 만들어 '오락 활극'으로 유명했던 리처드 도프 감독이 만든 작품의 특성이 그러했기 때문이다. 그러나

'멀린'이 눈에 띄지 않는 「카멜로트의 전설」과는 달리, 「원탁의 기사」에서는 귀에 익은 여러 등장인물이 전설적 현실감을 제공한다. 「천일야화」의 '지니'처럼, 낯익은 주인공이 '깜짝출연(cameo)'을 하는 식으로 여기저기 나타나고, 그래서 숨은그림 찾기의 묘미를 맛보게 되는 덕이다.

트리스탄과 이졸데의 슬픈 사랑과 더불어 말로리 경이 『아더의 죽음』에 접목시킨 '퍼시발(Percival)의 성배(聖杯, the Holy Grail 또는 Sangreal)' 얘기 또한 그런 숨은그림 찾기 가운데 하나이다. 성배 전설의 원천에 대해서는 여러 가지 학설이 분분하나 최후의 만찬에서 그리스도가 사용한 잔으로서, 십자가에 매달린 다음 그의 옆구리 상처에서 흘러내린 피를 받았던 그릇이라는 얘기가 가장 지배적이었는데, 요즈음에는 여성의 성기를 상징하는 그릇으로서 풍요와 다산(多産)과 수확을 위한 예식에서 사용되었던 그릇이라는 설이 보다 강해졌다. 어쨌든 성배는 순수한 영혼을 지닌 모든 기사가 찾아 헤매는 대상이었다.

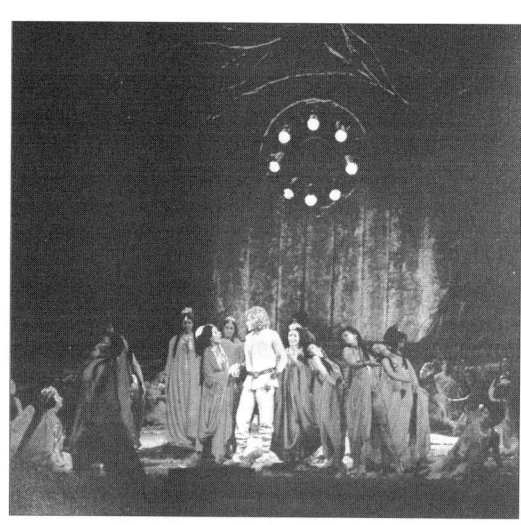

1979년 런던의 오페라 하우스 무대에 오른 「파르지팔」. 파르지팔(퍼시발)은 「아더의 죽음」에 접목된 또 다른 전설의 주인공이다.

성배를 찾아 헤매는 방랑(the Quest)의 원조격은 아더왕의 조카이며 역시 원탁의 기사였고 1370년경 진주의 시인(Pearl Poet)이라고만 알려진 익명의 작가가 남긴 『가웨인 경과 녹기사(Sir Gawain and the Green Knight)』에서 주인공으로 등장하는 가웨인 경이었다. 아더왕의 전설 가운데 단일 작품으로는 최고의 걸작으로 꼽히는 『가웨인 경과 녹기사』는 영문학에서도 초기의 고전으로 꼽히고, 이상을 추구하는 기사가 거쳐야 하는 고난의 길을 보여 준다.

목자르기 내기와 욕정에 대한 유혹을 주제로 삼은 『가웨인과 녹기사(Gawain and the Green Knight)』는 영국에서 스티븐 위크스가 영화로 만들었다가 "가웨인 경과 녹기사의 전설"이라는 부제를 달고 「용사의 검」으로 제목을 바꿔 다시 제작했는데, 우리나라에서는 1985년경 KBS-TV에서 방영한 바 있으며, 아더왕이 새해맞이 궁정 연회에서 무기력해진 기사들을 꾸짖는 자리에 거인 녹기사가 들이닥쳐 도끼로 자기 목을 치라고 도전을 하는 장면으로 시작된다. 그런 다음에는 자기가 목을 치겠다는 녹기사의 주고받기 도전에 겁이 나서 아무도 나서지 않을 때 아직 종사(從士)의 신분인 가웨인이 대신 응한다.

그의 목을 치기는 했지만 죽이는 데 실패한 가웨인에게 녹기사는 "인생을 아직 제대로 누려 보지도 못한 젊은이에게 수염이 자랄 때까지 삶의 의미를 확인할 기회를 준다"면서 1년 안에 풀기만 하면 목숨을 살려 주기로 약속하고 수수께끼를 낸다. "삶이 깊은 곳의 공허함, 삶이 어두운 곳의 불, 삶이 황금인 곳의 슬픔, 삶을 잃은 곳의 지혜"라는 4계절 수수께끼를 풀기 위해 가웨인은 바람이 불어 가는 방향인 서쪽으로 길을 떠난다. 진주의 시인이 중세 영어로 쓴 작품에서는 가웨인이 성배를 찾기 위해서가 아니라 인생의 수수께끼에 대한 답을 알아내려고 방랑을 계속하며, 녹색의 성전(Green Chapel)으로 가는 길에 멋진 성에 도착하여 성주(Lord Bercilak)와 또 다른 내기를 벌여서,

날마다 성주가 사냥해 온 짐승을 선물로 주면 가웨인은 바깥에서 사냥이 벌어지는 동안 성 안에서 얻은 것을 성주에게 주기로 한다. 이런 두 번째 내기가 진행되는 동안 성주의 아름다운 아내가 가웨인을 유혹하여 또 하나의 주제(궁정의 사랑)를 이룬다.

그러나 영화에서는 성주와의 내기와 궁정의 사랑은 별로 신경을 쓰지 않는다. 대신에 가웨인은 배가 고파 일각수를 잡아먹으려고 쫓아가다가 모건 르 페이(Morgan Le Fay)의 함정에 빠져 무지개를 일으키는 뿔나팔을 불고, 그 소리를 듣고 나타난 나쁜 흑기사를 만난다. 흑기사를 죽인 가웨인은 망각의 성 리오네스로 들어가서 리네뜨를 만나 사랑하게 되고, 리네뜨가 삶과 죽음의 과정을 반복하는 사이에 수수께끼를 풀어 나가지만, 마지막 문제를 풀어내지 못한 채로 녹기사와 최후의 대결을 벌인다.

현실과 '그림자(환각)'의 대비 속에서 전설을 넘어 우화적 환상(fantasy)으로 들어서는 이 영화를 보면 중세의 사상(medievalism)이 영화를 포함한 유럽의 모든 문화에 지금까지도 얼마나 큰 영향을 끼치는지 실감하게 된다. 목숨을 건 수수께끼 풀기의 놀이는 잉마르 베리만이 만든 「제7의 봉인」에도 그대로 찍혀 나오기 때문이다.

베르만 감독을 세계 영화의 정상으로 올려놓은 「제7의 봉인」은 14세기 중엽 십자군 전쟁에 나갔다가 오히려 신의 존재에 대한 회의와 환멸만 느끼고 스웨덴으로 돌아온 기사 안토니우스 블록을 죽음의 신이 거두러 찾아오면서 얘기가 시작된다. 흑사병과 마녀 사냥이 지배하는 (「싱고아라」와 흡사할 만큼) 음산한 화면 속에서, '묵시록의 4기사(정복, 살육, 기근, 죽음)'의 말굽에 짓밟힌 땅에서, 십자군 기사는 마지막으로 신(삶과 생명)의 흔적을 찾아보기 위해 죽어야 할 시간을 뒤로 미루려고 죽음과 체스 경기를 벌인다. 그러나 그는 광대 요프와 미아의 도망은 도와 주면서도 끝내 자신의 구원을 찾지 못한다. 그래서 죽음의 신이 여섯 명을 이끌고 춤을 추며 멀리서 지나가는 실루에트 장면은 "인생이란 걸어다니는 그림자에 지나지 않는다(Life is but a walking shadow)"라는 셰익스피어의 말(『맥베드』 5막 5장)이 자막으로 썩 잘 어울릴 듯한 인상을 준다.

이렇듯 과거의 전설과 신화, 과거의 문화 유산(고전 문학)을 끊임없이 재생하고 새로운 시각으로 해석하려는 노력 때문에 가웨인 경은 도처에 살아서 우리 앞에 지금까지도 유령처럼 나타나고, 「엑스캘리버」에서는 리암 니슨이 가웨인 경의 역을 맡아 기네비어의 부정을 고발하며 처형을 요구하다가 왕비의 결백을 증명하려는 랜슬로트와 결투를 벌이기도 한다.

영화 「원탁의 기사」에서도 가웨인과 녹기사(綠騎士) 두 사람 모두 등장하기는 하지만, 성배를 찾아 방랑하는 고결한 기사의 역할은 아무도 듣지 못하는 천국의 소리를 들을 만큼 순결한 영혼을 소유한 퍼시발에게로 돌아간다. 퍼시발은 독일에서는 파르지팔(Parsifal)이라는 이름으로 알려졌으며, 그는 물론 바그너의 마지막 작품인 「파르지팔」의 주인공이다. 바그너의 나라에서는 1984년에 한스-유르겐스 지버베르크(Hans-Jurgens Syberberg) 감독이 '후기현대주의(postmodernism)식'으로 영화 「파르지팔」을 만들어 내놓기도 했다.

말로리 경의 『아더의 죽음』에서는 갈라하드 경(Sir Galahad)이 성배 기사인데, 그는 영화 「원탁의 기사」에서 랜슬로트의 정식 부인으로 등장하는 일레인 공주와 랜슬로트 사이에서 태어난 사생아이며 가장 고결한 원탁의 기사로 알려졌다. 그 영화에서는 일레인이 퍼시발의 누이동생으로 설정되어, 호숫가 나무 밑에서 기사가 나타나 데려다 주기를 새벽부터 맨발로 기다리다가 랜슬로트를 만난다.

'성배' 얘기는 서양의 문학과 영화에서 심심치 않게 자주 등장하는데, 1991년에 제작된 「피셔 킹」에서는 아내의 죽음으로 정신이상을

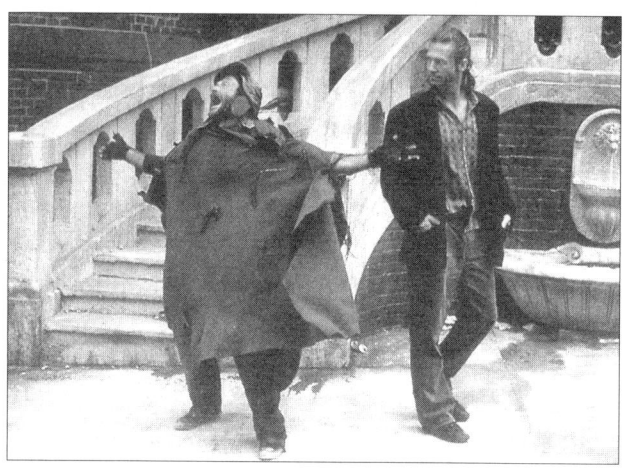
「피셔 킹」에서는 정신나간 로빈 윌리엄스가 성배를 찾아 헤맨다.

일으킨 패리가 성배를 찾아 헤매고, 패리의 아내를 죽게 만든 간접적인 원인을 제공했던 잭 루카스가 목숨을 걸고 훔쳐다 준 가짜 성배는 결국 기적을 행한다.

카멜로트는 아더왕이 기네비어와 결혼하여 함께 살았던 궁정의 소재지이다. 「카멜로트(Camelot)」는 미국 작가 디오도어 H. 화이트(Theodore White)의 소설 『과거와 미래의 왕』을 가지고 앨런 제이 러너(Alan Jay Lerner)와 프레데릭 로우(Frederick Lowe)가 만든 음악극(musical)의 제목이기도 하다. 제임스 미치너의 소설을 리처드 로저스와 오스카 해머스타인이 무대 음악극으로 만든 「남태평양」을 1958년에 두 시간 반짜리 토드 AO 시네라마 영화로 옮겨 재미를 본 조슈아 로건 감독이 1967년에 리처드 해리스(아더왕), 바넷사 레드그레이브(기네비어), 프랑코 네로(랜슬로트)의 배역진을 가지고 「카멜로트」도 세 시간짜리 영화로 만들었지만, 이번에는 크게 성공하지 못했다.

의상, 작곡, 미술 부문에서 아카데미 상을 타기는 했지만, 탁한 화면에 근접 촬영(close-up)이 너무 많아서 엉성한 분위기가 나고, 줄거리

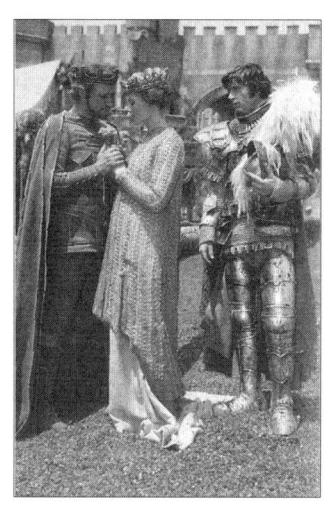

아더왕의 전설이 화면과 더불어
무척이나 흐릿해진 「카멜로트」

도 답답할 정도로 더디게 풀어나간다. 조슈아
로건이 얼마나 근접 촬영 기법을 좋아하는지
를 가장 잘 보여 주는 작품으로서는 「버스 정
류장(Bus Stop, 1956)」을 꼽는다. 돈 머리(Don
Murray)와 마릴린 몬로 두 사람의 얼굴이 넓고
넓은 시네마스코프 화면을 가득 채우고도 모
자라서 일부가 잘려나갈 정도로 "더 가까이,
더 가까이!" 다가가서 찍으라고 요구하는 바람
에 촬영 감독이 크게 당황했었다는 일화까지 남길 정도였다.

디오도어 H. 화이트의 소설은 디즈니 만화영화 「아더왕의 검」의
기초가 되기도 했는데, 워트(Wart)라는 소년이 마술사 멀린의 도움을
받아 아더왕이 된다는 줄거리로서, 말하자면 아더왕의 소년시절 얘
기이다.

아더왕은 3백 년 동안 영국을 통치하던 로마군이 철수한 다음 군웅
할거의 암흑기에 빠진 영국의 통일을 위해 정복의 길에 나서서 열두
명의 호족을 진압하고 색슨 침략자들에게 열두 차례의 승리를 거두
지만 결국 조카 모드레드(Mordred 또는 Modred)의 반란으로 큰 전투를
치르고 숨을 거둔다. 전설에 의하면 아더는 모드레드와의 전투에서
중상을 입은 다음 아발론 섬으로 가서 치료를 받았으며, 오랜 세월이
지난 다음 다시 나타나 권력을 잡는다는 전설도 있지만, 아직까지 나
타나지 않고 있다. 우리나라의 정도령 얘기나 아기 장수 전설을 연상
시키는 대목이다.

아더왕에게는 숙명의 적이었던 모드레드라는 인물에 대한 여러 영

화의 해석도 흥미롭다. 리처드 도프의 「원탁의 기사」에서는 아더와 왕권을 놓고 암투를 벌이던 이복 누이 모건 르 페이의 남편이라고 대충 설명하고 넘어가지만, 모드레드는 그보다 훨씬 복잡한 배경을 지닌 인물이다. 원탁의 기사들 가운데 한 명이었던 모드레드는 말로리 경의 작품에 의하면 아더왕의 사생아로 나오는데, 「원탁의 기사」와 마찬가지로 말로리 판 『아더의 죽음』을 기초로 삼아 만들었다고 자막에 밝힌 존 부어맨의 영화 「엑스캘리버」를 주의깊게 살펴보면 아더의 이복 누이가 구미호처럼 도술을 부려 기네비어로 둔갑해서는 여성 상위 자세로 아더와 관계를 해서 낳은 자식이 바로 모드레드이다. 모짜르트를 닮은 황금 가면을 쓰고 아더를 찾아가, 엄마의 남동생이니까 '외삼촌'이 되어야 맞을 법한데, 이상한 족보 계산법으로 자신이 아더왕의 "아들이며 동시에 형제"이니까 왕위를 내놓으라고 협박한 다음 반란을 일으켜 괴롭히다가 끝내 아버지이며 외삼촌이며 형제인 아더를 죽여 버리는 악당 말이다.

영화에서는 아직 그런 내용이 나온 것을 보지 못했지만, 아더왕이 프랑스로 원정을 나간 사이에 모드레드는 왕위를 찬탈하고 기네비어와 결혼하려고 한다. 이런 소식을 듣고 황급히 귀국해서 결전을 벌이고는 두 사람 다 죽고 마는데, 테니슨의 작품에서는 모드레드가 기네비어를 유혹하는 대신 랜슬로트와의 관계를 모함하는 내용으로 바뀐다. 대부분의 영화에서는 테니슨의 해석을 택했다.

모드레드의 악역을 제리 주커가 만든 「카멜로트의 전설」에서는 "맬러간트 왕자(Prince Malagant)"가 맡았는데, 국내 영화나 텔레비전에서처럼 그를 '왕자'라고 한 번역은 잘못이다. '맬러간트 왕자'라니까 마치 아더와 형제간이라도 되는 듯한 인상을 주는데, 영어에서는 'prince'라면 왕자뿐 아니라 '호족'이나 '군주'나 '제후' 또는 영주를 뜻하고, 영국 이외의 나라에서는 '공작(duke)'이라는 말이 된다. 마키

아벨리의 유명한 저서 『군주론』의 영어 제목이 "The Prince"이다.

아더왕 영화 중에서는 아무래도 존 부어맨의 「엑스캘리버」가 지금 까지는 전설에 가장 충실한 편이다. 암흑기를 상징하듯 동굴과 밤이 지배하는 어둡고 무거운 화면, 우리나라 사람들이 요즈음 무척 좋아 하는 '기(氣)'가 연기처럼 마녀(모건 르 페이)의 입에서 뿜어나와 숲을 뒤덮는 안개가 되는 최후의 결전장, 그리고 초현실적인 장면들도 그 렇지만, 「엑스캘리버」가 가장 전설다운 까닭은 아더왕 이야기에서 가 장 신비한 존재인 멀린이 전설 그대로 그려지기 때문이다.

우터 펜드라곤이 아더를 잉태시키고 엑스캘리버를 바위에 꽂는 애 기부터 시작하는 「엑스캘리버」에서 멀린은 어린 아더를 피신시켜 숨 겨놓고 지략을 가르쳐 결국 왕으로 만드는 결정적인 역할을 맡는데, 사실은 우터 펜드라곤의 통치 시절 150명의 기사가 지위를 따지지 않고 한 자리에 모이도록 원탁을 만들어 놓은 사람도 지혜로운 멀린 이었다. 그러니까 아더는, 흔히 알려진 바와는 달리, 원탁을 만들지 않 고 아버지에게서 물려받은 셈이다.

『삼국지』에 등장하는 제갈공명과 비슷한 인물인 멀린에 대한 최초 의 자세한 기록은 1135년경에 나온 라틴어로 된 『멀린 소책자(Libellus Merlini, Little Book of Merlin)』였고, 영화 「엑스캘리버」에서는 그를 '그 림자(shadow)'요, '꿈(dream)'이라고 표현한다. 멀린은 「엑스캘리버」 뿐 아니라, 특수 효과에 엄청난 돈을 들여 만든 세 시간짜리 영화 「멀 린」에서도 주인공 노릇을 한다. 이 최신 영화는 카멜로트의 전설보다 변신을 하는 등장인물들이 오히려 '구경거리' 노릇을 하는데, 물론 텔레비전의 장수 아동 교육 프로그램인 「세서미 스트리트(Sesame Street)」와 함께 발전해 온 짐 헨슨의 괴물 공장(Jim Henson's Creature Shop) 인형 제작단의 솜씨가 큰 힘을 발휘한다.

'꼭두각시(puppet)'라는 단어를 변형시킨 '머페트(Muppets)'를

1954년에 선보인 다음 1969년부터 줄기차게 「세서미 스트리트」에 소개했던 짐 헨슨(Jim Henson, 1936~1990)은 1976~81년 그들의 독립 프로그램인 「머페트 쇼(The Muppet Show)」를 들고 영국 텔레비전으로 진출했으며, 그가 만든 수많은 인형 가운데 '빅 버드(Big Bird),' '개구리 커미트(Kermit the Frog),' '돼지 아씨(Miss Piggy)' 등은 이제 세계적으로 유명한 '인물(character)'이 되었다. 머페트 인형들이 출연하는 영화도 속속 나타나서, 「머페트 영화(The Muppet Movie, 1979)」, 「머페트 대소동(The Great Muppet Caper, 1981)」, 「머페트 맨하탄을 정복하다(The Muppets Take Manhattan, 1984)」, 「머페트판 크리스마스 캐롤(A Muppet Christmas Carol, 1992)」은 인형을 연구하는 사람들에게 좋은 연구 대상이 되리라고 생각한다. 생전에 그는 개구리 커미트 역의 목소리 담당이었다.

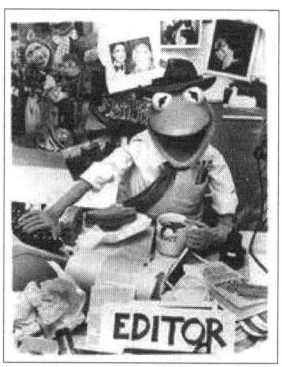
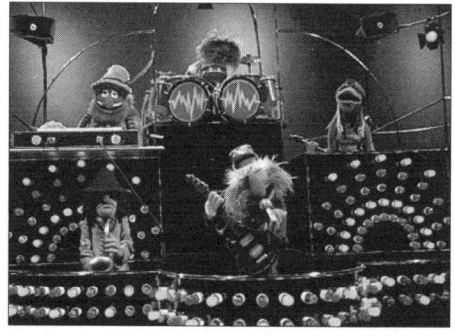

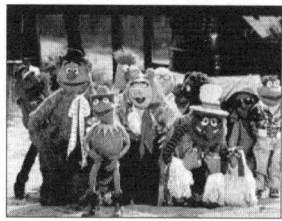
짐 헨슨의 '공장'에서
태어난 머페트 가족

■ 「카멜로트(Camelot, 1967, 미국, 178분)」, 감/Joshua Logan, 출/Richard Harris, Vanessa Redgrave, Franco Nero, David Hemmings, Lionel Jeffries

■ 「용사의 검(Sword of the Valiant: the Legend of Sir Gawain and Green Knight, 1982, 영국, 101분)」, 감/Stephen Weeks, 출/Miles O'Keeffe, Cyrielle Claire, Sean Connery, Trevor Howard, Peter Cushing

■ 「피셔 킹(The Fisher King, 1991, 미국, 137분)」, 감/Terry Gilliam, 출/Robin Williams, Jeff Bridges, Amanda Plummer

■ 「아더왕의 검(The Sword in the Stone, 1963, 미국, 75분)」, 감/Wolfgang Reitherman, 출(목소리)/Ricky Sorenson, Sebastian Cabot

■ 「제7의 봉인(Det Sjunde Inseglet, 영어 제목 The Seventh Seal, 1956, 스웨덴, 96분)」, 감/Ingmar Bergman, 출/Max von Sydow, Gunnar Bjornstrand, Nils Poppe, Bibi Andersson, Bengt Ekerot

■ 「멀린(Merlin, 1998, 미국, 180분)」, 감/Steve Barron, 출/Sam Neill, Helena Bonham Carter, John Gielgud, Rutger Hauer, Miranda Richardson, Isabella Rossellini, Martin Short, Billie Whitelaw, (해설 James Earl Jones)

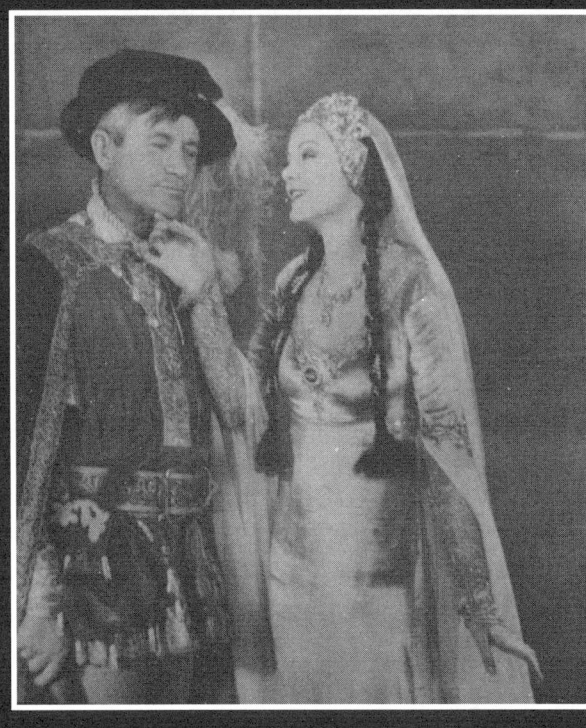

마크 트웨인이 양키를 아더왕 시대로 보낸 이야기
「카멜로트의 양키」는 '탈선' 한 전설에 속한다.

이설(異說) 아더왕 이야기

　우리나라의 옛날 장수들은 종이로도 갑옷을 만들어 입었다고 한다. 참으로 현명하고 지혜로운 일이 아닐 수 없다. 종이를 여러 겹으로 중첩시키면 화살이 뚫지도 못하려니와, 가볍기는 또 얼마나 가벼운가. 솜을 잔뜩 짊어진 채로 일부러 물에 빠졌다가 고생을 했다던 이솝 우화의 '꾀많은 당나귀'처럼 말에서 떨어져 강물에 빠지지 않는 한, 한국의 장수들은 그래서 종이 갑옷을 걸치고 가벼운 거동으로 전투에 임했으리라.

　그러나 서양의 기사들은 어떠했던가? 기사들이 나오는 영화를 보면 그렇게 무거운 쇠옷(armour)에 쇠비늘 갑옷(coat of mail)을 속에 걸치고 그 위에다 커다란 면갑(visor)이 달린 투구까지 썼으니, 도대체 그런 육중한 껍질을 걸치고 몸을 어떻게 움직이고 또 어떻게 전투를 했을까 궁금해진다.

　『가웨인 경과 녹기사』를 영화로 만든 「용사의 검」에서 뿐이 아니라

「꿈의 궁정」에서는 기사들이 갑옷을 걸치고 말 잔등으로 기어올라가 탈 수가 없어서 옛날식 '기중기'에 밧줄로 여기저기 묶어서 끌어올리는 우스꽝스러운 장면이 나온다. 갑자기 기사로 승진하여 처음 갑옷을 입어 보고는 "이런 쇠옷을 걸치고 어떻게 소변을 보지?"라고 가웨인이 걱정하는 장면도 있었다. 그런가 하면 「원탁의 기사」에서는 숲속에서 처음 만난 아더와 랜슬로트가 로빈 후드와 리틀 존과의 첫 만남에서처럼 싸움을 벌이다가 장검이 나무에 박히면 둘이서 힘을 모아 함께 뽑아 주기도 하고, 나중에는 너무 힘이 들어 둘 다 주저앉는 장면도 나온다.

『지구에서 온 편지(Letters From the Earth)』를 보면 분명히 드러나듯이 조나던 스위프트와 막상막하로 신랄하게 비꼬기를 좋아하던 마크 트웨인이, 옛날 기사들의 갑옷과 장검(長劍)이 어찌나 무거웠는지 전투에 나가는 기사들을 어린 시동(page)이 도와 말에 태우고는 했다던 얘기를 듣고 아더왕 전설을 그냥 내버려 두었을 리가 없다. 그래서 이런 얘기들을 비아냥거리며 1889년에 쓴 마크 트웨인의 소설이 『카멜로트의 커넥티커트 양키(A Connecticut Yankee in King Arthur's Court)』였다.

트웨인의 소설은 미국의 커넥티커트 주 하코트에서 무기 공장 감독으로 일하는 행크 마틴(Hank Martin)이 1905년 어느 날 허큘리스(Hercules=헤라클레스)라는 남자와 싸우다 쇠지레로 머리를 맞고는 졸도했다가 서기 528년 아더왕 시대의 영국에서 깨어난다는 상황 설정으로 시작된다. 말하자면 춘원 이광수의 『꿈』과 워싱턴 어빙의 『리프 밴 윙클(Rip Van Winkle)』 비슷한 이야기 얼개를 나중에 H. G. 웰스 항에서 다시 다루게 될 '시간 여행'에 실어 기사도와 종교를 풍자한 작품이다.

소설 『커넥티커트 양키』는 일찍이 1921년에 폭스사에서 처음 영화로 만들었다가, 1931년에 데이비드 버틀러 감독이 당대의 대스타 윌 로저스와, 타잔 영화에서 조니 와이즈뮬러와 짝을 지어 제인 역으로 한때 이름을 날린 모린 오설리반, 그리고 미국판 현모양처의 인상을 주는 머나 로이를 주연으로 써서 영화로 다시 만들었고, 1949년에는 테이 가네트 감독이 빙 크로스비, 정열적인 붉은 머리의 육감적 여배 우 론다 플레밍, 성격파 배우 윌리엄 벤딕스, 세드릭 하드위크 경을 앞 세워 또 한 번 음악극으로 보여 주었으며, 1989년에도 멜 뎀스키 감독이 소설 『햄버거 사랑』으로 우리나라에 잘 알려진 극작가 폴 진델(Paul Zindel)의 각색으로 한 번 더 만들었다. 폴 진델의 각색에서는 카멜로 트로 시간 여행을 가는 주인공이 무기 공장 감독이 아니라, 젊은 여자로 바뀐다.

아더왕의 전설을 마크 트웨인이 한 번 비틀어 놓은 내용을 훨씬 더 미래로 재차 시간 여행을 시켜 자신과 똑같이 생긴 로보트와 함께 주인공이 중세로 되돌아가는 줄거리를 담은 「UFO」라는 영화도 1979년에 디즈니에서 나왔었다. 그리고 우주인과 아가씨도 카멜로트에 가는데 누군들 못 가랴 싶어서인지 10대 소년이 아더왕의 궁정으로 시간여행을 가서 악당을 물리치도록 도와 준다는 내용을 담은 청소년용 영화 「카멜로트의 사나이」까지 선을 보였다. 최근(1993년)에는 철물상 점원이 전기톱(chainsaw) 따위의 '문명의 이기'를 가지고 14세기 아더 왕의 궁정으로 시간 여행을 하는 영화 「암흑의 군대」도 나왔는데, 「야손과 아르고 원정대」를 위해 레이 해리하우젠이 만든 해골 검객들을 흉내낸 전투 장면이 돋보인다는 평을 들었다. 그러니까 요즈음 유행하는 특수 효과를 제일 큰 덕목으로 꼽는 영화에 속한다고 하겠다.

이렇게 다양한 '커넥티커트 양키' 영화 가운데 헐리우드 키드 세대에게는 빙 크로스비가 주연한 1949년판 「꿈의 궁정」이 가장 낯익은 작품이기 때문에 그 영화를 살펴보기로 하겠다.

영화에서는 양키 행크 마틴이 자동차 정비공으로 나오는데, 비가 쏟아지는 속에서 말을 타고 가다가 나무에 머리를 부딪치고 정신을 잃었다가 멍청한 원탁의 기사 사그라모어 경(Sir Sagramor le Desirous)의 포로가 되어 카멜로트로 붙잡혀간다. 늙은 염소 같은 모습에 노망기가 넘치는 아더왕 앞에 끌려간 행크는 사그라모어의 허풍 때문에 용처럼 입에서 불을 뿜는 괴물이어서 화형을 당해야 한다는 판결을 받고 투옥되어 처형될 위기를 맞지만, 손목시계의 유리 돋보기로 불을 일으키는 마력을 발휘해 겨우 목숨을 건지고, 딱성냥으로 '불을 만드는' 마술을 부려 아더왕에게 "막강한 마법사"로 인정받아 보스 경(Sir Boss)이라는 작위를 받기까지 한다. 곡마단 광대 같은 옷차림을 한 양키 기사는 여자(론다 플레밍)의 사랑을 놓고 삼각 관계를 이루어 랜슬로트와 목창(木槍)시합을 벌이게 되자 로디오에 나간 카우보이 식으로 싸워 이기기도 하고, 대장장이 노릇을 하면서 지남철 따위로 계속 '요술'을 부려 순진한 옛사람들을 홀린다.

그러다가 만성 감기에 시달리고 망녕이 든 아더왕에게 양키는 백성이 그를 아직도 존경하고 숭배하는 줄 착각하지만 사실은 혁명이 목전에 닥쳤음을 깨우쳐 준다. 통치자를 못마땅해하는 백성의 민심을 살피러 괴나리 봇짐에 거지로 변장하고 「오즈의 마법사」를 찾아가는 일행처럼 암행을 나간 양키와 아더왕과 멍청한 기사 사그리모어는 지나가는 기네비어의 가마를 보고 절을 하지 않았다가 매를 맞기도 하고, 결국 모건 르 페이와 한 패가 되어 반역 음모를 꾸민 멀린에게 붙잡혀 처형의 위기에 처하지만, 마침 일식(日蝕)이 되었음을 연감으로 알아낸 양키 기사는 태양을 없애 버리겠다고 호통을 치고 "왈라왈라 워싱턴" 주문을 읊어 겨우 풀려난 다음, 대장간에서 손수 만든 권총으로 멀린의 탑에 갇힌 여인을 구출한 다음 정신을 차려 고향으로 돌아온다는 내용이다.

그렇다면 이런 이설은 왜 생겨나는 것일까?

용감한 전설적인 아더왕은 주책없는 늙은이어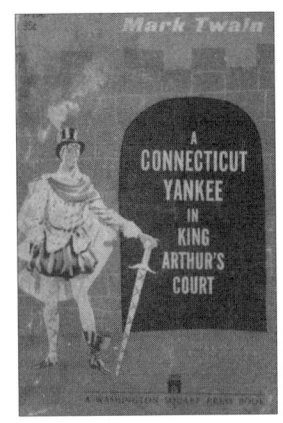
서 병들고 굶주린 백성의 마음을 헤아리지도 못
하고, 용감한 호수의 기사 랜슬로트는 왜소한 몸
집의 카우보이(빙 크로스비)에게 로디오 경기장
의 송아지처럼 꽁꽁 묶이고, 철천지원수로 알려
진 모건 르 페이와 멀린이 한 패가 되어 쿠데타
의 음모를 꾸미고, 이렇게 마크 트웨인의 손을
거치면서 8백 년이나 내려오던 전설은 엉망진창
이 된다.

「꿈의 궁정」의 원작인 마크 트웨인
소설의 표지

아더왕 이야기의 다양한 '원전'과 마크 트웨
인의 '이설' 사이에서 가장 두드러진 차이를 보이는 내용은 물론 윌
리엄 벤딕스(William Bendix)가 그려내는 사그라모어 경을 위시한 여
러 기사들의 모습이다. 오른쪽 팔목이 접힐 때마다 삐걱거리는 갑옷
을 걸치고 서부의 개척자들처럼 마구 허풍(tall tales)을 늘어놓는 사그
라모어, 밧줄에 대롱대롱 거꾸로 매달려 말을 타려다가 땅으로 떨어
지는 행크 마틴, 장검을 두 손으로 들기는커녕 뽑지도 못해서 옆 사람
이 대신 뽑아 줘야 하는 아더왕 — 이것은 기사도 정신의 영광과 역
사와 명예를 분명히 훼손하는 요소들이다.

우리나라에서도 마찬가지이다. "이설 춘향전"이나 "이설 홍보전"
이 엿차기 마당놀이로 발전하는가 하면 인기가 하늘을 찌르던 텔레
비전 방송극 「여로」가 심형래의 코미디 "영구 없다"로 변모하기도 한
다. 그리고 현대판 미국의 초인이었던 람보와 영국의 초인이었던 007
제임스 본드를 '비틀기(parody)' 해서 재미를 본 찰리 신과 레슬리 닐
슨은 이제 새로운 고유분야(genre)의 전문배우로 우뚝 올라서기까지
했다.

이러한 이설판(spoof version)이 나오는 까닭은 정설이 못마땅해서 논리적인 수정(revision)이 필요해지거나, 창의력은 없어도 우려먹기나마 하고 싶은 아류의 욕심 때문이거나, 단순한 장난기의 발로이기가 쉽다. 그러나 이설판은 존재의 의미와 가치를 지닌다. 물론 노골적인 표절은 바람직하지 못한 행위이지만, '희문(戲文, parody)'의 형태는 이미 오래 전부터 당당한 하나의 고유분야였다.

역시 이설 아더왕 이야기에 해당되겠는데, 1985년에 클라이브 도너 감독이 말콤 맥도월, 캔디스 버겐, 다이언 캐논, 리암 니슨을 출연시켜 만든 「아더왕」은 루이스 캐롤의 소설 『이상한 나라의 앨리스』와 마크 트웨인의 『커넥티커트 양키』를 혼합해 놓아서, 다이언 캐논이 윌트셔의 솔리스베리 평원에 있는 선사시대의 거석주군(巨石柱群, Stonehenge) 주변에서 돌아다니다가 토끼굴로 떨어져 카멜로트에 가서 해괴한 모험을 겪는다는 내용으로 바뀌었다. 전설에 의하면 '스톤헨지'는 본디 에이레에 있었으나 멀린이 마술을 부려 지금의 위치로 옮겨 놓았다고 한다.

'이설'로는 성배찾기(the Quest)라는 성스럽기 그지없는 주제까지도 대상에 올라서, '몬티 파이톤 영화'의 두 번째 작품인 「몬티 파이톤과 성배(聖杯)」에서는 십자군과 중세 기사도의 전설이 버르장머리가 없다는 소리를 들어 마땅할 정도로 정신없이 피투성이로 펼쳐진다. 몬티 파이톤 일당은 2년 후 「헛소리」에서 또다시 중세에 대한 '풍자'를 늘어놓는데, 제목이 썩 잘 어울린다. '몬티 파이톤(Monty Python)'이란 1960년대와 70년대 영국 텔레비전에 많은 영향을 끼쳤던 희극배우들의 집단(John Cleese, Michael Plain, Terry Gilliam, Eric Idle, Terry Jones, Graham Chapman)을 가리키는 명칭이며, 「이제는 완전히 다른 무엇을 위하여(And Now for Something Completely Different, 1971)」, 「브라이언의 일생(The Life of Brian, 1979)」, 「인생의 의미(Monty Python's

Meaning of Life, 1983)」 같은 영화를 만들었다.

아더왕 전설을 소재로 삼은 다른 영화로서는 1963년에 영국에서 코넬 와일드가 감독과 주연을 맡았으며 「랜슬로트와 기네비어(Lancelot and Guinevere)」라는 제목으로도 알려진 활극 「랜슬로트의 검」이 나왔었고, 리처드 도프 감독의 「흑기사(Ivanhoe)」와는 거리가 먼 진짜 "흑기사" 「불멸(不滅)의 기사」에서는 랜슬로트가 아니라 정체불명의 흑기사가 아더왕을 도와서 싸운다.

영화의 주인공으로 이름이 좀 났다 하면 2대까지 동원해 우려먹는 영화계의 습성은 물론 아더왕이라고 해서 그냥 지나갈 리가 없었고, 「색슨족의 공격」에서는 아더왕의 딸이 그녀의 왕국과 사랑하는 기사를 지키기 위해 화려한 활약을 벌인다.

얼마 전(1998년)에 나온 「카멜로트를 찾아서」라는 만화영화도 역시 2대 영화로서, 어느 원탁 기사의 딸이 주인공이고, 아더왕의 엑스캘리버가 도둑을 맞자 신검을 찾기 위해 맹활약을 벌인다.

참고로, 엑스캘리버의 종말에 관한 말로리 경의 기록을 보면 아더왕이 마지막 전투에서 숨을 거두기 전에 원탁의 기사 베디비어 경(Sir Bedivere)에게 검을 "호수로 돌려보내라"는 명령을 하고, 베디비어가 엑스캘리버를 물로 던지자 하얀 은란(銀襴, 중세의 복지, samite)을 두른 팔(호수의 여인)이 솟아나와 칼을 받았다고 한다.

그 외에도 프랑스에서는 로베르 브레쏭(Robert Bresson) 감독이 1974년에 「호수의 기사 랜슬로트(Lancelot du Lac)」를 만들었고, 에릭 로메르(Eric Rohmer, 본명 Jean Maurice Scherer)는 1978년 퍼시발을 주인공으로 삼은 영화(「Perceval」)를 선보였다.

텔레비전 연속물로는 미국의 「기사 랜슬로트(Sir Lancelot)」와 오스트렐리아의 연속만화 「아더(Arthur)」 그리고 웨일스의 「브리튼의 아더(Arthur of the Britons)」가 손꼽힌다.

좀 별난 영화여서 마지막으로 소개하는 「폭주기사(暴走騎士)」에서는 유랑 악단이 모터사이클을 타고서 목창시합(joust)을 벌이고, 그들 나름대로의 지도자(아더왕) 밑에서 옛날의 기사도 정신을 행동 규범으로 삼는다. 말하자면 폭주족 아더왕 얘기인데, 소설가 스티븐 킹이 폭음족으로 깜짝출연도 한다.

이렇듯 아더왕의 전설은 우여곡절을 겪어 모터사이클까지 타게 되었다. 그러나 사실 아더왕 이야기는 전설이 아니라 켈트족의 신화에서 기원을 찾아야 한다. 우리나라의 단군신화처럼 그는 건국신화의 주인공이었기 때문이다. 아더는 인간으로서 기사 문예에 등장하기 이전에 하나의 신(deity)으로 알려졌었다. 그러던 그는 동일시를 원하는 인간의 욕망 때문에 전설의 차원으로 내려와 인간이 되어야 했다. 그것은 아마도 헤라클레스가 신화에서 인간으로 등장하는 것과 같은 이유에서일 것이다.

찾아보기 •

Gottlieb, 출/Thomas Ian Nicholas, Joss Ackland, Art Malik

▎「암흑의 군대(Army of Darkness, 1993, 미국, 80분)」, 감/Sam Raimi, 출/Bruce Campbell, Embeth Davidtz, Marcus Gilbert, Bridget Fonda

▎「아더왕(Arthur the King, 비디오 제목 Merlin and the Sword, 1985, 미국, 150분)」, 감/Clive Donner, 출/Malcolm McDowell, Candice Bergen, Edward Woodward, Dyan Cannon, Liam Neeson

▎「랜슬로트의 검(Sword of Lancelot, 1963, 영국, 116분)」, 감/Cornel Wilde, 출/Cornel Wilde, Jean Wallace, Brian Aherne, George Baker

▎「불멸의 기사(The Black Knight, 1954, 미국-영국, 85분)」, 감/Tay Garnett, 출/Alan Ladd, Patricia Medina, Andre Morell, Harry Andrews, Peter Cushing

▎「색슨족의 공격(Siege of the Saxons, 1963, 영국, 85분)」, 감/Nathan Juran, 출/Janette Scott, Ronald Lewis

▎「몬티 파이톤과 성배(Monty Python and the Holy Grail, 1975, 영국, 90분)」, 감/Terry Gilliam, Terry Jones, 출/Graham Chapman, John Cleese, Terry Gilliam, Terry Jones,

▎「헛소리(Jabberwocky, 1977, 영국, 100분)」, 감/Terry Gilliam, 출/Michael Palin, Max Wall, Deborah Fallender

▎「카멜로트를 찾아서(Quest for Camelot, 1998, 미국, 85분)」, 감/Frederick Du Chau, 출(목소리)/Jessalyn Gilsig, Cary Elwes, Gary Oldman, Eric Idle, Don Rickles, Jane Seymour, Peirce Brosnan, John Gielgud

▎「폭주기사(Knightriders, 1981, 미국, 145분)」, 감/George A. Romero, 출/Ed Harris, Gary Lahti, (Stephen King)

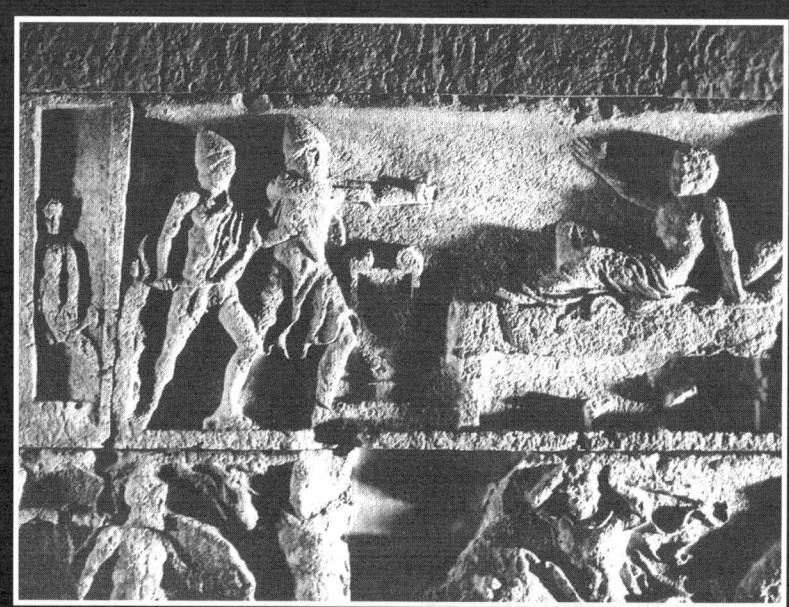

신에게 도전했다가 카산드라의 저주를 받고 오랜 방랑 끝에 오뒷세우스가 고향 이타카로 돌아와 아들과 함께 페넬로페를 괴롭히던 자들을 몰아내는 장면이 기원전 300년경의 무덤에서 부조로 발견되었다.

신화(神話)는 '신(神)에 관한 이야기(話)'라는 뜻이다. 그러나 신의 개념이 워낙 다양하고, 신의 세계에도 엄연히 위계(位階, hierarchy)가 따로 존재하기 때문에, 그냥 간단히 "신에 관한 이야기"라고 해서는 무리가 생겨나기도 한다.

인간이 지금까지 정의해 온 신에 관한 개념은 시대와 민족에 따라서 큰 차이를 보였으며, 그에 따라 신과 인간의 관계도 달라졌다. 어떤 신들은 인류를 괴롭히는 악마적 괴력을 행사하는 존재로서 인간 위에 수직으로 군림했다. 어떤 신은 인간의 소망을 들어 주고 자연을 다스리며, 친구로서 사람들 옆에서 수평으로 더불어 살았다. 낮은 곳으로 임하기를 거부하는 어떤 신은 자신을 섬기지 않으면 끔찍한 고통을 주어 인간을 벌하겠다고 위협했다.

신들은 인간의 전쟁에서 훈수를 두는 데서 그치지 않고 그들 나름대로의 전쟁도 벌인다. 어떤 신이 '인정' 받은 유일한 존재인가를 놓고 중세에는 두 신을 대리하여 인간이 싸운 십자군 원정도 있었고, 지금까지도 세계 각처에서 종교 분쟁은 끊이지를 않는다. 우리나라에서는 '단군신화'를 놓고 단군이 "신이냐 우상이냐"를 따지는 과정에서 신화의 주인공은 흉측하게 목이 잘려 나가기도 했다.

그리고 신과 인간 사이에서 중재 역할을 맡은 '대변인'들도 존재한다. 지금도 여러 소수 민족이 신의 대변자로 떠받드는 무당(shaman)과, 지니를 비롯해서 초능력을 발휘해 인간사에 간섭하는 마녀와 마법사, 그리고 요즈음에도 혼령의 세계와 현세를 잇는 강신술(降神術, seance)을 주재하는 영매(靈媒, medium) 등등, 신과 인간 세계의 연결 '고리'가 항상 존재해 왔다.

그러나 '신화(myth)'라면 우리는 '제신(諸神)들에 관한 이야기'라고 쉽게 이해한다. 시대적으로도 우리는 로마와 그리스를 연상한다. 앞에서 살펴본 아더왕의 전설이 켈트족의 건국신화에서 유래하고, 우리나라에도 건국신화가 존재하고, 설화와 전설과 종교의 경계선 어디쯤엔가 갖가지 신화가 피어나지만, 그래서 여기에서 다루는 신화 또한 보통사람들이 가장 광범위하게 인식하고 있는 그런 개념으로서의 신화가 되겠다.

당연히 얘기는 그리스와 로마 신화로부터 시작된다.

호메로스의 『일리아스』를 읽으면 트로이아의 명장 헥토르가 싸움터로 나가 아가멤논 휘하의 명장 파트로클로스나 아이아스와 전투를 벌이는 장면에서 아르테미스 또는 헤르메스 같은 신들이 인간과 정신없이 뒤섞여 돌아다니는 광경을 보게 된다. 때로는 주인공과 전투용 마차(chariot)에 함께 타고 달리면서 어디를 어떻게 공격하라는 잔소리까지 한다.

1960년대까지만 해도 서울에서는 운전에 방해가 되어 사고라도 날지 모르니까 시내버스마다 "운전수와 잡담 마시오"라는 경고문을 운전석 위에다 붙이고 다녔는데, 마차를 전속력으로 운전하며 목숨을 걸고 적과 맞서야 하는 헥토르에게 옆에서, 장기나 바둑의 훈수꾼처럼, 저쪽으로 가라느니, 저 사람을 공격하라느니, 신들이 도와 준답시고 정말로 그렇게 떠들어대었다면 얼마나 정신이 없었을까 하는 생각도 든다.

하지만 트로이아 전쟁 당시에는 아무리 명장이라고 해도 그렇게 일일이 신의 도움(간섭)을 받아야만 마음이 놓였던 모양이다. 영화 「하데스의 헤라클레스」를 봐도 아들이 거인과 싸움을 벌이는 동안 제우스(앤토니 퀸)가 동네 사람들 틈에 끼어 구경하면서 권투 코치처럼 "이렇게 이렇게" 주먹을 날리라고 쉴새없이 요구하는 장면이 나온다.

인간은 전쟁과 인생에서 왜 그렇게 많은 신의 '훈수'가 필요했을까?

신화는 종교로 가는 앞 단계여서, 전설보다는 신화에서 인간과 영혼의 구제를 위한 목적 의식이 훨씬 뚜렷하게 드러난다. 고대의 인간은 세상만사가 마음대로 되지를 않으니까 갖가지 신을 만들어 놓고 스스로 해결하지 못하는 힘겨운 숙제들을 제신에게 맡기고는 했었는지도 모른다. 그래서 트로이아 전쟁터에서 아킬레우스와 파리스가 적은 죽여 버리고 나만큼은 어떻게 해서든지 살려 달라면서 온갖 신을 불러모았고, 우리나라에서도 고깃배를 타고 나간 남편이 무사히 돌아오게 해 달라며 정한수를 떠놓고 어부의 아내가 칠성님한테 빌었고, 심지어는 예수나 붓다한테도 아들을 낳게 해 주고, 그 아들이 대학에 들어가게 해 주고, 대학을 나온 다음 출세해서 돈을 잘 벌게 해 달라면서 이기적인 기도를 드리는 사람들도 나타났다. 때로는 종교 단체에 부지런히 돈을 갖다 주면서 돈벌이가 잘 되게 해 달라고 기도하는 사람도 보이는데, 그 정도면 '신'을 뇌물로 매수하는 행위가 아닌지 모르겠다.

스스로 노력해서는 현실 세계에서 낙원을 찾지 못하겠으니까 죽은 다음에라도 좋은 세상에서 살게 될 구원을 얻으려는 인간의 나약한 마음을 홀려 돈벌이를 하려고 재산을 몽땅 빼앗고는 배교자가 나타나면 본보기로 처단해서 암매장하는 사이비 종교가 자꾸 생겨나는 이유도, 그리고 수입에 세금이 안 붙는 종교의 기업화에 얼치기 종교인들이 눈독을 들이는 이유도, 결국은 내가 못하는 일은 남의 힘을 빌어서라도 성취시키려는 수많은 인간의 소망과 욕심을 상품화하는 '종교'에서 나온 부수적인 현상일 것이다.

인간은 도움을 얻기 위해 제신(諸神)을 생각해낸 것과 똑같은 이유로 해서 초인(超人)을 만들어냈다. "신은 죽었다(Gott ist tot)"고 외친 니체의 철학적인 초인, 성경의 삼손과 모세, 배트맨, 로보캅, 터미네이터, 랜슬로트와 로빈 후드, 명탐정 셜록 홈스, '괴도(怪盜)' 알센 루빵, 홍콩에서 나타난 두 마리의 용 이소룡과 성룡, 그들은 저마다 다른 분야에서 인간 능력을 초월하는 존재로 군림한다. 그리고 못마땅한 현실에 대한 복수를 실천해서 답답한 마음(＝스트레스)을 해소시키는 대역을 하는 초인 가운데에는 하늘을 마음대로 날아다니고, 안광이 철배(鐵背)를 철하며, 지존파와는 판이하게 다른 방법으로 악인들을 모조리 쓸어 버리고, 이름이 아예 '초인(Superman)'인 초인도 있다.

만화에서 태어난 만화 같은 주인공 수퍼맨을 사람들이 텔레비전 시리즈는 물론이요 크리스토퍼 리브스 주연으로도 네 편이나 되는 영화를 만들 만큼 열심히 신봉하는 까닭은, 나중에 다소 장황하게 설명하겠듯이, 힘없어 시달리기만 하는 사람들이 저마다 "나도 수퍼맨"이라는 보복을 위한 착각을 하고 싶어서일 텐데, 얼마 전 낙마 사고로 척추를 다쳐 반신불수가 된 크리스토퍼 리브스가 팔다리도 움직이지 못하고 병상에 누워 지내는 모습을 보면 착각을 누리던 많은 사람들이 얼마나 실망할까, 역시 현실은 참으로 잔인하다는 생각이 들기도 한다.

그러나 수퍼맨 배우 크리스토퍼 리브스와는 달리 초자연적인 능력을 소유한 신은 말에서 떨어져 인간을 실망시키지는 않는다. 장 꼭또의 '시인'처럼 죽어 있지도 않고 살아 있지도 않으며, 장 꼭또의 세제스트처럼 상상의 산물이었기 때문에 존재하지 않으면서도 존재가 가능한 것이 바로 신이기 때문이다.

그리스와 로마의 신화에서는 수퍼맨과 가장 비슷한 등장인물이 헤라클레스(Herakles)이다. 그는 인간과 신의 경계선을 넘나든다. 그는 노동력이 가장 큰 자산이었던 원시시대부터 첫째 미덕으로 꼽힌 생산력(fertility)을 늘 과시하는 바람둥이 제우스가 여기저기 낳아 놓은 여러 사생아 가운데 하나였는데, 신을 아버지로 두었고 어머니는 인간인 알크메네였다. 강짜가 심한 헤라 여신은 헤라클레스가 태어나자 죽여 버리려고 요람에다 뱀을 집어 넣기도 했지만, 결국 헤라의 화를 풀어 준 그는 신이 되어 올림포스로 올라가 신녀(神女) 헤에베를 아내로 맞는다.

인간이면서 신이 된 헤라클레스는 인간을 보호해 주는 직책을 맡았고, 항상 친구로서 인간의 고통을 달래 주었다. 그러니 사람들은 헤라클레스를 좋아하지 않을 수가 없었다. 육중한 미 군용 수송기 C-130의 이름이 '허큘리스(Hercules＝헤라클레스의 영어 이름)'이고, 애거타

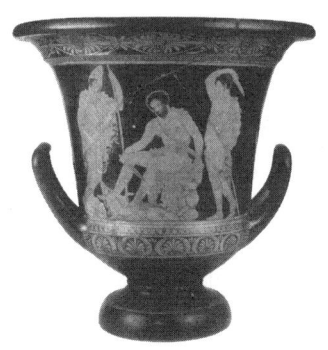 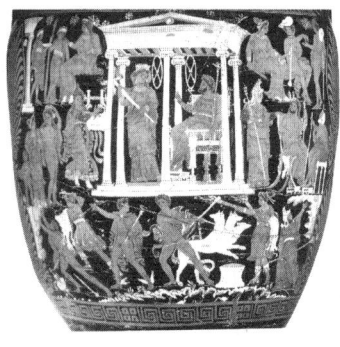

신과 인간의 경계선을 넘나든 오뒷세우스(좌)와 헤라클레스(우)는 고대 유물에서 자주 모습이 나타난다.

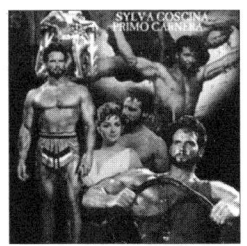

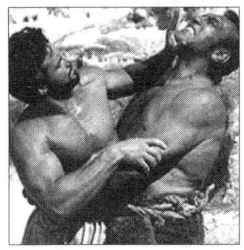

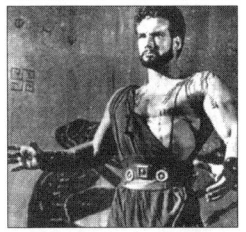

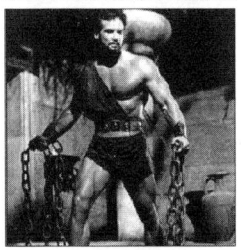

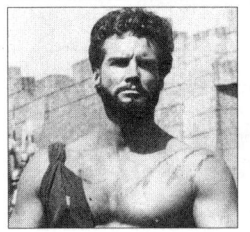

이탈리아 영화에서 헤라클레스 역을 맡아 국제적인 명성을 얻은 스티브 리브스

크리스티의 작품에서 노처녀 탐정 제인 마플(Miss Jane Marple)과 더불어 단골로 등장하는 벨기에인 명탐정 에르뀔뿌아로의 '에르뀔(Hercule)'이라는 이름 역시 헤라클레스의 프랑스어 꼴이니, 그의 존재는 지금도 우리 주변에서 떠나지를 않는다.

또한 안타이오스를 비롯해 수많은 인간과 괴물을 싸워 무찌르고 프로메테우스의 간을 뜯어 먹던 독수리도 활로 쏘아 죽이는 등 영웅 헤라클레스의 수많은 모험담은 훌륭한 영화거리였다. 특히 헤라 여신의 계략으로 머리가 돌아 버린 헤라클레스가 아내와 아들을 죽인 다음 그에 대한 벌로 치르는 열두 가지 역사(役事)는 호메로스의 『오뒷세이아』를 무색케 한다.

그래서인지 신화를 소재로 하여 만들어진 영화들 가운데에는 로마 신화의 발상지인 이탈리아에서, 사극이 크게 중흥기를 맞았던 1960년대에 '미스터 월드'와 '미스터 유니버스' 출신인 근육질 배우 스티브 리브스를 동원하여 집중적으로 제작된 헤라클레스 시리즈가 가장 두드러진다. 아무리 생각해도 정말로 연기를 할 줄 몰랐던 스티브 리브스는 1959년 작품 「헤리클레스」를 통해서 '국제적인 배우'가 된다. 사랑하는 여인을 위해서 영웅적이고 인간적인 신 헤라클레스가 (아무리 봐도 별로 힘들어 보이지 않는) 온갖 고난을 치러내는 내용을 담은 「헤라클레스」는 헐리우드 키드가 처음 접하는 무더기 명청영화의 첫 작품이었으며, 곤경에 빠진 여인(damsel in distress, 아내로 맞을 여자)을 구출한다는 내용을 담은 1960년의 속편 「헤라클레스의 대역습」으로 이어졌다.

같은 미스터 유니버스 출신이고 미식 축구선수였던 루 페리뇨도 역시 1983년과 85년에 제작된 「헤라클레스」 I과 II에서 연기력은 필요 없고 근육만 불끈거리면 되는 헤라클레스 역을 맡아 공주를 구출하고 갖가지 다른 활약을 벌인다. 페리뇨는 1978~82년에 제작되어 인기를 끌었던 텔레비전 연속물 「두 얼굴의 사나이(Incredible Hulk)」에서 주인공 빌 빅스비(Bill Bixby)가 화를 내기만 하면 셔츠가 찢어지면서 푸르딩딩한 거인으로 변신할 때, 그 초록빛 거인 역을 맡았던 '배우'이다.

그 이외에도 이탈리아에서는 마크 포레스트, 앨런 스틸, 레그 파크, 브래드 해리스 같은 외국의 무명 배우들을 동원해서, 헤라클레스가 붕어한 황제의 따님을 지켜주는 「로마와 싸우는 헤라클레스(1960)」, 마법을 쓰는 월인(月人)들로부터 사마르(Samar)의 백성을 해방시키는 「달나라 사람들과 싸우는 헤라클레스(1964)」, 아틀란티스를 지배하는 폭군을 싸워 물리치는 「여포로(女捕虜)와 헤라클레스(1963)」, 또 다른 폭군을 물리치는 「헤라클레스의 분노(1961)」, 악마의 왕국에서 모험을 벌이는 「유령의 나라로 간 헤라클레스(1961)」, 기계체조형 활극 「헤라클레스의 승리(1964)」 같은 온갖 황당무계한 영화를 만들어냈다.

아무리 신화의 특성이 본디 자유분방하고 논리적 당위성을 초월하는 '전설'이라고는 하지만 이탈리아에서 만든 헤라클레스 영화들을 보면 때로는 참으로 심하다는 생각이 들기도 하는데, 한 술 더 떠서 헤라클레스는 시간과 공간을 종횡무진 넘나들며 오뒷세우스와 삼손 또는 다이아나(아르테미스) 여신을 만나 함께 모험과 사랑을 벌이기도 했다.

「오뒷세우스와 헤라클레스의 대결(1961)」에서는 헤라클레스가 오뒷세우스(율리시즈)에게 벌을 내리라는 임무를 부여받는가 하면, 「삼호걸(1965)」에서는 헤라클레스와 오뒷세우스에 성경의 삼손까지 합세하여 근육 삼파전을 벌인다. 그리고 1961년 우리나라에 수입되었던 「헤라클레스와 다이아나(The Loves of Hercules)」에서는 다이아나와 헤라클레스의 만남까지도 이루어진다.

아무리 이탈리아가 로마 신화의 발상지이지만, 주인공 이름만 신화에서 빌어 온 활극영화가 쏟아져 나오던 시절에는 기득권의 남용이 너무 심하다고 느껴지기도 할 정도였다. 스티브 리브스, 실바 코시나, 롯사나 포데스타 같은 고정 배우들이 지배하던 60년대 이탈리아의 신화극과 사극은 비록 해외 진출이 활발하기는 했지만 유럽의 간판격인 예술 영화하고는 분명히 거리가 멀었던 특이한 고유분야였다.

헤라클레스는 신대륙으로도 원정을 갔다. 「태양의 자손들과 싸우는 헤라클레스(1963)」에서 영웅 헤라클레스는 콜럼부스가 아직 발견하지도 못했던 아메리카 대륙까지 찾아가 모험을 벌인다. 그런가 하면 1962년에는 '타임 머신'을 타고 로마로 날아간 미국의 '세 얼간이 (The Three Stooges)'가 노예선에 붙잡혀 외눈박이 퀴클롭스와 싸움을 벌이고 헤라클레스를 만나기도 한다.

대서양을 건너간 헤라클레스 신화는 헐리우드에서 만화영화로 만들어지기도 했는데, 디즈니식 해석이 재미있다. 우선, 아동 관객을 위한 배려에서, 희랍극의 코러스 형식을 빌어다 경쾌한 현대 음악극으로 엮었으며, 사생아인 헤라클레스를 적자로 격상시켜 주기도 했다. 내용도 단순히 다듬고 가꾸는 수준이 아니라, 낯익은 주인공들(페가소스, 퀴클롭스, 티탄, 헤르메스, 케르베로스 등등)을 빌어다 재배치하며 새로운 창작품을 만들어냈다. 제우스 위에 군림하기를 원하는 지하세계의 신 하데스가 부하들을 시켜 올림포스 산에서 아기 헤라클레스를 납치해서 죽이려고 획책하지만 실패하고, 양부모 밑에서 성장한 다음 청년 헤라클레스는 제신들의 산으로 돌아가기 위해 자신이 영응임을 증명해야 하는 고난을 치른다는 내용이다.

등장인물들, 그리고 특히 배경 그림은 열심히 고증을 해서 그리스 도자기에 나오는 무늬를 재미있게 살리는 한편, 마를레네 디트리히를 연상시키는 요염한 여주인공(Meg)은 오히려 지극히 현대적인 감각과 분위기가 짙어서 좋은 대조를 이룬다. 기둥에 깔려 죽을 위기에 처한 헤라클레스를 밀어내고 대신 죽는 메그를 보니 부하를 살리려고 밀쳐낸 다음 스스로 수류탄을 덮쳐 대신 죽었다는 강재구 소령말고도 다른 여러 일본식 군신(軍神)의 신화가 생각나고, 재앙에 시달리는 테바이를 구하기 위한 역사(役事)를 치르느라고 괴물과 싸움을 벌일 때 "머리를 쓰라"는 염소 아저씨 사부님의 '훈수'를 듣고는 헤라클레스가 머리로 들이받기(heading)를 하는 장면은 미련한 축구선수더러 "머리를 쓰라"고 감독이 야단을 쳤더니 땅으로 굴러가는 공을 '헤딩'하려고 애를 쓰더라는 우리나라 우스갯소리를 연상시킨다. 문화적인 차이도 이렇게 어디선가는 교차하게 마련이다.

만화영화 「헤라클레스」는 나중에 비디오로 속편이 나오고, 텔레비전 연속물로도 이어졌다.

그뿐이 아니다. 미국에서는 1970년에 「뉴욕의 헤라클레스」라는 코미디 영화를 만들었는데, 헤라클레스가 올림포스 산에서 지구로 내려왔다가 레슬링 시합을 개최하는 사람들과 조직 폭력배들하고 어울려 소동을 벌이는 희극적인 내용이다. 이 영화에서는 미스터 유니버스에다 미스터 올림피아 출신인 아놀드 슈

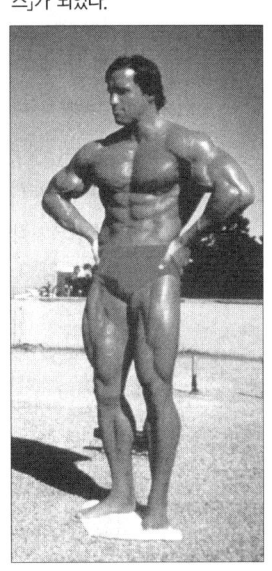

아놀드 슈워츠네거는 이렇게 근육을 붙인 덕택에 「뉴욕의 헤라클레스」가 되었다.

워츠네거가 아놀드 스트롱(Arnold Strong＝힘센 아놀드)이라는 희한한
이름으로 데뷔했는데, 이로써 스티브 리브스와 루 페리뇨에 이어 아
놀드 슈워츠네거까지 헤라클레스의 역을 맡은 세 명의 근육 배우가
탄생한 셈이니, 역시 인간을 구제하는 헤라클레스의 힘은 막강한 모
양이다.

찾아보기 ●

- 「헤라클레스의 승리(The Triumph of Hercules, 1964, 이탈리아, 90분)」, 감/Alberto De Martino, 출/Dan Vadis, Moira Orfei
- 「오뒷세우스와 헤라클레스의 대결(Ulysses Against Hercules, 1961, 이탈리아, 99분)」, 감/Mario Caiano, 출/Georges Marchal, Michael Lane, Alessandro Parano
- 「삼호걸(Hercules, Samson & Ulysses, 1965, 이탈리아, 85분)」, 감/Pietro Francisci, 출/Kirk Morris, Richard Lloyd
- 「태양의 자손들과 싸우는 헤라클레스(Hercules Against the Sons of the Sun, 1963, 이탈리아, 91분)」, 감/Osvaldo Civirani, 출/Mark Forest, Anna Pace, Giuliano Gemma, Andrea Rhu
- 「세 얼간이 헤라클레스를 만나다(The Three Stooges Meet Hercules, 1962, 미국, 89분)」, 감/Edward Bernds, 출/The Three Stooges, Vicki Trickett
- 「헤라클레스(Hercules, 1997, 미국, 93분)」, 감/John Musker, Ron Clements, 출(목소리)/Tate Donovan, Susan Egan, James Woods, Danny DeVito, Rip Torn, Samantha Eggar, Hal Holbrook, 도입부 해설/Charlton Heston
- 「뉴욕의 헤라클레스(Hercules in New York, 1970, 미국, 91분)」, 감/Arthur Allan Seidelman, 출/Arnold Stang, Arnold Strong(Schwarzenegger), Taina Elg

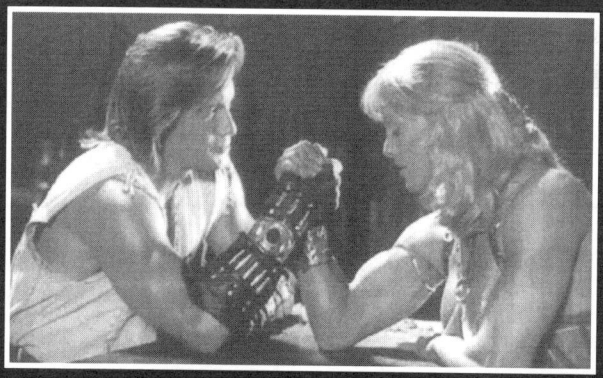

초현대판 텔레비전식 헤라클레스는 인간적인, 너무나 인간적인 존재여서 근육질 여
성과 팔씨름을 할 정도로 인간화한다.

'아마존' 지나(Xena)

오스트렐리아에서 장난감으로 훌라 후프를 발명했을 때는 별로 인기가 없더니, 미국에서는 간단하기 짝이 없는 똑같은 물건을 운동기구로 2천 5백만 개나 팔아먹었다. 훌라 후프뿐이 아니라 미국에서는 영화도 철저히 기업화해서 고무신이나 자동차를 팔듯 아주 능률적으로 판매한다. 감독의 개성과 창의력에 주로 의존하는 유럽의 작가주의(auteurism) 체제와는 달리 그래서 꿈의 공장 헐리우드에서는 효과적인 집단 작업에 의해 영화를 만들고, 일단 만든 다음에는 전투적인 시장 개척에 나선다.

이러한 영화 공장에서는 신화도 모양이 달라진다.

헤라클레스라고 해서 예외가 아니다.

만화영화 「헤라클레스(Hercules, 1997)」와 「뉴욕의 헤라클레스(Hercules in New York, 1970)」라는 코미디에 관해서만 하는 얘기가 아니다.

작대기처럼 뻣뻣하기만 하던 스티브 리브스의 헤라클레스를 보다가 모델 출신의 케빈 소르보(Kevin Sorbo)가 금발의 긴 머리를 휘날리며 브루스 윌리스나 실베스터 스탤론처럼 종횡무진 대활약을 벌이는 「하데스의 헤라클레스」를 보면, 꼭 칭찬하는 뜻은 아니더라도, "역시 미국 영화는 미국 영화로구만"이라는 소리가 저절로 나오기 때문이다.

그러나 「하데스의 헤라클레스」는 '미국 영화'이지만은 않다. 요즈음 웬만큼 규모가 큰 다국적 기업이라면, 우리나라의 중소 기업까지도 인도네시아나 중국이나 베트남 같은 곳으로 진출하여 현지 공장을 설립하듯이, 옷감은 멕시코에서 구입하고 단추는 캐나다에서 제작하여 러시아의 공장으로 가져다가 완제품을 만든 다음 미국이나 프랑스의 상표를 붙여 전세계에 판매하듯이, 헐리우드는 벌써부터 제작비를 줄이기 위해 많은 영화를 훌라 후프의 원산지인 오스트렐리아에서 만들고는 했는데, 케빈 소르보의 헤라클레스 영화는 오스트렐리아의 옆 나라이며 경치가 빼어나기로는 세계 최고인 뉴질랜드에서 촬영해 만들었다.

「하데스의 헤라클레스」는 1994~97년에 미국의 텔레비전을 탄 연속물 「헤라클레스의 전설적인 모험(Hercules : The Legendary Journeys)」을 판촉하기 위해 만든 맛보기(pilot) 작품이었기 때문에 TV와 연계해서 설명을 해야 되겠는데, 우선 연속물의 제목에서 '신회적(mythical)'이라는 단어 대신에 '전설적인(legendary)'이라는 표현을 썼다는 사실을 지적하고 싶다. 제작자는 켈트족의 신이었던 아더가 격하된 경우나 마찬가지로 헤라클레스를 신화가 아닌 전설로 다루려는 의도가 드러나는 대목이다.

그런 의도는 헤라클레스의 인물 구성(characterization) 방법에서도 나타난다. 텔레비전이라는 매체가 워낙 환한 장소에서 옆 사람과 얘기를 나누고 맥주도 마시고 화장실을 왔다갔다하면서 봐도 되는 오락 기구이기 때문에, 어둠 속에 불편하게 갇혀 꼼짝도 못 하고 봐야 하는 영화만큼 화면 속의 제2 현실에 몰입하기가 어려워진다. 그래서 텔레비전을 매체로 선택한 케빈 소르보의 헤라클레스는 신화의 종교적인 분위기를 당연히 포기해야 했다. 영화의 고전적인 신비감을 포기하지 않기 때문에 텔레비전 출연을 끝내 거부하는 한국의 연기자 안성기와는 달리, 헤라클레스는 영화와 텔레비전의 대립 구조에서 결탁의 형태로 발전(변질)한 대표적인 예가 되겠다.

케빈 소르보가 맡은 헤라클레스의 역은 아내를 사랑하는 대단히 가정적인 '아저씨'로서, 아이를 셋이나 둔 "인간적인 너무나 인간적인" 남자이고, 바람도 피울 줄 몰라 "여자의 유혹 따위에는 안 넘어가는" 모범적인 남편이며, 전설에 나오는 '헤라클레스의 역사(役事)' 하고는 거리가 멀지만, 텔레비전의 "어둠이 보이고(Darkness Visible)" 편에서처럼 필요하다면 동네 좀도둑까지 잡아내는 영웅이다.

텔레비전의 헤라클레스는 이제 인간을 구원하는 신적인 영웅이 아니라 1930년대 미국 만화의 주인공이었다가 1950년대 클레이튼 무어(Clayton Moore)가 서부의 로빈 후드 노릇을 하며 대단한 인기를 끌었던 텔레비전 연속물의 주인공 론 레인저(Lone Ranger)나, 론 레인저처럼 정의를 지키기 위해 복면을 하고 나타나는 조로(Zorro), 조로의 선배격이며 영국 백작 부인의 소설에서 주인공으로 등장한 스칼레트 핌퍼넬(The Scarlet Pimpernel), 또는 어려운 사건이 일어날 때마다 나타나서 골칫거리를 명쾌하게 풀어 헤치는 셜록

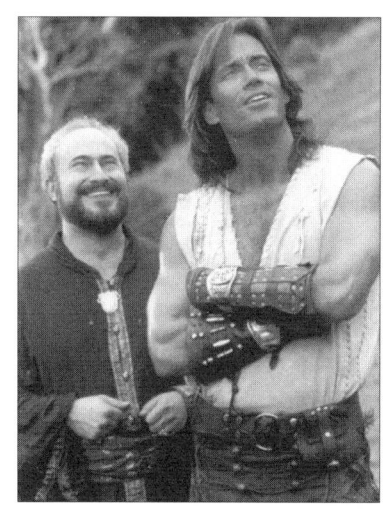

텔레비전판 헤라클레스는 신전을 무너뜨리는 신의 아들이 아니라, 깡패와 싸우고 나서 이웃 아저씨와 웃음을 나누는 로빈 후드로 모습을 바꾼다.

홈스, 그보다도 더 심하게 비유하자면 올리브가 곤경에 빠져 "살려 주세요"를 외칠 때마다 시금치를 먹고 달려가는 만화 주인공으로서 일본과 우리나라에서는 '뽀빠이'라고 알려진 파파이(Popeye)와 비슷한 존재가 되었다.

「하데스의 헤라클레스」 도입부에서 지하 세계의 문(구멍)이 열리고 죽음의 기운이 뒤덮여 와서 멸망하게 된 마을을 구해 달라고 사람(유혹의 여인 아이올레)이 찾아오고 천신만고 끝에 문제를 해결하고는 고향으로 돌아와 영화가 끝날 무렵 처자와 오래간만에 즐거운 시간을 보내려고 하는 순간 다시 언덕 너머에서 누가 달려오며 "헤라클레스 아저씨, 도와 주세요!"를 외치는 장면은 론 레인저와 조로와 스칼레트 핌퍼넬 등을 주인공으로 내세운 헐리우드 연속물에서 너무나 자주 써먹는 '벼랑끝 수법(cliffhanger)'의 공식에서 한 치도 어긋나지를 않는다.

거기에서 그치지를 않는다. 지동설이 나오기 훨씬 전이어서 지구가 네모나고 평평하다고 믿었던 시절에 살았을 헤라클레스가 텔레비전에서는 태양의 주위를 지구가 빙빙 돈다는 설명도 친구(Michael Hurst)에게 한다. 주인공 스스로 과학의 선지자가 되어 신화를 거부하는 장면이다. 영화 「하데스의 헤라클레스」에서는 (뉴질랜드의) 별들을 쳐다보면서 견우직녀 이야기와 비슷한 '전설'도 소개하지만, 가장 혁명적인 요소는 사후 세계의 구조에 대한 기존의 사상을 뒤엎어 놓았다는 점이다.

『신곡(神曲)』을 남긴 이탈리아의 위대한 시인 단테(Dante Alighieri)는 그리스의 위대한 시인 호메로스가 연옥(煉獄, Purgatory)으로 갔다고 믿었다. 호메로스는 천주교가 생겨나기 이전 시대의 사람이고, 교회가 없으니 유일신 하느님을 믿지 않았으며 그리스 신화의 만신을 믿었을 테니까 천국으로 갈 수는 없었겠고, 그렇다고 해서 위대한 시인이 지옥으로 갔을 리도 만무하니 결국 연옥으로 갔으리라는 계산이었다. 굳이 논리적인 궤변을 들어 따지자면 천국은 인간이 종교를 만든 다음에야 생겨났고, 예수 그리스도보다 일찍 태어난 호메로스는 천국으로 가는 길을 알지 못했다는 주장이다.

그런데도 「하데스의 헤라클레스」에는 천국이 나온다. 죽음의 세계로부터 침공을 받은 마을을 구하기 위해 지하 세계(Hades)로 뛰어든 헤라클레스는 살아서 건널 수가 없다는 삼도천(三途川, the Styx)의 뱃사공을 속이고 건너가 생전에 그가 죽였던 여러 사람을 만나는데, 옆집에 살며 헤라클레스의 아내를 탐했던 켄타우로스 대장장이의 망령으로부터 아내가 자살했다는 소식을 듣고는 죽음의 세계로부터 구해내기 위해 천국으로 찾아가도록 상황이 설정된 것이다.

기껏 헤라클레스가 천국으로 찾아가기는 하지만 그의 아내는 사후 세계에서 마음의 평화를 얻기 위해 이승에서의 기억이 모두 없어져 남편을 알아보지도 못하는데, 이 또한 헐리우드가 즐겨 동원하는 기억 상실증(amnesia) 주제이다. 이렇듯 텔레비전의 헤라클레스는 등장인물(character)만 신화이고, 구성과 형식을 따지자면 1980년대에 등장한 헐리우드의 새로운 고유분야인 '검과 마법(sword and sorcery)'의 세계로 들어선다.

검과 마법의 세계는 신화의 외곽 지대요 위성도시여서, 헤라클레스는 신격(神格)으로부터 인간 쪽으로 한 발짝 물러선다. 「하데스의 헤라클레스」에서 케빈 소르보는 아버지 앤토니 퀸(제우스)에게 자신이 "인간(mortal, '죽어야 할 운명을 타고 난 존재'라는 뜻도 됨)이냐 아니냐"를 거듭해서 묻고, "신들의 농간에 놀아나기 싫다"면서 차라리 인간이기를 원한다. "인간을 장난감처럼 가지고 놀며, 재미삼아 재앙을 내리고 심심풀이로 공포를 주는가 하면, (그를 늘 괴롭히는 헤라 여신처럼) 질투심이 많고 잔인했던" 신들을 적대시하며, 물론 인간인 관객과 시청자를 위한 배려이겠지만, 영생을 약속하는 제신의 나라 대신 우리들의 영웅은 "시달리기만 하는 인간"이 되기를 선택한다.

그러나 그는 우리들과 같은 차원의 인간은 결코 아니다. 괴기 공포 영화에 잘 어울리는 괴물들이 우글거리는 하데스에서 도망친 삼두견(三頭犬) 케르베로스를 잡거나, 흡혈귀와 망령(亡靈, zombie)의 나라에서 탈출하기 위해 헤라클레스는 이제 자신이 지닌 신화적인 근육의 힘〔筋力〕에만 의존하지 않고 편리한 마법과 검을 구사하는 주변 인물들의 도움을 받기 시작한 것이다. 헤라클레스 주변의 등장인물은, 입으로는 불을 뿜고 항문으로는 비누방울을 날리는 장난꾸러기여서 고질라와 둘리의 친구로 잘 어울릴 듯싶은 보랏빛 봉제완구형 아기 공룡을 포함하여, 거의 모두가 검과 마법의 세계 출신이기 때문이다.

케빈 소르보는 1994년에 「헤라클레스와 불의 나라(Hercules and the Circles of Fire)」, 그리고 「헤라클레스와 아마존(Hercules and the Amazon Women)」이라는 두 편의 비슷한 영화에서도 주연을 맡았는데, 이들 작품을 함께 만든 사람들의 손을 거쳐 역시 뉴질랜드의 배경을 담고 나왔으며, 아마존 여전사의 신화를 살려서 그들이 만든 다른 텔레비전 연속물을 잠시 살펴봐야 우리는 검과 마법의 세계를 좀더 잘 이해하게 된다.

텔레비전 연속물 「헤라클레스의 전설적인 모험(Hercules : The Legendary Journeys)」에서 제작과 기

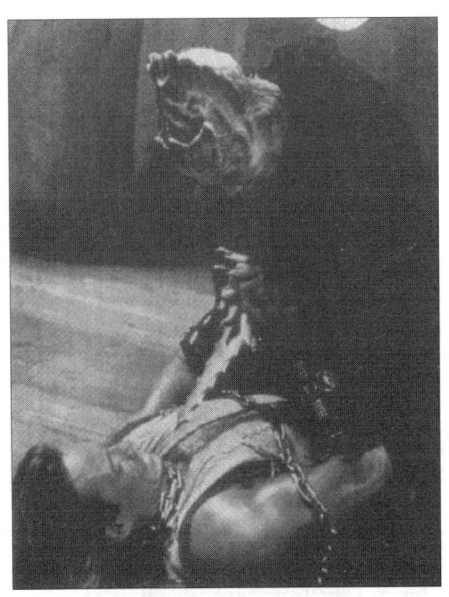

케빈 소르보 헤라클레스는 퀴클롭스가 아니라 「스타 트랙」의 괴물과의 전투를 시작했다.

획을 맡았던 클로 스미드(Chloe Smith, 뉴질랜드), 에릭 그렌드만(Eric Gruendemann), 로버트 테이퍼트(Robert Tapert), 그리고 요란한 촬영 기법으로 유명한 공포영화 감독 샘 레이미(Sam Raimi)가 다시 뭉쳐 함께 만든 다른 텔레비전 연속물 「여전사 지나(Xena : Warrior Princess)」는 우선 여권신장에 크게 공헌하는 영화라고 여겨진다. 미국의 여성에게 투표권이 주워진 시기가 20세기로 들어와서도 30 년이나 지난 다음이었고, 여성 해방(Woman's lib) 운동은 흑인 해방보다 훨씬 늦게 1960년대에나 이루어졌으며, 투쟁력(주먹)이 약했던 여성의 뒤늦은 권리 찾기는 영화에서도 역시 흑인들의 투쟁보다 나중에 실현되었다.

아무리 세계에서 가장 앞장선 민주주의 국가이며 인권을 존중하는 나라라고 뽐내기는 하지만, 제일 늦게까지 대규모로 노예제도를 생활화했던 미국의 과거를 보면 별로 자랑스러워할 근거도 없겠다. 가수이며 배우인 해리 벨라폰테가 어느 호텔에서 공연을 할 때는 정문으로 들어가지 못하게 막아서 뒷문으로 부엌을 통해 들어가야 했다는 일화에서 보듯이, 미국은, 미성년의 노동력 착취를 포함해서, 대단한 인권 유린 국가였다. 그래서 텔레비전 연속물 「나는 스파이(I Spy)」에서 로버트 컬프와 첩보원 2인조를 이루어 맹활약을 벌이는 역을 맡았던 흑인 연기자 빌 코스비(Bill Cosby)는 아무리 '나쁜 놈'들이라고 해도 그가 백인들을 두들겨 패는 장면이 나올 때마다 기분이 이상하더라는 얘기를 한 적도 있다.

서부영화에서는 백인과의 전쟁에서 항상 패하고 죽기만 하던 인디언이 알고 보면 리틀 빅 혼에서 커스터 장군의 제7 기병대를 시종일관 농락했다는 역사적 사실이 밝혀진 다음 백인들이 느꼈을 당혹감은 흑백 인종 차별의 배경이 짙게 깔린 「밤의 열기 속에서」에서도 잘 나타난다. 동네의 백인 유지의 온실로 찾아가 수사를 하려다가 건방지다며 백인이 뺨을 때리자 흑인 수사관 시드니 푸아티에가 숨 한 번

돌리지 않고 마주 뺨을 때리는 장면이 나왔을 때, 사람들은 이것이 흑인 해방을 상징하는 훌륭한 영화 장면이라고 평가했었다.

그런데 여성 해방에 있어서 이와 맞먹는 헐리우드 영화 장면으로는 무엇이 있었던가? 요즈음 우리나라 텔레비전 연속극을 보면 '성격차'로 이혼을 했다는 사실을 훈장처럼 과시한다거나, 연약하고 예쁘기 짝이 없는 여자가 역시 연약하고 예쁘장한 남자의 뺨을 때리고, 아니면 남자한테 수모를 당한 젊은 여자가 술에 흔들흔들 취해서 상대방한테 욕지거리를 퍼붓고, SBS-TV의 연속극 「해피 투게더」에서처럼 맥주를 병째로 마시는 정도가 해방된 여성의 과시나 상징처럼 보인다. 하지만 그런 한국적 '행동'은 모권시대였을지도 모르는 신화의 시절에 여전사(女戰士) 지나가 벌이는 용감무쌍한 모습과는 참으로 비교하기가 힘든 '흉내'에 머문다.

괴력의 여인 지나의 역을 맡은 주연 여배우는 이름조차도 무시무시하게 '무법자 루씨(Lucy Lawless)'이다. 아마도 여성 레슬링처럼 조금쯤은 '훔쳐보기〔觀陰症〕'적 배려는 아닌가 여겨지지만, 곁안장(sidesaddle)을 거부한 수많은 다른 여전사들이나 마찬가지로 '배꼽티' 수준의 아슬아슬한 눈요기용 가죽 갑옷을 걸치고, 스티브 리브스나 아놀드 슈워츠네거처럼 근육질까지는 아니더라도 힘찬 성욕을 자극할 만큼 튼튼한 허벅지의 건강한 여성미를 과시하며 장검을 휘두르고, 절벽에 매달린 여자(cliffhanger)쯤은 한 손으로 수백 미터를 공중으로 던져 올려 구해내고, 칼과 주먹이 모자라면 발길질에 박치기까지 동원하고, 엎어치고 메치다가 봉(棒)으로 쑤시기도 하고, 쌍발차기에 몽둥이 찜질까지 온갖 폭력 수단을 자유자재로 구사하면서, "제물(Sacrifice)"편에서처럼 때로는 온동네 남자를 혼자서 맨주먹으로 때려 눕히는 통쾌무비(?)한 장면을 보고 있노라면, 영겁에 걸쳐 남자들에게 시달려 온 모든 여성의 분풀이와 복수를 혼자서 신나게 대신 해

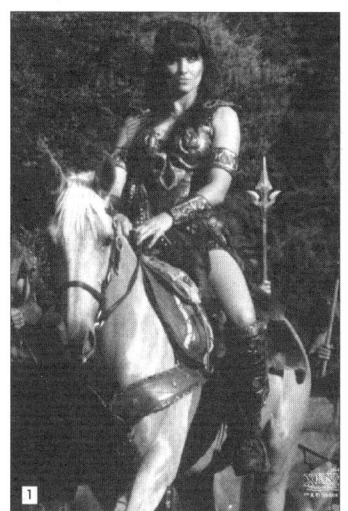

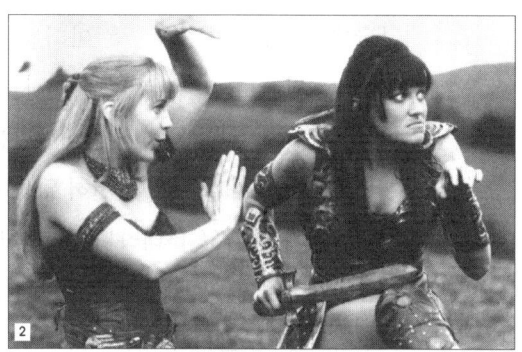

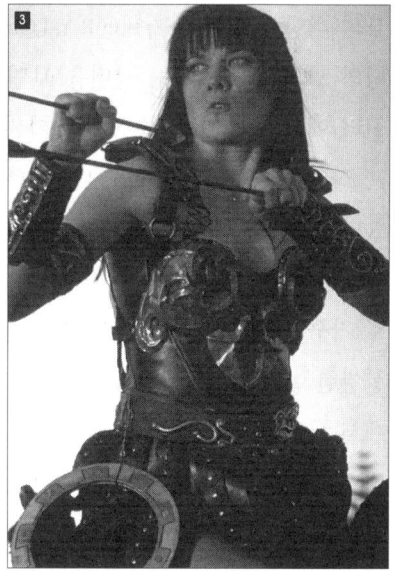

여전사 지나는 말을 달리며 벌이는 전투(1) 정도는 기본이고, 날아오는 화살을 손으로 나꿔채는가 하면(3), 이소룡 권법의 도움을 받아가며 무시무시한 표정으로 무수한 남자를 통쾌무비하게 무찌른다(2).

주는 여성 헤라클레스(신화적 구세주)를 연상시킨다. 한강에다 영아를 버리는 미혼모를 비판하는 텔레비전 뉴스에서 임신을 시킨 남자(미혼부)의 책임에 대해서는 한 마디 언급조차 없는 불평등의 나라에서 살아가는 여성들이라면 한 주일에 한 번씩 지나의 위로를 받아 마땅하다는 생각이 들기도 한다.

그러나 아무리 대부분의 남성 등장인물이 간교하고 사악하거나,

「꿈의 궁정」에 나오는 늙은 아더왕처럼 칼 하나 제대로 뽑을 힘이 없는 멍청남으로 그려지기는 하더라도, 그리고 활을 쏘는 데 걸리적거린다고 한 쪽 젖가슴을 잘라 버렸다는 신화 속의 여전사 아마존의 역을 맡기에는 빠질 구석이 전혀 없는 주연 여배우 루씨 로울레스는 예외로 제쳐 둔다고 하더라도, 「여전사 지나」에서 자그마한 몸집에 예쁜 여전사들이 그들보다 두 배가 넘는 체구의 남자들을 '한 방에 날려 버리는' 수많은 장면을 보면, 007 영화 「문레이커」에서 '제임스 본드의 취향에 맞는 아가씨(a Bond Girl)'가 혼자서 맨손으로 무장한 두 명의 남자를 처치하는 장면을 보면, 성룡의 장난스러운 활극 「시티 헌터」에서 '아리따운 홍콩의 아가씨'가 한 방에 테러범을 날려 버리는 장면을 보면, 그리고 둘 다 MBC-TV를 통해 방영된 「레니게이드(Renegade)」나 「동양특급 로형사(Martial Law)」 같은 현대물 텔레비전 연속물에서 날씬한 아가씨가 가냘픈 주먹으로 남자 깡패들을 무더기로 거꾸러뜨리는 장면이 나타날 때면, 심지어는 만화의 주인공이었던 불쌍한 어린 고아 「애니(Annie, 1982)」까지도 존 휴스턴 감독의 뮤지컬에서 사내 아이 넷을 주먹으로 거뜬히 물리치는 장면을 보면, 과학적인 현대 관객으로서는 이 세상에 그토록 많은 '날씬한 여장사(女壯士)'가 존재한다는 사실에 대해서 당연히 역학상의 의구심을 느낄 도리밖에 없다.

현실 세계에서는 남자가 비슷한 상대인 다른 남자를 주먹으로 공격할 때는 물론이요 평균 완력이 상대적으로 우월한 남자가 연약한 여자를 구타하는 경우에도, 때린 사람은 물론이요 맞아 본 사람도 경험을 통해서 잘 알겠지만, 일격에 쓰러뜨리기가 거의 불가능하다. 그런데도 영화에서는 음향 효과까지 넣어 가며 멋진 주먹이 얼마나 많이 날아다녔던가. 그리고 그런 무수한 영화 속의 격투 장면이 얼마나 엉터리인지를 반증하기 위한 장면들도 나타났다. 일찍이 세실 B. 드밀 감독이 만든 「지상 최대의 쇼(The Greatest Show on Earth, 1952)」에서는 찰톤 헤스톤이 얄미운 야바위꾼을 가격한 다음 손이 아파서 괴로워하는 모습을 보여 준다. 「암살단(The Parallax View, 1974)」에서도 정치적인 음모의 배후를 파헤치는 기자로 나오는 워렌 베이티('비티'는 발음과 표기가 잘못된 것임)가 술집에서 깡패를 때려 주고는 손이 아파서 쩔쩔 맨다. 이와 비슷하거나 똑같은 장면이 제임스 가너의 텔레비전 탐정물(「The Rockford Files, 1974~80」)뿐 아니라 서부극 등 많은 영화에서 되풀이된다. 이것은 말하자면 영화에서의 사실성(factuality)을 되찾기 위한 하나의 작은 노력인지도 모른다.

영화는 어차피 환상이다. 신화와 전설 자체가 사실성에 바탕을 둔 서술체는 아니니까 아프지 않은 주먹쯤이야 무슨 상관이겠는가. 하지만 「여전사 지나」가 인기를 얻었던 까닭은 미화된 여성의 폭력 때문이 아니고, 포세이돈과 헤라클레스의 시대적 배경을 갖춘 신화적인 내용 때문만도 아니다. 「여전사 지나」는 「헤라클레스의 전설적인 모험」과 더불어 새로운 영화 환상의 차원인 '검과 마법'의 고유분야를 정점으로 끌어올린 작품으로서 현대 영화사에서 중요성을 지닌다.

찾아보기 ●--

▌「하데스의 헤라클레스(Hercules in the Underworld, 1994, 미국, 83분)」, 감/Bill L. Norton, 출/Kevin Sorbo, Anthony Quinn, Tawny Kitaen, Marlee Shelton

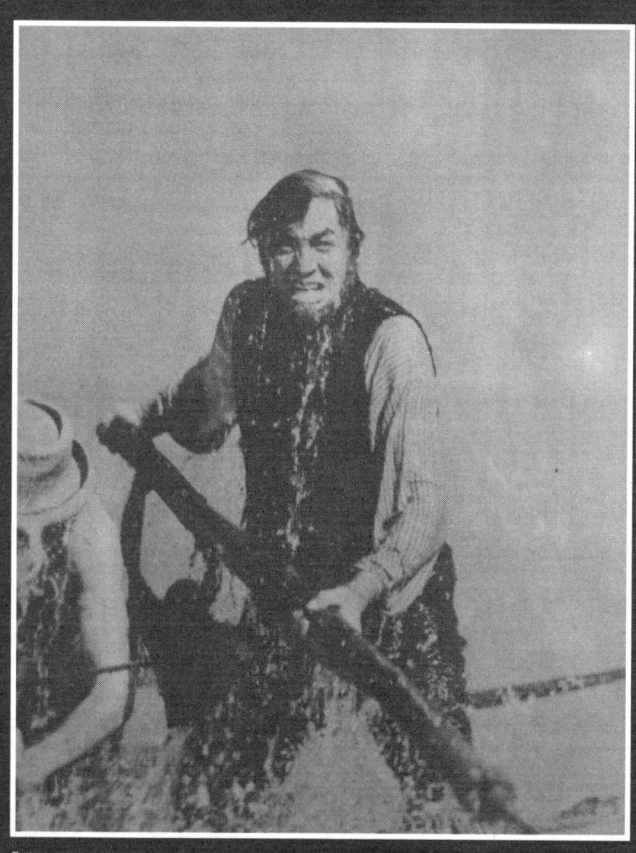

「백경」에서 에이하브 선장은 신비한 성
엘모의 불빛으로 위기를 모면한다.

「헤라클레스의 전설적인 모험」에서도 마찬가지이지만, 헤라클레스처럼 열심히 약자를 구해 주는 여전사(warrior princess) 지나를 주인공으로 삼은 텔레비전 연속물에서는 불이 유난히 자주 등장한다. 동굴이나 지하 신전에는 항상 불이 타오른다. 그리고 대부분의 불은 유황이나 주황빛을 내지 않고, 「하데스의 헤라클레스」에서 뿜어 나오는 지옥불처럼 형광빛 초록이다.

우리는 그와 비슷한 빛깔을 20세기 폭스사가 즐겨 쓰던 딜럭스칼라에서 자주 접했는데, 요즈음에는 존 부어맨 감독의 「엑스캘리버」와 브래드 피트의 수사물 「세븐(Se7en, 1995)」같은 영화에서 음산한 분위기 한가운데 성 엘모의 불빛처럼 빛나는 형광 초록을 자주 만난다. 영화를 보면, 앞에서 소개했던 테크니칼라와 딜럭스칼라와 이스트만칼라 이외에도, 선명도가 덜 하지만 부드러운 색감이 장점이었던 독일의 아그파칼라(Agfacolor), 그리고 그 변형인 러시아의 소브칼라

(Sovcolor)와 나중에 메트로칼라(Metrocolor)로 이름이 바뀐 앤스코칼라(Anscocolor), 필름의 한 쪽은 붉은 감광 유제(感光乳劑) 그리고 다른쪽에는 녹청을 분리해 발라서 비용이 덜 들어 1930~40년대 'B 영화(2본 동시 상영시에 덤으로 보여 주던 영화)'에 널리 애용했던 시네칼라(Cinecolor), 시네칼라 이전에 조잡한 필터를 이용해서 색채를 입혔던프리즈마칼라(Prizmacolor), 독일의 반전영화 「U-보트(Das Boot, 1981)」에 사용해서 성공을 거두어 아카데미 공적상까지 받았던 일본의 후지칼라, 그리고 이스트만칼라의 변형인 워너칼라(Warnercolor) 등이관객의 눈을 즐겁게 해 주려고 모두 동원되었다.

그런데 요즈음 자주 눈에 띄는 형광 초록(성 엘모의 불빛)은 아무리보고 또 봐도, 헐리우드 키드의 개인적인 착각인지도 모르겠지만, 환각 작용(psychedelic)을 일으키기 위해서 관객을 불안하게 만들려고동원되는 음모처럼만 보인다. 예를 들어 「택시 드라이버」의 밤 길거리나 골목 장면에는 적(赤)과 흑(黑)으로만 구성된 화면에서 물에 뜬기름처럼 형광 초록으로 전기 불빛이 떠오른다. 골방에서 주인공이매그넘 권총을 손에 들고 혼자 보는 텔레비전 화면의 청(靑)이나 마찬가지로, 창문과 식당과 거리의 차가운 형광빛은 현실로부터 괴리된공포의 빛이고, 특히 마지막 얼마동안 화면을 넘나드는 엘모의 빛은소름이 끼칠 정도로 괴이하다.

성 엘모의 불빛(Saint Elmo's fire)은 허만 멜빌의 소설을 영화로 만든존 휴스톤 감독의 「백경(Moby Dick, 1956)」에서 선상 반란을 일으키려는 선원들을 에이하브 선장이 비내리는 밤에 '마법'을 써서 위압하는극적인 장면에서 신비한 무기로 등장한다. 카멜로트로 간 커넥티커트양키가 일식이라는 자연 현상을 무기로 삼았듯이, 에이하브 선장은인광의 자연 현상을 무기로 삼았고, 이제 형광 초록이라는 빛깔은'검과 마법(sword and sorcery)'의 세계에서 공포의 환각을 일으키는 새로운 무기(소품) 노릇을 한다.

요즈음 음산한 영화들이 형광빛을 무기로 사용하듯 지나와 다른 여성 무사들은 실제로 불을 무기로 사용하기도 한다. 구미호처럼 자유자재로 공중제비를 넘으면서 그들은 손끝으로 불덩어리 폭탄을 쏘아대고, 「여전사 지나」의 "제물(Sacrifice)" 편에 등장하는 어떤 마녀는 양쪽 손끝을 서부 총잡이의 쌍권총처럼 사용한다.

주먹과 칼과 몽둥이와 발길질에 불덩어리 폭탄으로도 모자라면 지나를 공격하는 마녀(sorceress)들은 심령술로 건물과 동굴 따위를 무너뜨려 가면서 검과 바위도 날려 보낸다.

지나와 맞서서 (또는 그녀를 위해서) 싸우는 마녀들은 미래영화 「스타 트랙」에서 우주선 엔터프라이즈 호의 커크 선장과 다른 승무원들이 그러듯이 '광선 여행(beaming)' 도 한다. 치지지직 전기 불빛이 흐르면서 홍길동처럼 나타났다가 모습을 감추는 것이다. 거기에다 느글느글한 괴물까지 사방에서 나타나면 다분히 공상과학 영화나 「엑스파일(The X-Files)」의 외계인 주제를 도입한 인상도 준다.

그리고 비디오 게임 비슷한 전투가 벌어진 다음 유혈이 낭자한 장면을 보면 때로는 중국의 무협영화나 쿵푸(kungfu), 또는 이탈리아의 스파게티 웨스턴('마카로니 웨스턴'은 일본에서 만들어 낸 가짜 영어임)이 헐리우드로 역류한 결과처럼 보이기도 한다.

이런 모든 장치는 '검과 마법' 이라는 고유분야 영화의 단골 소품이다.

신화적인 환상의 세계에서 근육질 영웅들이 괴물과 마법으로 넘쳐나는 역경을 헤쳐 나가는 모험을 기둥줄거리로 삼는 검과 마법 이야기라는 분야의 탄생에 가장 큰 공헌을 한 사람은 '코난(Conan the Barbarian)' 을 위시하여 폭력적이고 야만적인 주인공을 내세운 소설을 선정적인 싸구려 잡지에 많이 발표한 로버트 E. 하워드(Robert E.

Howard, 1906~36)였다.

　30년 짧은 인생을 마감하고 그가 자살한 다음에도 로버트 E. 하워드가 창조해낸 주인공들은 다른 소설가들의 작품이나 만화에 계속해서 등장했고, 거의 반 세기가 지나 1980년대에 들어서서는 드디어 검과 마법 이야기가 영화에서 하나의 독립된 분야를 구축하기에 이른다.

　물론 작품성으로 따지자면 이탈리아 신화극이나 사극보다 별로 나을 바가 없지만, 예술적인 작가주의 영화만이 존재 가치를 인정받지는 않는다는 현실을 감안한다면, 컴퓨터 게임에 익숙한 세대를 위해서는 웅장하고 멍청한 검과 마법 이야기 역시 소개할 만한 가치가 충분하겠고, 그래서 전형적인 몇 작품을 살펴보겠다.

　하워드의 소설 가운데 〈괴담(Weird Tales)〉이라는 잡지에 실렸던 내용 몇 편을 엮어서 가장 먼저 영화로 만들어낸 「코난」은 정복을 당해 노예 생활을 하는 백성을 해방시키려고 복수를 다지며 연마한 무술

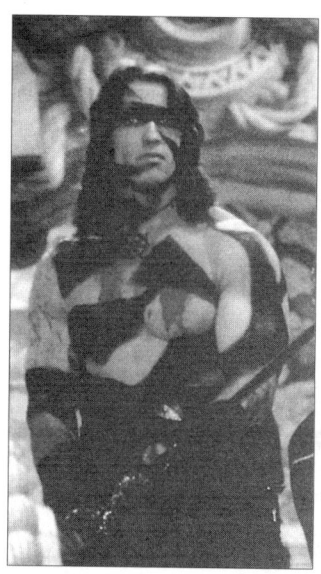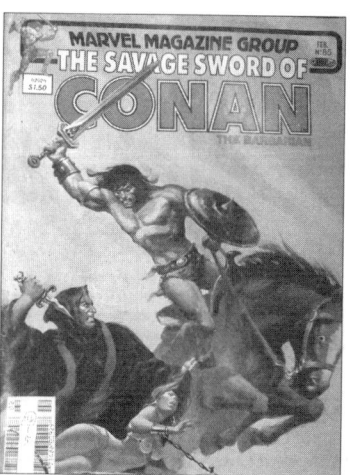

코난으로 분장한 아놀드 슈워츠네거(좌)와 만화로도 널리 알려진 「코난」(우)

솜씨를 보이러 떨쳐 일어난 영웅의 투쟁적인 모험을 장엄하게 그리는데, 올리버 스톤과 감독이 각색을 맡았다. 하이보리아 시대(Hyborian Age) 키메리아(Cimmeria)의 전사로 설정된 코난은 처음부터 아예 우둔하고 용감한 인물이라고 노골적으로 묘사했지만, 70년대 마블(Marvel) 만화책으로 선을 보이자 무식해도 힘만 세면 좋다며 대단한 인기를 끌었다.

「마이크로 결사대」, 「해저 2만리」, 「바이킹」, 「바라바」, 「도라 도라 도라」처럼 상당히 인정을 받은 영화도 꽤 많이 만든 리처드 플레이셔 감독이 선보인 「코난 2」에서는 1편에서 죽은 애인이 되살아나 다시 사랑을 이어가면서 코난이 보물찾기를 하는데, 본격적인 특수 효과 작업이 이루어져, 과거의 신화와 미래의 분위기가 정식으로 조우를 시작한다. 코난 이야기는 1997년부터 롤프 묄러(Rolf Moeller)를 주연으로 해서 텔레비전 연속물로 이어지기도 했다.

텔레비전의 헤라클레스 케빈 소르보를 동원한 「정복자 쿨」은 아틀란티스의 야만인 쿨이 왕좌에 오른 다음 음모와 마술과 칼질의 소용돌이에 휘말려 고생을 한다는 내용이다. 역시 특수 효과와 분장에 승부를 걸었던 이 영화는 본디 코난 3편을 만들려고 시작한 대본을 기초로 삼았다.

「코난 2」의 리처드 플레이셔 감독 작품인 「레드 소냐」 또한 로버트 E. 하워드가 원작자이고, 아놀드 슈워츠네거에게 썩 잘 어울릴 만큼 대표적인 멍청영화였다.

그 이외에도 검과 마법 분야에서 유명한 영화로는 마법의 검을 놓고 형제들이 투쟁을 벌이는 시대극 「검객 호크」, 사랑하는 여인과 왕국을 구하기 위해 마법의 장식품을 찾아 헤매는 줄거리가 담긴 피터 예이츠 감독의 「크룰」, 타잔처럼 갖가지 동물과 말이 통하는 코난 비슷한 주인공이 여노예와 사랑을 나누며 아버지의 원수도 갚는다는

1950년대 검객영화식 줄거리를 담은 「비스트매스터」가 꼽힌다. 「비스트매스터」도 나중에 텔레비전 영화 등 몇 개의 속편이 나오지만, 2편을 보면 여성 마법사(Sarah Douglas)의 도움을 얻어 현재의 로스앤젤레스로 중세의 젊은 기사인 주인공이 시간 여행을 와서는 또 다른 사악한 마술사(Wings Hauser)와 대결을 벌인다.

가장 노골적으로 '검과 마법' 다운 제목이 붙은 「검과 마법사(우리나라에서 붙인 제목은 '스워드' 임)」는 부활한 마술사(George Maharis)의 도움을 받아 왕국을 노예로 만든 악당(Richard Lynch)을 주인공(Lee Horsley)이 무찌른다는 피투성이 영화이다.

「용감한 독수리 아토르」는 「코난」을 흉내낸 이탈리아제 검과 마법 영화로서, 「황태자의 첫사랑」으로 많은 사람들이 향수를 느끼며 기억하는 에드먼드 퍼돔의 변한 모습이 가장 큰 볼거리이겠다. 「아토르」의 속편인 「무적의 검객」은 선사시대의 전사인 주인공이 지구를 구하기 위해 원시시대 원자탄(!)의 행방을 찾아 헤맨다는 내용으로서, 행글라이딩을 해서 적진으로 쳐들어가는 장면까지도 나온다. 3편의 제목은 「위대한 검을 찾아서(Quest for the Mighty Sword 또는 Ator III : the Fighting Eagle)」인데, 더 이상 자세하게 소개할 필요가 없을 만큼 제목만 봐도 빤한 영화이다.

명작이나 작가주의 영화에는 속편이 따라 나오는 경우가 별로 없지만, 대중적인 인기가 높은 영화일수록 우려먹기가 심하게 마련이고, '검과 마법' 분야도 그 공식을 따라 무더기로 만든 작품이 유난히 많다. 아마도 예술성이 없는 작품이라면 아무나 베껴먹어도 별로 죄가 되지 않는다는 인식 때문이 아닌가 싶다. 「마법의 검투사」도 마찬가지이다. 제목만 같았지 감독과 배우가 서로 다른 영화 가운데 제1편에서는 세계를 지배하게 해 준다는 마법의 잔과 검과 목걸이를 구하러 악의 성으로 찾아가는 모험이 벌어지지만 여자의 알몸이 가장 큰 볼거리이고, 아르헨티나에서 촬영한 2편에서는 모델 출신인 모니크 가브리엘의 벌거벗은 몸이 가장 큰 볼거리이며, 3편에서는 잃어버린 보물을 찾아나선 주인공이 쌍둥이 공주와 벌이는 사랑놀이가 구경거리이며, 4편(「Match of Titans」)까지도 꼭 봐야 하는지는 알 길이 없어진다.

속편 두 개와 텔레비전 연속물을 새끼친 「하이랜더」의 경우도 비슷하다. 1편에서는 불멸의 16세기 스코틀랜드 전사를 죽이기 위해 현재의 아메리카로까지 추적해 온 적과의 숙명적인 대결을 기둥줄거리로 삼고, 2편에서는 불사신의 중세 기사 코너 매클라우드(Conor MacCloud)가 파괴된 오존층을 대신하는 방어막을 설치해서 지구를 구하지만, 2024년에 가서는 문제의 방어막이 골치아픈 음모의 대상으로 둔갑한다. 미래를 시간적인 배경으로 삼은 공상

과학 영화로 변질되었던 2편에서 3편으로 넘어가면 중세의 방랑 기사 매클라우드는 다시 현재의 뉴욕에서 몽골의 마법사와 대결을 벌인다. 정말로 논리가 통하지 않는 황당한 이야기가 한없이 펼쳐진다.

동영상화(animation) 영화로서 검과 마법 분야의 대표작을 손꼽으라면 유명한 삽화가 프랭크 프라제타(Frank Frazetta)의 솜씨가 돋보이는 「불과 얼음」이 되겠다. 만화가 로이 토마스(Roy Thomas)와 제리 콘웨이(Gerry Conway)가 대본을 마련한 이 영화에서는 세계를 지배하려는 근육남과 풍만녀가 패권 대결을 벌이고,

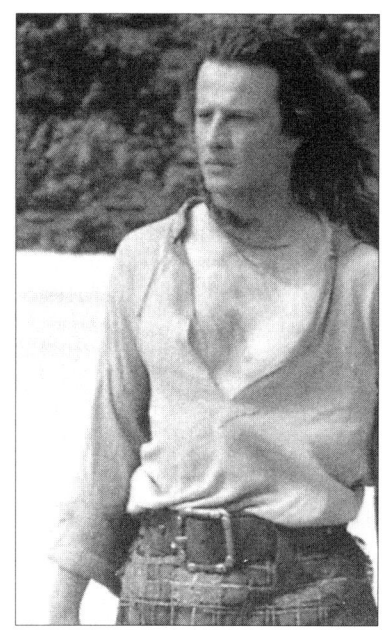

「하이랜더」에 이르면 검과 마법 또한 참으로 현대화했구나 하는 생각이 든다.

동영상 작업은 실사(實寫)의 윤곽을 따내는 기법을 택했다.

검과 마법 영화를 일일이 찾아내려면 한이 없겠지만, 이 분야에 관심이 많은 사람으로서 정말로 놓쳐서는 안 될 작품으로 「넓고 넓은 세상」을 권한다. 바로 이 고유분야의 개척자인 「코난」의 작가 로버트 E. 하워드에 관한 실화를 담은 영화이기 때문이다. 집념이 강하고 오만했던 작가 하워드와 학교 선생이면서 작가 지망생이었던 노발린 프라이스(Novalyne Price)의 관계를 줄거리로 삼았는데, 1930년대 텍사스를 배경으로 삼아 꿈과 현실의 갈등을 추적한 수준급 작품이다.

내용과 성격을 굳이 따져 우리나라에서 검과 마법 분야의 영화를 찾아보면 「퇴마록」이 가장 먼저 머리에 떠오른다. 벌써부터 "순수 문학은 종말을 맞았다"는 위기설에 시달려 온 종이책을 보기좋게 타고 넘어 첨단 기계를 통해서 당당하게 태어난 이우혁의 원작은 해리 포

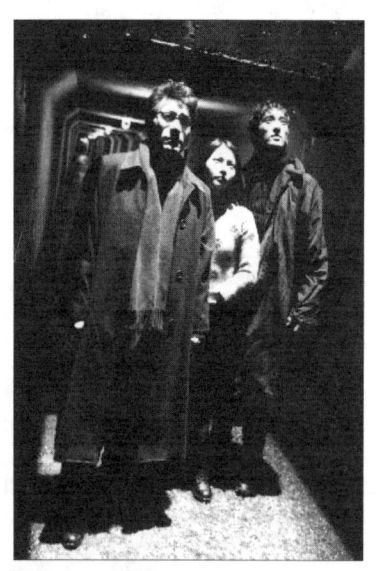

「퇴마록」은 원작의 출생 과정도 변칙적이었지만, 영화를 보면 '부모'가 누구인지 갈피를 잡기가 대단히 어렵다.

터 이야기나 마찬가지로 대단한 돌출 소설이었고, 망령(zombie)과 엑스캘리버의 전설까지 가미된 만만한 영화거리였다. 그러나 열 권에 달하는 원작을 제대로 '접속'하여 소화하기가 힘들었던지 "최초의 한국형 블록버스터"를 만들겠다던 제작발표회에서의 요란한 선전과는 달리 썩 인상적이지는 못하다.

「퇴마록」을 보면 부적을 손에 든 안성기와 십자가를 손에 든 막스 폰 시도우를 연결하여 「엑소시스트」가 생각나고, 군데군데 「로보캅」도 생각나고, 군데군데 「오멘」도 생각나고, 때로는 「매트릭스」도 생각나고, 첫 장면은 최근에

텔레비전 연속물로 발전한 커트 럿셀 주연의 「스타게이트(Stargate)」가 생각나고, 승강기 장면은 「다이하드」까지도 생각나게 하지만, 정확히 어떤 한 편의 영화인지는 설명하기가 어렵다. "젊고 유능한 의사가 왜 성직자가 됐는가"라는 동기 유발에 대한 설명도 부족하고, "경찰에 대한 강력한 테러야"가 무엇에 대한 설명(구실)인지도 알 길이 없고, 줄거리조차 따라가기가 어렵다.

그리고 도대체 어느 등장인물(character)이 한국 제품인지는 정말 찾아내기가 힘들다. 순수한 한국적 배경의 「춘향뎐」을 만든 임권택 감독의 고집이나 한국적 상황을 "세계 어디에서도 알아들을 수 있는 언어"로 표현하려고 했다는 「쉬리」의 강재규 감독이 보여 준 원칙(구실)까지도 조금쯤은 아쉬운 생각이 들게 만드는 영화이다.

나중에 우리의 전설과 설화를 살펴보겠지만, 대한민국에도 영화에 등장시킬 귀신은 얼마든지 있다.

찾아보기 ●--

■ 「마법의 검투사 3(Deathstalker III, 또는 The Warriors from Hell, 1989, 미국, 86분)」, 감/Alfonso Corona, 출/John Allen Nelson, Carla Herd, Terri Treas

■ 「하이랜더(Highlander, 1986, 미국, 111분)」, 감/Russell Mulcahy, 출/Christopher Lambert, Roxanne Hart, Clancey Brown, Sean Connery

■ 「하이랜더 2(Highlander II : The Quickening, 1991, 미국, 88분)」, 감/Russell Mulcahy, 출/Christopher Lambert, Virginia Madsen, Michael Ironside, Sean Connery

■ 「하이랜더 3(Highlander—The Final Dimension, 1994, 미국-캐나다, 99분)」, 감/Andy Morahan, 출/Christopher Lambert, Mario Van Peebles, Deborah Unger, Mako, Raoul Trujillo

■ 「불과 얼음(Fire and Ice, 1983, 미국, 81분)」, 감/Ralph Bakshi, 출(목소리)/Susan Tyrrell, Maggie Rosewell, William Ostrander

■ 「넓고 넓은 세상(Whole Wide World, 1996, 미국, 105분)」, 감/Dan Ireland, 출/Vincent D'Onofrio, Renee Zellweger, Ann Wedgeworth

■ 「퇴마록(영어 제목 The Soul Guardian, 1997, 한국, 98분)」, 감/박광춘, 출/안성기, 신현준, 추상미

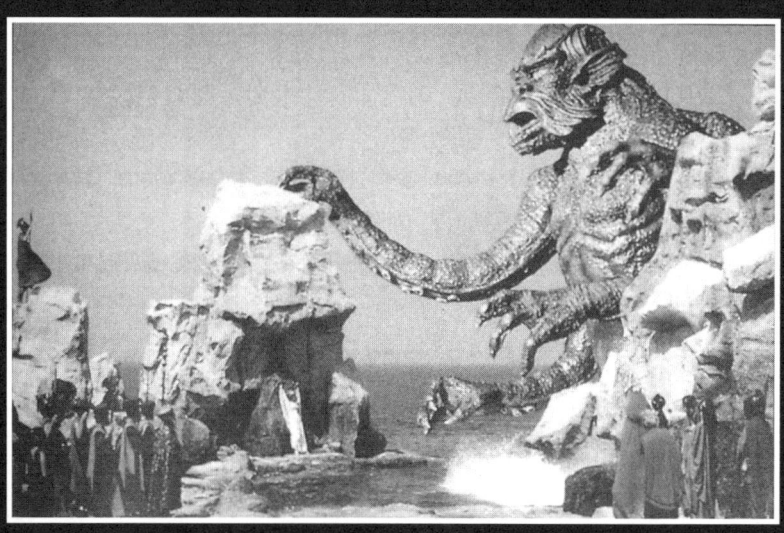

「티탄족의 전쟁」은 로렌스 올리비에 같은
'주연 배우' 보다 역시 해리하우젠의
특수 효과가 훨씬 좋은 구경거리이다.

티탄과 로저 콜만의 신화

그리스와 로마의 신화에 등장하는 제신 가운데 '힘과 덩치' 면에서 헤라클레스와 비견할 주인공이라면 우선 티탄부터 꼽아야 하겠다. '티탄(Titan)'은 영어로 '타이탄'이라고 발음하며, 우리나라에는 같은 이름의 짐차도 나왔고, 헐리우드 영화 「타이타닉」의 주인공인 호화 여객선 이름도 거기서 유래한다. 티탄에 관한 얘기는 기원전 8세기 그리스의 서사시인(敍事詩人) 헤시오도스(Hesiodos)가 남긴 창세신화 (創世神話) 『신족보(神族譜, Theogony)』에서도 첫 대목으로 거슬러올라 가야 나온다.

고대 그리스에서는 제신들이 생겨나기 전에 우주가 이미 그냥 존재했었다고 믿었는데, 스스로 존재한 원조 천공(天空) 우라노스 (Uranos)와 대지 가야(Gaia 또는 Ge) 사이에서 티탄 신족(神族)이 태어 났고, 티탄족에게서 다시 만신이 생겨났다고 한다. 우라노스와 가야 는 오케아노스(Okeanos 또는 Ocean＝大洋)와 크로노스(Kronos)를 비롯

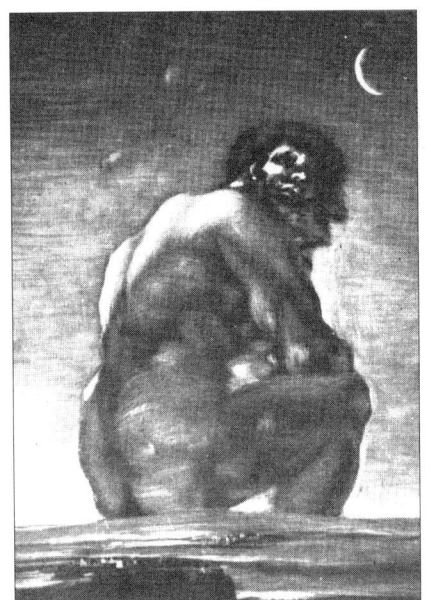
고야의 그림에 등장하는 기간테스

한 남자 티탄 여섯 그리고 므네모쉬네(Mnemosyne=기억)와 테미스(Themis=법) 등 여자 티탄 여섯을 두었다. 어떤 기록에서는 티탄 신족의 자손들까지도 티탄이라고 분류한다.

열두 티탄 다음에 우라노스와 가야는 외눈박이 퀴클롭스 셋을 낳았는데, 브론테스(Brontes=천둥)와 스테로페스(Steropes=번개)와 아르게스(Arges=벼락)가 그들이었다. 다음에는 몸집이 엄청나게 크고 머리가 쉰 개에 팔이 백 개씩 달린 백수거인(百手巨人)을 낳았지만, 너무나 흉측한 꼴이 보기 싫어 우라노스가 그들을 모두 묶어 무한지옥 타르타로스(Tartaros)에 가둬 버렸다. 이에 화가 난 가야는 가슴에서 도끼를 꺼내 놓고 아들들을 불러 우라노스를 제거할 계획을 세웠지만, 모두들 겁이 나서 선뜻 아비지를 해치러 나서지를 못했다. 그러나 막내아들 크로노스가 어머니의 뜻에 따라 돌도끼를 들고 잠복해서 기다리다가 아버지의 생식기를 잘라 바닷가에 갖다 버렸으며, 그때 땅바닥에 떨어진 핏방울에서 복수의 세 여신과 더불어 괴인 기간테스 일족(Gigantes, 영어로는 Giants)이 태어났다.

영화에 등장하는 티탄으로는 최근에 나온 디즈니의 만화영화 「헤라클레스」에서 제우스를 공격하려고 올림포스 산을 기어오르는 괴물들이 보이는데, 그들이 바로 오랫동안 아버지 크로노스의 복수를 위해 제우스와 전쟁을 치렀다고 신화에서 전해지는 티탄족이다.

시대극과 신화극의 전성기를 맞았던 1960년대 이탈리아에서는 두치오 테싸리(Duccio Tessari, 1926~1994) 감독이 "멕시코의 존 웨인 또는 클라크 게이블"이라는 명성을 자랑하던 페드로 아멘다리즈를 주연시켜 「타이탄」을 내놓았다. 이듬해 테싸리 감독은 다시 페드로 아멘다리즈와 프랑스의 청춘배우 자클리느 사사르, 이탈이아의 안토넬라 루알디와 줄리아노 젬마를 동원하여 「영웅적인 내 아들」을 만들었는데, 제신들의 분노를 산 테바이의 나쁜 왕이 티탄들에게 혼이 난다는 줄거리이다. 「폼페이 최후의 날」과 「헤라클레스의 복수(La Vendetta di Ercole, 1960)」도 발표했던 테싸리 감독은 나중에 총잡이 링고를 주인공으로 삼은 두 편의 스파게티 웨스턴을 만들어 세계적인 명성을 얻는다.

티탄 영화 가운데 가장 볼 만한 작품은 역시 레이 해리하우젠의 특수 효과 작업이 빛나는 「티탄족의 전쟁」이다. 제우스 역을 맡은 로렌스 올리비에를 비롯하여 출연진도 쟁쟁하지만, 헤라클레스와 비슷한 운명을 타고 난 주인공(영웅 페르세우스)의 얘기 또한 재미있다. 페르세우스(Perseus)는 바람둥이 제우스가 황금 소낙비로 변신하여 다나에(Danae)한테 잉태시킨 아들이었고, 다나에의 아들이 할아버지를 죽이리라는 예언 때문에 다나에와 페르세우스는 궤짝에 담겨 바다에 버림을 받는다. 어부에게 발견되어 생명을 건진 페르세우스는 청년이 되어 메두사의 머리를 베고, 죽은 메두사의 피와 바다 거품에서 태어난 천마(天馬) 페가소스(Pegasos)를 길들이는 역사를 치르기도 한다.

페르세우스의 손에 죽음을 당하는 괴물 메두사(Medusa)는 고르곤(Gorgon) 세 자매 가운데 가장 악명이 높은데, 그들은 황금 날개에 청동 발톱이 달리고 머리카락은 뱀으로 되어 있으며, 어찌나 흉측하게

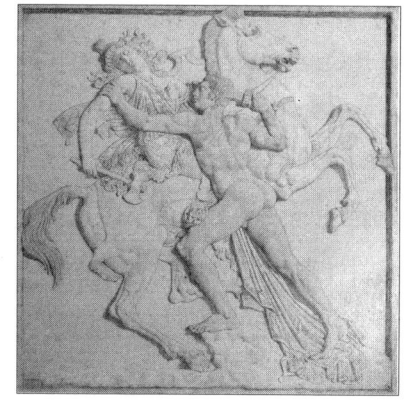

앵그르의 그림에 등장하는 아마존

생겼는지 그들을 한 번 쳐다보기만 하면 모든 사람이 돌로 변한다고 했다. 이토록 무서운 고르곤의 머리가 그리스 미술에서는 즐겨 동원되는 소재가 되었다. 고르곤의 위력이 사람들을 마법으로부터 보호할 뿐 아니라 적에게 공포감을 준다고 믿었던 그리스인들이 방패나 갑옷 심지어는 성벽에도 즐겨 그렸기 때문이다.

드라큘라와 프랑켄슈타인 등이 등장하는 공포영화를 열심히 만들었던 영국의 테렌스 피셔(1904~1980) 감독이 고르곤처럼 멋진 주인공을 놓칠 까닭이 없고, 그래서 1964년에는 19세기 발칸 마을에 나타나서 사람들을 돌로 만들어 버리는 「고르곤」을 영화로 만들었다.

고르곤 계열의 괴물은 아니지만 신화영화에서 즐겨 동원되는 여성 등장인물로는 역시 아마존을 손꼽아야 한다. 아마존 신화를 직접 또는 간접적으로 인용한 영화로는 테렌스 영(Terence Young) 007 감독의 「아마조네스(Amazones 또는 War Goddess, 1973)」와 제목만 봐도 내용이 너무나 빤한 「아마존 사랑의 노예」뿐 아니라, 조 단테 감독이 상당히 요란한 출연진을 동원하여 1930년대의 섹스 영화를 비꼬아 댄 「달나라의 아마존 여인들」도 있다. 1973년에 수입된 홍콩의 란란쇼 제품인 「14인의 여걸(The 14 Amazons)」에서도 영어 제목에 아마존이 등장하지만, 이것은 신화의 등장인물이 아니라 지나(Xena) 같은 '여전사'를 뜻하는 보통명사로 활용한 경우이다. 한물 간 50년대의 가슴배우 아니타 에크버그에게 주연을 맡긴 「아마존의 황금」 역시 신화와는 별로 관계가 없고, 현대판 아마존 부족이 정글에서 맨하탄으로 나들이를 나온다는 얘기이다.

고르곤처럼 '머리'가 이상한 괴물로는 이탈리아 영화에 나타났던 「미노타우로스」도 있다. 흉악한 괴물(Minotauros)의 힘을 빌어 사악한 여왕이 백성을 탄압하려고 한다는 줄거리로 엮어진 이 영화에 등장하는 미노타우로스는 몸이 인간이고 머리는 소여서, 생김새로 따지자면 켄타우로스와 사촌간이겠는데, 한 번 들어가면 밖으로 길을 찾아 나오지 못한다는 라뷔린토스(Labyrinthos, 迷宮) 안에서 살았다고 한다.

신화판 '창세기'에서 이런 온갖 흉측한 괴물의 틈바구니에 끼어 등장하지만 고르곤이나 미노타우로스처럼 밉지 않은 신으로서는 아프로디테가 나온다. 크로노스가 아버지 우라노스의 성기를 돌도끼로 잘라 바닷가에 버렸을 때, 복수의 세 여신과 괴인 기간테스 일족이 핏방울에서 태어났다고 했는데, 잘린 성기는 바닷물에 떠다니다가 흰 거품이 되고, 그 거품 속에서 사랑의 여신 아프로디테(Aphrodite 또는 Venus)가 태어난다.

워낙 유명한 여신이어서 아프로디테는 설명할 필요조차 없겠지만, 1988년 미국에서 그녀를 주인공으로 삼은 텔레비전 영화 「사랑의 여신」이 제작되었을 때는 대단한 화제거리가 되었다. 작품 자체보다는 주연을 맡은 '여배우' 배나 화이트(Vanna White) 때문이었다.

머브 그리핀(Merv Griffin)이 만들었으며 최장수 인기 게임쇼 가운데 하나여서 요즈음 우리나라에서도 AFN-TV를 통해 평일이면 날마다 오후 5시에 방영되는 「행운의 회전판(Wheel of Fortune＝본디 '운명의 수레바퀴'라는 뜻임)」에서 패트 세이자크가 사회자로 진행을 해가는 동안 거의 한 마디 말도 없이 글자판 앞에서 멍하니 서 있다가 출연자들이 부르는 글자를 뒤집어 놓기만 하면서도 어찌나 대단한 인기를 누리는지 미국을 방문한 어느 러시아 정치가가 "배나 화이트는 미

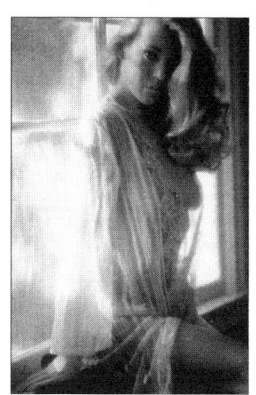
현대 아메리카 합중국의 신화가
된 배나 화이트

국의 신비"라고 한 마디 꼬집었던 바로 그 배나 화이트가 주연을 맡았는데, 영화평론가 레너드 몰틴은 "영원히 최하위권을 벗어나지 못할 운명의 작품"이라고 혹평했으며, '최악의 영화'로 악명을 얻어 오히려 유명해진 이색 영화 「록키 호러 픽처 쇼(The Rocky Horro Picture Show, 1975)」나 마찬가지로, 이제는 얼마나 한심한 영화인지 "꼭 봐 둬야 할 명물"로 알려지면서 나름대로의 신화적인 자리를 굳혀 가는 중이다.

헐리우드에서는 배나 화이트만이 신화의 주인공은 아니다.

「아마존(Amazons, 1987)」과 「아틀라스(Atlas, 1960)」는 둘 다 신화에 등장하는 이름을 제목으로 삼은 영화이다. 아마존은 이미 지나(Xena)를 통해 소개했으니 더 이상의 설명은 생략하고, 아틀라스가 누구인지만 간단히 얘기하겠다. 그는 티탄 신족이며, 티탄들의 전쟁에 참가했다가 제우스에게 미움을 받아 어깨로 창공을 떠받들고 있으라는 벌을 받았다. 그의 이름을 따서 대서양을 아틀란틱(the Atlantic)이라고 부르는 까닭은 아프리카 서북단의 산맥이 하늘을 받들고 선 아들라스 신이라고 보았던 그리스인들의 시각 탓이다. 지도책을 영어로 '아틀라스'라고 부르는 까닭은 16세기 플랑드르 지리학자 게르하르드 크레머(Gerhard Kremer, 1512~94)가 그의 지도책에다 지구를 등에 멘 아틀라스의 모습을 그려 넣었기 때문이라고 한다.

그리고 「아마존」과 「아틀라스」는 둘 다 1950년대에 미국에서 무수한 싸구려 공포영화를 만들어낸 제작자이며 감독인 로저 콜만(Roger Corman)의 손을 거쳐 세상에 나온 영화이다. 로저 콜만은 돈이 되기만 한다면 쓰레기 영화를 만드는 일을 서슴지 않았기 때문에 전설적인 인물이 되었다. 직업에는 귀천이 없다는 미덕을 그는 온몸으로 실천했다. '둘째(B) 영화'를 전문적으로 만들어 낸 그의 작품 목록은 너무나 길어서 이곳에 열거하기가 불가능하니까 앞으로 틈틈이 소개를 하겠지만, 신화를 바탕에 깔고 등장한 60~70년대의 (스티브 리브스처럼) 뻣뻣한 영화, 80년대부터 등장한 '검과 마법' 영화, 90년대의 텔레비전을 지배하는 헤라클레스와 지나까지 살펴보았으니, 50년대 로저 콜만의 신화도 정리를 하고 넘어가야 되겠다.

1926년 태생인 콜만이 연출한 대표작을 굳이 꼽으라면 에드가 앨런 포우(Edgar Allan Poe)의 괴이한 단편 소설들을 영화로 만든 일련의 작품이 되겠지만, 정작 그가 신화를 창조한 것은 제작자로서였다. 그는 '싸구려'라는 말이 잘 어울릴 만큼 돈을 안 들이고 작품을 만들기로 이름이 났다. 그러면서도 그는 1994년에 에이레에다 뉴 콩코드(New Concorde)라는 제작사를 설립했다가 겨우 3년 만에 엘리어트 케스트너(Elliott Kastner)에게 무려 1억 달러나 받고 팔아넘기기도 했다. 말하자면 그는 돈을 안 들이고 무엇인가를 만들어 돈을 벌어들이는 상업주의 영화만들기의 귀재이다. 타임 워너(Time-Warner)처럼 언론과 영화라는 매체의 결합이 점차 가시적으로 나타나는 요즈음 언론계에서 그와 비슷한 인물을 찾아본다면 얼마 전에 우리나라

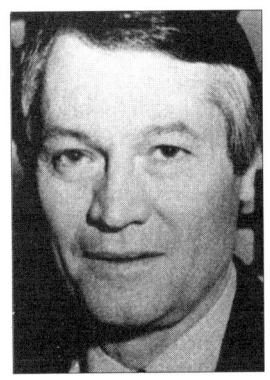

싸구려 영화를 잘 만들기로는 에드 우드보다도 훨씬 유명한 미국의 제작자요 감독인 로저 콜만

의 〈문화일보〉까지도 넘본다는 소문이 돌았던 루퍼트 머도크(Rupert Murdoch)쯤 되겠다.

1990년에 나온 자서전에도 당당하게 『헐리우드에서 백 편의 영화를 만들고도 단 한 푼 손해를 보지 않은 이유(How I Made a Hundred Movies in Hollywood and Never Lost a Dime)』라는 제목을 붙였던 콜만에게는 나름대로의 철저한 공식이 있었다. 그는 "원하는 영화를 나는 만들어 본 적이 없다"고 했다. "아무리 노력을 해도 뜻대로 되지 않기 때문"이라는 설명이다. 그의 밑에서 현장 체험을 통해 영화 수업을 거친 수많은 사람들 중에는 마틴 스콜세지, 프란시스 포드 코폴라, 피터 보그다노비치, 잭 니콜슨, 조나단 뎀, 조 단테, 론 하워드, 제임스 캐머론 등을 손꼽겠는데, 마틴 스콜세지는 콜만을 이런 식으로 기억한다.

"언젠가 이러더군요. '마틴, 시작이 아주 중요해. 관객은 무슨 일이 벌어지는지 알고 싶어하니까. 끝도 중요하지. 관객은 결과가 어떻게 되는지도 알고 싶어하니까. 나머지는 모두 별로 문제가 되지 않아.' 영화에 대해서 제가 평생 들어 본 얘기 가운데 그것이 가장 납득이 가는 가르침이었어요."

예술의 정예주의와 대중 문화의 괴리가 점점 심해지는 요즈음, 우리 영화 풍토 역시 마찬가지이지만, 3류의 승리라는 문화의 그레샴 법칙을 웅변적으로 증명한 콜만의 신화영화 「아마존」과 「아틀라스」는 그래서 신화적인 연출-제작자에 관한 소개만 하고 넘어가겠다.

아틀라스와 동족인 티탄의 모습을 영화에서 가장 특이하게 재현한 예는 역시 레이 해리하우젠이 「아르고」에서 해낸 작업을 들어야 하겠다.

영화 「아르고」의 기초를 이루는 "아르고 원정대(the Argonauts)" 얘기는 그리스 신화에서 대단히 큰 비중을 차지하는데, 거기에는 그럴 만한 이유가 있어 보인다. 영화는 텟살리의 이올코스에서 펠리아스 (Pelias)가 유혈 쿠데타를 일으킨다는 내용으로 시작되지만, 신화를 보면 이복 형인 늙은 왕을 밀어내고 어린 조카의 권력을 찬탈한 다음 야손(Iason, 영어로는 Jason)을 아르고 원정에 내보낸다는 설정으로 되어 있다. 어쨌든 왕권을 빼앗긴 야손은 처음 영웅 헤라클레스를 대장으로 추대하지만 결국 스스로 50 명의 대원을 이끌고 세상의 끝 콜키스(Kolchis)의 나무에 걸려 있는 '황금의 양털(golden fleece)'을 가져오기 위해 모험의 길을 떠난다. 황금의 양털은 "역병과 가난을 물리치고 평화를 가져오는" 그리스의 '성배(Holy Grail)'인 셈이다.

그리스 신화에 등장하는 헤라클레스나 오르페우스 같은 유명한 주인공이 아르고 원정에 50 명이나 동원된 까닭은, 트로이아 전쟁보다 한 시대 앞선 기원전 13세기경이라고 추정되는 시기여서, 아직 항해에 경험이 많지 않았던 그리스인들이 먼 뱃길을 따라 미지의 세계로 탐험을 떠났다는 역사적인 사건에 대한 긍지 때문이었으리라고 추정된다.

영화에서 항해가 시작되면 처음 물과 식량을 구하러 올라간 섬에서 원정대는 티탄 탈로스(Talos)와 결전을 치르는데, 청동 거인이 꽤나 볼 만하다. 프리기아에서 만나는 괴조(怪鳥) 하르퓌아이(Harpyiai), 황금 양털을 지키는 임무를 맡은 머리가 아홉인 뱀 휘드라(Hydra)와 그 이빨을 땅에

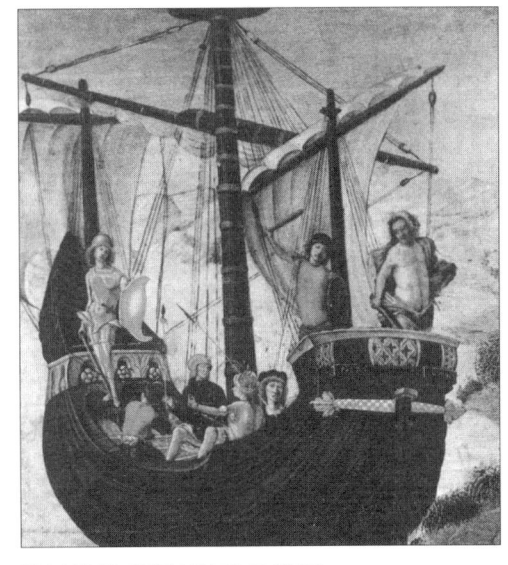

황금의 양털을 구하러 나선 아르고 원정대

뿌려 솟아나온 해골 무사들 또한 해리하우젠의 자랑거리이다.

영화 「아르고」에서 재미있는 또 한 가지 내용은 신들의 '훈수'이다. 텔레비전에서 헤라클레스를 그토록 못살게 구는 헤라가 여기에서는 위기가 닥칠 때마다 야손을 다섯 차례나 구해 준다. 더구나 헤라와 제우스는 텔레비전으로 운동 경기 중계를 지켜보듯 연못을 화면삼아 아르고 원정대의 일거수일투족을 점검하면서 그들의 성공 여부를 걸고 '내기'를 계속한다. 신화에서는 아프로디테도 열심히 훈수를 하지만, 영화에는 나타나지 않는다.

아르고 원정대 얘기에서 빼놓아서는 안 되는 등장인물이 헤카테(Hekate) 신전의 여사제인 왕녀 메데야(Medeia)이다. 사랑에 눈이 멀어 버린 메데야는 고국 콜키스를 배반하고, 고향과 부모를 버리고는, 황금의 양털을 손에 넣은 이국 청년 야손을 따라 나선다. 영락없는 낙랑 공주이다.

그리스 신화에서 아르고 원정대와 가장 비슷한 주제는 오뒷세우스의 항해에서 나타나는데, 오뒷세이아와 트로이아 주제는 그리스 문학과 호메로스를 다루는 부분에서 따로 설명하겠다.

이탈리아 판(版) 아르고 원정대 영화로는 미술 평론가 출신이며 이집트 계 이탈리아 감독인 리카르도 프레다(Riccardo Freda, 또는 Robert Hampton 또는 George Lincoln 또는 Willy Pareto라는 이름도 있음)가 만든 「텟살리의 거인」이 있는데, 괴물과 나쁜 여자들이 여럿 등장하고, 주인공은 야손과 오르페우스이다. 아르고 원정에 참가했던 등장인물들 가운데 근육의 대변자 헤라클레스 못지않게 영화에서도 유명한 인물은 예술 정신을 상징하는 오르페우스이다.

찾아보기 ●--

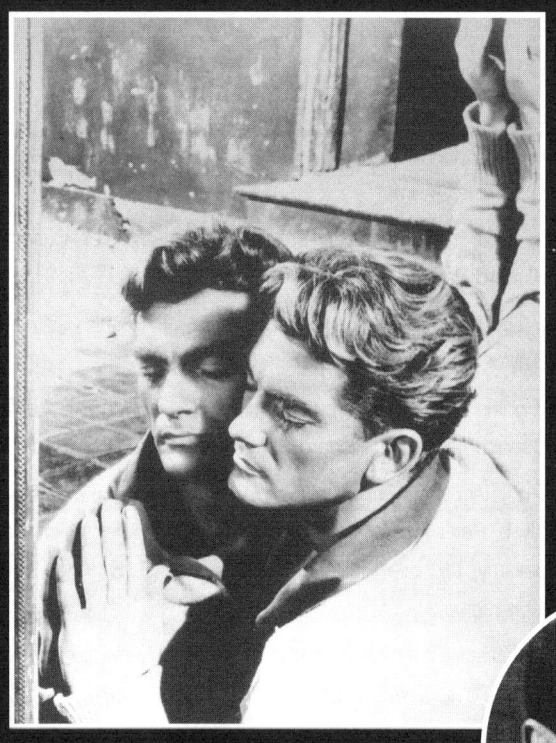

연출자 장 꼭또와
배우 장 마레를 서울 거리에서 신화로 탄생시킨
프랑스 영화 「오르페」

오르페우스와 오이디푸스 •

오르페우스는 음악의 천재여서 트라키아 산악 지역 고요한 숲에서 그가 수금(豎琴)을 타면 온갖 나무들과 짐승들이 그를 따라다녔고 강물도 길을 바꿔 그에게로 흘러왔다고 한다. 아르고 원정대를 유인하려던 세이레네스의 노래도 오르페우스의 정통 음악에는 당해내지 못했다. 아내 에우뤼디케가 독사에 물려 죽자 그녀를 구하러 하데스로 내려간 그는 황천 스튁스(Styx)의 뱃사공 카론(Charon)과 지옥의 문을 지키는 괴견(怪犬) 케르베로스도 음악으로 달래 무사히 통과했고, 하데스 신과 페르세포네(Persephone) 여신도 그가 타는 수금 소리에 감동해서 아내를 데려가라고 허락하지만, 햇빛이 비추는 지상으로 나갈 때까지는 뒤를 돌아다 보지 말라고 조건을 붙인다. 땅으로 거의 다 나왔을 때 에우뤼디케가 아무 소리도 내지를 않아 궁금해진 오르페우스는 뒤를 돌아다 보게 되고, 그래서 아내를 하데스에게 다시 빼앗긴다. 그에 대한 슬픔으로 오르페우스는 홀로 방황하며 여자들에게 냉

담했고, 결국 디오뉘소스 숭배에 미친 신녀(神女)들에게 갈기갈기 찢겨 죽음을 당한다.

오르페우스와 에우뤼디케의 슬픈 얘기는 로마의 시인 베르길리우스의 「농경시(農耕詩, Georgica)」에 등장하고, 메디치 가의 궁정 음악장으로 활동했던 이탈리아 작곡가 야꼬뽀 뻬리가 16세기에 오페라로 만들었으며, 몬테베르디의 오페라 「오르페오(Orfeo)」는 물론이요 하이든의 「오르페오와 에우리디체(L'anima del filosofo, Orfeo ed Euridice)」도 같은 주제를 다루었다. 오르페우스를 주제로 한 음악 작품 가운데 가장 유명한 것은 1762년 글룩이 발표한 오페라 「오르페오와 에우리디체(Orfeo et Euridice)」이다.

오르페우스 얘기는 영화로도 자주 만들었는데, 대표작은 아무래도 1949년에 나온 장 꼭또의 『오르페(Orphée)』이겠다(오르페는 오르페우스의 프랑스식 이름이다). 1953년 「오르페」가 서울에 나타나자 전후의 식자층 사람들은 「미녀와 야수」와 더불어 "내 귀는 소라껍질, 바다를 그리워한다"로 유명한 꼭또의 자유분방한 예술 정신에 심취했었다. 꼭또의 『오르페』는 이미 1926년에 무대극으로 공연되기도 했었는데, 장 마레와 프랑수아 뻬리에가 주연하고 줄리에트 그레꼬도 얼굴을 내밀었던 영화 「오르페」는 시인과 죽음의 만남을 주제로 한 흥미있는 비유담(allcgory)이었다.

오르페는 문학 청년들이 즐겨 찾는 시인 까페에서 죽음의 여왕을 만나 초현실적인 영적 교류를 경험하다가 술에 취한 시인 세제스트의 죽음으로 인해서 언덕 위 별장으로 간다. 별장의 거울 속에는 죽음의 세계가 존재하는데, 여왕과 세제스트는 그곳을 넘나들지만 오르페는 살았기 때문에 거울을 통과하지 못한다. 환각에서 깨어나니 별장은 사라지고, 죽음의 여왕을 만난 이후 남편이 유리디스(에우뤼디케의 프랑스 이름)를 소홀히 하자 낙담해서 방황하던 그녀 역시 모터사이클에 치어 죽는다. 오르페는 마법의 장갑을 끼고 아내를 찾아 거울 속으로 들어가 죽음의 궁전에서 재판을 거쳐 아내를 데리고 돌아가라는 허락을 받아낸다. 물론 삶의 세계에 다다를 때까지 유리디스의 얼굴을 보면 안 된다는 단서가 붙은 판결이다. 유리디스는 남편의 사랑이 식었음을 알기 때문에 차라리 죽음을 택하고는 그녀를 쳐다보도록 의도적으로 오르페를 유도한다. 아내가 죽음의 세계로 사라진 다음 홀로 세상에 돌아온 오르페는 세제스트를 빼앗아갔다고 분개한 시인들에게 총을 맞고 죽는다. 죽음의 나라 입구에서 기다리던 여왕은 결국 오르페를 유리디스에게 돌려보낸다.

이 영화는 훗날 다른 프랑스인 감독 자끄 드뮈(Jacques Demy, 1931~1990)의 손을 거쳐 「주차(Parking)」라는 제목으로 다시 영화화된다.

꼭또는 신화와 전설을 작품으로 다루기를 좋아해서 1922년에 『안티고네』, 1928년에 『오이디푸스 왕(Oedipe-roi)』, 1934년에 역시 오이디푸스 주제를 다룬 『지옥의 기계(La Machine infernale)』 같은 희곡을 발표했고, 영화로는 「오르페」에 이어서 1960년에 「오르페의 유언(Le Testament d'Orphée)」을 만들었다.

"왜냐고 나에게 묻지 말라(Ne me demandez pas pourquoi)"는 부제가 달린 「오르페의 유언」은 신화적인 인물 오르페에 관한 영화라기보다는, 초현실주의와 입체파에서는 물론이요 20세기 전반기에 거의 모든 분야에서 실험적 예술 활동에 앞장섰던 시인, 소설가, 극작가, 영화 감독, 시나리오 작가, 수필가였던 꼭또의 영상 선언서라고 해야 옳겠다. 적막하고 고독한 영화 「유언」의 주인공은 시간과 공간을 거역하는 시인 장 꼭또이다.

과거와 현재와 미래를 넘나들던 장 꼭또(장 꼭또 스스로 출연)는 켄타우로스를 쫓아가서 그가 만든 영화 「오르페」의 주인공이었기 때문

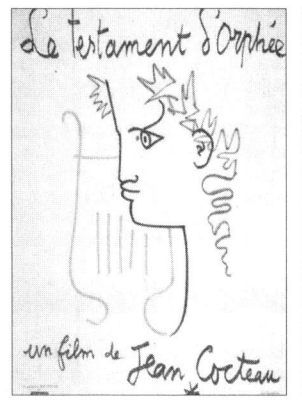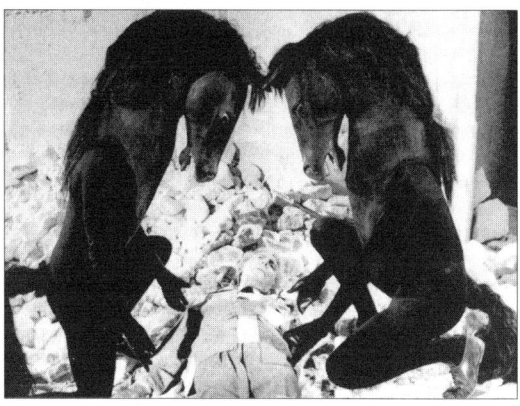

장 꼭또가 그린 「오르페의 유언」 포스터(좌)와 영화의 한 장면(우)

에 존재하면서도 존재하지 않는 세제스트를 따라 미네르바 여신 앞에 불려가 재판을 받으며 시와 영화와 예술에 대한 철학을 서정시처럼 읊는다. 그는 시인을 "불구자이면서도 달리기를 꿈꾸는 사람"이요, "소수의 사람들만 말하고 듣는 언어로 시를 쓰는 사람"이요, "살아 있지도 않고 죽어 있지도 않은 사람"이라고 정의한다.

꼭또는 포옹한 채로 등뒤에서 서로 다른 짓을 하는 '지식인 연인'들의 허욕을 만나고, 표정이 담긴 해골 가면을 만나고, 트리스탄을 만나기 위해 세상의 모든 배를 탄 이졸데를 만나고, 오르페를 만나고, 죽은 하이비스커스를 살려내는 마술을 부리다가 여신의 창을 맞고 죽지만, "친구들이여 우는 체하시오. 시인은 늘 죽은 체하는 법이니"라며 죽음도 거역하고 다시 일어난다. 그러면서 오르페의 시인 꼭또는 주옥같은 시구를 염주로 꿰어낸다.

"조각상이 검은 옷을 입고 나그네를 죽이는 밤이 온다."

"파도의 언어를 이해할 만큼 내 혈관 속에는 거품이 가득하다."

"거울은 반사가 너무 심하다. 영상을 뒤집어 놓기도 하고."

"기계는 소화하고 명상하고 잠을 잔다."

"나는 슬픈 기둥이고 철가면을 쓴 성모 마리아이다."

"너무 오래 기다리다 보면 사람이 현관으로 변하기도 한다."

T. S. 엘리어트가 "방안에서 여자들은 미켈란젤로를 얘기하며 오간다네(In the room the women come and go/Talking of Michelangelo)"라면서 자신의 시 「프루프록의 연가(The Love Song of J. Alfred Prufrock)」를 낭송하던 목소리를 연상시키고, 베르나르 뷔페가 삽화를 그려 넣은 프랑수아즈 사강의 환각 일기 『독약(Toxique)』을 연상시키는 시인 장 꼭또의 영화에서 배우 장 꼭또를 만난다는 것은 기쁨이요, 활인화(活人畵, tableau vivant)를 여기저기 곁들인 시화전 같은 그림과 영상 수필로 엮어진 영화시(映畵詩)는 어쩌면 그 자체가 현대의 신화 한 편일지도 모른다.

"영화는 많은 사람들로 하여금 같은 꿈을 꾸게 하고, 비현실의 세계를 현실로 만든다"는 선언과 더불어 시작되는 오르페의 '유언(testament)'을 통해서 꼭또가 전하려는 '고해(testament)'에 귀를 기울여 들어보면, 시문학(詩文學)은 역시 아직까지는 은막의 영상보다 종이 매체가 훨씬 잘 어울리며, 무대극(또는 詩劇)의 한계를 벗어나기가 참으로 힘들다는 인상을 받게 된다. 미네르바(Minerva=Athena)가 대리 재판관 노릇을 하는 법정에서 "저지르지 않은 모든 죄를 저지를 가능성의 죄, 결백의 죄"를 저지르고, 또한 "현실이 아닌 세계로 침입한 (시인의) 죄"에 대해서 "불복종의 미화"라는 질타를 당하는 시인론(詩人論)은 한참 세월이 지난 현재의 찰나적 감각으로 받아들이려면 아무래도 꼭또의 루이 15세 시대 의상만큼이나 궤변적으로 느껴지기 때문이다.

영화가 "죽은 행위를 되살리고 비현실에 현실성을 부여한다"고 아무리 주장하더라도, 언어의 희롱과 유희는 제한된 시간과 상황의 여건을 벗어나면 생명을 잃게 된다. "작품은 작가가 만들기 전에 이미 존재한다"는 꼭또의 예술적 불멸성에 대한 주장은 무리가 간다. 예술 또한 영원하지는 않기 때문이다. 오직 예술만이 영원하다는 오만한 주장은 시적인 궤변이다.

꼭또가 당대의 귀재(鬼才)였음은 사실이지만, 그리고 안타깝고도 슬픈 현실이기는 하지만, 천재의 감각도 시대가 가면 낡아서 촌스러워지기도 한다. 죽음과 삶의 양면적 개념에 대한 시인의 설파, 그리고 시공간을 상상력으로 넘나들려는 시도란 이제 진부한 문학적 유희로 삭아내렸다. 한 시대의 첨단적 상상력이 진부한 과거로 부패하는 까닭은 첨단이라는 특성이 너무 모가 나서 쉽게 닳기 때문이다. 너무 눈에 자주 띄는 독특함은 또 하나의 새로운 타성으로 빠지는 바퀴자국〔前轍〕을 만든다.

「오르페의 유언」을 처음부터 끝까지 관통하며 한없이 반복되는 홍길동 현상(없어졌다 나타나기)이나 '거꾸로 돌리기〔逆行〕'의 영상 기법도 마찬가지이다. 죽은 꽃이 살아나고, 찢은 꽃을 되붙이고, 물에 빠진 세제스트가 다시 솟구쳐 올라오는 '역행'은 너무 오래 가지고 놀아서 보기가 싫어진 장난감과 같다. 그것은 이제 너무나 진부한 눈속임의 요술일 따름이어서 신기하지도 않다. 그래서 "예술은 불사(immortality)"라는 종교가 힘을 잃는다. 영상의 마법과 기교는 예술 자체가 지녔다고 사람들이 착각하는 불멸성처럼 영원하지를 못하다.

"영화의 주인공은 하이비스커스"라는 「시민 케인」적인 '장미 봉우리' 주제도 낡았고, 사후 세계의 화면 구성을 보면 때로는 공포영화, 예를 들어 1956년판 「망령의 기습(Invasion of the Body Snatchers)」과 지나치게 닮았다는 착각까지도 들게 한다.

장-뤽 고다르의 영화에서도 가끔은 비슷한 기분을 느낀다. 과거를 부정하던 싱싱한 힘도 시간이 지나면 역시 그 자체가 과거로 굳어 버리기 때문이다. '새 물결(nouvelle vague)'을 그토록 목청 높여 외치던 발랄한 소리도 이제는 '과거의 유행'으로 사라졌고, 「스타 워스」 시대의 눈으로 보면 그들의 자유분방함 역시 하나의 '틀'에 박힌 방법론이 되어 버린다. 그들이 부정하고 파괴하려 했던 '기성(旣成)'의 궤적에 스스로 들어가고 나면, 변증법적 발전의 고리 하나가 될 따름이다. 실험적인 위대성은 그렇게 하나의 이정표로 남고, 결국은 보수적인 전통이 되돌아온다. 예술과 문학에서는 혁명이 얼마나 힘든 것인지를 깨우쳐 주는 '물결'은 무수한 1회성 사건으로 포장되어 결국 벽 속에 담긴다는 현상이 아마도 골방 예술의 한계인지도 모른다.

이정표의 중요성은 시대적인 지시판으로서 중요하지만, 현대주의(modernism)가 추구하던 반란이 끝나고 나니 이제는 영화까지도 오히려 전통적이고 보수적인 과거의 인용으로 회귀하려는 징후를 보인다. (텔레비전) 예술이 광고의 수단으로 편집되고, 가시성(visibility)을 섬기는 광고 예술이 로저 콜만의 경제 원칙을 타고 승승장구하는 시대를 맞아, 이제는 당연히 신화와 전설의 해석도 달라진다. 따라서 오르페우스의 신화가 꼭또의 가냘픈 손 끝에서 죽은 꽃의 환생으로 해석이 이루어지고, 화려한 어둠의 축제가 되기도 했다.

꼭또의 「오르페의 유언」이 태어난 바로 그 해인 1959년, 오르페우스의 신화에 대한 또 다른 발랄하고 새로운 현대적 해석이 역시 프랑스인에 의해서 이루어졌다. 브라질과의 합작으로 마르쎌 까뮈 감독이 만든 「흑인 오르페(Orfeu do Carnaval)」는 삼바 리듬에 맞

장-뤽 고다르의 새 물결도 이제는 헌 물결이 되었다.

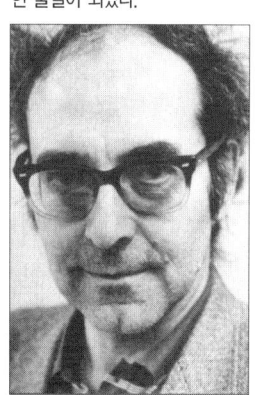

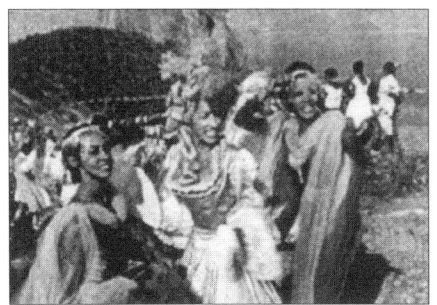

포르투갈어로 "축제의 오르페"가 원제인
「흑인 오르페」의 시간적인 무대를 이루는 축제가
만신전(萬神殿, pantheon)과 시골 학교
운동회의 분위기로 관객을 이끌어 간다.

춰 끊임없이 꿈틀거리는 사람들의 초콜리트 빛깔 피부로 화면을 가
득 채울 뿐 아니라, 모두가 제정신이 아닌 리우 데 자네이로의 카니발
을 시간적인 배경으로 설정함으로써 신화의 비현실적인 분위기를 준
비한다. 공간적인 배경은 바다와 도시가 저 아래 내려다보이는 산꼭
대기 달동네에서 대부분의 사건이 벌어지도록 설정함으로써 관객으
로 하여금 태양이 저만큼 가깝고 구름으로 둘러싸인 올림포스 산 위
에 올라와 있다는 느낌까지 갖게 한다.

　바람둥이 전차 차장 오르페는 카니발을 맞아 저당잡혔던 기타를
찾아 가지고 노래를 부르며 돌아다니다가 미라와 결혼한 지 몇 시간
만에 에우뤼디케를 만나 사랑에 빠지고, 춤추고, 육체 관계도 갖는다.
사랑과 춤에 바쁘면서도 에우뤼디케는 죽음의 가면에게 끊임없이 쫓
겨 헤르메스 아지씨의 집으로 피신했다가 어둠 속에서 추락하여 결
국 목숨을 잃는다. 광란의 밤에 실종된 에우뤼디케를 찾아 헤매던 오
르페는 굿판이 벌어지는 신전에서 뒤를 돌아다보는 바람에 "목소리
만 들으면서 살아갈 수 있느냐"고 묻는 여인을 잃고, 결국 안치소에
서 에우뤼디케의 시체를 찾아 안고 올림포스 꼭대기로 올라간다. 질
투에 미친 미라가 쫓아와서 오르페를 돌로 쳐 죽이고, 결국 동네 아이
가 "오르페는 전에도 있었고 앞으로도 있겠지만 지금은 내가 오르페
이다"라는 글이 박힌 오르페의 기타를 가지고 태양이 떠오르게 하여

신화를 이어간다.

기독교에서는 하느님이 자신의 형상 그대로 인간을 창조했다고 하지만, 고대 로마와 그리스 사람들은 인간의 모습과 심상을 그대로 제신에게 부여했고, 그래서 신들도 질투와 증오를 느끼며 갈등하고, 신화를 읽어 보면 사실은 신들에 관한 내용이 아니라 인간들의 이야기임을 알게 된다. 그리고 신화를 영화로 옮긴 작품에 등장하는 인물이나 주제 가운데 헤라클레스나 오르페우스 못지않게 인기가 높은 것은, 아마도 인간적인 외설 냄새가 나는 근친상간의 양념 때문인지는 몰라도, 오이디푸스가 꼽힌다.

"운명의 장난"이라는 주제가 담긴 문학 작품과 '인간 신화'에서 가장 극적인 내용을 꼽으라면 단연코 오이디푸스 이야기이다. 테바이의 왕 라이오스(Laios)는 그가 아들의 손에 죽으리라는 신탁 때문에 요카스테(Iokaste 또는 Epicasta)와 결혼한 다음 부부생활을 삼갔지만, 어느 날 술김에 실수로 아내를 임신케 해서 아들이 태어난다. 불안해진 왕은 아기를 못으로 두 발을 꿰어 산기슭에 내다 버렸는데, 어느 목동이 발견해서 마침 아이가 없어 고민 중이던 코린토스 왕에게 갖다 바친다. '오이디푸스'라는 이름은 "발이 부었다"는 뜻이다.

코린토스의 왕과 왕비를 친부모로 알고 청년으로 성장한 오이디푸스는 그가 아버지를 죽이고 어머니와 결혼하리라는 신탁을 듣고 대죄를 저지르지 않기 위해 고향을 떠나고, 길거리에서 마주 친 어느 노인과 서로 비키라는 시비 끝에 그 노인이 친아버지 라이오스인 줄을 모르고 죽이게 된다. 망명 길을 서둘러 테바이에 이른 오이디푸스는, 지나가는 나그네에게 수수께끼를 내서 풀지 못하면 잡아먹고는 하던 스핑크스를 만나고, "아침에는 발이 넷, 낮에는 둘, 저녁에는 셋인 동물"이 무엇이냐는 유명한 수수께끼를 풀고, 스핑크스는 패배를 자인한 다음 바다로 뛰어들어 자살한다.

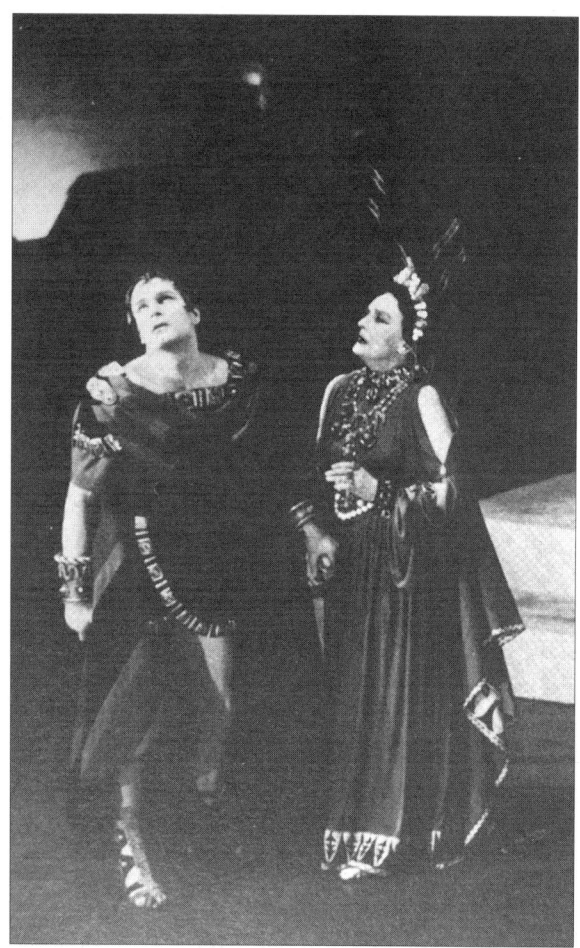

1945년 로렌스 올리비에가
출연했던 무대극
「오이디푸스 왕」의 한 장면

　오이디푸스의 손에 죽은 라이오스의 뒤를 이어 테바이의 왕이 된
크레온(Kreon)은 스핑크스를 제거하는 자에게 상으로 약속했던 대로
선왕의 비였던 요카스테와 오이디푸스를 결혼시키고 왕위까지 내준
다. 그러나 테바이에는 재앙이 닥쳐 파리떼처럼 사람들이 죽어 나가
고, 신탁을 들어 보니 이런 재난이 라이오스를 죽인 자 때문이라는 대
답이 나온다. 철저한 수사를 통해 범인을 찾아내는 과정에서 오이디

푸스는 자신이 아버지를 죽였고 어머니와 결혼했다는 사실을 알게 된다. 요카스테가 수치심 때문에 자살한 다음 그는 눈을 찔러 스스로 장님이 되어 테바이를 떠나 방랑의 길을 떠난다. 이 고행의 길에 끝까지 그를 따라다니며 수발을 들어준 사람이 그의 딸 안테고네였다.

오이디푸스 신화는 여러 희곡에 비극적인 주인공으로 자주 등장해서, 소포클레스(Sophocles)의 『오이디푸스 왕(Oidipous Tyrannos)』과 『콜로노스의 오이디푸스(Oidipous epi Colonoi)』, 그리고 호메로스의 『일리아스』, 아이스킬로스(Aischylos)의 『테바이를 공격하는 7인(Seven Against Thebes)』, 세네카의 비극 「오이디푸스」를 통해 만나게 된다. 13세기에는 오이디푸스—라이오스—요카스테의 삼각 전설이 기독교 사상으로 전해져 가롯 유다와 연결된다. 희곡 『지옥의 기계』에서 오이디푸스 신화를 주제로 다루었던 장 꼭또는 스트라빈스키의 오페라 「오이디푸스 왕(Oedipus Rex)」의 대본도 맡았다.

영화 쪽을 살펴보면, 1957년 캐나다에서 타이론 거트리 감독이 소포클레스의 비극 「오이디푸스 왕」을 대단히 절제되고 원본에 충실한 영화로 만들었고, 10년 후인 1967년에는 이탈리아의 삐에르 빠올로 빠솔리니 감독이 프랑코 치티, 실바나 망가노, 알리다 발리를 내세워 소포클레스의 「오이디푸스 왕」과 「콜로노스의 오이디푸스」를 섞어 「오이디푸스 왕(Oedipus Rex)」을 선보였다. 항상 개인적이고 이념적인 해석이 강한 빠솔로니는 과거뿐 아니라 프롤로그와 에필로그에서 현대적인 시대 배경까지 동원해 가며 자신의 작품으로 만들었기 때문에 원작에 충실하지 못하다는 실망감을 주기는 하지만, 촬영은 매우 빼어나다는 평을 들었다. 빠솔리니 감독은 대사제로 깜짝출연도 한다.

1968년 영국에서는 텔레비전 연출을 많이 한 필리프 사빌 감독이 쟁쟁한 배역진으로 「오이디푸스 왕」을 만들었으며, 콜럼비아와 스페인과 멕시코 합작으로 만든 호르헤 알리 트리아나 감독의 「오이디푸스(Oedipus Mayor, 1997)」는 노벨 문학상 수상자인 콜롬비아의 마술적 환상주의 작가 가브리엘 가르샤 마르께즈(Gabriel Garcia Marquez)가 오이디푸스 신화를 현대로 옮겨 온 작품을 원전으로 삼았다. 독재와 반란의 와중인 콜럼비아의 어느 소도시에 부임해 온 젊은 시장 에디포가 사랑에 빠진 여인이 알고 보니 어머니였다는 설정이다.

찾아보기 •--

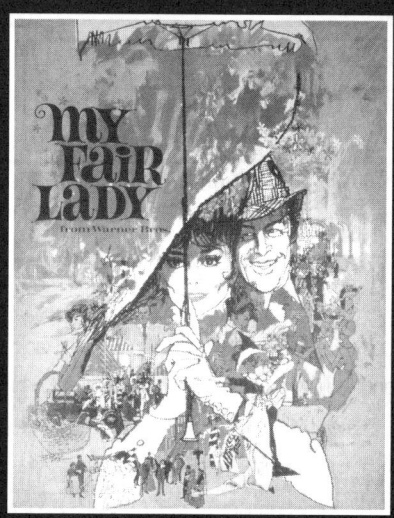

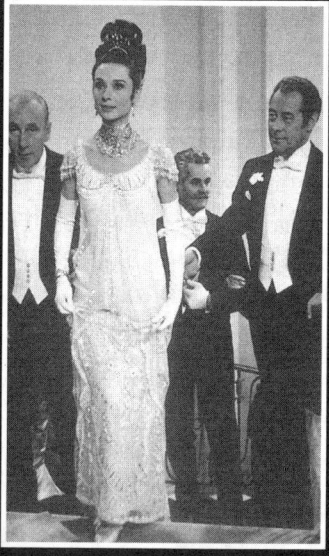

퓌그말리온 영화 「마이 페어 레이디」의 포스터(위)와
히긴스 교수가 일라이자를 변신시켜
사교계에 내놓는 장면(옆)

퓌그말리온과 판도라

    신화의 퓌그말리온 주제를 현대로 끌어온 사람은 영국의 극작가이
며 소설가인 조지 버나드 쇼, 그의 희곡 『퓌그말리온(Pygmalion)』은
러너와 로우의 손에 의해 음악극 「마이 페어 레이디」로 만들어지면서
여성이 주인공으로 부각되어 신데렐라적 요소가 가미되고, 브로드웨
이에서 7 년의 장기 공연이라는 성공을 거둔 다음 이것을 1964년 조
지 큐코어 감독이 다시 화려한 영화로 만들었다.

    퓌그말리온은 퀴프로스의 조각가로서 여자들을 싫어했지만, 자신
이 상아를 깎아서 조각한 여인상(女人像)에 홀딱 반해서 미친 듯 사랑
하게 된다. 그러나 완벽한 여인의 조각상은 퓌그말리온이 아무리 끌
어안고 사랑하려 해도 차갑기만 하다. 어느 날 이런 광경을 본 아프로
디테는 그를 불쌍히 여겨서 상아 조각을 여인 갈라테아(Galateia)가 되
어 살아나게 한다. 이런 피노키오적 내용의 신화는 영화에서 상스러
운 사투리가 심한 빈민굴의 꽃팔이 처녀 일라이자 두리틀(Eliza

Doolittle)을 독신자인 헨리 히긴스 교수(Henry Higgins)가 교양이 넘치는 귀부인으로 변신시키겠다는 내기를 걸고 그녀를 가꾸어 나가다가 결국 자신의 '창조물'에 도취되어 그녀를 사랑하게 된다는 내용으로 바뀐다.

퓌그말리온 얘기는 로마 시인 오비디우스가 신화를 소재로 삼아 쓴 15권짜리 『변신(Metamosphoses)』에도 등장하고, 영국의 풍자가이며 극작가인 존 마스톤(John Marston)의 풍자시 「퓌그말리온의 변신(The Metamosphosis of Pygmalions Image, 1598)」과 19세기 영국의 화가이며 작가였던 윌리엄 모리스의 『지상의 낙원(The Earthly Paradise, 1968~70)』에서도 다루어진다. 「미카도(Mikado)」를 위시한 수많은 희가극을 함께 만들어낸 아더 시모어 설리반(작곡)과 W. S. 길버트(대본) 2인조의 한 사람이었던 길버트가 쓴 『퓌그말리온과 갈라테아(Pygmalion and Galatea, 1871)』에서는 퓌그말리온이 결혼한 남자로 등장해서 아내 퀴니스카의 강짜 때문에 한참 고생을 하다가 다시 갈라테아를 생명이 없는 조각의 원상태로 되돌려 놓는다.

영화로 만들어진 현대판 퓌그말리온 얘기는 편곡(Andre Previn)과 의상(Cecil Beaton)뿐 아니라 촬영, 미술을 포함하여 여덟 개의 아카데미 상을 받았는데, 아카데미 상을 받은 조지 큐코어 감독은 알고 보면 이미 1950년에도 역시 퓌그말리온 주제가 담긴 「빌리의 새 아침」이라는 영화를 만들었었다. 연출가이기도 했지만 「이중생활(A Double Life, 1947)」 같은 훌륭한 작품을 많이 남긴 가슨 카닌(Garson Kanin)의 브로드웨이 희극을 영화로 만든 「빌리의 새 아침」은 온갖 부정한 방법을 써가면서 고철 장사로 떼돈을 벌기는 했지만 여자뿐 아니라 데리고 일하는 사람들을 안하무인격으로 깔보면서도, 상원의원과 그의 비서가 올리버 웬델 홈스(Oliver Wendell Holmes, 1809~94)를 존경한다는 얘기를 나누는 것을 듣고는 "그 사람 오늘밤 파티에 오느냐?"

고 물을 만큼 무식하기 짝이 없고, 그러면서도 자신이 '대단한 인물'
이라고 착각하는 전형적인 졸부 해리가, 정부로 데리고 살다가 남들
의 눈도 있고 해서 곧 결혼하기로 작정한 빌리를 '숙녀로 개조'한다
는 내용이다.

　대사라고는 다섯 마디밖에 해 본 적이 없는 '연예인'이었다가 화려
한 생활을 보장해 주는 '쉬운 출세'의 길을 택해 나이많은 남자의 정
부가 되어 버린 빌리는 「마이 페어 레이디」의 일라이자 두리틀이나
마찬가지로 입이 험하기가 짝이 없어서, 말하자면 '무식한 졸부'의
여성판인 '후기 신데렐라 증후군(post-Cinderella syndrome)' 환자라고
하겠다. 운좋게 돈줄을 잡기는 했는데, 상류사회에 전혀 적응하지 못
하는 사회병 환자이기 때문이다. 정계 거물들에게 뇌물을 먹이고 사
업을 확장하기 위해 워싱턴에 도착한 해리는 자신의 무식은 참아도
대법원 얘기가 나오니까 "그게 뭔데요?"라고 천연덕스럽게 반문하는
여자의 촌스러움은 참을 수가 없어져서, 그를 취재하러 온 가난뱅이
총각 신문기자 폴 배럴이 글과 말솜씨가 뛰어나다는 사실을 알고는

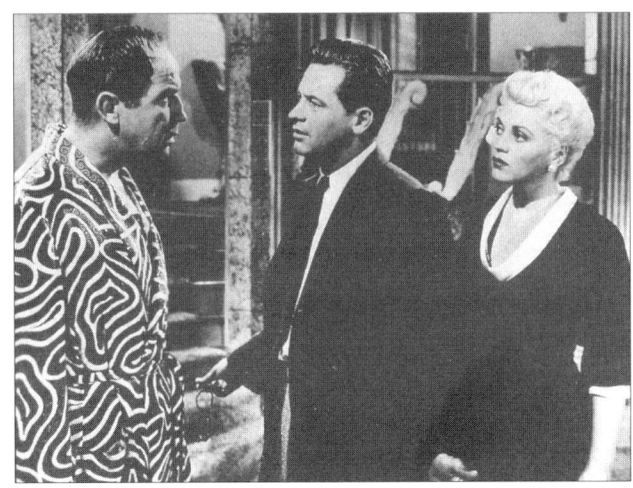

「빌리의 새 아침」에서는 무식
한 졸부의 주문을 받고 천박
한 그의 정부를 가난한 신문
기자가 숙녀로 변신시킨다.

그에게 빌리를 정치인들을 만나도 안주인 노릇을 제대로 할 만한 교양있는 숙녀로 훈련시켜 달라고 개인교수 일을 맡긴다. 윌리엄 홀든은 맡은 바 책임을 다한 다음 스스로 키워 놓은 숙녀와 사랑에 빠진다는 퓌그말리온적인 결말로 영화는 끝난다.

1993년 멜라니 그리피트 주연으로 다시 영화화되고 우리나라에서는 「귀여운 빌리」라는 제목으로도 알려진 이 영화가 브로드웨이에서 무대극으로 공연될 때부터 주연을 맡았던 주디 홀리데이는 영화에서도, "왜 자꾸 불러!(Wha-at!)"라고 고함을 칠 때처럼, 귀에 거슬리는 못난 목소리에 이르기까지 어디로 보나 정말로 눈부신 연기를 해서 아카데미 주연여우상을 따냈다.

그러나 「마이 페어 레이디」를 영화로 만들 때는 무대 음악극에서 주연을 맡았던 줄리 앤드루스가 아직 영화의 성공을 보장할 만한 배우가 아니라고 제작자가 믿었기 때문에 보다 더 확실하게 알려진 오드리 헵번에게로 역이 돌아갔다. 그리고 「황태자의 첫사랑」에서 에드먼드 퍼돔의 노래를 마리오 란자가 대신 불렀듯, 오드리 헵번의 노래는 「왕과 나」에서 데보라 커의 노래를, 그리고 「웨스트 사이드 스토리」에서는 나탈리 우드의 노래를 대신 부른 마니 닉슨(Marni Nixon)이 덧녹음(dubbing)을 하는 바람에 타인의 목소리를 차용한 헵번은 아카데미 후보에서 지연 탈락하고 말았다.

역시 다른 사람의 목소리를 동원해 가며 주연으로 쓰겠다고 내정했던 케리 그랜트는 출연을 사양하며 렉스 해리슨을 추천했고, 해리슨은 당당하게 주연남우상을 탔다. 더욱 희한한 일은 오드리 헵번에게 일라이자 역을 빼앗긴 줄리 앤드루스는 같은 해 다른 음악극 「메어리 포핀스」에 주연하여 아카데미 상을 받게 된다. 참으로 오이디푸스 신화만큼이나 얽히고 설킨 뒷얘기이다.

프랑스에서는 에드몽 그레뷰 감독이 1935년에 퓌그말리온 영화

「땀땀공주」를 만들었다. 가난하고 사납지만 아름다운 아프리카의 아가씨를 문필가가 다듬고 가꾸어서 '인도의 공주님'으로 탈바꿈시키는데, 「마이 페어 레이디」와 마찬가지로 음악을 곁들인 작품이다.

퓌그말리온 신화에서 가지를 쳐 나온 「마이 페어 레이디」나 「빌리의 새 아침」 못지않게 여성을 비하시키는 신화를 찾아 보면 아마도 판도라의 상자에 이르리라고 생각된다.

판도라는 그리스 신화에 처음 나타나는 '여성 인간'이기 때문에, 기독교 사상의 '에와'에 해당되는 인물이다. 그리고 '여자'의 창조에 관한 신화 내용이 지나치게 악의적이어서, 그 의도를 의심하는 사람들도 많다고 한다.

인간에게 불을 훔쳐다 준 프로메테우스를 괘씸하게 생각하여 카프카스 산상에 묶어 놓고 독수리로 하여금 그의 간을 3만 년 동안 파먹도록 하는 벌을 주고도 분이 덜 풀린 제우스는 대장장이 헤파이스토

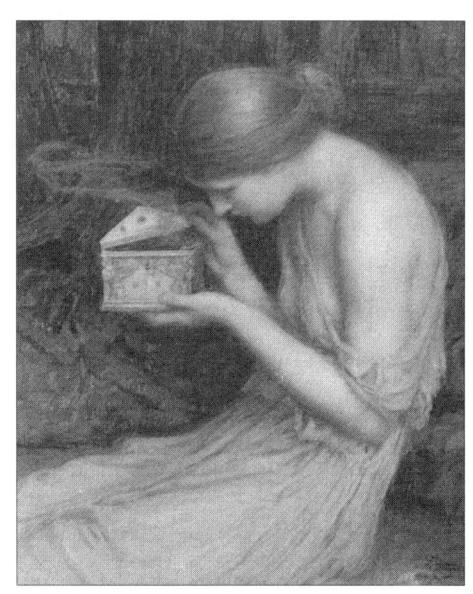

워터하우스(J. W. Waterhouse)의
회화에서 살그머니 상자를 열어보는
최초의 여인 판도라는
여성을 비하시키는
악의적인 창조물이었다고 한다.

스(Hephaistos) 신을 불러 진흙을 개어 예쁜 처녀의 모습을 만들고는 힘과 아름다운 목소리를 두드려 넣으라고 했다. 거기에다 아테나 여신이 은으로 만든 옷을 입히고 머리에는 눈부시게 수를 놓은 면사포를 씌우고 띠를 둘렀으며, 아프로디테가 역시 제우스의 지시에 따라 유혹적인 교태에 속타는 그리움 그리고 기운을 쇠잔하게 만드는 시름을 주었고, 전령신 헤르메스는 염치없는 마음씨와 교활한 성미를 덧붙였다. 이 여인을 제우스는 "모든 선물이 담긴 여인"이라는 뜻으로 '판도라(Pandora)'라고 이름지었다.

제우스는 헤르메스를 시켜 판도라를 프로메데우스의 동생 에피메테우스(Epimetheus)한테 배달했는데, 헤시오도스는 『신족보(神族譜)』에서 이 대목을 "남자들에게 뭇 재난을 갖다주고, 잘 살 때만 옆에 붙어 살다가 남자가 가난해지면 달아나고, 남자가 벌처럼 힘들여 하루종일 모아들인 꿀을 편안히 앉아 배가 터지게 처먹는 여인족이 이렇게 해서 생겨났다"고 묘사했다. 아마도 이 글을 쓸 무렵 헤시오도스가 어떤 여자한테 크게 낭패를 당해서 분풀이로 그런 혹독한 표현을 쓰지 않았느냐는 추측도 가능하다.

판도라는 여러 신에게서 받은 갖가지 선물이 담긴 궤짝을 가지고 '시집'을 갔는데, 절대로 열어 보지 말라는 명령에 더욱 호기심을 느껴 결국 궤짝을 열었고, 그래서 속에 담겨 있던 온갖 재앙과 해악이 넘쳐나와 그때부터 인간을 괴롭히게 되었다는 주장이다.

판도라의 신화는 하우프트만의 사실주의와 스트린드베리의 상징주의라는 이질적인 영향을 잘 소화해낸 독일의 극작가 프랑크 베데킨트(Frank Bedekind, 1864~1918)의 현대적인 해석을 거쳐 1903년 희곡 『판도라의 상자(Die Büchse der Pandora)』로 다시 태어난다. 이 작품을 역시 베테킨트의 희곡인 『대지의 영혼(Der Erdgeist, 1895, 영어판 제목 Earth Spirit, 1914)』과 결합하여 오스트리아의 작곡가 베르크(Alban

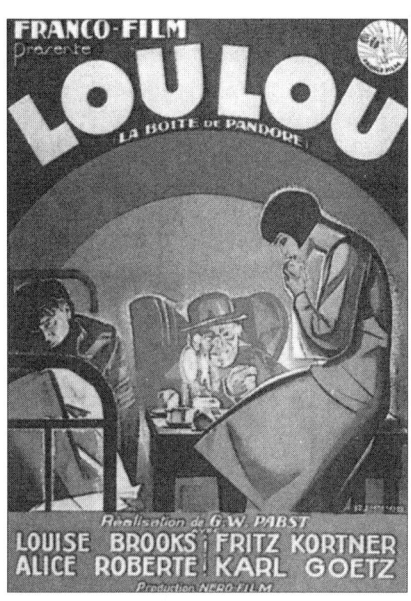

몽환적이고 성적인 분위기의 무성영화
「판도라의 상자」 포스터

Berg, 1885~1935)가 「마이 페어 레이디」의 일라이자나 마찬가지로 꽃
팔이 소녀인 여주인공이 지성인을 만나 결혼한 다음 불행을 겪게 되
는 내용이 담긴 오페라 「룰루(Lulu)」를 만들었고, 「룰루」는 다시 1928
년에 몽환적이고 성적인 분위기가 짙은 무성영화 「판도라의 상자」가
된다.

그러나 우리나라에 더 널리 알려진 판도라 신화 영화는 제임스 메
이슨과 에바 가드너의 「판도라」이다. 이 영화는 「판도라와 방랑하는
화란인(Pandora and the Flying Dutchman)」이라는 본디 제목에서 나타
나듯이, 판도라의 신화에 '방랑하는 화란인' 전설을 결합시킨 형태를
취한다.

'방랑하는 화란인'은 본디 전설에 나오는 유령선으로, 폭풍이 불어
올 때 불길한 징후로서 희망봉 연안에 나타난다고 한다. 월터 스코트
경은 『로크비(Rokeby, 1813)』에 대한 해설에서 이 배가 값진 금속을 잔

뜩 싣고 항해하다가 살인 사건이 벌어지고는 선원들 사이에 역병이 터져 어느 항구에서도 입항을 허락하지 않았다고 설명한다. 그래서 풍랑에 시달리며 '방랑하는 화란인' 은 영원히 바다에서 떠다녀야 하는 운명을 맞았다.

바그너의 오페라에서는 '방랑하는 화란인(Der Fliegende Holländer)' 을 수백 년이 걸려도 희망봉을 벗어나지 못하는 저주에 걸린 늙은 화란인 선장으로 인격화하는데, 그는 목숨까지 바칠 만큼 그를 위해 모든 것을 희생하려는 아내를 만나야만 저주를 벗어나게 된다. 그가 결국 만나는 여인은 노르웨이 처녀 센타(Senta)이다.

'방랑하는 화란인' 과 비슷한 전설로는 예수가 처형되려고 형리에게 끌려가는 동안 어느 집에서 물을 달라고 했더니 거절을 당하고, 그래서 예수의 저주를 받아 죽지도 못하면서 영원히 세상을 떠돌게 된 '방랑하는 유대인(The Wandering Jew)' 얘기도 전해진다. 프랑스에서 신문 소설의 효시가 된 『빠리의 비밀』을 쓴 쉬(Eugéne Sue, 1804~57) 의 작품 중에도 『방랑하는 유대인(Le Juif errant, 1845)』 얘기가 있다.

영화 「판도라」 에서는 부정을 의심하고 아내를 죽인 다음 죽지 못하는 저주를 받은 성주가 바다를 떠돌아 다니다가 7 년 만에 한 번씩 뭍에 올라 저주를 풀어 그로 하여금 마음놓고 죽게 해 줄 여자를 찾으려고 한다. 그러나 에스파냐 해안에서 그가 만난 판도라는 남자를 위해서 목숨을 바쳐 저주를 풀어 주기는커녕, 그녀 주변의 모든 남자가 오히려 죽음을 맞는 저주의 여인이다. 죽지 않는 운명의 주인공도 결국 판도라와 함께 배가 침몰하는 바람에 영생의 저주에서 풀려난다.

그 이외에도 신화를 기초로 해서 만든 영화를 찾아본다면 1977년 미카엘 카코얀니스 감독이 아이린 파파스를 주연시켜 에우리피데스의 희곡 『아울리스의 이피게네이아(Iphigeneia he en Aulidi, 405)』를 원전으로 삼아 만든 「이피게네이아」가 있다. 1964년 니코스 카잔차키스 원작의 「그리스인 조르바」에서 감독과 인상적인 미망인 역을 맡아 함께 일했던 카코얀니스와 파파스가 다시 만나 신화의 본거지인 그리스에서 만든 다음 해외로 진출시킨 신화영화이다. 이피게네이아는 트로이아 원정군이 풍랑으로 출발을 못 하게 되자 아가멤논이 아르테미스 여신에게 제물로 바친 그의 딸 이름이다. 카코얀니스는 차원이 높은 희곡의 정신을 살리기보다는 시각적인 영상의 추구에 신경을 더 많이 썼다는 평을 들었다.

엘렉트라는 이피게네이아의 언니이며 오레스테스와 남매간으로서, 어머니가 숙부와 간통하고 아버지를 죽인 후에 어머니의 학대를 받았지만, 오레스테스와 함께 어머니를 죽여 아버지의 원수를 갚았다는 지극히 복잡한 집안 내력을 지닌 여주인공이다. 에우리피데스, 소포클레스, 아이스퀼로스도 희곡에서 다룬 이 흥미진진한 복수극은 리하

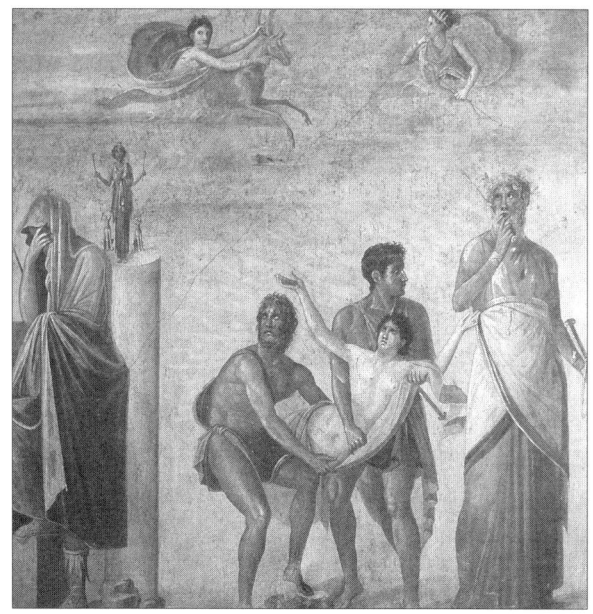

제물로 바쳐진 이피게네이아

르트 스트라우스가 1903년에 오페라로 만들기도 했으며, 아이스퀼로스의 『오레스테이아(Oresteia)』를 가지고 유진 오닐은 1931년에 『상복(喪服)에 어울리는 엘렉트라(Mourning Becomes Electra)』를 썼다.

　오닐의 희곡에서는 현대판 아가멤논이 남북전쟁에서 고향으로 돌아오는 에즈라 메논 장군이 되고, 이름만 미국식으로 조금씩 고쳐 놓았을 뿐이지, 친족 살해와 복수극은 그리스 신화 그대로 펼쳐진다. 「상복」은 1947년 더들리 니콜스 감독에 「피크닉」의 로잘린드 럿셀, 마이클 레드그레이브, 레이몬드 매씨, 「누구를 위하여 좋은 울리나」에서 파블로의 아내 필라르 역을 맡았던 그리스 여배우 카티나 팍시누, 커크 더글라스 주연으로 거의 세 시간에 달하는 영화로 만들어졌다. 텔레비전 용으로 105분짜리도 있다.

　마지막으로 소개할 '신화영화'는 '새 물결'을 일으킨 프랑스의 선구자 감독들 가운데 한 사람이었던 장-뤽 고다르가 '그리스 전설'을 기초로 삼아 각본을 썼다는 「오호, 통재라」이다. 스위스의 어느 마을에 사는 프랑스인의 육신에 '신'이 들리면 어떤 일이 벌어지는지를 신앙의 측면에서 고찰하는 내용인데, 역시 연출자의 선언적인 독백이 심하다.

▌「마이 페어 레이디(My Fair Lady, 1964, 미국, 170분)」, 감/George Cukor, 출/Rex Harrison, Audrey Hepburn, Stanley Holloway, Wilfrid Hyde-White, Gladys Cooper

▌「빌리의 새 아침(Born Yesterday, 1950, 미국, 103분)」, 감/George Cukor, 출/Judy Holiday, William Holden, Broderick Crawford

▌「귀여운 빌리(Born Yesterday, 1993, 미국, 101분)」, 감/Luis Mandoki, 출/Melanie Griffith, John Goodman, Don Johnson

▌「땀땀공주(Princesse Tam Tam, 1935, 프랑스, 77분)」, 감/Edmond T. Greville, 출/Josephine Baker, Albert Prejean, Robert Arnoux, Germaine Aussey

▌「판도라의 상자(Pandora's Box, 1928, 독일, 109분)」, 감/G. W. Pabst, 출/Louise Brooks, Fritz Kortner, Franz Lederer, Carl Goetz

▌「판도라(Pandora and the Flying Dutchman, 1951, 영국, 123분)」, 감/Albert Lewin, 출/James Mason, Ava Gardner, Nigel Patrick, Sheila Sim

▌「이피게네이아(Iphigenia, 1977, 그리스, 127분)」, 감/Michael Cacoyannis, 출/Irene Papas('이레네 파파스'라고도 하나, 미국으로 간 다음에는 미국식으로 '아이린'이라고 함), Tatiana Papamoskou, Costa Kazakos, Costa Carras

▌「상복에 어울리는 엘렉트라(Mourning Becomes Electra, 1947, 미국, 173분)」, 감/Dudley Nichols, 출/Rosalind Russell, Michael Redgrave, Raymond Massey, Katina Paxinou, Nancy Coleman, Leo Genn, Kirk Douglas

▌「오호 통재라(Helas Pour Moi, 영어판 비디오 제목 Oh, Woe Is Me, 1993, 프랑스-스위스, 84분)」, 감/Jean-Luc Godard, 출/Gerard Depardieu, Laurence Masliah, Bernard Verley

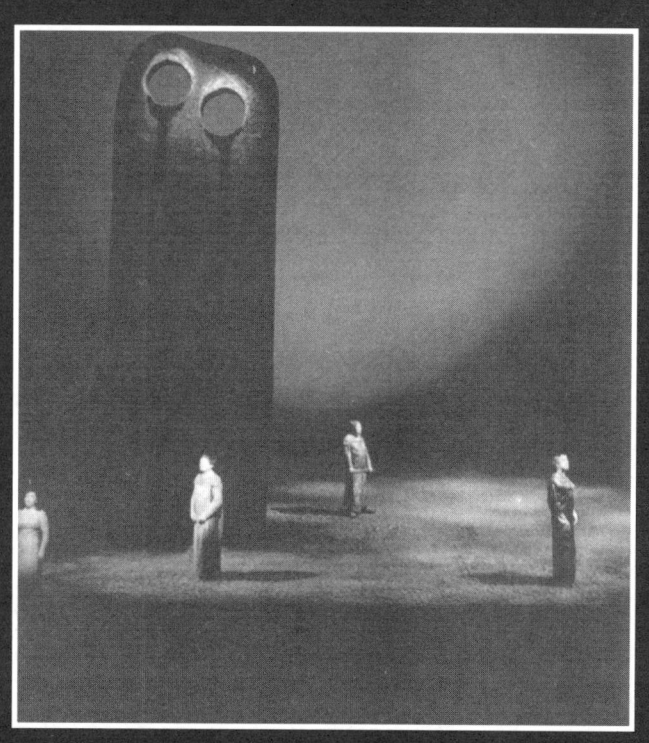

음반으로도 나오고 무대에서도 자주 공연되는
바그너의 「트리스탄과 이졸데」는 유명한 사랑의 전설이 주제이다.

서양의 옛이야기

헐리우드 키드는 작가가 되기 위한 본격적인 수업을 뒤늦게 대학에 들어간 다음에 시작했지만, 아마도 그 싹은 어린시절에 자라기 시작하지 않았나 생각한다. 전쟁을 맞아 지금의 부천시인 소사읍 심곡리 외갓집에서 피난살이를 하던 무렵, 성범이와 기영이와 다른 동네 아이들은 함께 산으로 올라가 총알과 탄피를 줍고 곡사포탄 화약으로 위험한 장난을 하며 놀았고, 그리고는 거의 날마다 어느 집에 모여 할머니한테서 들은 옛날얘기를 주고받으며 우리는 저녁 시간을 보냈다. 어머니는 살림에 바쁘기도 했겠지만 아무래도 할머니가 더 옛사람이어서 우리들은 한 세대를 뛰어넘어 할머니한테 얘기를 전해 듣기가 보통이었다.

아이들은 무섭거나 재미있는 얘기를 돌아가며 하나씩 했고, 들은 얘기가 바닥이 나면 지금까지 들어 온 여러 얘기를 여기저기 표절해서, 장화홍련과 재주넘는 여우와 산신령 등 다른 얘기에 등장하는 여러 주인공과 상황을 훔쳐다 꿰어맞춰 새로운 옛날얘기를 지어내기도 했다. 말하자면 「천일야화」를 엮듯이 옛이야기를 창작한 셈이다.

요즈음 아이들이 학원에 나가 수없이 많은 선생님한테 이것저것 잔뜩 배우기는 하지만, 스스로 얘기를 지어내야 했던 우리들의 어린 시절이 훨씬 창조적이지 않았나 하는 생각도 든다. 논술이니 뭐니 입시를 위해서 학원에 나가 글쓰기를 배우는 대신 헐리우드 키드와 다른 아이들은 서로 주고받을 '옛이야기'를 스스로 만들어내고는 했으니 말이다.

할머니의 옛이야기는 우리만의 유산은 아니었나 보다. 「로운 이니시의 비밀(The Secret of Roan Inish, 1994)」을 보면 조부모와 함께 살기 위해 에이레의 서해안 바닷가 어느 마을로 간 소녀가 그녀의 가족에 영향을 끼친 신화와 마법에 관한 비밀을 알게 되는 내용이다. 로잘리 프라이(Rosalie Frye)의 중편소설(「The Secret of Ron Mor Skerry」)이 원작이며, 물개와 갈매기들의 '연기'가 한 몫을 톡톡히 하고, 에이레의 음산한 분위기를 제대로 담은 촬영(Haskell Wexler)도 빼어난 작품이다.

바바리아의 전설에 기초를 둔 독일 영화 「유리의 마음(Heart of Glass)」은 어설픈 현대적인 해석이나 배경을 동원하지 않은 참된 전설을 얘기한다. 유리를 대롱으로 부는 기술자가 그의 기술에 관한 비밀을 아무한테도 얘기하지 않고 죽어 버리자 마을 사람들은 어떻게 되는지를 최면적인 아름다운 영상을 통해 전한다.

구전(口傳)의 반복을 거쳐 가꾸고 다듬어진 서양의 옛이야기(설화)는 50년 전까지만 해도 수많은 영화를 낳았다. 예를 들어 「천일야화」는 일군(一群)의 환상 영화를 위한 모체가 되었으며, 심지어는 텔레비전 연속물 「왈가닥 루씨(I Love Lucy)」로 희극의 두드러진 전형 하나를 만들어 놓은 루씰 볼까지도 아라비아적 비행 기구가 등장하는 「마술 양탄자」에서 얼굴을 베일로 가리고 잠자리 날개 파자마 차림의 모습을 선보이기까지 했었다.

우리 옛이야기에서는 원한과 복수에 얽힌 괴기담이 주류를 이루는 반면 서양의 옛이야기에서는 전쟁(정복)과 사랑이 가장 큰 몫을 하는데, 역사소설과 영웅 서사시 등 본격적인 문학으로 넘어가기 전에 설화와 영화에 나타난 영웅의 정복기(征服記)에 앞서 사랑의 주제를 잠깐 살펴보자.

영화로서는 썩 좋은 작품 소리를 듣지 못했지만 「트리스탄과 이졸데」는 물론 바그너의 악극으로도 유명한 사랑의 전설이다. 중세 켈트 전설이 발전하여 아더왕의 전설과도 엮어진 이 얘기는 콘월(Cornwall)의 왕 마크(Mark)가 신부로 맞을 이졸데(Isolde, Isolt, Ysolt 등 표기가 다양하지만 영문학 쪽에서는 Iseult the Fair라고 함) 공주를 데리러 에이레로 간 조카 트리스탄(Tristan)이 돌아오는 여행 길에 그녀와 함께 묘약(妙藥)을 마시고는 죽음도 마다하지 않는 숙명적 사랑에 빠진다는 내용이다.

트리스탄은 아더왕의 전설에서 원탁의 기사로 등장하기도 하고, 검술과 음악에 뛰어났으며, 영웅시의 주요 덕목인 '용 사냥꾼(dragon killer)'인데다가, 대단한 뱃사람이요 시인이었고, 얘기꾼으로도 유명하여 '능수능란한 거짓말쟁이'라는 소리도 들었고, 그리고 무엇보다도, 손꼽히는 미남이었다.

트리스탄과 이졸데의 사랑은 원탁의 기사 랜슬로트와 기네비어 왕비의 경우처럼 이졸데가 마크 왕과 결혼한 다음에도 계속되었으며, 결국 트리스탄은 브리타니로 쫓겨가서 이름은 같아도 사람이 다른 '하얀

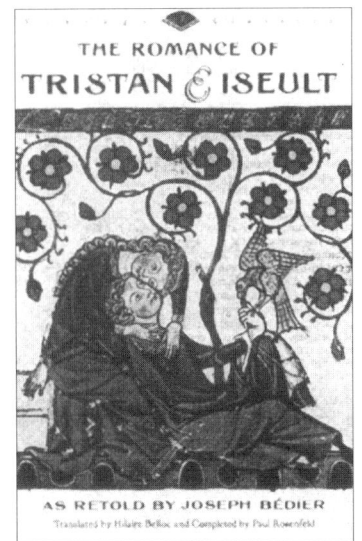

THE ROMANCE OF
TRISTAN & ISEULT

AS RETOLD BY JOSEPH BÉDIER
Translated by Hilaire Belloc and Completed by Paul Rosenfeld

「트리스탄과 이졸데」 소설의 표지

손의 이졸데(Iseult of the White Hands)'와 결혼한다. 죽음을 앞둔 트리스탄은 '미녀 이졸데(Iseult the Fair)'를 찾지만, 너무 늦게 도착한 이졸데는 트리스탄의 옆에 누워, 로미오와 줄리에트처럼, 나란히 죽음을 맞는다. 사랑하는 두 사람이 나란히 묻힌 다음에는 트리스탄의 무덤에서 찔레나무가 뻗어나와 이졸데의 무덤으로 가서 뿌리를 내렸다고 한다. 죽은 다음에도 이어지는 사랑(「천년의 사랑」과 「사랑과 영혼」)의 「죽어도 좋아(Phaedra)」 주제, 그러니까 "죽도록 사랑해서"의 주제는 이미 켈트족의 전설에서도 왕성했다.

최근에 와서는 영화 「가을의 전설(Legends of the Fall, 1994)」에서 근친상간적 사랑을 하는 바람과 같은 풍운아 브래드 피트의 극중 인물 이름이 트리스탄이다.

트리스탄의 두 여인 이졸데 주제는 훗날 제임스 조이스의 소설(『Finnegans Wake, 1939』)에서도 등장하고, 미국 시인 에드윈 알링턴 로빈슨(Edwin Arlington Robinson, 1869~1935)은 아더왕 전설을 주제로 한 3부작에서 『멀린(Merlin, 1917)』과 『랜슬로트(Lancelot, 1920)』에 이어 1927년에 쓴 『트리스트람(Tristram)』에서 그리워도 얻지 못하는 한 이졸데에 대한 트리스탄의 사랑과, 얻기는 했어도 소홀히 한 다른 이졸데에 대한 사랑을 무운시(blank verse)로 비교한다.

거꾸로 되짚어 올라가면 트리스탄과 이졸데의 전설은 초기 북부 에이레의 "얼스터 전설집(the Ulster Cycle)"에서 디어드레(Deidre) 얘기로 선을 보인다. 얼스터의 왕 콘초바(Conchobar)에게 셰헤라짜데처럼 얘기를 해 주는 사람이었던 펠림(Felim)이 딸 디어드레를 낳았을 때, 에이레에서 가장 미녀로 태어난 그녀가 자라서 어른이 되면 살육과 죽음을 불러오리라는 예언이 나오고, 콘초바는 예언된 재앙을 막기 위해 성인이 되면 자신이 디어드레와 결혼하겠다는 계획을 세우고 그녀를 숲 속의 외딴 집에 숨겨두고 키운다. 그러나 디어드레는 콘초바의 조카인 나이시(Naisi)에 대한 얘기를 듣고는 몰래 만나 숙명적인 사랑에 빠진다. 콘초바 왕의 분노를 피해 두 연인은 알바(Alba＝스코틀랜드)로 도망치고, 결국 슬픈 죽음을 만난다. 물론 주변의 사람들은 그리스 신화에서처럼 예언에 따라 무더기로 살육을 당한다.

디어드레의 전설은 에이레의 극작가 싱(John Millington Synge, 1871~1909)의 마지막 작품으로서, 미완으로 남은 시극(詩劇)『슬픔의 디어드레(Deirdre of the Sorrows, 1910)』의 모태가 되었고, 더블린의 애비 극장(Abbey Theatre)의 설립자 가운데 한 사람으로서 싱에게 그곳에서 무대에 올릴 작품을 쓰도록 권했던 영국의 시인 예이츠(William Butler Yeats, 1865~1939)도 역시 『디어드레(Deirdre, 1907)』라는 시극을 발표했다. 많은 에이레 전설을 작품화했던 시인이며 작가인 제임스 스티븐스(James Stephens, 1882~1950)도 『디어드레(Deirdre 1923)』를 남겼다.

트리스탄과 이졸데의 사랑 이야기로 발전하게 되는 디어드레 전설의 다른 변형은 피니아 전설집(Fenian Cycle)에 담긴 『디아르뮈드와 그레인의 추격(The Pursuit of Diarmuid and Gráinne)』이다. "피니아 전설집"이란 기원전 3세기 온갖 무용담의 주인공인 피니아 전사들(the Fenians 또는 Fianna)의 지도자였던 에이레의 영웅 피온 맥 쿰하일(Fionn mac Cumhail, 또는 Finn mac Cumhail이나 Finn MacCool이라고도 알려졌음)을 둘러싼 옛이야기들이다. 18세기 스코틀랜드의 시인 제임스 맥퍼슨(James Macpherson, 1736~1796)이 게일어(the Gaelic)로 남긴 『고대 서사시 핀갈(Fingal, an Ancient Epic)』의 주인공으로도 등장하는 피온은 어렸을 때 숲 속에서 시인에게 교육을 받으며 자랐고, 지혜의 개암 열매를 먹고 자란 지혜의 연어를 맛보고는 심오한 지혜를 얻었다고 한다. 존 부어맨의 영화 「엑스캘리버」에서 멀린이 아더를 숲 속에서 키우던 장면을 연상시키는 대목이다.

두 아내에 대한 그의 사랑도 유명한데, 두 번째 아내 그레인은 그의 조카 디아르뮈드와 사랑해서는 안 될 사랑을 하고, 도피행을 벌인 남녀는 피온 맥 쿰하일의 추적을 받는다. 『디아르뮈드와 그레인의 추격』은 황야에서 도망을 다니는 연인이 겪는 온갖 고난이 기둥줄거리를 이루고, 우리는 훗날 그와 비슷한 고달픈 사랑의 얘기를 「엘비라 마디간」에서 다시 발견한다.

아내와 두 아이를 둔 식스텐 스파레(Sixten Sparre) 중위와 '요정'처럼 어리고 마네의 그림에 나오는 여자처럼 예쁜 금발의 줄타기 소녀 엘비라 마디간은 스웨덴에서 덴마크로 사랑의 도피를 하고, 영화가 시작되면 두 사람은 어느 한적한 시골 풀밭에서 빵과 과일과 포도주를 나무 밑에 늘어놓고 무책임하게 놀기만 한다. 그들은 무당벌레와 놀고, 굴렁쇠를 굴리고, 포석정에서 술잔을 돌리듯 사랑의 편지를 개울물에 띄워 보내고, 입맞추고 사랑한다. 도망친 사랑의 행복에는 산들바람이 불어오듯 짧게 또는 길게, 조금씩 흐느끼듯 흐르다가 끊어지는 모짜르트의 선율을 타고 어느덧 공허감이 깃들기 시작한다. 고호의 그림처럼 온통 노랗기만 한 화면 속에서 노란 옷에 밀짚모자를 곱게 차려입은 엘비라와 식스텐은 쫓기는 부담을 잊기 위해 "다른 사

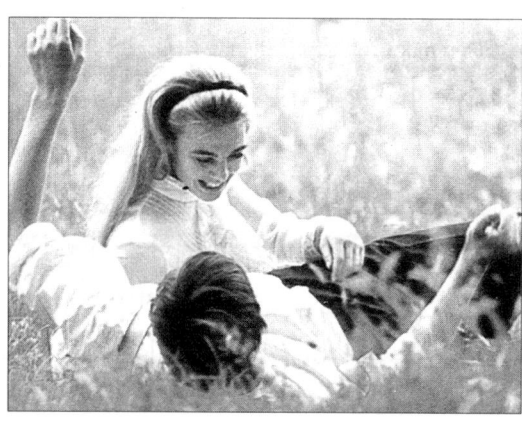

정말로 배고픈 사랑의 이야기
「엘비라 마디간」

람들이 살아 보지 못한 그런 삶을 우린 살고 있다(식스텐)"고 자위해 보지만, 철부지 처녀는 단절된 과거에 대한 향수를 잊지 못해 빨랫줄에서 줄타기를 하고, 스스로 선택한 사랑의 자유를 책임질 길(능력)이 없어지자 "사랑이 빵을 구해 주지는 않는다(엘비라)"라는 현실을 자각한다.

탈영병이라는 식스텐의 신분이 탄로날 때마다 도망을 계속하던 그들을 추적해서 찾아온 동료 장교에게서 아내가 자살을 기도했다는 소식을 전해 듣고, 나의 행복을 위해 남을 불행하게 만들 도덕적인 권리가 과연 그에게 있는지 죄책감을 느끼는 식스텐이 "풀밭에 엎드리면 풀만 보이고 세상이 안 보인다"는 친구의 충고가 무슨 뜻인지를 어렴풋이 깨닫고, 책갈피에서 과거의 흔적을 발견하는가 하면, 작은 음악회에 홀로 찾아가 앉은 엘비라는 잃어버린 소리가 슬퍼지고, 그래서 점을 치러 가지만 검은 스페이드만 무덤을 파는 삽처럼 줄지어 늘어선다. 어느덧 두 사람은 바닷가에 나란히 서도 행복하지를 않다.

몸에 지닌 모든 것을 전당포에 갖다 준 다음에도 일자리는 나타나지 않고, 손바닥에 남은 몇 닢의 동전은 멀리 가지 못할 미래를 보여 준다. 25 크로나를 벌기 위해 다리를 보여 주며 춤을 춘 엘비라는 화를 내는 식스텐에게 "우리가 지금 싸우는 건 내 다리 때문이 아니다" 라고 따져 보지만, 도망친 자유인은 낙오자가 되어, 사슴처럼 나무의 꽃을 따먹고, 원숭이처럼 땅바닥에서 두 손으로 열매를 주워 먹는다.

"다른 방법이 없다"는 엘비라의 선언에 그들은 처음 영화가 시작될 때처럼 다시 나무 밑 풀밭으로 나가고, 팔씨름으로 따 온 포도주 한 병과 공짜로 얻어 온 빵 한 덩어리와 닭장에서 훔쳐 온 계란으로 마지막 식사를 하고, 황금빛 들판에서 들꽃 사이로 날아가는 하얀 나비를 역시 한 마리 나비처럼 가냘픈 소녀가 잡았다가 두 손을 벌려 해방시켜 주는 순간에 두 발의 총성이 울리면서 아이들의 동요가 울려 퍼진다.

「엘비라 마디간」은 1889년에 실제로 일어났던 사건을 소재로 삼았고, 1943년에도 영화로 만들어졌는데, 이렇듯 디아르뮈드와 그레인의 전설이 현실에서 되풀이되는 까닭은 이 세상 거의 모든 사람이 너도 나도 열심히 사랑을 하기 때문이겠고, 아무리 봐도 서로 비슷비슷한 사랑이 당사자들에게는 자신의 사랑만이 세상에서 가장 숭고한 전설적인 사랑이라고 느껴지기 때문인지도 모른다. 남들이 하면 모두 간통이지만, 내가 하면 도덕과 사회적 통념을 초월한 위대하고도 모험적인 경험이라고 생각하는 이중적인 관념 때문에 사랑은 집집마다 하나씩 전설을 낳는다.

바로 그런 사랑의 전설이 된 현실의 '불륜'을 찾아본다면 「바그다드의 도적」을 만든 클라이브 도너 감독의 「금단의 사랑」에서 주인공으로 등장하는 12세기의 유명한 연인 아벨라르와 엘로이즈의 관계가 꼽히겠다.

삐에르 아벨라르(Pierre Abélard, 1079~1142)는 '불륜'이라면 참으로 거리가 멀어 보이는 철학자요 신학자로서, 당시 신학계에서 양 극단을 이루었던 실념론과 유명론(唯名論)의 종합 입장이라고 할 개념론(conceptualisme)을 발전시켰다. 그는 명강으로도 유명하여, 그가 노트르담을 떠난 다음에는 학생들이 이 수도원에서 저 수도원으로 그를 따라다니며 강의를 듣기도 했다. 그러나 서른아홉의 나이에 그는 노트르담 성당의 수도참사회원 풀베르(Fulbert)의 조카딸이며 그가 개인 교수를 했던 열일곱 살의 어린 엘로이즈(Héloïse, 1101~1164)와 사랑에 빠진다. 그들은 비밀 결혼을 하고 아들까지 낳았으며, 비밀이 탄로나자 풀베르는 아벨라르를 거세시켰다. 결국 엘로이즈는 수녀가 되고 아벨라르는 수도승이 되었지만, 그들이 주고받은 사랑의 편지 모음집은 널리 알려져 중세부터 지금까지 많은 문학 작품의 소재가 되었다.

영화 「금단의 사랑」은 화면이 아름답고 철학 담론까지 담기는 했지만, 미국에서는 검열이 문제되어 7분을 삭제한 다음에야 극장에 내걸렸다.

영국 영화 「금단의 사랑」이나 우리 영화 「금홍아 금홍아」처럼 여자가 홀랑 벗어 버리기는 했어도 전혀 추해 보이지 않는 '나체영화'로는 「고다이바 백작부인」의 전설이 재미있다. 11세기 코벤트리(Coventry)에 살았다는 마음씨 좋은 고다이바 부인(Lady Godiva)은 1040년경에 남편 리오프릭(Earl Leofric of Mercia)한테 백성들의 세금을 덜어 주었으면 좋겠다는 부탁을 했고, 이 말을 들은 리오프릭이 농담삼아 "당신이 발가벗고 말을 탄 채로 대낮에 장터를 한 바퀴 돌면 그 청을 들어 주겠다"고 했다. 그랬더니 부인은 긴 머리카락으로 몸의 중요한 일부만 가린 채로 발가벗고는 말을 타고 장터를 한 바퀴 돌았으며, 남편은 감동해서 아내의 요구를 들어 주었다고 한다.

어떤 전설에 의하면 고다이바 부인이 장터로 나서기 전에 사람들에게 알몸을 보이기가 부끄러우니까 모두 그 시간에 집으로 들어가 문을 닫고 내다보지 말라고 부탁을 했다고 한다. 하지만 양복장이 톰이 몰래 창틈으로 백작부인의 나신을 훔쳐보았고, 그 벌로 기적이 내려 장님이 되었다. 몰래 훔쳐보는 사람을 영어로 'Peeping Tom'이라고 하는 표현이 거기에서 나왔다.

문학과 미술(「금홍아 금홍아」)이나 철학과 신학(「금단의 사랑」)의 얇은 옷을 걸치기는 했어도 여자들을 홀

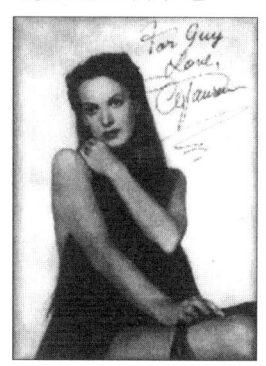

「고다이바 백작부인」을 선전하는 사진에서 머리카락을 '의상'으로 사용한 모린 오하라의 모습

랑 벗겨 관객에게 눈요기를 시키기 위해 애를 쓰는 영화들과는 작품을 만드는 의도부터가 다르고, 「애마부인」하고는 더더욱 거리가 먼 「고다이바 백작부인」에서 클린트 이스트우드는 "색슨인 #1"이라는 단역을 맡아 잠깐 얼굴을 비친다.

「다시 말을 탄 고다이바 백작부인」은 「고다이바 백작부인」의 속편하고는 거리가 먼 영화여서, 순진하고 젊은 아가씨가 미인대회에서 우승한 다음 경험하게 되는 인생의 이면을 그린 희극이다. 조운 콜린스(「피라미드, Land of the Pharaohs, 1955」, 「이별, Sea Wife, 1957」)의 데뷔 작품이기도 한 이 영화는 미인대회라는 주제에 걸맞게 다이아나 도스(「뒷골목의 미소, A Kid for Two Farthings, 1955」), 케이 켄돌(「고성의 검호, Quentin Durward, 1955」), 데이나 윈터(「잊을 수 없는 그날, D-Day the Sixth of June, 1956」) 같은 영국 여배우들이 줄지어 나타나서 보다 고상한 차원의 눈요기를 제공한다.

고다이바 부인의 전설보다도 훨씬 더 과거로 거슬러올라가서, 라플란드(Lapland)의 고대 설화까지도 적절한 감각만 갖추었다면 얼마든지 현대 관객에게 만족스러운 볼거리를 제공하는 추리물이나 활극으로 발전시킬 여지가 넉넉함을 증명한 영화는 노르웨이 영화 「길잡이」이다. 북유럽 설원의 무법자들에게 마을 사람들이 숨은 장소로 안내하라는 위협을 받은 15살 소년이 온갖 기지를 부려 엉뚱한 곳으로 끌고 다니는 내용인데, 라플란드어로 제작된 최초의 영화라고 한다. 「그린 파파야 향기」가 베트남어로 제작되었다는 사실도 그렇고, 한국 영화의 해외 진출에서 언어 장벽에 막힌 우리로서는 유념할 일이다. 「길잡이」는 아보아릿쯔 추리극 영화제에서 대상을 받았다.

찾아보기

- 「로운 이니시의 비밀(The Secret of Roan Inish, 1994, 미국, 103분)」, 감/John Sayles, 출/Jeni Courtney, Eileen Colgan, Mick Lally, Richard Sheridan

- 「마술 양탄자(The Magic Carpet, 1951, 미국, 84분)」, 감/Lew Landers, 출/Lucille Ball, John Agar, Patricia Medina, Raymond Burr, George Tobias

- 「유리의 마음(Heart of Glass, 1976, 독일, 93분)」, 감/Werner Herzog, 출/Josef Bierbichler, Stefan Autter, Clemens Scheitz, Volker Prechtel, Sonia Skiba

- 「트리스탄과 이졸데(Tristan and Isolde, 또는 Lovespell, 1979, 미국, 91분)」, 감/Tom Donovan, 출/Richard Burton, Kate Mulgrew, Nicholas Clay, Cyril Cusack, Geraldine Fitzgerald

- 「엘비라 마디간(Elvira Madigan, 1967, 스웨덴, 89분)」, 감/Bo Widerberg, 출/Pia Degermark, Thommy Berggren, Lennart Malmer

- 「금단의 사랑(Stealing Heaven, 1988, 영국-유고슬라비아, 115분, 미국판 108분)」, 감/Clive Donner, 출/Kim Thompson, Derek de Lint, Denholm Elliott

- 「고다이바 백작부인(Lady Godiva, 1955, 미국, 89분)」, 감/Arthur Lubin, 출/Maureen O'Hara, George Nader, Victor McLaglen, (Clint Eastwood)

- 「다시 말을 탄 고다이바 부인(Lady Godiva Rides Again, 1951, 영국, 90분)」, 감/Frank Launder, 출/Dennis Price, John McCallum, Stanley Halloway, Pauline Stroud, Diana Dors, Kay Kendall, Dagmar(Dana) Wynter, Alastair Sim, Joan Collins

- 「길잡이(비디오 제목/침략자, Pathfinder, 1988, 노르웨이 88분)」, 감/Nils Gaup, 출/Mikkel Gaup, Nils Utsi, Svein Scharffenberg, Helgi Skulason

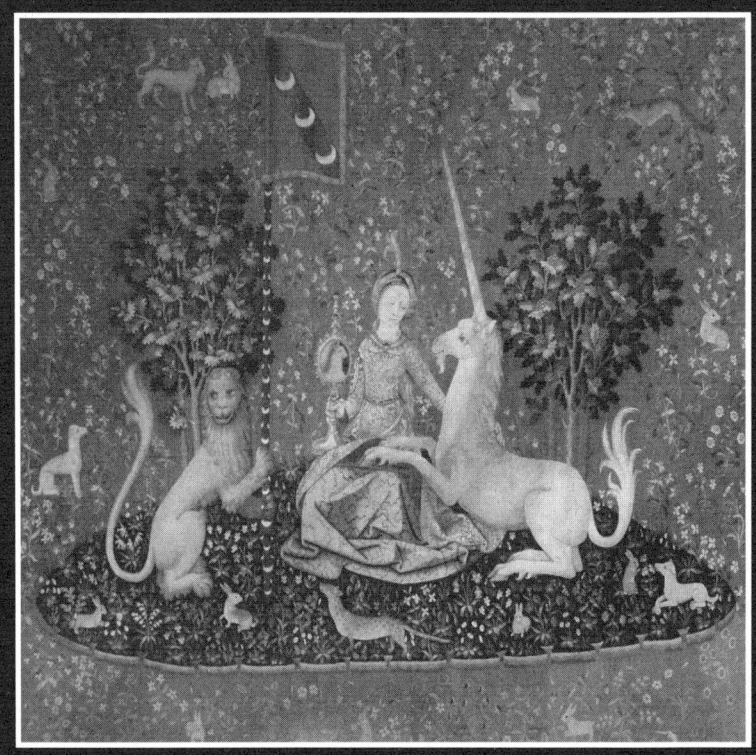

네덜란드의 벽걸이 그림에도 등장하는 일각수는 화려한 상상력의 산물이다.

일각수와 용

전설과 설화에 등장하는 모든 '동물' 가운데 인간이 동원한 가장 화려한 상상력의 산물은 의심할 나위도 없이 일각수(一角獸, unicorn) 이다. "한 개의 뿔"이라는 뜻인 라틴어 "unum cornu"에서 이름을 지어 붙인 unicorn(일각수)은 기원전 5세기 그리스의 역사가 테시아스 (Ctesias)의 문헌에서 처음 언급이 되었다고 하며, 구약 성서의 초기 번역본에서도 선을 보이고, 중세에 들어 종교적인 상징성이 강해지면서 기독교와 이슬람 세계에 확산되었을 뿐 아니라 중국에까지 널리 알려진 이 동물을 13세기 프랑스의 동물 우화집(『Le Bestiaire Divin de Gillaume, Clerc de Normandie』)에서는 이런 식으로 서술했다.

일각수는 이마 한가운데 뿔이 하나뿐이다. 감히 코끼리를 공격하는 동물은 일각수밖에 없으며, 발톱이 어찌나 날카로운지 짐승의 뱃가죽을 쉽게 찢어 놓는다. 일각수를 사냥하려면 그것이 자주 출몰하는 곳에 어린 처녀를 데려다 놓아야 한다. 처녀가 눈에 띄기만 하면 일각수가 달려가 그녀의 발치에 엎드리고, 그래서 사냥꾼에게 순순히 잡힌다. 성모(聖母)의 자궁에서 우리 인간의 본성을 받았고, 배반을 당해 유대인들에게 잡혀 본디오 빌라도의 손에 마지막 운명을 맞은 예수 그리스도를 상징하는 동물 일각수의 외뿔은 진리의 복음을 뜻한다.

흔히 사람들은 일각수라면, 영화에서 가끔 모습을 비추듯, 뿔이 하나 달린 백마(白馬) 정도로 간단히 생각하지만, 사실은 그보다 훨씬 여러 동물을 닮은 복잡한 몸의 구조를 갖추었다. 다리는 날렵한 수사슴이요, 꼬리는 사자이며, 머리와 몸통은 말이고, 하나뿐이 뿔은 밑둥이 하얗지만 중간은 까맣고 뾰족한 끝은 빨갛다. 몸뚱어리는 하얗고, 머리는 빨간색이며, 눈은 파랗다고 하니, 채색 영화가 처음 등장했을 당시 전세계에서 선전문구로 널리 쓰이던 '총천연색(總天然色 또는 in full natural color)' 이라는 표현이 썩 잘 어울린다.

테시아스가 인도 코뿔소를 보고 신성한 동물이라고 묘사했다는 추측도 나오기는 했지만, 어쨌든 처녀를 보면 성모 마리아로 생각하여 무릎에 올라앉아 젖을 빤 다음 비밀의 왕궁으로 안내한다고 기독교 중세 문학에서 자주 묘사한 일각수는 말보다 몸집이 작아서 염소를 닮았다고 하는 사람도 많은데, 기적을 일으키고 행운을 가져다 준다는 "외뿔 염소" 일각수 얘기를 현대로 옮긴 영화가 영국의 캐롤 리드 감독이 만든 「뒷골목의 미소」이다.

영화의 주인공은 런던 뒷골목 가난한 집안의 어린 아들로서, 상상력이 풍부하다 못해 기적을 가져다 줄 일각수가 틀림없이 어디엔가 존재한다고 믿고는 여기저기 찾아 나서지만, 결국 병들고 뿔이 하나만 남은 염소를 만나게 된다. 불구의 몸인 염소에게 희망을 거는 소년

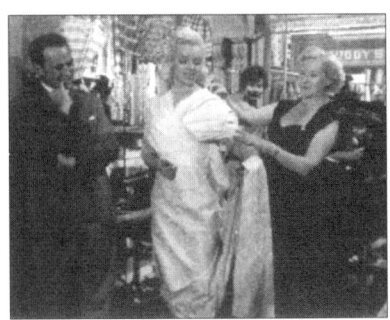
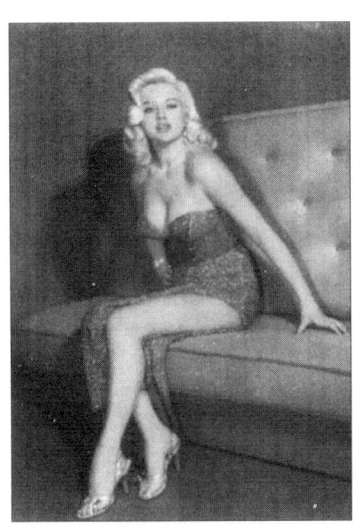

영화 「뒷골목의 미소」에서의 다이아나 도스와
몸매가 빼어난 영화 밖에서의 다이아나 도스

의 얘기는 전후 우리나라의 어렵고 가난했던 분위기에 참 잘 어울리던 영화였지만, 사람들은 일각수의 전설보다 다이아나 도스(Diana Dors)의 풍만한 가슴에 훨씬 더 많은 관심을 보였던 기억이 난다.

일각수가 등장하는 엉뚱한 영화는 세 얼간이(the Three Stoogies)의 시끌벅적 희극인 「로케트 여행」, 로케트를 설계하는 미녀 여박사의 상심한 마음을 달래 주려고 고성능 연료를 만든답시고 소란을 떨다가 실수로 우주 여행을 떠난 멍청이 삼총사가 외계에서 일각수를 만나 함께 지구로 돌아와서 영웅이 된다는 엉터리 얘기이지만, 당시의 희극영화를 보는 재미가 꽤 괜찮다. 특수 효과와 공상과학의 원시시대를 만나는 기분이 들기도 한다. 본디 제목 「로케트를 타고 떠나다(Have Rocket, Will Travel)」는 물론 손잡이에 해마를 조각한 권총을 차고 서부를 주름잡던 리처드 분(Richard Boone)의 텔레비전 연속 서부극 「총을 차고 떠나다(Have Gun Will Travel, 1957~63)」에서 따온 것이다.

저수지에 빠진 주인의 생명을 구했다고 신문에 났던 한국의 개처럼 바다에 빠져 죽으려는 사람의 생명을 구했다는 전설적인 물개의

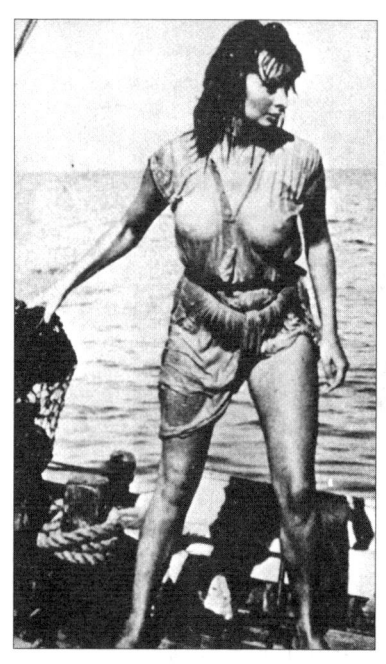

「해녀」 소피아 로렌이 상대역 남배우로 하여금
상자에 올라서게 만들었던 이유를 한눈에 알 만하겠다.

머리에 올라탄 소년을 조각한 보물을 그리스 연안 지중해에서 건져내는 얘기를 담은 영화 「해녀」가 서울에서 간판이 내걸렸을 때는 다이아나 도스의 가슴 못지않게 소피아 로렌의 원시인처럼 큼직한 가슴이 사람들의 대단한 관심거리였다. 그때만 해도 소피아 로렌은 연기력보다 무명시절에 찍었다가 나중에 공개된 나체사진으로 훨씬 더 유명했었기 때문이다. 잠수를 끝내고 바닷물에 젖은 옷이 몸에 달라붙은 모습으로 시네마스코프 화면을 가득 채웠던 소피아 로렌이 전설의 돌고래보다는 훨씬 흥미거리였다.

「해녀」가 미국에서 개봉되었을 당시에는 짓궂은 만화 잡지 〈매드 (MAD)〉에서 서양인치고는 유난히 다리가 짧았던 앨런 래드가 지나치게 온몸이 큰 소피아 로렌과 키스를 하기 위해 상자에 올라서서 영화를 찍는 내용을 담은 만화를 싣기도 했었다. 율 브리너가 잉그리드 버그만과 공연하게 되었을 때 "당신이 얼마나 큰지 세상사람들에게 알리기 위해(to show the world what a big horse you are)" 키스를 하는 장면을 찍더라도 절대로 상자 위에 올라서지 않겠다고 다짐했다는 말이 생각나게 하는 일화이다.

지중해에 가라앉은 전설의 돌고래뿐 아니라 알류샨 열도의 전설에 나오는 물개도 영화에 등장한다. 제임스 밴스 마샬(James Vance

Marshall)의 소설 『에덴에서 흐르는 강(A River Ran Out of Eden)』을 영화로 만든 「황금 물개」에서는 원주민이 아시아 대륙에서 빙하기에 이주할 때 그들을 보호해 줬다는 황금빛 물개에 걸린 엄청난 현상금을 노리고 사냥에 나선 아버지와 다른 '나쁜 어른들'에 맞서 '착한 어린이'가 싸워 동물 친구를 목숨까지 걸고 보호하며 구해 준다는 비교적 흔한 줄거리 얼개를 갖추었는데, 하얗게 부서지는 파도와 찬 북극 바람에 날리는 잡초가 쓸쓸해 보이는 외딴 섬과 바다의 은은한 황금빛 경치 또한 큰 구경거리이다.

그러나 돌고래와 물개, 심지어는 일각수까지도 전설영화에서는 단역에 지나지 않고, 영웅 서사시와 중세 기사 문학 또는 그런 작품을 원작으로 삼은 영화에 등장하는 가장 두드러진 '동물'은 역시 용이 되겠다. 용에 대한 동서양의 시각에는 대단히 큰 문화적 차이가 드러난다. 우리나라를 비롯한 동양에서는 "개천에서 용난다"는 속담에서 시작하여, "너 참 용됐구나"라는 흔한 표현 그리고 '용꿈'이나 '용왕' 같은 상징적인 개념에 이르기까지, 용(龍)은 길한 상상의 동물이라고 생각한다. 하다못해 트림도 '용트림'은 멋있거나 웅장하게 들리고, 깡패들을 영웅화하는 국산 영화에서는 '용칠이'나 '용팔이'류의 이름이 주인공으로 등장하고, 비실비실 코미디언과 착한 하인까지도, 용의 마릿수는 좀 적지만, 삼룡이가 유명하다.

우리나라 사람들의 이름에만 '용'이라는 말이 들어가는 것은 아니어서, 고대 브리튼(Briton)이나 웨일스 사람들의 이름에도 용이 자주 등장한다. 대표적인 이름이 아더왕의 아버지(Uther)를 지칭하던 '펜드라곤(Pendragon)'이다. 이것은 엄격히 얘기해서 '이름'이라기보다는 '지도자'라는 뜻의 'pen'과 그가 싸움터에서 사용하던 전투 기치(戰鬪旗幟, war standard)에 그려 넣었던 용맹성의 상징인 '용(dragon)'을 엮어서 만든 명칭이다.

용(dragon)에 관한 서양의 개념은 동양의 용관(龍觀)하고는 전혀 다르다. 'dragon'의 어원은 '뱀'이라는 뜻의 그리스어 'drakon'으로서, 흔히 '못된 짓을 하는 커다란 뱀(a kind of large serpent with hostile disposition)'이었다. 가장 초기에 등장한 용은 괴물 바닷뱀으로서, 수메르(Sumer, 유프라테스 강 어귀의 옛 지명)의 현존하는 신화에서 쿠르(Kur)라는 이름으로 나왔지만, 모조리 '영웅'들에게 죽음을 당한다.

최초로 용을 죽인 수메르의 세 영웅은 인간이 아니라 모두 신이었으니, 물과 지혜를 다스리는 신 엔키(Enki)와, 나중에 그리스 신화에서 아프로디테와 아르테미스와 다른 여러 여신으로 분신(分身)하게 되는 사랑과 전쟁의 여신 이난나(Inanna), 그리고 수메르와 바빌로니아의 전쟁신이며 남풍(南風)의 신 니누르타(Ninurta)가 그들이다.

수메르를 정복한 바빌로니아인들은 어떻게 세상이 창조되고 신들의 서열과 계급은 어떻게 정해졌는지를 설명하는 서사시 『신들의 전쟁(Enuma elish, 영어 제목 War of the Gods)』에서 영웅신이 나쁜 해룡(海龍)을 죽인다는 기본적인 주제를 더욱 발전시켰는데, 모든 신들의 어머니인 원시의 바다 탸마트(Tiamat)가 악의 상징인 용이었으며, 선을 상징하는 전쟁의 신 마르두크(Marduk)에게 죽음을 당했다고 했다.

신들에게 죽음을 당하던 용들은, 『트리스탄과 이졸데』의 주인공인 원탁의 기사 트리스탄에게 그랬던 것처럼, 나중에는 인간들에게도 목숨을 잃기 시작했고, 그리스의 몇몇 영웅도 물과 관련된 용을 죽였다. 카드모스(Kadmos)는 테바이의 샘물을 지키는 용을 죽였고, 페르세우스는 가나안에서 바다의 괴물로부터 안드로메다를 구했다. 마을 사람들을 잡아먹던 용을 영국의 수호 성인(St. George)이 죽였다는 유명한 얘기도 기독교가 악을 물리친다는 주제를 담기 위해 페르세우스의 신화에서 파생시킨 얘기라는 주장도 있다. 세인트 조지의 무용담은, 말을 탄 기사가 창으로 용을 찌르려는 장면을 포착한 그림을 기억하

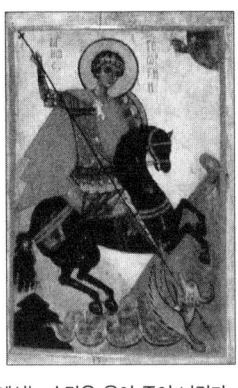
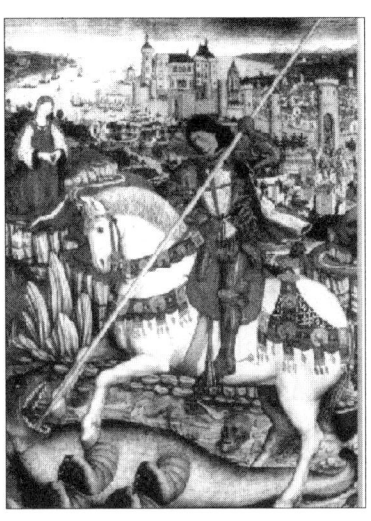

서양의 회화에서는 수많은 용이 죽어 나간다.
성 조지(Saint George)는 사람들을 제물로
받아 먹는 용을 죽여 공주와 마을을 구해
기독교인으로 개종시켰다는 전설적인 인물이다.

는 사람들도 많겠지만, 서양의 여러 유명한 그림에서 애용되는 주제
이기도 하다.

이렇듯 용은 영웅 서사시에서부터 아더왕과 십자군의 전설에 이르
기까지 영웅의 용맹성(intrepidity)과 남자다움(masculinity)을 증명해 주
기 위해 계속해서 목숨을 잃었고, 이러한 용의 슬픈 운명을 희극적으
로 재미있게 그려낸 영화가 철저한 기사도 정신에 입각해서 살아온
보윈 경과 세상에 마지막으로 남은 용 드라코의 우정을 그린 「드래곤
하트」이다.

서기 984년, 부왕의 폭정에 항거하여 봉기한 백성들에게 목숨을 잃
게 된 아이논 왕자로부터 "자비로 백성을 다스리겠다"는 약속을 받고
심장 절반을 떼어 준 용 드라고(Drago)는 아이논이 집권 후 아버지보
다도 더 간악한 폭군이 되자 이것이 흉악한 용의 심장(dragonheart) 탓
이라고 오해한 보윈 경의 추적을 받는다. 서부의 현상금 사냥꾼(bounty
hunter)처럼 돈을 받고 12년 동안이나 전문으로 용 청부 살인을 하던
보윈 경은 마지막으로 남은 한 마리의 용 드라고로부터 "왜 너희 기사

들은 용을 죽여서 명예를 얻으려고 하느냐?"는 항의를 받고 한바탕 결투를 벌인 다음 우여곡절 끝에 드라고와 한 패가 되어 기상천외한 사기 행각을 벌이지만, 결국 원탁의 기사들이 묻힌 아발론에서 보윈 경이 계시를 받고는 혁명을 일으켜 폭군을 몰아내고, 드라고는 심장을 나눠 가진 아이논과 「콜시카의 형제」처럼 삶과 죽음을 같이 하다가 아이논을 제거하기 위해 스스로 죽기를 자청한 다음 하늘로 올라가 영광스러운 별이 된다.

　기사 문학과 용에 대한 전설을 알고 영화 「드래곤하트」를 보면 그만큼 희극적인 묘미를 더 많이 음미하게 될 텐데, 예를 들면 멀린 (Merlin)이라는 이름의 노새를 타고 보윈 경을 쫓아다니며 영웅시를 열심히 지어대는 길버트 사제가 우리 『춘향전』의 방자만큼이나 훌륭한 감초 노릇을 한다. 그리고 하늘과 땅과 물 속에서 맹활약을 벌이며 콧벙으로 팬텀기처럼 네이팜 폭격을 하거나 불고기를 굽기도 하고, 얕은 물로 잘못 떨어져 마을 사람들의 먹이가 될 뻔도 하고, 기분이 좋으면 노래까지 부르는 용은 가히 이 영화의 진짜 주인공이어서, 목소리를 숀 코너리 같은 대단한 배우에게 맡긴 이유가 납득이 간다. 헛바닥의 놀림에서부터 침을 삼키는 순간의 목덜미 근육 움직임까지도 정교하게 재현한 드라고의 대단히 인간적이면서도 감정과 표

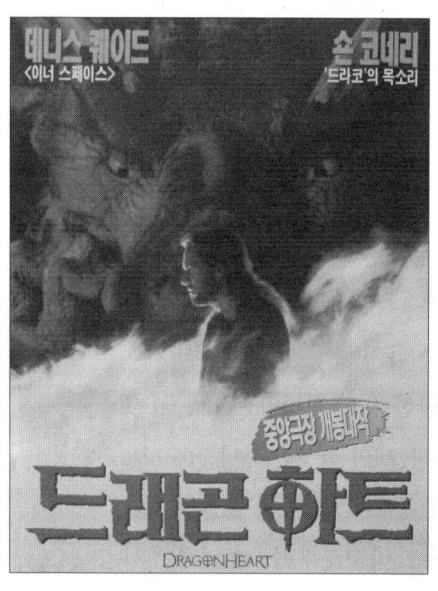

숀 코너리가 목소리를 넣은 '드라고'는 일본의
새끼 고질라보다도 귀여운 장난꾸러기 용이다.

정이 풍부한 모습을 보면 프릿츠 랑이 「니벨룽겐」에서 선보인 흐물흐물한 고무 덩어리 같은 용하고는 격세지감을 느끼게도 한다.

「용과 마법구슬」 또한 용잡이(dragonslayer)를 주인공으로 내세운 환상과 모험의 영화로서, 마법사의 제자가 곤경에 빠진 아가씨를 구해주려고 불을 뿜는 용을 죽이겠다고 도전하지만, 그리 만만한 상대가 아님을 알게 된다.

'주라기' 하고는 전혀 아무런 관계가 없음에도 불구하고 「주라기공원」의 엄청난 성공의 후광으로부터 덕을 보기 위한 속셈으로 우리나라에서는 비디오 출시 당시에 엉뚱하게 「주라기월드」라는 해괴한 제목을 붙여 내놓은 「용나라」 역시 「용과 마법구슬」이나 마찬가지로 청소년층을 겨냥한 작품인데, 스코틀랜드의 성에서 살던 어린 고아 소년이 아기 용과 나누는 우정을 그렸다. 세금을 낼 돈이 없기 때문에 유원지에서 어린 용을 구경거리로 내놓은 설정이 '소년과 동물' 영화의 전형임을 쉽게 드러낸다.

「백마의 전설」은 지질학자와 아들이 자연 환경이 인간으로부터 받아야 하는 충격을 연구하기 위해 신화의 땅 카리스탄(Karistan)으로 찾아가지만, 백마에서 무시무시한 용으로 둔갑하는 '마녀' 때문에 고생을 한다는 내용인데, 여기 등장하는 용은 기사 문학이나 영웅 서사시의 주인공보다는 심형래의 「드래곤 투카」에 가깝다.

두려움과 용기에 대한 용의 대칭적 상징성은 허드슨 강가의 음산한 저택에서 벌어지는 안야 시튼(Anya Seton) 원작의 공포극 「드래곤위크(Dragonwyck)」의 제목에서도 쉽게 발견된다. 그런 이름을 붙인 저택이라면 우리 감각의 '용궁(龍宮)' 하고는 워낙 거리가 멀어서, 훗날 악명을 떨치게 될 「싸이코」의 베이츠 모텔을 자동적으로 연상시키기에 충분하다.

'용'은 또한 서양인들에게는 중국, 나아가서는 동양 전체를 상징하는 어휘이기도 하다. 중국인의 삶을 서양인의 시각에서 서사시적으로 집대성한 작품이라고 할 만한 펄 벅(Pearl S. Buck)의 대표작, 그리고 1932년 퓰리처 상을 수상한 그 소설을 원작으로 삼은 걸작 영화 「펄 벅의 대지」("대지"라는 제목을 붙였던 존 휴스턴 감독의 "The Roots of Heaven"과 차별화하기 위해 우리나라에서는 이런 제목을 붙였음)에서 주인공 이름을 작가가 '왕룽'이라 설정했던 까닭은 그 이름이 한자로 '왕룽(王龍)'이기 때문이었으리라. 용 중의 용인 왕룽, 그런 이름이라면 분명히 중국 자체를 상징하기에 충분하다.

일본의 점령으로 인해서 망가지는 어느 중국 마을의 삶을 그려낸 「용의 씨앗」역시 펄 벅의 소설을 원작으로 삼아 만든 영화였다. 중국 여자로 분장한 캐더린 헵번의 모습이 존 패트릭(John Patrick)의 희극을 영화로 만든 「8·15의 찻집(The Teahouse of the August Moon, 1956)」에서 게다를 신은 일본인으로 분장한 말론 브란도만큼이나 우스꽝스럽기는 하지만, 그러나 「용의 씨앗」처럼 진지한 영화에서는 용이라는 개념이 긍정적 상징의 면모를 지닌다. 미군의 진주로 인해서 유교적인 한국의 농촌 마을이 무너지는 내용을 담은 소설과 영화 「은마는

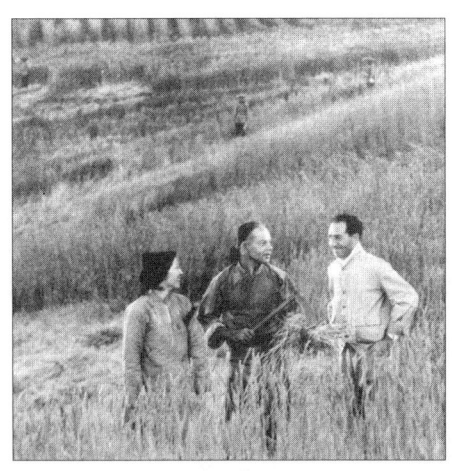

영화 「대지」에서 주연을 맡은 폴 무니와 루이즈 라이너에게 연출지시를 하는 시드니 프랭클린 감독. 「대지」의 주인공은 한자로 적으면 이름이 '왕룽(王龍)'이다.

오지 않는다」에 '용녀(dragon lady, 김보연)' 라는 등장인물이 나타난 까닭 역시 서양의 독자나 관객에게 장황한 서술을 동원하지 않으면 서 '용' 이라는 단어가 지닌 암시를 경제적으로 전달하기 위해서였다.

그러나 '용' 이라고 하면 긍정적이기보다는 부정적인 시각에서 본 동양을 상징하는 경우가 많고, '용녀' 의 의미도 마찬가지이다. 그러한 대표적인 예가 쿠데타까지 일으켜 가면서 세 차례나 집정했던 중국 청조의 서태후(西太后, 1835~1908)에 대한 영어 명칭 '용의 여인(the Dragon Lady)' 이다. 'dragon lady' 라는 말은 흔히 "동양의 맹렬 여성" 이라는 뜻으로 통하지만, 대문자로 써서 서태후를 가리킬 때는 공포 의 대상이 된다.

중국하고는 여러 의미에서 거리가 먼 에스파냐에서 촬영한 영화 「북경의 55일」에서 서방 세력을 몰아내기 위해 외국 공관들을 접수하 는 서태후의 모습은, 아무리 역사적으로 그녀의 역할이 동양에서는 장희빈만큼이나 흉악한 악역이었다고 하더라도, 현재까지 진행 중인 동서양의 대결 구도에 입각해서 본다면, 참으로 바람직한 민족주의의 발현이었다. 그러나 트리폴리, 몬테주마, 유황도의 전투와 더불어 미 해병 전사(戰史)에 빛나는 '북경 승전' 을 군인(매트 루이스 소령, 찰톤 헤스톤)의 시각에서 그린 니콜라스 레이의 영화 「북경의 55일」은 서 태후뿐 아니라 모든 중국인을 음흉한 적으로만 부각시킨다.

서태후는 타의에 의해서 '용' 이 되었지만, 본디 이름에 '용' 이 들 어가 앉은 이소룡(李小龍)이 영어 이름을 '드래곤 리(Dragon Lee)' 가 아니라 '브루스 리(Bruce Lee)' 라고 바꿔 가졌던 까닭이 무엇인지는 알 길이 없지만, 복상사(腹上死)의 의혹에 시달리기까지 했던 그의 미 망인 린다(Linda)가 쓴 전기를 원작으로 삼아 쿵푸 영웅의 일대기를 그린 미국의 이소룡 영화는 제목이 다시 「드래곤」으로 돌아왔다.

「드래곤위크」에서나 마찬가지로 일단 '용' 이라는 단어가 어떤 형

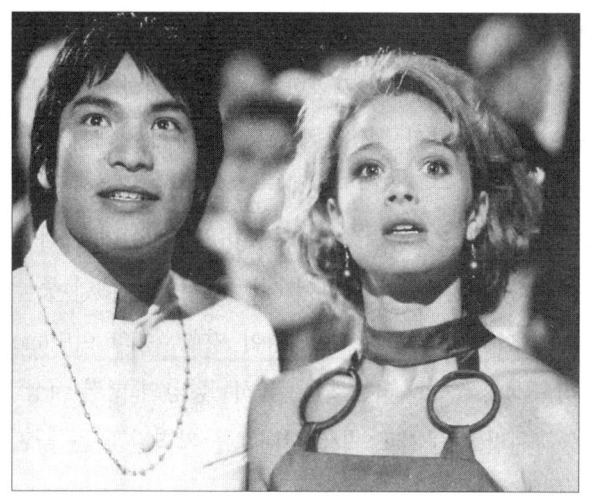

이소룡의 일대기를 담은 영화 「드래곤」

태로든 제목에 들어갔다 하면 벌써 그 영화는 하나의 틀에 박힌 '유형'에 자동적으로 속해 버려서, 예술성과는 별로 인연이 없고, 스산한 동양적 괴기 분위기가 뒤에 깔리고, 피를 보기가 십상이며, 동서양의 대결에서는 지그프리트와 용의 대결에서 그러했듯, 그리고 서부영화에서 아메리카 원주민이 그렇듯 동양이 거의 언제나 필연적으로 패배한다. 물론 동양의 영웅이 주인공으로 설정된 쿵푸 영화에서는 상황이 반전되지만 말이다.

괴기영화의 대명사인 벨라 루고시와 훗날 텔레비전 연속물에서 서부의 전설적인 기사(騎士) 론 레인저(Lone Ranger)로 맹활약을 하게 될 클레이튼 무어가 주연으로 나선 「흑룡」은 일본인들의 얼굴을 미국인으로 개조하는 전략에 동원된 흉악한 나찌 의사가 주인공이고, 「용의 딸」에서는 딸에게 살인을 시키는 '용'의 정체가 악명 높은 푸 만추(Sax Rohmer가 만들어낸 주인공으로 유명한 동양인 범죄자 Dr. Fu Manchu)이다. 온갖 소름끼치는 '용의자'들이 등장하는 「연못의 살인」

이 벌어지는 괴기한 장소로 선택된 곳은 "용이 사는 연못"이다.

시간적인 무대를 미래로 옮겨가도 용의 속성은 별로 달라지지 않는다. 신비한 마력을 지녔다는 고대의 황금 메달을 차지하려는 싸움을 둘러싼 세가와 닌텐도 비디오 게임 출신의 멍청영화 「더블 드래곤」은 무법과 무술(武術)이 통치하는 서기 2007년 "새 천사들의 도시(New Angeles)"를 무대로 삼았다. 말하자면 이것은 현대 의상을 입힌 검과 마법 영화의 수준이다.

뿐만 아니라 이제 서양의 용은 한국의 구미호처럼 다양한 둔갑을 거듭하며 공상과학의 세계로 틈입(闖入)하여, 뱀과 용의 온갖 변종인 이무기와 공룡과 일본의 고질라로까지 번식했고, 기독교 사상에서는 선악과로 에덴동산에서 아담과 에와를 유혹할 때부터 이미 악역으로 몰려 버린 파충류는 이제 제임스 캐머론의 「에일리언(Aliens, 1986)」에서도 모습을 보인다. 지금까지 영화에 등장한 서양의 모든 괴물 가운데 뱀과 용과 기타 파충류의 종(種)과 분포가 얼마나 많은지를 생각해 보기 바란다.

찾아보기 ●

/Lionel Barrymore)

■ 「은마(銀馬)는 오지 않는다(영어 제목 Silver Stallion, 1992, 한국, 121분)」, 감/장길수, 출/이혜숙, 김보연, 전무송, 손창민, 방은희

■ 「드래곤(Dragon : The Bruce Lee Story, 1993, 미국, 119분)」, 감/Rob Cohen, 출/Jason Scott Lee, Lauren Holly, Robert Wagner, Michael Learned, Nancy Kwan, Kay Tong Lim

■ 「흑룡(Black Dragons, 1942, 미국, 61분)」, 감/William Nigh, 출/Bela Lugosi, Joan Barclay, Clayton Moore, George Pembroke

■ 「용의 딸(Daughter of the Dragon, 1931, 미국, 72분)」, 감/Lloyd Corrigan, 출/Warner Oland, Anna May Wong, Sessue Hayakawa

■ 「연못의 살인(The Dragon Murder Case, 1934, 미국, 68분)」, 감/Bruce Humberstone, 출/Warren William, Margaret Lindsay, Lyle Talbot, Eugene Pallette

■ 「더블 드래곤(Double Dragon, 1994, 미국, 96분)」, 감/James Yukich, 출/Robert Patrick, Mark Dacascos, Scott Wolf, Julia Nickson

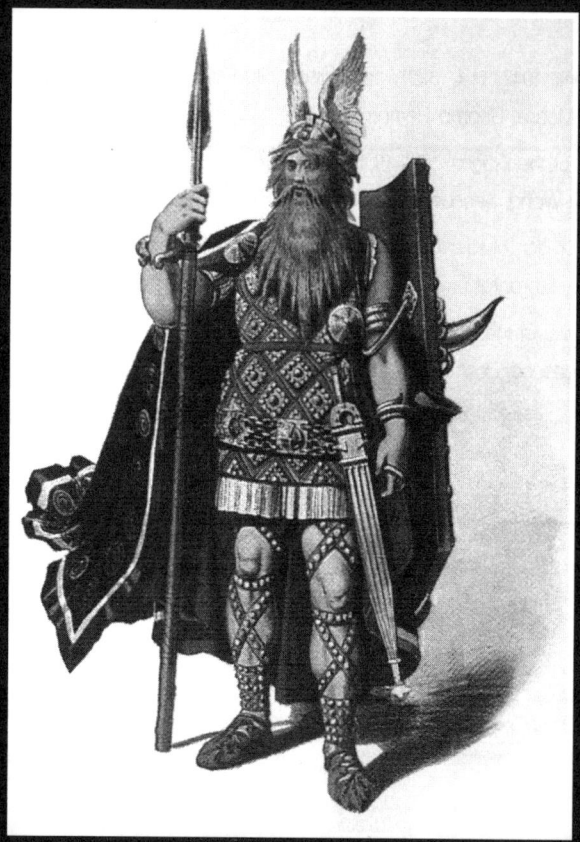

영웅 서사시 『니벨룽겐의 노래』에서도 주인공 지그프리트가 용을 죽인다.
가극 「니벨룽겐」의 한 장면

프릿츠 랑과 「니벨룽겐의 노래」

서양의 용이라고 해서 죽여 없애 마땅할 정도로 모두가 흉악한 괴물만은 아니어서, 어떤 용들은 성스러운 장소를 경비하는 역할을 맡기도 했다. 용에게 이런 거룩한 임무가 주어진 까닭은 죽은 자가 뱀으로 환생한다는 믿음이 널리 퍼졌었기 때문이라고 하는데, 테바이의 샘물을 지키는 용을 죽였던 카드모스(Kadmos) 역시 죽어서 뱀(용)이 되었다. 성스러운 존재로 여겨진 용들은 델포이를 포함한 여러 신탁과 연결이 되고 종교적인 축제에서도 예술로 승화된 형태의 모습을 보이기도 했다.

야손과 아르고 원정대가 구하러 간 황금의 양털을 지키던 임무도 용의 몫이었고, 헤라 여신이 결혼 선물로 받은 황금 사과밭을 지키던 헤스페리데스(Hesperides) 세 자매를 도와준 용은 이름이 라돈(Ladon)이었다. 라돈은 결국 열두 가지 고역(the Twelve Labors)을 맡은 헤라클레스가 황금 사과를 구하는 마지막 역사(役事)의 과정에서 죽음을 당한다.

이들보다 약간 신분이 낮다고 여겨지던 용들은 창고를 지키는 일을 맡았다가 보물을 찾아온 영웅들에게 수난을 당한다. 작자 미상이며 8세기 전반의 작품이라고 믿어지는 영국 문학 최대 걸작 영웅 서사시 『베오울프(Beowulf)』의 주인공이 바로 그런 용을 죽인 인물이다.

사람을 잡아먹는 귀신 그렌델(Grendel)이 밤마다 출몰하여 결국 텅 비어 버린 덴마크의 헤오로트(Heorot) 궁정으로 스웨덴의 용사 베오울프가 부하들을 데리고 원정을 가서는 한밤중에 결전을 벌인 끝에 그렌델의 한 쪽 팔을 잘라 버린다. 베오울프는 복수를 하러 온 그렌델의 어머니 요귀도 늪지대까지 쫓아가 목을 벤다. 왕위에 오른 베오울프는 50년의 통치 후에도 입에서 불을 뿜는 용이 나타나 온나라를 황폐하게 하자 12명의 부하를 데리고 용이 사는 산 속의 굴로 쳐들어

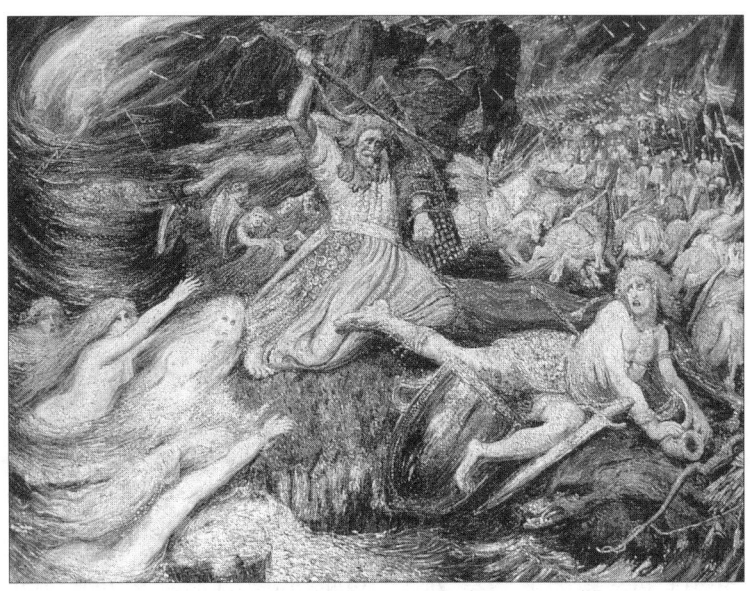

이 그림(Henry de Groux 작, 1899)에서 죽음을 맞는 지그프리트는 그가 죽인 용의 피 덕택에 불멸의 삶을 얻을 뻔했다.

가는데, 용을 죽이기는 하지만, 용이 내뿜은 독기 때문에 자신도 목숨을 잃는다.

이 서사시는 베오울프를 화장하는 장면에서 끝나며, 이런 마지막 장면을 우리는 그 후 수많은 문학 작품(예를 들면 셰익스피어의 『오델로』)과 영화(버트 랭카스터의 「로케트 지브롤터, Rocket Gibraltar, 1988」)에서 만나게 된다.

스칸디나비아의 전설과 역사를 바탕으로 삼아 엮어진 영국의 「베오울프」와 내용이나 문학성에서 쌍벽을 이루는 작품이 중세 독일의 영웅 서사시 『니벨룽겐의 노래(Das Nibelungenlied)』이며, 니벨룽겐 이야기의 주인공 지그프리트(Siegfried 또는 Sigurd) 또한 용을 죽이고 보물을 차지하는 인물로 유명하다.

역시 작자 미상이며 1190~1200년 경에 쓰여졌다고 추정되는 『니벨룽겐의 노래』는 스칸디나비아의 신화에 독일 전설이 가미되면서 초자연적인 요소가 많이 제거되었는데, 예를 들면 지그프리트는 영화 「바이킹」을 통해 우리나라에서도 널리 알려진 신 오딘(Odin)의 후손이 아니라, 네덜란드의 왕자로서 중세 로망스의 전형적인 영웅으로 변모한다.

니벨룽겐 이야기는 뭐니뭐니 해도 나흘 동안이나 공연되는 바그너의 대가극 「니벨룽겐의 반지(Der Ring des Nibelungen)」로 가장 널리 알려졌으며, 이 4부작에서 "지그프리트"는 3편에 해당된다. 서곡인 "라인의 황금(Das Rheingold, 1869년 작곡)"에 이어, "발퀴레(Die Walküre, 1870)", "지그프리트(Siegfried, 1876)", "제신의 황혼(Götterdämmerung, 1876)"으로 구성되었으며, 일일이 내용을 여기에서 소개할 여유는 없지만, 누구나 한 번쯤은 어떤 형태로든지 접해 봐야 할 만한 작품이다.

프리드리히 헤벨(Christian Friedrich Hebbel, 1813~1863)이 희곡으로 만든 『니벨룽겐의 사람들(Die Nibelungen, 1862)』은 서곡 "불사신의 지

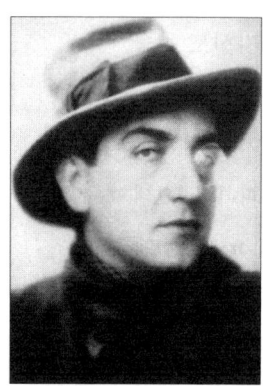

대작 니벨룽겐 영화를 만든
독일의 거장 프릿츠 랑

그프리트," 제1부 "지그프리트의 죽음," 제2부 "크림힐
트의 복수" 이렇게 3부작 11막으로 구성되었다. 헤벨의
희곡에 나타난 구성을 따르면서 『니벨룽겐의 노래』를
독일에서 화면으로 옮겨 무성영화 「디 니벨룽겐」으로
만들어진 때는 1924년, 명장 프릿츠 랑(Fritz Lang)의 손
에 의해서였다. 원작이나 마찬가지로 영화도 2부로 나
뉘어 제1부는 "지그프리트의 죽음(Sigfrieds Tod)"으로
92분 분량이고, 제2부는 "크림힐트의 복수(Kriemhilds
Rache)"이다.

헐리우드 키드는 이 영화를 소사(지금의 부천시) 역
전 극장에서 처음 보았는데, 당시에는 도대체 무슨 영
화인지도 모르면서, 그래도 지그프리트가 용을 무찌르
고 그 피로 목욕을 하는 장면 그리고 잎사귀 하나가 잔
등에 붙어 용의 피가 묻지 않았던 "아킬레스의 건"에
창(어떤 문헌에서는 화살)을 맞고 숲 속의 샘터에서 비
장하게 죽어 가는 장면에 무척 감동했던 기억이 난다.

영화 「디 니벨룽겐」은 거의 80년이 지나 영웅과 호
걸 그리고 쾌남의 시대가 사라져 버린 지금 봐도 신비
감이 생생하다. 무성영화의 무대극적인 과장된 동작
과 서사시적 웅대함이 여전히 시각적으로 유효하기
때문이다. 그리고 타잔 차림의 영웅과, 얼굴이 박쥐처
럼 생긴 개와, 쇠사슬로 묶인 채 거대한 보물 쟁반을
받치고 둘러선 난쟁이들과, 사람들이 물에 들어가 부
교(浮橋) 노릇을 하는 발상에 이르기까지, 프릿츠 랑의
상상력은 한없이 생동한다. 계단을 화면에 가득 담은
결혼식 성당 장면 또한 훗날 윌리엄 와일러의 「벤허」

에서 퀸터스 아리우스가 개선하는 장면이라든가 리처드 도프가 만든 「풍운의 젠다성」에서도 재현된다.

「디 니벨룽겐」의 제1부에는 또한 지그프리트가 숲 속에서 기습해 온 곱추 마법사에게 빼앗은 두건(Tarnkappe)을 쓰고 '투명인간'의 활약을 벌이며, 부르군트의 국왕이 세 경기에서 이겨 브룬힐트를 왕비로 맞도록 도와 주는 장면에서는 마법의 외투를 걸치고 모습을 숨기기도 하는데, 머리에 쓰면 다른 사람들의 눈에 보이지 않게 하는 두건은 말하자면 우리 설화의 도깨비감투에 해당된다.

제2부 "크림힐트의 복수"는 색다른 재미를 제공한다. 음모에 의해서 목숨을 잃은 지그프리트의 미망인은 복수를 위해 흉노족의 왕 에첼(Etzel)과 결혼한 다음 13년 동안 적당한 기회가 찾아오기를 기다린다. 에첼은 4~5세기 경 유럽을 휩쓸었던 유목민 흉노(匈奴)족의 왕 아틸라(Attila 또는 Atli, 406?~453)와 동일 인물이다. 따라서 크림힐트는 서양의 왕에 이어 동양의 왕하고도 결혼을 하는 셈인데, 프릿츠 랑의 영화에서 서양의 왕 지그프리트와 동양의 왕 아틸라를 대비시킨 표현 양식은 퍽 흥미롭다.

결혼한 다음 아틸라(에첼)와 크림힐트가 나란히 선 어느 장면을 보면 영락없이 '미녀와 야수'를 방불케 해서, 아무리 복수에 도움이 될까 하는 마음에 결혼을 했다지만 저렇게 야비하고 비굴하고 야만스럽고 징그러운 남자하고 어떻게 잠자리에 같이 들까 사뭇 걱정스러울 지경이다. 이것은 프릿츠 랑이라는 독일 영화작가가 히틀러적인 백인(아리안) 우월주의에 물들었기 때문은 아니었다. 랑은 히틀러를 싫어하여 1934년 독일을 떠나 헐리우드로 건너갔다.

징기스칸의 경우도 비슷하지만, 서양 영화에서 아틸라를 '인간의 탈을 쓴 용(이교도적인 괴물)'으로 묘사하는 경향은, '황화(黃禍, the Yellow Peril)'라는 표현의 확산과 더불어, 동양에 대한 서양인의 집단적 사고 방식을 통해 하나의 선입견이 기존 개념으로 정착된 부작용의 과정으로서, 아예 처음부터 보편적인 현상이었다.

구체적인 예를 들자면, 「폐허의 수비대(Last of the Comanches, 1952)」나 「광야의 포옹(The Indian Fighter, 1955)」처럼 인상적인 서부극을 선보인 안드레 드 토드(Andre de Toth) 감독이 1961년 유럽으로 건너가 만든 「몽고의 난」에서 13세기에 유럽을 유린하는 징기스칸의 아들 역을 맡아 대단히 야만적인 동양의 영웅을 온몸으로 그려낸 잭 팰런스의 징그러운 모습을 기억하는 사람들이 많으리라고 생각한다. 장-뤽 고다르의 「경멸」이나 서부극 「셰인」에서의 악역에서는 그나마 극적인 '연기'가 가미되었지만, 잭 팰런스의 '야만적 동양인'은 서양인 관객이 알아보기 쉽게 한 두 가지 '본질'만 뽑아 해석을 붙인 허화(caricature)였다.

잭 팰런스는 이러한 동양인 역을 이미 1954년, 아틸라가 로마로 쳐들어가는 내용을 담은 더글라스 서크 감독의 영화 「이교도의 기치(旗幟)」에서도 눈부시게 해냈었다. 이제 생각하면 "이교도의 기치"라는 영화의 제목 자체도 역시 대단히 상징적이었던 듯싶다.

그리고 비록 우리나라에서는 「침략자」라고 바꿔 달기는 했지만, 아예 제목이 「아틸라」였던 영화에서도 로마 공략을 획책하는 아틸라의 역을 비슷한 분장과 비슷한 연기로 앤토니 퀸이 맡아서 해냈었다.

한 가지 관심을 끄는 우연의 일치로서는 「이교도의 기치」와 「침략자」가 모두, 한국전쟁에 중공군이 참전

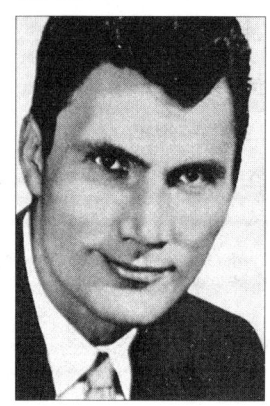

이것이 바로 동양적 영웅상이라고 헐리우드에서 자주 차용했던 잭 팰런스의 (곱게 다듬은) 얼굴이다.

한 지 얼마 후인 1954년에 제작되었다는 사실이다. 뉴스 영화를 통해 중공군의 인해전술에서 파도처럼 밀어닥치는 '동양의 대군(the Mongol horde)'을 지켜보면서 서양인들이 '황화'의 공포를 얼마나 실감했을지 쉽게 짐작이 간다.

이러한 황화의 공포는 프릿츠 랑의 「디 니벨룽겐」 제2부 전체를 관통한다. 역사상으로 아틸라는 447∼50년에 발칸 제국을 유린했고, 451년에 갈리아를 침공하여 잔인성과 노략질로 악명을 떨쳐 "천벌(天罰, the scourge of God)"의 상징이 되었으며, 「니벨룽겐의 노래」에서는 '에첼'의 궁정에서 중공군의 인해전술(人海戰術)을 연상시키는 (또는 예고하는) 처참한 혈전을 벌인 뒤에 서양의 부르군트족과 동양의 흉노족이 공멸한다.

"크림힐트의 복수" 편은 꼿꼿이 서서 크림힐트가 두 눈을 부릅뜨고 지켜보는 가운데 박진감 넘치게 진행되는 파괴의 미학과 살인의 안무 연출도 볼 만하지만, 마술적 분위기를 부여하는 신비한 기하학적 구조물 배경이 영화 미술을 연구하는 사람들에게 훌륭한 교과서 노릇을 한다. 아틸라의 검(劍), 마법적인 고목나무, 공중에 뜬 구름다리, 동굴과 성 안의 원시적인 풍경, 그리고 의상에 동원된 갖가지 무늬는 2년 후에 프릿츠 랑이 만들어내는 또 다른 걸작 「메트로폴리스」의 무늬와 도형으로 이어진다.

"크림힐트의 복수"에서 앙상한 나무를 둘러싸고 빙글빙글 돌아가며 춤을 추던 발가벗은 아이들의 신화적인 분위기는 장-뤽 고다르의 알파빌(Alphaville, 1965)과 리들리 스코트의 21세기 로스앤젤레스(「Blade Runner, 1982」)가 인류의 눈앞에 도래하리라는 미래를 예고하는 듯싶은 메트로폴리스("아득히 먼 곳, 하늘 저 높은 곳")의 기하학적 음산한 분위기 속에서, 머리를 떨군 채 망령(zombie)처럼 줄을 지어 지하 세계로 내려가는 노예(노동자)들이 보여 주는 무기력한 행진으로 바뀐다. 비록 영화의 무대가 과거의 아틸라(지그프리트) 시대이건 미래의 첨단 과학 시대이건 간에, 랑의 군중 연출은 놀라운 일관성을 보인다.

도표화한 동작, 입체파 그림 같은 경사진 건물들, 기계의 일부처럼 작동하는 인간 군상, CCTV 모니터를 갖춘 조종실, 로트방(Rotwang)의 연구실에서 로보트로 복제되는 인간, 여기에다 원작자(Thea von Harbou)는 여주인공 마리아의 연설을 통해 바벨탑의 우화를 배경에 깔아 놓는다.

"어떤 사람이 인간의 위대성을 증명하기 위해 하늘에 닿을 만큼 높은 탑을 지으려고 한다. 그러나 탑을 구상한 사람은 그것을 실제로 짓기 위해 수많은 사람이 어떤 고통을 겪어야 하는지를 알지 못한다. 그

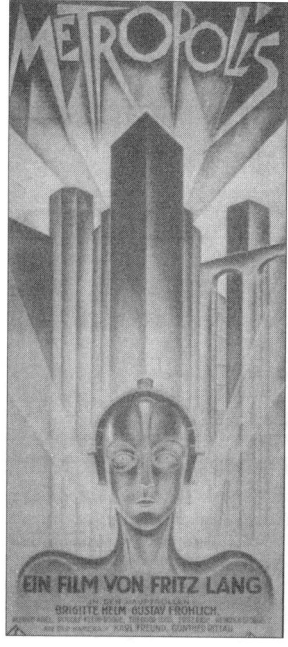
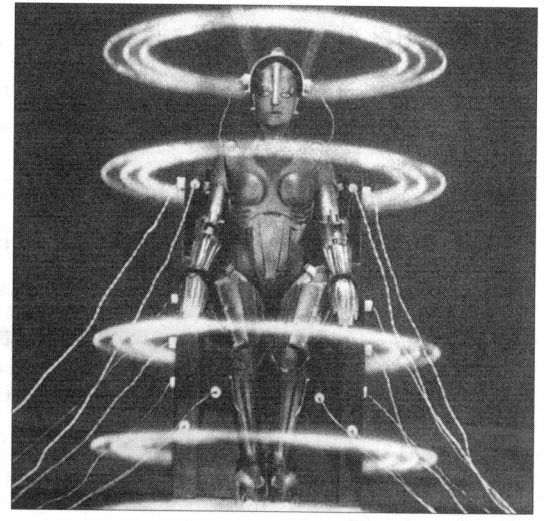

무늬와 도형으로 만든 프릿츠 랑의
「메트로폴리스」 포스터(좌)와 영화의 한 장면(우)

리고 고생을 하는 수많은 사람들은 탑의 꿈이 무엇인지를 이해하지 못한다."

비록 영화가 시작될 때 "이 작품은 어떤 성향, 어떤 정당, 어떤 계층도 대변하지 않는다"라고 지나치게 투명한 변명을 내세우기는 했어도, 관객은 지하에서 노예 생활을 하는 노동자(workers, 勞)들과 지상에서 호화롭게 희롱하는 지배자(master, 使)를 대비시킨 우화가 무엇을 뜻하는지 쉽게 짐작이 가고, 그러한 예각(銳角)을 희석시키기 위해서인지 "기계를 파괴하면 인간 자신도 파멸"이라며 자본주의와 기계 문명의 결탁을 옹호하는 결론을 내린다.

그러나 이러한 논리적 모순을 접어 두고 시각적 예술로서만 「메트로폴리스」를 본다면, 예를 들어 흉노족의 살육 장면("크림힐트의 복수")과 쌍벽을 이루는 광란의 화형(火刑)이나, 지하 도시를 무너뜨리는 홍수의 공포는 헐리우드로 건너간 다음 프릿츠 랑이 보여 주게 될 흑색 세계(film noire)의 맛보기 노릇을 한다. 지하 세계 사고 현장에서 기계가 사람을 실제로 잡아먹는 듯한 인상을 주도록 시각을 혼란시키는 장면은 에첼의 만행에서 느꼈던 공포를 훗날 「격노(激怒)」에서 리 마빈이 글로리아 그래험의 얼굴에 끼얹는 뜨거운 커피의 충격과 쉽게 연결하게끔 유도한다.

「무명가(無名街, The Street With No Name, 1948)」, 「죽음의 키스(Kiss of Death, 1947)」, 「권총무정(拳銃無情, Between Midnight and Dawn, 1950)」 같은 고전 범죄영화가 동서양 전세계의 극장가를 휩쓸고, 마크 롭슨(Mark Robson, 「The Harder They Fall, 1956」)이나 필 칼슨(Phil Karlson, 「The Phenix City Story, 1955」)이라는 이름이 그야말로 손에 땀을 쥐게 만들던 흑색 시대에 「격노」는 프릿츠 랑이 '미국' 감독이기도 하다는 사실을 당당하게 증명한 작품이었고, 「격노」의 주인공 배니언 경사에서 우리는 이미 "더티 해리"의 원형을 만나며, 「더티 해리」 클린트 이

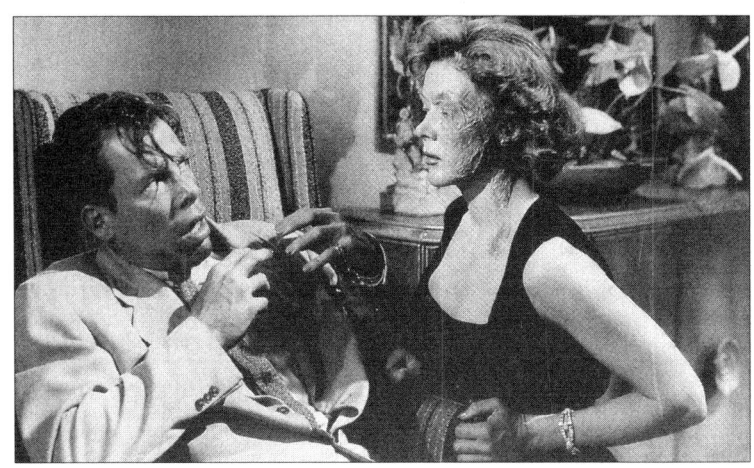

「격노」에서 리 마빈에게 뜨거운 커피의 맛을 통쾌하게 되돌려 주는 글로리아 그래험

스트우드의 대사("Go on, punk. Make my day.")도 글렌 포드의 입을 거쳐("Go on! Pick it up!") 이미 나와 버린다. 경찰 간부와 범죄 조직이 결탁하여 수사관이 '배지와 권총'을 반납하고 고군분투 끝에 승리한다는 공식 또한 이때는 대단히 신선한 호소력을 지녔었다.

찾아보기 ●--

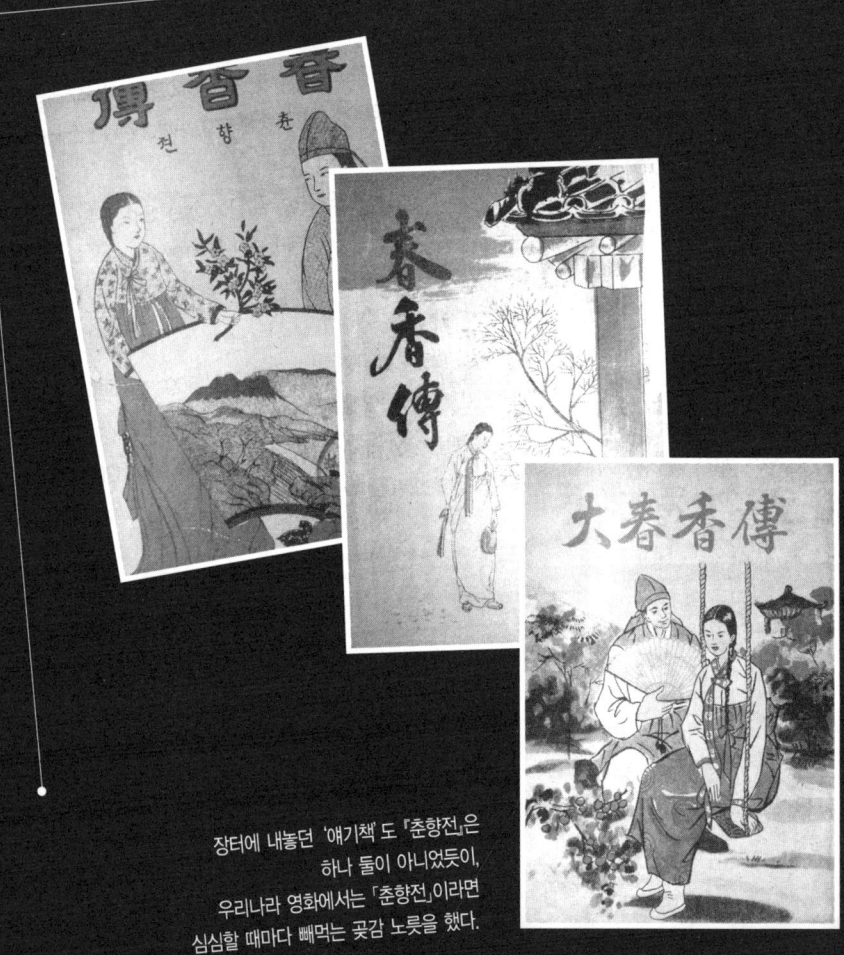

장터에 내놓던 '얘기책' 도 『춘향전』은
하나 둘이 아니었듯이,
우리나라 영화에서는 「춘향전」이라면
심심할 때마다 빼먹는 곶감 노릇을 했다.

　창작 극본의 생산이 현재의 궤도에 오르기 이전, 그보다 앞서 단절된 국교와 문화적 폐쇄의 보호를 받으며 마음놓고 일본 영화를 본격적으로 베껴먹기 이전, 한국 영화는 외국 영화나 마찬가지로 이미 세상에 나와서 돌아다니던 기존의 가사와 문학 작품에 크게 의존했었다. 그러다가 사방에 널린 자료를 거의 다 우려먹은 다음에야 창작을 위한 적극적인 노력이 이루어졌는데, 원작의 각색시대에서 창작 극본의 시대로 넘어온 분기점이, 헐리우드 키드의 개인적인 견해로는, 1950년대 후반기라고 여겨진다.

　구체적인 예를 들자면, 1956~7년에는 우리나라의 전설과 우화 계열의 영화 특히 해학적인 영화가, 해당년도 총제작편수와의 비율에서, 아마도 역사상 가장 많이 만들어졌으며, 이때부터 우리 옛이야기가 서서히 괄시를 당하기 시작하더니 지금에 이르지 않았나 생각된다.

　56년과 57년에는 각각 30편과 37편의 한국 영화가 제작되었는데,

목록을 살펴보면 이렇다. (괄호 안의 이채로운 분류 방법은 대한민국 정부 당국에 의한 것이다.)

1956―「교차로(交叉路, 통속물)」, 「해정(海情, 통속물)」, 「단종애사(역사물)」, 「비류(悲流, 통속물)」, 「구원(久遠)의 정화(情火, 종교물)」, 「처녀별(통속시대물)」, 「격퇴(實記물)」, 「청춘쌍곡선(희극물)」, 「포화 속의 십자가(군사물)」, 「벼락감투(풍자시대물)」, 「천추의 한(통속시대물)」, 「자유부인(통속물)」, 「왕자호동과 낙랑공주(통속시대물)」, 「장화홍련전(통속시대물)」, 「옥단춘(통속시대물)」, 「유전(流轉)의 애수(통속물)」, 「물레방아(문예물)」, 「인생역마차(활극통속물)」, 「마의태자(전기시대물)」, 「애인(통속물)」, 「심청전(통속시대물)」, 「애정파도(통속물)」, 「논개(역사물)」, 「봉선화(통속시대물)」, 「여성의 적(희극물)」, 「서울의 휴일(통속물)」, 「사도세자(역사물)」, 「시집가는 날(풍자시대물)」, 「숙영낭자전(통속시대물)」, 「백치 아다다(문예물)」

1957―「황진이(전기시대물)」, 「대춘향전(통속시대물)」, 「처와 애인(통속물)」, 「여성전선(통속물)」, 「잊을 수 없는 사람들(통속물)」, 「배뱅이굿(풍자시대물)」, 「마인(魔人, 추리물)」, 「아리랑(통속물)」, 「산유화(통속물)」, 「애원(愛怨)의 고백(통속물)」, 「그여자의 일생(통속물)」, 「나는 너를 싫어한다(통속물)」, 「산적의 딸(활극시대물)」, 「사랑(통속물)」, 「다정도 병이런가(통속물)」, 「운명의 여인(통속물)」, 「찔레꽃(통속물)」, 「김삿갓(전기시대물)」, 「전후파(통속물)」, 「무영탑(전설물)」, 「선화공주(통속시대물)」, 「잃어버린 청춘(통속물)」, 「실락원의 별(통속물)」, 「청실홍실(통속물)」, 「항구의 일야(통속물)」, 「봉이 김선달(풍자시대물)」, 「황혼열차(통속물)」, 「오해마세요(풍자물)」, 「진리의 밤(통속물)」, 「순애보(통속물)」, 「가거라 슬픔이여(통속물)」, 「나그네 설움(통속물)」, 「천지유정(희극물)」, 「인생화보(통속물)」, 「풍운의 궁전(궁중물)」, 「속·자유부인(통속물)」, 「노들강변(활극통속물)」

위 67 편을 분류해 보면 역시 통속물이 절반을 넘는 35 편이고, 다음이 시대물로 18 편이다. 후자에 역사물 3, 종교물 가운데 천주교 탄압의 '역사'를 배경으로 한 「구원의 정화」 1, 전설물과 궁중물 각 1 편씩을 추가한다면 역사를 기초로 삼은 영화는 전체에서 3분의 1에 달하는 24 편이다. 그리고 그들 역사물이란 현대 소설은 물론이요, 구전 문학이나 설화 또는 조선 시대의 소설과 판소리를 '원작'으로 삼았다.

여기에서 우리 판소리는 서양 구전 문학의 토양 노릇을 한 음유시인들의 노래와 여러 면에서 상당히 비슷하다. 그리고 물론 알려진 판소리 마당은 거의 모두 영화로 만들어졌다. 그리고 판소리 작품들 가운데 이미 여러 사람이 지적한 바와 같이 기회가 생길 때마다, 만만하거나 욕심이 생겨서, 영화로 만들어 간판을 내걸고 또 그때마다 거의 예외없이 성공을 거듭해 온 작품을 꼽는다면 단연 「춘향전」이다.

우리나라에서 최초로 만들어진 「춘향전」(早川孤舟 감독, 각본, 편집)은 1922년의 무성영화였으며, 1935년에는 경성촬영소에서 제작한 한국 최초의 발성영화 「춘향전」이 이명우 감독에 문예봉과 한일송 주연으로 태어났는데, 10월 4일 개봉일에는 다른 영화보다 입장료를 두 배인 1원을 받았음에도 불구하고 단성사 앞길을 인파로 메웠다고 한다. 영화에서 대문을 여닫는 소리와 다듬이 방망이를 두드리는 소리가 신기하고, 별로 많지 않았던 대화가 조선어였기 때문에 그토록 인기였다.

발성영화 「춘향전」의 배역은 문예봉이 춘향, 한일송이 변사또를 맡았지만, 누가 이도령 역을 했는지는 자료가 남아 있지 않다. 상영 시간도 알 길이 없다. 그러나 방자 역은 이종철이었다고 전해 내려오는 것으로 미루어 보아, 역시 춘향 이야기에서 정작 두 주인공보다 방자와 향단의 인기가 더 했던 현상은 그때도 변함이 없었던 듯싶다. 훗날 영화 「오부자」에서 양훈, 양석천, 구봉서 같은 후배들을 모두 아들로 거느리게 되는 이종철은 희극배우로 대성하여, 무대극에서 '눈물의 여왕'이라는 명성을 얻었으며 인상부터가 무척이나 비장했던 전옥과 더불어 양극(兩極)에서 한때를 풍미하게 된다.

신흥키네마에서 연출 수업을 했던 이규환 감독은 「춘향전」이 크게 성공을 거두자 이듬해(1936년) 5원을 들여 음향 필름 토막 두 통을 사다가 경상북도 현충 시골로 가지고 내려가 15일 만에 속편 「그후의 이도령」을 급조해 대구와 시골 등지에서 크게 흥행에 성공했다. 문예봉에 이보원(李晋遠)과 독은기(獨銀麒)를 주연으로 내세운 「그후의 이도령」은 변학도에게서 춘향을 구출하여 서울로 올려보내고 난 다음 민정을 살피러 암행길을 다시 떠난 이몽룡이 어느 날 산중 외딴집에 머물게 되는데, 알고 보니 집 주인 내외가 고개를 넘는 손님들의 물건에 목숨까지 빼앗는 흉악범들이어서 붙잡아 관가에 넘기고 다시 길을 떠난다는 박문수식 줄거리이다.

이규환 감독은 해방과 전쟁을 거친 다음 1955년 비장한 각오로 각본과 편집까지 겸하면서 이민과 조미령을 주연시켜 본격적인 「춘향전」 영화를 내놓아 국도극장에서 12만 명의 관객을 동원하는 대성공을 거둔다. 당시 서울 인구가 150만이었으니, 열 명 가운데 한 사람이 본 셈이다. 물론 그 속에는 헐리우드 키드도 끼어 있었다.

당시 춘향 역은 신인을 쓰기로 해서 이화여대 재학생을 발굴했지만 학교측의 완강한 반대로 무산되었다는데, 영어를 제대로 하지도 못하는 인기 가수를 영어 특기생으로 뽑아 준 요즈음의 대학과 비교해 보면 격세지감이 느껴진다. 이도령 역을 맡았던 이민은 한국전쟁 당시 대구 피난살이 시절 어느 다방에서 이규환 감독을 존경한다는 뜻으로 커피 한 잔을 대접한 인연으로 사이가 가까워져 발탁이 되었다고 하니, 참으로 가난하고 서러웠던 연예인들의 '딴따라 시대'가 실감나는 전설 같은 얘기이다. 전택이와 노경희 부부가 방자와 향단 역이었다.

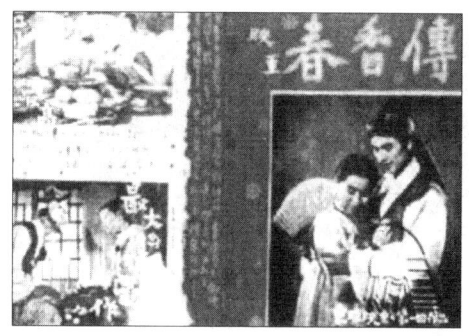

1955년에는 서울 인구 150만 가운데 12만이 이민과 조미령의 「춘향전」을 구경하며 한숨을 지었다.

이어서 1957 김향 각본과 감독으로 여성국극단의 창극을 그대로 필름에 옮긴 아주 특이한 「대춘향전」이 나타나고, 1958년에는 안종화 감독에 최현과 고유미가 주연을 맡고 '눈물의 여왕' 전옥이 월매 노릇을 하는 「춘향전」이 선을 보였다.

명작과 고전을 보면 항상 멜 브룩스처럼 비틀어 보고 싶어하는 사람들이 나타나게 마련이고, 그래서 1960년에는 '홀쭉이와 뚱뚱이'에 다 '막둥이와 합죽이' 그리고 '후라이보이와 살살이'의 활동이 왕성하던 코미디 전성기를 타고, 드디어 이주홍 '원작'에 이경춘 감독 박복남 주연으로 「탈선 춘향전」이 나왔다.

1963년에는 신영균과 조미령 주연에 이동훈 감독이 만든 「한양에 온 성춘향」이라는 돌연변이도 나타났는데, 이규환이 1936년에 만든 「그후의 이도령」하고는 성격이 좀 다른 '속편'이어서, 이몽룡이 변학도를 응징한 다음 춘향을 데리고 한양으로 상경하자, 복수를 하려고 벼르던 변학도가 당파 싸움에 편승하여 노론이 득세한 이후 소론 편이던 이몽룡과 춘향을 괴롭힌다는 내용이다.

춘향 영화의 절정은 1961년, 홍성기 감독에 그의 아내 김지미가 주연인 「춘향전」과 신상옥 감독에 그의 아내 최은희가 주연인 「성춘향」이 시네마스코프로 맞붙었을 때였다. 거의 동시에 만들기 시작하여 신고 접수 문제부터 대결 양상을 보이더니 그야말로 치열한 제작 경

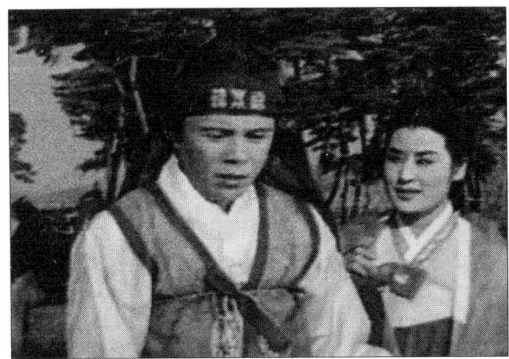

최은희가 패물까지 팔아 가며
만들었다는 「성춘향」은 또다시
춘향사(春香史)의 기록을 갱신했다.

쟁을 거쳐 겨우 열흘 간격으로 국제극장과 명보극장에 영화를 내걸
었는데, 지방 흥행업자들이 뒤를 밀었던 홍성기-김지미 부부의 영화
는 참패를 당했고, 제작비가 모자라 최은희가 패물을 모두 내다 팔기
까지 했다는 신필림 제작의 「성춘향」이 오히려 압도적인 승리를 거두
어 75 일 만에 36만 명의 관객(당시 서울 인구 250만)을 동원했다.

두 영화의 성공과 실패를 놓고 분석과 의견이 분분했는데, 헐리우
드 키드가 당시에 받았던 인상은 신상옥-최은희 판 춘향 이야기가
배역에서 대단히 앞섰다는 점이다. 「춘향전」은 이도령 역의 신인 신
귀식에서부터 시작하여 썩 눈길을 끌지 못했던 반면에, 「성춘향」은
막상 주연을 맡았던 김진규와 최은희를 제쳐 두더라도, 방자와 향단
역을 맡았던 허장강과 도금봉 그리고 이예춘의 변학도를 구경하기가
훨씬 즐거웠던 기억이 뚜렷하다.

춘향과 몽룡의 수난이 계속되는 동안 긴장감을 푸는 희극적 막간
(comic relief) 노릇을 하라고 등장시킨 방자와 향단이 웃을 여유를 주
는 데서 그치지 않고 오히려 더 많은 흥미를 유발해서 약방의 감초가
아니라 아예 주인공 행세를 한다는 점은 춘향 얘기가 지닌 한 가지
묘미이다. 양반스런 겉치레와 번거로운 격식을 갖추느라고 두 주인공
이 무게를 잡으며 시간을 끄는 동안 방자와 향단은 내놓고 희롱하며

실속을 차린다. 아마도 이것은 방자와 향단이가 얘기의 주인공이기를 은근히 바라는 서민들의 마음을 반영했기 때문일 것이다. 그러한 욕구를 충족시키려는 듯 1972년에는 아예 「방자와 향단이」라는 영화도 선을 보였다. 이렇게 주인공보다 '감초' 가 더 두드러지는 영화를 우리는 나중에 신필름과 같은 성씨의 가문(?)인 신씨네에서 만든 「구미호」에서도 독고영재와 방은희를 통해 경험한다.

두 편의 춘향 영화가 혈투를 벌인 다음 10 년이 지난 1971년에는 이어령 '원작' 의 「춘향전」이 태창영화사에서 나왔으며, 1968년에는 김수용 감독이 홍세미를 데뷔시켜 「춘향」을 만들어 일본과 미국에 수출하고 제54회 시카고 영화제에 출품까지 했다.

1976년에는 이문웅 '원작' 에 박태원 감독의 「성춘향전」이 나왔는데, 신상옥의 「성춘향」에서 인상적인 변학도 역을 했던 이예춘의 아들 이덕화가 이몽룡으로 출연했다. 1987년에는 한상훈 감독의 「성춘향」이 나왔으며, 춘향 이야기는 결국 임권택 감독의 손을 거쳐 20세기를 마무리한다.

「서편제」에서 판소리에 맛을 들인 임권택 감독이, 향단이와 방자의 역할은 거의 눈에 띄지도 않게 가려 놓은 김명곤의 각색에, 명창 조상현의 창을 해설로 삼아 '한국형 뮤지컬' 로 만든 「춘향뎐」은 공상과학과 대량 살상이 판치는 외국형 한국 영화와 만국형 외국 영화의 틈바구니에서 그네를 뛰는 춘향의 모습을 가지고 제53회 깐느 영화제 본선 경쟁 부문에 진출했으며, 헐리우드 화법이 아닌데도 불구하고 두루두루 외국에서 눈길을 끌어 미국과 프랑스 등에 수출 계약을 했다.

그렇다면 서양 관객은 「춘향뎐」을 통해 한국인의 가치관과 논리를 어떤 식으로 이해할는지 궁금해진다.

여담이지만, 「춘향전」을 가만히 뜯어 보면 변학도보다 오히려 이몽룡이 악역이라는 해석도 가능하다. 기생의 딸이라며 춘향을 무시하고

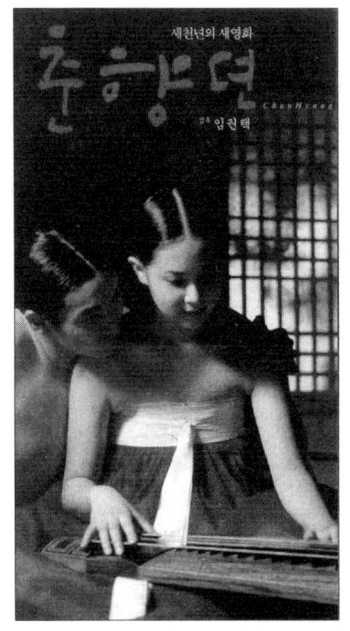

고생시키는 사람은 변사또보다 정작 이도령
이기 때문이다. 이도령은 겨우 열여섯의 나
이에 고관대작의 자제랍시고, "기생의 딸이
라니, 그거 잘 되었구나"라며 광한루에서 처
음부터 창녀 취급을 하면서 춘향을 방자더
러 데려오라 하고, "야, 타"라는 명령을 듣지
않자 한밤중에 춘향의 집으로 쳐들어가서
아무런 법적인 구속력도 없고 나중에 변사
또 앞에서 정식 부부라며 결혼의 증거로 제
출치도 못하는 엉터리 각서 한 장을 치마폭
에 써 주면서 결혼을 빙자하고 처녀인 춘향의 몸을 범하는가 하면, 한
양으로 쫓아가겠다고, 데려가 달라고 울부짖는 몸 버린 여자한테 "장
원급제를 하면 사람을 보내 데려가마"고 헛 약속을 하면서 떼어 버리
고 도망가서는, 3년 동안 편지 한 장 보내지 않고, 막상 암행어사가
되어 남원으로 돌아와 변학도를 잡아 넣은 다음에도 그동안 감옥에
서 그토록 고생한 춘향을 얼른 위로해 줄 생각은 하지 않고 "지나가
는 어사인 나에게도 수청을 들지 못하겠느냐"고 시험할 정도로 비열
하고 잔인한 남자이니, 분명히 악역이다.

춘향의 고매한 자질로 꼽히는 '수절' 또한, 도대체 그렇게 믿지 못
할 남자를 기다리는 속셈이 무엇인지, 보는 각도에 따라 혹시 불순한
의도가 담기지는 않았을까 의심이 가기도 한다. 광한루에서 이도령이
수작을 걸어왔을 때도 "나는 꽃이니 나비인 네가 따라와야 한다"고
발랑거리며 간접적인 유혹을 하는가 하면, 만난 첫날밤에 몸을 주는

헤픈 여자가 어찌 갑자기 수절을 하는지, 논리가 분명치를 않다.

만일 춘향에게 숨겨진 동기가 있었다면, 그것은 월매의 언행에서 나타나는 바와 일치하리라고 믿어진다. 월매는 한밤중에 딸을 범하러 찾아온 고관대작의 아들을 처음부터 반색한다. 딸을 팔아서 출세를 해 보려는 욕심이 계산 빠른 포주처럼, 지나칠 만큼 노골적이다. 실제로 향단에게 "일만 잘 되면 춘향이 팔자 고친다"는 말까지 한다.

그리고 변학도의 부름을 받았을 때도 월매는 춘향에게 누구누구는 어느 사또한테 잘 보여 무슨 득을 보았다고 설명하며 "변사또에게 잘 보여라"고 설득한다. 그리고는 결국 상황이 완결된 다음에는 "나는 암행어사의 장모"라면서 덩실덩실 춤을 춘다. 주변에서 부러워하는 여자들에게 "아들 낳기 바라지 말고, 딸 낳아 잘 길러서" 횡재하자는 충고를 하면서 말이다. 이것은 시집을 잘 가거나 딸을 잘 키워 '좋은 남자' 만나서 팔자를 고쳐 보겠다는 신데렐라 증후군(Cinderella syndrome)의 전형적인 예이다.

역시 과장된 성격 묘사여서 입체적인 현실감이 모자라기는 하지만 「춘향전」에서 그나마 가장 일관적인 논리를 펴는 사람은 변학도이다. 전관 사또의 새파랗게 젊은 아들이 데리고 놀다가 버리고 간 기생의 딸한테, 처녀도 아닌 몸으로 수청을 들라고 요구할 권리는 분명히 그에게 있었고, 온갖 이상한 시구를 지어 가며 발칙하게 사또한테 도덕 강의를 펴는가 하면 훈계까지 늘어 놓았으니, 나중에 부패와 비리와 춘향 괴롭힘 혐의로 체포된 다음에 사또가 당당하게 밝혔듯이, "국사문란의 죄"는 오히려 춘향의 몫이었다.

그렇다면 왜 사람들은 냉큼 그녀를 버린 남자를 위해 멍청하게 수절하는 춘향의 모습을 보면서 즐거워하는가? 현실이었다면 한양 간 3년 사이에 이몽룡은 나이가 차서 이미 정식 결혼을 하고도 남았을 텐데, 절반 기생의 몸으로 무슨 일부종사(一夫從事)라면서 매를 맞고 목숨까지 바치는가? 그러한 쓸데없는 "여자의 도리"를 강요한 작가는 남성 위주의 윤리관으로 인해 『사랑방 손님과 어머니』처럼 어리석은 '열녀'를 미화하던 남존여비 사상의 노예는 아니었을까?

그러나 이런 생각은 모두가 논리성에 입각한 주장이다. 아무리 그렇게 비논리적인 인물들이 펼쳐 가는 얘기이지만, 우리는 지금까지도 춘향 이야기가 무대에 오르기만 하면 얼른 찾아가서 구경을 한다. 그것은 아마도 춘향이 우리의 정서를 대표하는 인물이기 때문일 터이다.

방정맞게 튀는 요즈음 비디오 게임 영화들 한가운데서 「춘향뎐」은 느긋한 창으로 이어지고, 한가한 풍경을 보여 준다. 그리고 고난이 시작된 다음에는 춘향더러 기다리라면서 고진감래의 교훈을 가르친다. 쥐구멍에도 볕들 날이 있다고 믿으라 한다. 과연 한 번도 볕이 들지 않는 쥐구멍에 언제 어떻게 볕이 들고, 또 얼마 동안이나 볕을 보게 되는지 합리적인 설명도 없이, 자꾸만 무작정 기다리라고 한다. 보상의 맛과 기쁨은 기다림의 길이와 같다는 원칙을 내세우면서 말이다.

춘향의 기다림은 한이 없다. 그것은 끝나지 않는 기다림이어야 논리에 맞는 그런 도박인데도 말이다. 요즈음 대박을 꿈꾸며 탄광촌 카지노와 코스닥 시장으로 몰려드는 수많은 사람들의 꿈이 오히려 춘향의 기다림보다는 훨씬 현실적이다.

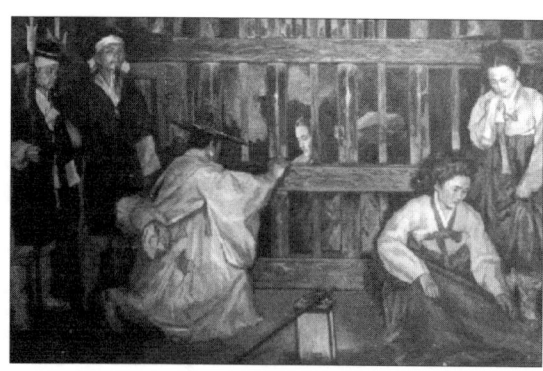

감옥으로 면회를 갔을 때
미리 귀띔이라도 해서
춘향의 고통을 덜어주기는커녕,
이몽룡은 마지막 순간까지
춘향을 괴롭힌다.

그러나 영화는 현실이 아니다. 『몽뜨 크리스또 백작』 역시 현실이 아니다. 그러나 이몽룡이 장원급제를 하는 순간 관객은 한국판 몽뜨 크리스또 백작의 복수가 시작되리라는 기대감에 부풀고, "암행어사 출두여!" 소리가 들려오면, 그동안 기다리고 참았던 모든 고통이 엿물처럼 녹아 내린다. 그것은 완벽한 기쁨과 보상의 장치이다.

"꿈을 안고 살아가는 거야"라는 식상한 표현이 아직도 문학과 영화에 가끔 등장하는 것을 보면, 우리 주변에는 아직도 춘향처럼 신데렐라가 되는 꿈을 꾸는 여자와 흥부의 박씨를 제비가 물어다 주기를 기다리는 놀부처럼 대박의 꿈을 버리지 않는 남자가 많은 모양이다.

찾아보기 ●

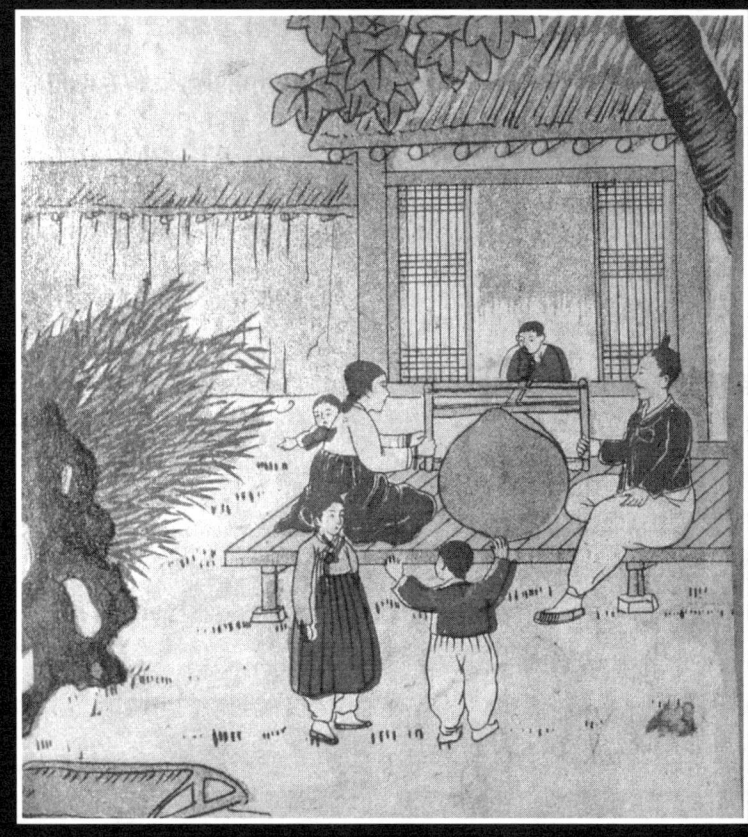

흥부와 놀부의 가치관에 대해서는 이미 한 세대 전부터 사람들이 재평가를 시작했다. 흥부는 산아제한조차 하지 않았던 무책임한 인물이요, 놀부는 요즈음 말로 '재테크'에 능한 현대적 인물이라고.

비논리성의 즐거움

「춘향가」 못지않게 사람들의 사랑을 받는 판소리여서 박동진 옹이 텔레비전 광고에 나와서까지도 "제비몰러 나간다"고 한 마디 불렀던 「흥보가(박타령)」 또한 현대적인 사고 방식으로 곰곰이 따져 보면 참으로 비논리적인 얘기이다.

흥부와 놀부의 얘기는 결론(denouement) 부분이 개미와 베짱이에 관한 우화와 참으로 비슷하다. 호박에 말뚝 박고 똥싸는 아이 주저앉히고도 모자라서 제비 다리를 분지른 놀부는 정말로 나쁜 사람이다. 그러나 놀부는 비록 도깨비한테 잠시 혼이 나기는 하지만, 결국 그가 괄시하고 괴롭히던 동생 흥부가 도와 주는 바람에 다시 남부럽지 않게 잘 살게 된다. 그런가 하면 베짱이도 여름 내내 놀기만 하다가 겨울이 닥쳐 잠시 배가 고프기는 하지만, 결국 개미로부터 식량을 지원받는다.

그러니까 놀부와 베짱이는 무척 오랜 기간 동안 인생을 제멋대로 즐기고, 나중에 대단히 짧은 기간 동안 곤경에 처하기는 하지만 마음씨 좋은 흥부와 개미 때문에 제대로 죄값을 치르지도 않는다. 아마도 이런 서민층의 너그러운 사고 방식 때문에 우리나라에서는 정치가들이 아무리 독재와 나쁜 짓을 많이 해도 쉽게 용서를 받은 다음 그동안 비리를 저질러 가며 부정축재한 돈으로 편안하게 노후를 보내는지도 모를 일이다.

누군가는 능력도 없으면서 자식만 주렁주렁 무책임하게 낳아 놓은 흥부보다는 현실주의자인 놀부를 우리가 더 본받아야 한다는 자본주의적인 새로운 해석을 내놓기도 했었다. 아무리 살펴봐도 흥부는 살기 위해 악착같이 노력한 흔적이 보이지를 않고, 기껏해야 형한테 비럭질을 갔다가 형수한테 주걱으로 뺨을 맞고 밥알 몇 톨을 버는데, 결국 제비가 물어다 준 박씨 하나로 횡재를 한다. 박씨가 싹이 나고 잎이 피어 무럭무럭 자라서는 '대박'이 열린 것이다. 하지만 놀부는 동생한테도 헤프게 베풀지를 않고 자린고비 노릇을 해서 개미처럼 열심히 돈을 모아 경제를 건강하게 일으켜 세운다.

그런 주제라면 하나의 '이설'로 영화에서 다룰 만도 하겠는데, 아직은 그런 식의 '빗나간' 흥부와 놀부 영화는 없었다. 흥부와 놀부 얘기가 처음 영화로 선보인 것은 1925년, 2년 전에 「춘향전」에서 주연을 맡았던 김조성이 감독하고 문수일이 주연한 무성영화 「놀부흥부」였다. 1950년에는 이경선 감독에 주증녀와 허영 주연의 「흥부와 놀부」, 그리고 1967년에는 우리나라 최초의 인형극인 「흥부와 놀부」가 선을 보여 제5회 청룡상 비극영화(非劇映畵) 작품상을 수상했고, 1970년에는 동남아로 수출까지 했다.

「이설 놀보가」는 끝내 나오지 않았지만, 김화랑 감독이 1959년에 '홀쭉이와 뚱뚱이' 그리고 조미령을 내세워 희극영화 「흥부와 놀부」를 만들었다.

열녀 춘향과 한국판 '백마를 타고 오는 왕자님' 이몽룡 그리고 포악한 변학도에 대한 기성 관념뿐 아니라, 법대로 살면 흥부처럼 가난하고 무능한 시민이 되며 재벌이나 권력층이 되어 재물과 안정된 생활을 하려면 놀부처럼 악인이 되어야 한다는 한국적 진실(고정관념)을 평가절하하려는 "뒤집어 다시 보기"란 놀부처럼 심술보가 하나 더 뱃속에 들어앉아 오장칠부(五臟七腑)인 사람이나 즐기는 악취미처럼 여겨질지도 모르겠지만, 지나간 시절의 가치관과 윤리관을 지금의 잣대로 재보면 우리들이 살아가는 동안 세상이 얼마나 빨리 그리고 많이 변하는지를 실감하게 된다.

봉이 김선달의 얘기가 그렇다. 아마도 포케몬 세대의 아이들은 봉이 김선달이 누구인지 알지도 못하리라는 생각이다. 우리말보다 영어를 더 열심히 공부하고, 일본 만화에 열광하며 청각보다는 시각으로 알려진 가수들의 소음(노래)을 듣고 성장하는 아이들이라면 대동강 물을 팔아먹은 김선달 얘기를 들어 볼 기회가 거의 없겠기 때문이다. 그리고 혹시 얘기를 듣더라도 그까짓 물장수가 무엇이 그리 대단하냐고 반문하리라. 요즈음 맹물을 플라스틱 병에 담아서 팔아먹는 생수 장사가 얼마나 많으냐면서 말이다.

김선달 영화는 1957년 '풍자시사물' 「봉이 김선달(鳳伊 金先達)」이라는 희극으로 첫 선을 보였고, 10 년 후에는 역시 희극이기는 하지만 「천하호걸 김선달(1968)」을 통해서 '사기꾼의 영웅만들기'가 이루어진다. 「천하호걸」에서 "기지와 재치가 뛰어난" 김선달은 평양감사의 밀서를 상감에게 올리러 길을 떠나는데, 그런 중책을 맡고도 출장비를 한푼도 받지 못해서, 온갖 꾀를 부려 공술을 얻어먹고 심심풀이로 곤경에 처한 사람들을 구해 주기도 한다는 여행기(road movie)이다.

실제로 헐리우드 키드는 초등학교에서 선생님한테 봉이 김선달 얘기를 듣고는 얼마나 엉뚱하고 희한한 '멋쟁이'인가 하는 인상을 받았었다. 그러니까 40년 전만 해도 "호랑이가 담배를 피우던 시절"이 아니라 "사람들이 봉이 김선달 얘기를 하던" 까마득한 옛날이 되어 버리고 말았다.

과거의 사고 방식을 현대의 시각으로 해석하는 행위에 대한 당위성은 이만큼에서 설명을 끝내고, 이번에는 판소리뿐 아니라 문학과 창극, 그리고 연극으로 우리에게 익숙한 『심청전』에서 못 믿을 만큼 엉성한 논리를 찾아보자.

우선, 심학규(沈鶴圭)는 몽운사(夢雲寺) 주지의 말대로 공양미 3백 석을 절에 시주했지만, 참으로 복잡한 우여곡절을 겪은 끝에 딸 청이를 다시 만나 어디 내 딸 한 번 보자고 외칠 때까지 눈을 뜨지 못했다. 그렇다면 심봉사는 스님에게 사기를 당한 셈이다. 그런데 왜 심봉사는 몽운사로 찾아가 인당수에 빠져 죽은 딸을 살려내라든가 아니면 쌀이라도 도로 내놓으라고 한 마디 항의조차 하지 않았을까, 참으로 알 길이 없다.

청이도 그렇다. 바닷물에 몸을 던진 후 하늘의 상제와 용왕의 도움을 받아 목숨을 건져 결국 천자의 보호를 받게 되는데, 그런 정도의 총애를 받는 몸이라면 사람을 보내 아버지를 모셔다가 함께 살았으면 그만이다. 심학규는 황해도 황주군 도화동에 살았으니 찾기도 어렵지 않다. 그런데도 왜 번거롭게 전국 맹인잔치를 벌여서야 아버지와의 재회가 이루어지는가?

그리고 청이가 "아버지!"라고 외쳐 부르는 소리를 듣고 심봉사가 눈을 뜨게 된 순간, 왜 잔치에 참석 중인 다른 모든 맹인까지 눈을 떠야 하는가? 공양미를 절에 시주한 적도 없고 효성스러운 딸을 두지도 않았는데도 말이다.

하지만 사람들은, 특히 「심청가」 시절에는 작품을 그렇게 세세히 분석해 가면서 보지를 않았다. 감동과 행복은 과학으로 분석이 되지

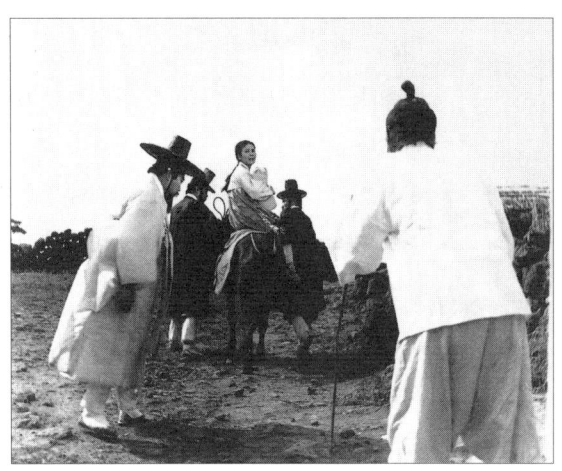

청이가 인당수로 팔려 간 다음에도 눈을 뜨지 못한 심봉사는 왜 절로 찾아가서 사기를 당했다고 항의하며 공양미 3백 석을 돌려받지 않았을까?

않기 때문이다.

「심청전」이 옥련화(玉蓮花)를 타고 처음 무성영화로 나타난 것은 1925년으로서, 윤백남이 기획과 제작을 맡았고, 이경손 감독이 연출했다. 어느 기록에는 김정숙과 남궁운 주연이었고, 또 다른 기록으로는 라운규가 주연이라고 했으니 우리나라의 문화 자료의 수준이 어느 정도인지 쉽게 알 만하다. 1937년 안석영 감독에 김소영과 김신재 주연의 「심청」을 거쳐, 1956년에는 이규환 감독이 '청순가련형' 이경희와 노재신을 주연으로 써서 「심청전」을 만들었으며, 1962년에는 신필림이 도금봉과 허장강을 주연시켜 「대심청전」을 내놓았고, 10 년이 지난 다음 신상옥 감독은 윤정희 주연으로 다시 「효녀 청이」를 만들었다.

송만재(宋晩載)의 『관우희(觀優戲)』와 정노식(鄭魯湜)의 『조선창극사(朝鮮唱劇史)』에는 작품 목록에 차이가 나기는 하지만 우리나라 판소리는 열두 마당으로 꼽았고, 그 가운데 우리는 지금까지 「춘향가」와 「심청가」와 「흥부가」를 살펴보았는데, 신재효가 지어서 지금까지 전해 내려오는 여섯 마당 가운데 「적벽가」는 중국의 고전 『삼국지연의』를 바탕으로 하였으니 우리 영화로 만들기는 어렵겠고, 「토별가(兔鼈歌, 일명 "水宮歌" 또는 "토끼타령")」는 만화영화의 소재로나 적당하겠다.

판소리 「옹고집타령(甕固執打令)」은 전해지지 않지만, 창극본 풍자소설『옹고집전』을 보면, 놀부만큼이나 못된 옹고집을 혼내주기 위해 취암사의 도사가 가짜 옹고집을 만들어 진짜와의 송사에 이기고는 아내를 빼앗아 데리고 살며 아이까지 몇을 낳게 만든다. 놀부와 베짱이처럼 옹고집이 한참 고생을 한 다음 뉘우치자 도사가 나타나 가짜를 초인(草人)으로 그리고 그가 낳은 아이들은 짚뭉치로 만든다는 불교 설화에 바탕을 둔 작품인데, 영화로는 정한숙(鄭漢淑) 원작을 이강원 감독이 만든 「옹고집」이 나왔다.

「배비장타령」 역시 판소리는 없어지고 풍자소설 형태로 전해지는데, 아내와의 약속을 지키기 위해 금욕을 하는 배비장을 사또가 기생 애랑을 시켜 유혹하여 골탕을 먹이는 내용으로서, 영화로는 채만식의 '원작'을 신상옥 감독이 화면에 옮긴 「배비장(裵裨將)」이 있다.

채집된 여섯 마당의 판소리 가운데 「가루지기타령」은 영화로 만들기에 썩 좋은 소재처럼 여겨진다. 성(sex)을 우려낸 물건들이 가장 팔아먹기 쉬운 유사 예술 상품이기 때문이다.

「변강쇠타령」, 「변강쇠전」, 또는 한역하여 「횡부가(橫負歌)」라고도 알려진 이 작품의 제목에서 '가루지기'는 '송장'이라는 뜻으로서, 서민이 죽었을 때는 거적으로 둘둘 말아 지고 가기 때문에 생겨난 표현이다. 주인공은 서도에서 난 잡년 옹녀(雍女)와 남도에서 난 잡놈 변강쇠로서, 둘 다 색이라 하면 적당한 상대가 없을 지경이다. 개성에서 만난 그들은 당장 결혼하여 지리산으로 들어가 사는데, 변강쇠가 장승을 패어 때다가 동티가 나서 뻣뻣하게 선 채로 죽어 버린다. 그러자 옹녀와 살겠다고 덤빈 중, 초란이, 풍각장이가 여덟이나 죽고, 각설이

패와 마종군들이 그 송장들을 가로 지고 북망산으로 가게 되는데, 이만하면 예술을 빙자한 음란 영화를 만들기에는 부족함이 없겠다.

「가루지기」는 변강쇠전에다 현대적 시각을 가미한 고우영의 만화가 '원작'으로서, 사마귀와 거미의 살을 받고 태어난 옹녀가 거쳐 갈 때마다 뭇 사내들이 죽어 가고, 그러다가 그녀를 감당할 만한 사내 변강쇠가 나타나면서 전개되는 상황을 다룬다. 감독 고우영과 주연 이대근의 이름을 보면 내용은 쉽게 짐작이 간다.

1986~87년에는 원미경과 이대근 주연의 「변강쇠」 그리고 원미경과 김진태 주연의 「속 변강쇠」가 연달아 나왔다.

「가루지기」와 같은 계열의 영화로서는 엮은이와 연대가 미상인 조선조 때의 음담패설집 『고금소총(古今笑叢)』을 기초로 삼아 만든 3부작도 나왔다. 1편의 주연 남자배우는 역시 이대근이다.

정노식의 『조선창극사』 목록에 포함된 『숙영낭자전』은 원각사 이후에 판소리로 되었지만 전통적인 것으로 간주되지는 않는다. 이 작

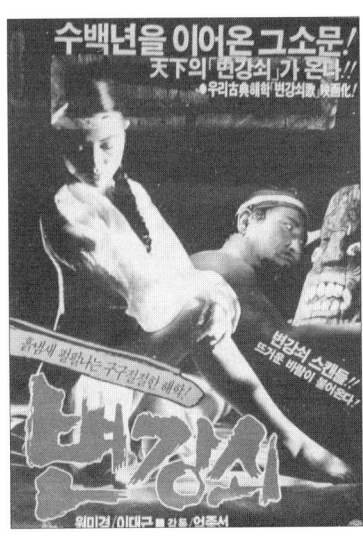
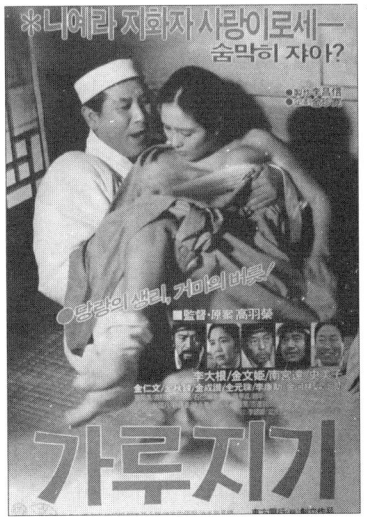

변강쇠 얘기도 걸쭉한 한 마당 영화거리로 잘 팔린다.

품은 본디 조선조 후기에 나온 애정소설로, 지은이와 연대가 미상이다. 한문본 『재생연(再生緣)』과 구성이 같은데, 국문본과 한문본 가운데 어느 쪽이 원본인지도 분명치가 않다. 내용을 보면 여주인공이 계략에 빠져 부정한 여인이라고 의심을 받아 자살하지만 시체가 억울하다고 썩지 않으면서 몇 달 동안이나 버틴 끝에 진실이 밝혀져 다시 살아나 행복하게 살았다는 줄거리인데, 세종 때 경상도 안동이 시대와 지리적인 배경을 이룬다.

「숙영낭자전(淑英娘子傳)」은 1928년 이경손(李慶孫) 감독에 조경희 주연으로, 1956년에는 다시 신현호 감독에 황정순과 문정숙 주연으로 영화가 되었다.

「숙영낭자전」이라는 제목을 듣거나 보면 헐리우드 키드는 오래 전, 아주 오래 전, 까마득히 오래 전 1940년대 말에서 1950대 초에 걸친 어린시절의 마포 장터가 생각나고는 한다. 공덕시장과 한흥시장에는 약장수와 이동 이발사와 운동회 차일과 풍로를 피운 튀김장수와 옷가게와 옹기가게, 그리고 광목을 옆으로만 빙 둘러치고 흙바닥에 그냥 앉아서 영화를 보았던 노천극장 따위의 구경거리가 참으로 많았고, 그런 장터에 늘 책장수가 자리를 잡았다.

땅바닥에 자리를 깔고 늘어놓았던 책들은 거칠고 누런 종이에 활판으로 인쇄를 했으며, 겨우 몇십 쪽짜리 얇은 소설이 대부분이었고, 표지에는 수양버들이 늘어진 정자나 연못가에 한복 차림의 슬픈 여자들이 섰다. 내용이 서로 비슷비슷했고, 지금 기억으로는 제목이 하나같이 『○○전』 또는 『○○○○전』이었다. 『춘향전』, 『홍길동전』, 『흥보전』 같은 제목 가운데에는 물론 『숙영낭자전』도 끼어들었고, 『운영전』과 『아랑낭자전』, 그리고 『콩쥐팥쥐』도 눈에 띄었다.

미국의 서부개척기에 인기를 끌었던 열푼짜리 소설(dime novel)과 참으로 비슷했던 그런 소설 가운데 당시 사람들의 심금을 많이 울려 주었으며, 아랑극단 같은 여성국극단의 단골 공연 작품이었거나 노천 극장에서 활동사진으로도 돌려 주고는 했던 「숙영낭자전」보다도 당시에 더 유명했던 작품은 무성영화 「장화홍련전」이었다.

　시어미와 더불어 전형적 악역이었던 계모를 등장시켜 슬픈 고난의 여주인공을 부각시키는 대표적인 작품이었던 연대 미상의 조선조 가정소설 『장화홍련전(薔花紅蓮傳)』은 비디오 세대에게는 제목조차 생소하게 되어 버렸지만, 세종대왕 시대가 시대적인 배경으로서 계모의 계략으로 연못에 차례로 투신 자살한 장화와 홍련 자매가 귀신이 되어 나타나 평안도 철산 마을이 흉년과 병액으로 황폐화하다가 용감한 부사가 귀신 자매로부터 자초지종을 듣고는 못된 계모 허씨와 하수인 장쇠를 극형에 처하고, 장화와 홍련은 남의 집에 다시 태어나 부귀영화를 누렸다는 줄거리이다.

　악역인 계모 허씨는 "천하 제일의 박색이며 곰배팔"이라고 했다. 양반인 배좌수가 왜 하필이면 그런 못생긴 불구자를 후처로 받아들였는지 지금의 논리로서는 역시 납득이 안 가는 일이지만, 이것은 선과 악을 표현하는 조선조 소설의 공식에 따른 장치이겠다. 서양에서는 검은 빛깔과 흰 빛깔이 각각 악과 선을 상징하지만, 우리 옛소설에서는 착한 사람은 예쁘고 나쁜 사람은 늘 추하게 생겼으니까 말이다.

　「장화홍련전」이 처음 영화로 만들어진 때는 우리 민족이 계모 같은 일제에 시달리던 1924년, 김영환 감독에 김옥희와 김설자 주연이었다. 1936년 홍개명 감독에 문수일과 문예봉 주연으로 두 번째 무성영화가, 그리고 20년이 지난 다음인 1956년에는 정창화 감독에 석금성과 이경희 주연으로 말하는 「장화홍련전」이 나왔으며, 정창화 감독은 1962년에 조미령과 엄앵란을 주연시켜 「대장화홍련전」 재탕을 끓였다. 「장화홍련전」은 1972년에도 다시 영화가 되었다.

　그 해의 한국 영화 총 제작편수가 여덟 편이었으면서도 판소리 목록의 영화가 「심청전」과 「놀부흥부」 두 작품이나 되었던 1925년에는 「운영전(雲英傳, 일명 "寵姬의 戀")」도 무성영화로 선을 보였다. 『운영전』은 조선조 비극소설로서, 궁중의 구속된 생활에서 고독을 느낀 궁녀 운영이 자유로운 바깥 생활을 그리워하다가 세종대왕의 3남 안평대군의 문중에 출입하는 시인 김진사를 만나 무녀를 통해 연애편지를 주고받으며, 결국 월장 밀회까지 하다가 걸려 곤욕을 치르고는 사랑의 자유가 박탈된 세상을 비관해서 두 사람 다 자살한다는 내용이다.

『숙영낭자전』 그리고 『장화홍련전』과 더불어 『운영전』도 세종대왕 시대를 무대로 삼았다는 사실이 흥미롭다. 교과서에서 보면 한글이니 측우기니 해서 어진 임금 세종대왕의 시대라면 틀림없이 태평성대였을 텐데 무슨 비극은 또 그렇게 많았나 해서 말이다.

「운영전」에서는 라운규가 가마꾼으로 데뷔한다.

「천일야화」의 맛좋은 양념이라면 모조리 집어넣은 영화 「신바드의 항해」처럼 우리 설화의 단골 주제인 원한과 복수, 시달리는 여성에 심지어는 귀신출몰 따위의 얘기를 골고루 담은 대표적인 "낭자전(娘子傳)" 전설로서는 아랑(阿娘) 이야기를 꼽겠다.

아랑은 밀양 부사의 과년한 딸로서, 빼어난 미모에 매우 정숙한 성품이었고, 소학까지 익힌 재색을 겸비한 여성이었다. 하지만 고을 통인이 그녀를 탐내어 뇌물로 유모를 꾀어 영남루로 함께 달구경을 나오게 한다. 유모가 자리를 피한 틈에 그녀를 통인이 농락하려고 덤비자 아랑이 필사적으로 저항하고, 한 쪽 팔을 쳐 떨어뜨려도 반항을 계속하자 통인은 목을 찔러 죽인 다음 그녀의 시체를 대밭에 버린다.

아랑을 잃고 나서 모함에 빠진 부사는 음탕한 딸을 두었다고 마을 사람들의 비웃음을 받다가 관직을 버리기까지 한다. 이런 일이 벌어진 후 밀양을 지나는 과객들은 영남루에서 묵기만 하면 까닭없이 목숨을 잃었고, 후임 부사로 오는 자도 마찬가지로 계속 죽기 때문에 아무도 부임하여 오려고 하지를 않는다. 그러다가 이진사가 허물어진 영남루에서 잠을 자는데 목에 칼이 꽂힌 젊은 여자의 귀신이 나타나서는 복수를 해 달라는 하소연을 하고, 나머지 얘기는 공식대로 이어진다.

「아랑 낭자전」이 영화로 만들어진 것은 1974년 단 한 번뿐이었다.

아랑의 전설은 중국과 우리나라에 두루 퍼진 설화의 한 형태로서, 아더왕 전설을 헐리우드에서 여전히 발전-부활시키듯이, 「여고괴담」을 성공시킨 엽기적 풍토에서 서양 영화만 열심히 흉내낼 노릇이 아니라 이런 동양의 문화적 유산도 재활용할 가능성을 영화인들은 생각해 볼 만도 하겠다. 우리의 옛 작품들을 로빈 후드나 아더왕 전설처럼 새로운 해석과 감각으로 재창조하는 작업이 이루어지지 못하고

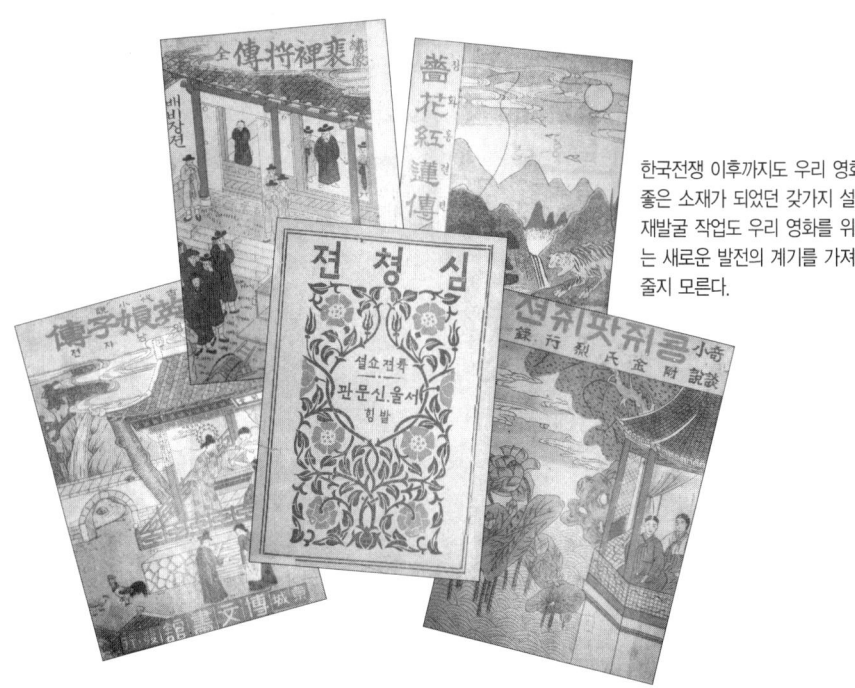

한국전쟁 이후까지도 우리 영화의 좋은 소재가 되었던 갖가지 설화의 재발굴 작업도 우리 영화를 위해서는 새로운 발전의 계기를 가져다 줄지 모른다.

대부분 70년대로 들어서면서 빠른 속도로 극장 화면에서 사라졌다는 것은 참으로 아쉬운 사실이다.

온갖 잡귀와 황당무계한 무술을 상품화한 홍콩식 재창조도 배울 만하고, 어릴 적 할머니가 구전해 주던 요술부리는 여우 얘기를 현대로 끄집어 내어 흥행시킨 신씨네 영화 「구미호」의 성공에서도 교훈을 얻어야 한다는 생각이다. 조직 폭력배를 영웅으로 미화시키고, 다른 재주가 없어서 옷이나 홀랑홀랑 벗는 여배우들의 영화를 쉽게 만들려고만 하지 말고, 일본 영화를 부지런히 베끼는 대신 우리의 과거를 조금만 공부한다면 영화거리는 얼마든지 눈에 띄리라는 짐작이다.

『아랑 낭자전』에서처럼 죽은 원혼의 한을 풀어 주는 얘기라면 뭐니 뭐니 해도 관서 지방에 널리 퍼진 민속극 「배뱅이 굿」이겠다. 황해도 소리를 중심으로 구성된 「배뱅이 굿」은 경기도, 강원도, 함경도의 민요와 잡가까지 흡수하면서 남도 판소리의 '아니리'를 본받아 창자(唱者) 자신이 말을 주고받으며 설명(해설)을 해나가는 극적 요소를 갖추었다. 전편을 통해서 무려 50여 회의 노래가 나오는데, 긴 염불과 자진 염불, 황해도 뱃노래조, "사설 난봉가," "아랑 타령," "강원도 아리랑," "창부 타령," 장타령조까지도 들어 있다.

1950년대 학교 운동장 등을 전전하며 순회 공연을 하여 장소팔과 고춘자의 만담이 최고의 인기를 누리던 무렵 그에 못지않게 이름을 드날리던 것이 바로 이은관의 「배뱅이 굿」이어서, "왔구나, 왔어, 배뱅이가 왔구나! 앞집에는 세월네, 뒷집에는 네월네"하는 첫 구절은 아마 지금까지도 많은 사람들의 귓전에 그대로 생생하게 살아 있으리라고 믿어진다.

「배뱅이 굿」이 오영진(吳永鎭)의 극본을 가지고 영화로 만들어진 것은 1957년이었고, 1973년에는 곽정환의 「배뱅이」가 나왔다. 줄거리는 최정승의 딸 배뱅(百百)이가 출가할 무렵 시주승에 반하여 상사병에 걸려 죽게 되자, 딸의 넋이나 달래 보려고 팔도의 이름난 무당을 모두 불러들이는데, 평양의 건달 부랑자가 소문을 듣고는 찾아가 저승에 가지 못한 배뱅이의 원혼을 풀어 주마고 굿을 벌여 눈치로 때려잡아 명박수 노릇을 하여 많은 재물을 빼앗는다는 내용이다. 온갖 사이비 종교의 교주가 판치는 요즈음 세상도 배뱅이 굿판하고 별로 크게 달라지지 않은 기분이다.

　배뱅이나 아랑, 숙영낭자나 장화와 홍련처럼 죽어서 원혼이 된 다음에야 한풀이(진혼)를 하는 여러 설화나 전설의 장치와는 달리, 「콩쥐팥쥐」는 서양의 신데렐라나 마찬가지로 살아서 소원을 성취한다. 역시 계모가 악역이며 한국판 "신데렐라"인 『콩쥐팥쥐』는 민속 설화가 조선조에 소설로 정착된 작품인데, 1958년 윤봉춘 감독이 엄앵란과 김현주를 주연시켜 영화로 만들었고, 1967년에는 조긍하 감독의 작품이 나왔다.

찾아보기 •--

■「놀부흥부(1925, 한국, 5권), 감/金肇盛, 출/金肇盛, 文秀一

■「흥부와 놀부(1950, 한국)」, 감/李慶善, 출/黃男, 주증녀, 鄭嗣順, 玄芝燮

■ 인형극 「흥부와 놀부(1967, 한국, 8권)」, 감/康太雄

■「흥부와 놀부(1959, 한국, 10권)」, 감/金火浪, 출/양훈, 양석천, 조미령, 김승호

■「봉이 김선달(1957, 한국, 10권)」, 감/韓灯烈, 출/최남현, 김승호, 박옥초, 南春驛

■「천하호걸 김선달(1968, 한국, 9권)」, 감/任源稷, 출/김희갑, 남정임, 이순재

■「심청전(1925, 한국, 7권) 감/李慶孫, 출/라운규, 崔德先, 이경손, 金雨燕 (金靜淑, 南宮雲)

■「심청(1937, 한국, 12권)」, 감/安夕影, 출/석금성, 金素英, 김신재, 曹錫元

■「심청전(1956, 한국, 10권)」, 감/이규환, 출/李環姬, 權一晴, 金貞玉, 林聖淑

■「대심청전(1962, 한국, 10권)」, 감/李亨杓, 출/도금봉, 허장강, 최은희, 한은진

■「효녀 청이(1972, 한국)」, 감/신상옥, 출/윤정희, 김성원

■「옹고집(1963, 한국, 10권)」, 감/李岡原, 출/허장강, 도금봉, 황정순, 복혜숙

■「배비장(1965, 한국, 9권)」, 감/신상옥, 출/김승호, 최은희, 김희갑

■「가루지기(1988, 한국, 108분)」, 감/고우영, 출/김문희, 이대근

■「변강쇠(1986, 한국, 100분)」, 감/엄종선, 출/원미경, 이대근, 장혁, 남수정

■「속 변강쇠(1987, 한국, 103분)」, 감/엄종선, 출/원미경, 김진태, 홍성민, 김애경

■「고금소총(1988, 한국, 102분)」, 감/지영호, 출/이대근, 최미선, 민복기

■「고금소총 2(1990, 한국, 88분)」, 감/지영호, 출/최미선, 이영욱

■「고금소총 3(1995, 한국, 90분)」, 감/지영호, 출/유연실, 김윤희, 고봉재

■「숙영낭자전(1928, 한국, 7권)」, 감/이경손, 출/이경손, 趙慶姬, 金明淳, 金剛

■「숙영낭자전(1956, 한국, 10권)」, 감/申鉉浩, 출/황정순, 張逸, 최남현, 문정숙

■「장화홍련전(1924, 한국, 7권)」, 감/金永煥(어떤 기록에는 朴晶鉉), 출/金玉姬, 金雪子, 崔炳龍, 禹正植

■「장화홍련전(1936, 한국, 9권)」, 감/洪開明, 출/文秀一, 문예봉, 池京順, 이종철

■「장화홍련전(1956, 한국, 10권)」, 감/정창화, 출/이경희, 徐蘭姬, 추석양, 석금성

■「대장화홍련전(1962, 한국, 10권)」, 감/정창화, 출/조미령, 최남현, 엄앵란, 추석양

▐ 「장화홍련전(1972, 한국)」, 감/이유섭, 출/김지수, 이영옥

▐ 「운영전(1925, 한국, 6권)」, 감/尹白南, 출/金雨燕, 安鐘和, 李彩田, 俞守璿, (라운규)

▐ 「아랑 낭자전(1974, 한국)」, 감/박윤교, 출/방수일, 나성지

▐ 「배뱅이 굿(1957, 한국, 10권)」, 감/梁柱南, 출/조미령, 李殷官, 석금성

▐ 「배뱅이(1973, 한국)」, 감/곽정환, 출/신영일, 여수진

▐ 「콩쥐팥쥐(1958, 한국, 16mm 2,700자)」, 감/尹奉春, 출/엄앵란, 金賢珠, 魯剛

▐ 「콩쥐팥쥐(1967, 한국, 9권)」, 감/조긍하, 출/오영일, 문희, 윤소정, 도금봉

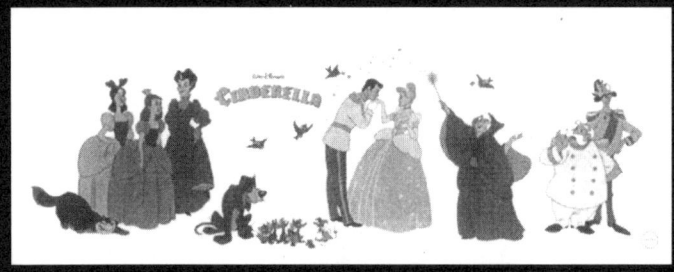

월트 디즈니가 그려 놓은 신데렐라 이야기의 등장인물들과는 달리,
그들이 모두 동양인이었다고 믿는 학자들이 많다.

콩쥐와 신데렐라

나이가 어렸을 때는 워낙 세상에 대해서 아는 바가 없기 때문에 어른들이 일러 주는 얘기, 특히 학교에서 선생님이 가르쳐 주는 모든 내용을 어린 마음은 듣는 그대로 믿게 마련이다. 그래서 한국인은 평화를 사랑하는 백의민족이요, 세상에서 가장 아름다운 금수강산에서 살며, 동방예의지국이어서 지극히 예절바른 민족성을 자랑하고, 활자를 발명하는 등 세계에서 가장 뛰어난 문화 국가라는 자부심을 가지고 성장한다. 그러나 우리의 화려하고 고귀한 문화 유산이라고 굳게 믿었던 것들이 나중에 알고 보니 많은 경우에 그렇지가 못하다는 사실을 우리는 나이를 먹어 가면서 하나 둘 스스로 깨우치게 된다.

우리 노래라면서 어린시절에 즐겨 부르던 "깊은 산속 옹달샘 누가 와서 먹나요"가 알고 보니 독일 노래였음을 깨달았을 때가 그렇고, 역시 학교에서 배운 "나비야 나비야 이리 날아 오너라"가 샘 페킨파의 영화 「철십자 훈장(Cross of Iron)」의 '주제가'로 튀어나왔을 때가 그렇고, "뱅글 뱅글 뱅글 뱅글 잘도 도는 팽이"가 미국 남북전쟁 때 북군의 군가였다는 사실을 깨달았을 때도 그렇고, 음악 교과서에 실리기까지 했던 "리리리자로 끝나는 말은"도 미국 노래라는 사실을 깨달았을 때도 그렇고, 일제하에서 압박과 설움을 견디어야 하는 슬픈 마음을 나타내던 "이 풍진 세상을 만났으니"의 선율을 영화 「대부」의 배경 음악으로 들었을 때도 그렇고, "무궁화 꽃이 피었습니다"와 "감자가 싹이 나고 잎이 피고"라는 놀이가 일본에서 건너왔다는 사실이 밝혀졌을 때가 그러했고, 그래서 지금 한참 성장하는 세대가 언젠가는 '벼룩시장'과 '뜨거운 감자'와 '민초'가 사실은 우리말이 아니라 미국 영어를 직역한 수입품이라는 사실을 깨닫게 되는 순간에도 그런 실망감을 느끼게 되리라는 생각이다.

어려서 들었던 '옛이야기'도 예외가 아니다. 견우직녀의 얘기는 이미 그리스 신화에도 나오고, 베트남에 가면 왕자호동과 낙랑공주 전설이 고스란히 발견되고, 하다못해 콩쥐팥쥐도 신데렐라 얘기와 어쩌면 그토록 같은가.

우리의 『콩쥐팥쥐전』은 조선조 시대 지은이와 연대 미상의 "설화를 소재로 한 계모형 가정소설"로 알려졌다. 옛날 장터에 늘어놓고 팔던 활판 36쪽의 대창서원 1919년판에 실린 내용을 보면 조선조 중엽 전라도 전주 근방에서 살던 퇴리(退吏) 김만춘(金滿春)의 아내가 콩쥐를 낳고 죽은 다음 계모가 들어왔고, 계모와 팥쥐에게 시달리던 예쁘고 마음씨 고운 콩쥐는 하늘의 도움을 받으며, 한 짝의 예쁜 신발로 인연이 되어 감사(監司)의 후처가 되지만, 팥쥐가 그녀를 죽이고 대신 부귀를 누리다가 발각되어 큰 벌을 받고, 콩쥐는 다시 소생하여 잘 살았다는 줄거리이다.

요즈음 사람들은 어찌된 노릇인지 우리나라의 콩쥐팥쥐 얘기는 자세히 알지 못하면서도, 서양의 동화라면 오히려 훤히 잘 아는 터여서 신데렐라에 관해서는 새삼스럽게 줄거리를 소개할 필요가 없겠다. 서양 동화의 여주인공 '신데렐라(Cinderella)'의 이름은 '숯검정'이나 '재'를 뜻하는 'cinder'에다가 '어린 소녀'라는 접미어 '-ella'를 붙여서 만들었기 때문에 '초라하고 더러운 어린 아가씨'라는 뜻이다. 프랑스 이름인 'Cendrillon'과 독일 이름 'Aschenbrötel'도 마찬가지 의미를 지닌다. 구태여 우리말로 이름을 지어 본다면 '더럼이' 정도가 되겠다.

신데렐라 이야기가 동양에서 먼저 생겨난 동화라는 학설이 있지만, 확인은 불가능하며, 처음 신데렐라라는 여주인공이 기록에 등장하기는 16세기 독일 문학에서였고, 프랑스의 시인이며 비평가인 샤를르 뻬로(Charles Perrault, 1628~1703)가 민간 전승 설화를 모은 「선녀 이야기(Les Contes de ma mère I' Oye, 1697)」에 채집 수록함으로써 세상에 널리 알려졌다.

16~7세기라면 인터넷도 없고 교통과 통신이 제대로 발달하지도 않았던 시절인데, 언제 어느 쪽으로 전해졌는지는 알 길이 없지만 콩쥐와 신데렐라는 이미 동양과 서양의 경계를 넘나들었고, 그러니 후기 현대(postmodern)라는 요즈음에 와서 민족적 순수성이나 지역 문화 예술의 특성을 부르짖어 봤자 부질없는 짓이어서 고루한 시대착오로 여겨질지도 모르겠지만, 그래도 개성과 특성은 문화 자산임은 틀림없기 때문에 자꾸만 이렇게 콩쥐의 국적을 따져 보는지도 모르겠다. 아무튼 콩쥐이건 신데렐라이건 동서양에 모두 퍼져 나갈 정도로 입을 많이 탔다면 분명히 그만큼 사람들의 마음을 사로잡았음이 분명하고, 월트 디즈니가 제작한 「신데렐라」 또한 역사상 가장 인기가 높았던 만화영화 가운데 한 작품이 되었다. 특히 그 영화에 등장하는 한 쌍의 생쥐(Gus와 Jaq)와 "비비디 보비디 부(Bibbidi Bobbidi Boo)"라는 노래가 사람들에게서 대단히 많은 사랑을 받았다.

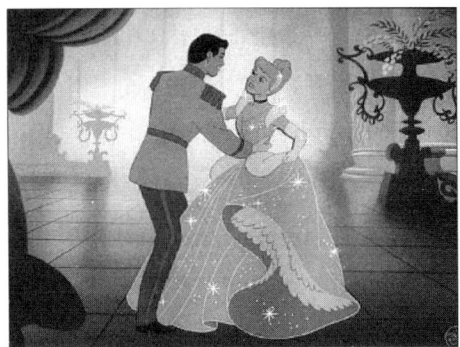

신데렐라가 불편한 '유리 구두'를 신고 왕자님과 춤을 춰야 했던 이유는 오역 때문이라고 한다.

우리나라에는 베를린 코믹 오페라 발레단이 공연한 「신데렐라」도 비디오로 들어왔고, 엘리자베드 테일러의 옛날 남편이었던 마이클 와일딩과 레슬리 캐론이 주연한 「유리 구두」는 음악극으로 만든 신데렐라 이야기였다.

신데렐라 이야기에서는 '유리 구두'가 비논리성에 관한 의문의 대상이다. 왜 사람들은 어리고 예쁜 신데렐라에게 딱딱하고 깨어지기 쉬운 유리 구두를 신도록 했을까? 더구나 자정까지 춤을 춰야 하는데 말이다.

문헌에서 확인해 보면 발도 아프고 불편한 신발을 신데렐라가 신게 되었던 까닭은 뻬로의 실수 때문이었다는 학설이다. 그가 「선녀 이야기」를 채집하면서, 'vair(은회색 다람쥐 또는 담비의 털)'을 'verre(유리)'로 잘못 듣고 참으로 시적이라고 생각해서인지 그대로 적었으리라는 추측이다.

그러나 또 한 가지 의문, 그러니까 자정이 되어 남루한 옷이나 호박 따위 요정의 마술로 아름다워졌던 모든 것이 제 모습을 찾아가는데, 왜 유리 구두는 그대로 남아 있는가? 마차까지도 사라지는데 말이다. 참으로 알 길이 없는 노릇이다.

하지만 전혀 아무런 불편함도 느끼지 않고 사람들은 계속해서 유리 구두 이야기를 시와 노래에 동원했고, 소설의 주제로 즐겨 빌어다 썼으며, 영화도 자꾸만 만들었고, 그러다가 20세기가 다 끝나가는 1998년이 되어서야 「행복하게 잘 살았다는 신데렐라 이야기」에서 프랑스의 여왕(잔느 모로)이 그림 형제를 성으로 호출하여 신데렐라 이야기의 '진상'을 알려준다. 『어린이 및 가정 동화(Kinder und Hausmrchen, 2권, 1812~15)』를 집대성한 독일의 언어학자 형제인 야콥 그림(Jakob Grimm)과 빌헬름 그림(Wilhelm Grimm)에게 잔느 모로 여왕이 들려준 여권주의적(feminist) 재해석에 의하면 신데렐라(드루 배리모어)는 사람들이 잘못 알고 있는 콩쥐의 성품과는 전혀 달라서, '왕자님'보다 훨씬 용감하고 매우 공격적인 여자(고아)였다고 한다.

요즈음 대부분의 사람들이 알고 있는 줄거리와는 달리 17세기에 채집된 신데렐라 이야기는 콩쥐팥쥐나 마찬가지로 훨씬 복잡하고 험악한 내용으로 전개되지만, 1817년에 롯시니가 발표한 가곡(「La Cenerentola」)은 상당히 즐거운 방향으로 많이 수정되고 보완한 형태이다. 그래서 이제 사람들은 "아메리칸 드림"이라는 표현이나 마찬가지로 "신데렐라"를 "환상적인 꿈이나 소원의 성취"라는 뜻으로 이해한다.

그러나 냉정한 시각으로 분석해 본다면 신데렐라는 얼굴이 예쁘거나 마음씨가 착하다는 사실말고는 별다른 재주나 실력을 갖추지 못해서 지극히 무능력한 여성이었다. 그야말로 왕자님이 찾아와서 구원해 주지 못하면 꼼짝도 못 하는 여자, 길고도 오랜 역사 속에서 항상 남자에게 종속된 개념으로 여겨진 '여성'의 대표적인 유형이다. 이렇게 무능한 여자가 요행히 수호 요정(fairy godmother)의 도움을 받아 유리 구두를 신고 호박마차를 타고는 무도회에 가서 왕자를 만나 횡재를 한다. 그러니까 신데렐라는 제비의 다리를 치료해 준 흥부만큼의 노력도 없이 엄청난 행복을 누리는 셈이다.

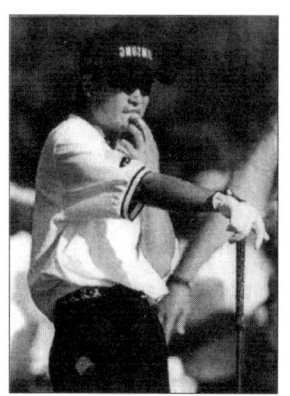

박세리는 과연 한국 언론에서 정의했 듯이 '신데렐라' 였을까?

그래서 여성의 지위가 상대적으로 향상되어 잔 느 모로 식의 재해석까지도 이루어진 요즈음에는 스스로 자신의 삶을 개척할 의지를 키우지 않고 남성에게 의지하려는 여자들이 지닌 잠재적인 의 식을 '신데렐라 콤플렉스(Cinderella complex)' 라고 비하한다. 우리 주변에는 신데렐라처럼 전혀 노력 을 하지 않고도 횡재를 할 수 있다는 동화적인 꿈 에 매달려 살아가는 사람이 너무나 많기 때문이 다. 그러니까 골프선수 박세리처럼 스스로 땀 흘 리고 노력한 결과로 성공을 거둔 사람에게만큼은, 우리의 언론이 그랬듯이, '신데렐라' 라는 모욕적인 명칭을 붙여서는 안 된다.

사람들이 좋아하는 주제(theme)가 나타나면 갖가지 변주(variations) 또한 생겨나게 마련이어서, 1960년에는 제리 루이스의 「탈선 신데렐 라」가 등장했다. 신데렐라 이야기를 뒤집어 놓은 이 영화에서는 제리 루이스가 불쌍한 의붓아들로 나오는데, 신데렐라를 도와 준 '요정 아 줌마(fairy godmother)' 가 아니라 요정 아저씨(fairy godfather)의 도움을 받아 멋진 왕자로 변신한다. 「탈선 신데렐라」에 나와서 노래를 부르 는 안나 마리아 알버게티(Anna Maria Alberghetti)는 본디 이탈리아계의 오페라 여가수였으며, 마리오 란자처럼 영화로 진출했지만 크게 성공 을 거두지는 못했고, 우리나라에는 알라모 전투를 다룬 스털링 헤이 든 주연의 서부영화 「최후의 사투(The Last Command, 1955)」로 선을 보인 정도이다.

1978년에 나온 「씬디」역시 '이설' 신데렐라 영화로서, 시간적으로는 제2차 세계대전, 지리적으로는 뉴욕의 할렘 지역이 배경이며, 흑인들이 주인공인 음악극이다. '씬디(Cindy)' 는 물론 '신데렐라' 의 애칭이다.

역시 변형의 하나인 「신데렐라 존스」는 노골적인 '신데렐라 콤플렉스' 영화로서, 유산을 노리고 머리 좋은 남자와 결혼하려는 여자가 주인공으로 등장하는, 「백만장자와 결혼하는 방법」 계열의 희극영화이다.

헐리우드 영화에 자주 나타나는 이런 여성 주인공을 '노다지를 찾는 여자(gold digger)'라고 하는데, "결혼만 잘 하면 여자는 팔자를 고친다"는 사고 방식을 가지고 살아가는 춘향모 월매도 말하자면 이런 유형의 여자이겠다. 그리고 우리는 많은 여자들의 인생 목표가 '시집 잘 가기'였던 시대가 실제로 있었음을 잊어서는 안 된다.

어떻게 보면 그들은 나름대로 애를 써서 돈 많은 남자를 찾아내고, 상대방을 유혹하는 데 성공하며, 결국 결혼에까지 이르는 경우이니까 신데렐라의 횡재하고는 거리가 있는지도 모르겠다.

호숫가에 앉아서 백마를 탄 기사가 나타나기를 기다리거나, 꿈 속의 왕자님이 행복을 가져다 주기를 무작정 상상하기만 하는 사람들의 욕구를 한껏 채워 주는 계열의 영화라면 아마도 윌리엄 와일러 감독의 「화려한 거짓말(1935)」 정도는 되어야 하겠다. 무일푼 행세를 하는 '왕자님'이 부와 행복을 주기 위해 가난한 여자를 마구 쫓아다니는 내용이기 때문이다.

1997년 우리나라에 불어닥친 외환 위기와 경제 침체 이후, 어딘가 안정된 직장에 취직해서 정식으로 돈을 벌기가 어려워지자 차라리 요행수인 '대박'을 노리는 사람들이 늘어난 현상과 비슷한 경우이겠지만, 1929년부터 경제 대공황(the Great Depression)에 시달린 미국에서는 현실도피를 위한 눈요기를 제공하는 화려한 뮤지컬이 많이 제작되었으며, 영화의 내용도 환상적인 성공과 꿈같은 횡재를 다루는 일이 많았고, 그래서 「화려한 거짓말」과 비슷한 내용이 다른 영화에서도 자주 나타났다.

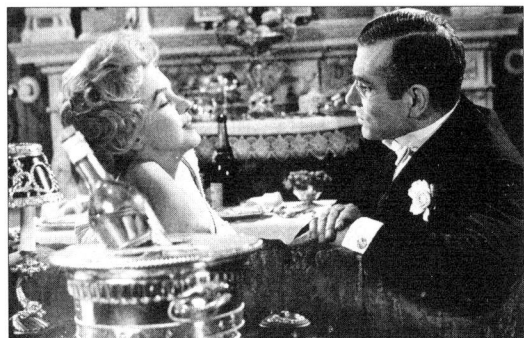

신데렐라적 신분 상승의
주제를 담은 「왕자와 무희」

2년 후에 나온 머빈 리로이 감독의 영화 「왕과 무희」도 그렇다. 귀족인 남자가 '무희(showgirl＝절반 기생)'를 사랑하며 쫓아다닌다는 춘향전적 줄거리는 영화를 통한 대리 만족 장치라고 하겠다. 현실에서 벗어나기가 불가능한 가난과 불행도 영화 속에서 왕족을 만나면 쉽게 해결이 되기 때문이다.

「왕과 무희」뿐 아니라, 로렌스 올리비에가 연출하고 주연한 「왕자와 무희」라는 제목의 영화도 있다. 『애수의 여로(Separate Tables, 1958)』와 같은 빼어난 희곡을 발표했으며 「예기치 못한 일(The VIPs, 1963)」, 「노란 롤스 · 로이스(The Yellow Rolls-Royce, 1964)」, 「브룩휠드의 종(Goodbye Mr. Chips)」 같은 여러 영화의 대본을 쓰기도 한 영국의 극작가 테렌스 라티건(Sir Terence Rattigan, 1911~1977)의 희곡 『잠든 왕자님(The Sleeping Prince)』을 영화로 만든 「왕자와 무희」는 1911년 조지 5세의 대관식 때 미국의 '무희(showgirl＝마릴린 몬로)'를 카르파티아(Carpathia)의 섭정 동궁(攝政東宮, prince regent, 로렌스 올리비에)이 사랑하게 된다는 '신분 상승' 주제의 줄거리이다.

「왕자와 무희」는, 「백만장자와 결혼하는 방법」 그리고 「신사는 금발을 좋아한다」와 더불어, "멍청한 금발 미녀(dumb blond)"의 딱지가 붙어 다녔던 마릴린 몬로의 신분 상승에 대한 욕구가 얽힌 다원적 신데렐라 현상을 살펴보는 데 크게 도움이 되는 영화이다.

찾아보기 ●---

▍「신데렐라(Cinderella, 1950, 미국, 74분)」, 감/Wilfred Jackson, Hamilton Luske, Clyde
  Geronimi, 출(목소리)/Ilene Woods, William Phipps, Eleanor Audley
▍「신데렐라(Cinderella, 1987, 미국, 75분)」, 감/Tom Sheen, 출/베를린 코믹 오페라 발레단
▍「유리 구두(The Glass Slippers, 1955, 미국, 94분)」, 감/Charles Walters, 출/Leslie
  Caron, Michael Wilding, Keenan Wynn, Estelle Winwood, Elsa Lanchester,
  Amanda Blake
▍「행복하게 잘 살았다는 신데렐라 이야기(Ever After: A Cinderella Story, 1998, 미국, 122
  분)」, 감/Andy Tennant, 출/Drew Barrymore, Anjelica Huston, Dougray Scott,
  Patrick Godfrey, Megan Dodds, Jeanne Moreau
▍「탈선 신데렐라(Cinderfella, 1960, 미국, 91분)」, 감/Frank Tashlin, 출/Jerry Lewis, Ed
  Wynn, Judith Anderson, Anna Maria Alberghetti, Henry Silva, Count Basie
▍「씬디(Cindy, 1978, 미국, 100분)」, 감/William A. Graham, 출/Clifton Davis, Charlaine
  Woodard, Scoey Mitchill
▍「신데렐라 존스(Cinderella Jones, 1946, 미국, 88분)」, 감/Busby Berkeley, 출/Joan
  Leslie, Robert Alda, S. Z. Sakall, Elisha Cook
▍「화려한 거짓말(The Gay Deception, 1935, 미국, 77분)」, 감/William Wyler, 출/Francis
  Lederer, Frances Dee, Benita Hume, Akim Tamiroff
▍「왕과 무희(The King and the Chorus Girl, 1937, 미국, 94분)」, 감/Mervyn LeRoy, 출
  /Joan Blondell, Fernand Gravet, Edward Everett Horton, Jane Wyman
▍「왕자와 무희(The Prince and the Showgirl, 1957, 미국, 117분)」, 감/Laurence Olivier, 출
  /Marilyn Monroe, Laurence Olivier, Sybil Thorndike

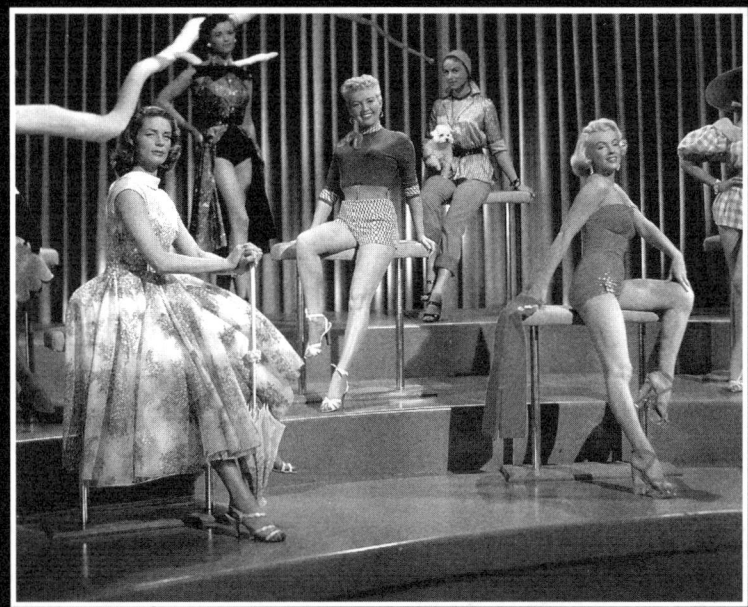

극히 배금주의적인 제목을 달고 나온 영화 「백만장자와 결혼하는 방법」은 상업적인
헐리우드 철학의 화려한 결정체였다.

머빈 리로이 감독의 춘향전적 신데렐라 영화 「왕과 무희」에서 귀족인 남자가 사랑한다며 쫓아다니는 '무희(舞姬)' 역을 맡았던 조운 블론델이 주연한 「옛날 말씀에」는 세 명의 '노다지를 찾는 여자' 들을 주인공으로 내세운 영화로서 조 에이킨스(Zoe Akins), 데일 윤슨(Dale Eunson), 캐더린 앨버트(Katherine Albert)의 희곡이 원작이다.

그리고 각색, 제작, 감독 모든 분야에서 유명했던 너널리 존슨(Nunnally Johnson)이 『옛날 말씀에』를 원작으로 삼아 각본과 제작을 맡았고 진 네굴레스코 감독에게 연출을 맡겨 1953년에 다시 화려한 음악극(musical) 영화를 만들 때는 아예 노골적으로 「백만장자와 결혼하는 방법」이라는 제목을 붙여 놓았다.

이렇게 장황하게 서론을 앞세우며 소개한 「백만장자와 결혼하는 방법」이라는 영화가 막상 시작되면 화면 가득히 닫혔던 막이 열리면서 20세기 폭스 관현악단이 등장하여 무려 5 분 동안, 카메라가 계속해서 좌우로 이동하는 사이에, 알프레드 뉴먼이 작곡-지휘하는 "거리 풍경(Street Scene)"을 연주한다. 그때만 해도 신기하기 짝이 없었던 시네마스코프 영화의 멋진 '입체 음향(stereophonic sound)' 시범을 보여 주기 위해서였다. 요즈음 보면 참으로 옛날 영화로구나 하는 생각이 새삼스럽다.

드디어 본영화가 시작되지만, 이번에는 뉴욕 풍경을 멀리서 보여 주며 "뉴욕, 뉴욕"이라는 노래가 나온다. 자세히 들어 보면 '일확천금(easy money)'이라는 표현, 그리고 "백만장자와 신데렐라가 우글거리는 거리"라는 내용의 가사도 들린다.

그리고 진짜로 본영화가 시작되면, 멋쟁이 의상 모델 세 명이 돈을 모아 고급 호텔에 방을 하나 잡고 '곰 잡는 덫(bear trap)'을 놓고는 '사업'을 시작한다. 아무리 늙었더라도 혼자 사는 백만장자를 찾아내어 세 여자가 저돌적으로 쫓아다니며 결혼에 성공해서 팔자를 고치겠다는 작전이다. 참으로 미국적인 주제가 아닐 수 없다.

그들 세 여자 가운데 한 사람이 마릴린 몬로가 맡은 역인 폴라(Pola)이다. 폴라는 어찌나 눈이 나쁜지 출입문이 어디인지를 찾지 못해서 여기저기 벽에 부딪칠 정도이지만, "노처녀처럼 보일까 봐" 그리고 "안경 쓴 여자는 남자들이 싫어하는 것 같아서" 안경을 쓰지 않는다. 그녀에게는 남자가 그렇게 중요하다. 남자는 인생의 모든 것이요, 인생의 목표이기 때문이다.

공주로 태어나지 못한 바에야 왕자인 남자와 결혼해서라도 '공주'가 되겠다는 생각이 그녀에게는 어느 정도로 확고한가 하면, "록펠러와 결혼하고 싶다"는 그녀의 말에 "록펠러 집안의 누구하고 결혼하고 싶으냐(Which one?)"고 친구가 물으면 "아무라도 괜찮다(I don't care which one)"고 말할 정도이다. 그리고 결국 폴라는 안경을 안 써서 안내문을 제대로 못 보고 잘못 탄 비행기에서 우연히 만난 '노다지'와

결혼하여, 결국 신데렐라가 되려던 인생의 목표를 달성하는 데 무난
히 '성공'한다.

「백만장자와 결혼하는 방법」과 같은 해에 제작되어 마릴린 몬로가
'성의 상징(sex symbol)'으로서의 위치를 굳히게끔 만들어 준 「신사는
금발을 좋아한다」는 MGM에서 여배우로 활동하다가 D. W. 그리피스
밑에서 영화 극본(「Intolerance」)을 썼던 애니타 루스(Anita Loos)가 미국
의 유명한 언론인이요 풍자가이며 작가로서 머리가 좋은 대표적 인물
로 통했던 헨리 멩켄(Henry Louis Mencken, 1880~1956)이 어느 '멍청한
금발(dumb blonde)' 아가씨한테 빠져 정신을 못 차렸던 사건에서 영
감을 얻어 처음에 소설로 써서 발표했다가 나중에 영화와 희곡 그리
고 두 편의 뮤지컬로 개작했을 정도로 유명해진 작품이다. 1955년에
는 역시 애니타 루스의 극본으로, 금발의 몬로는 빼놓고, 제인 럿셀과
진 크레인이 사랑 기피증에 걸린 검은 머리 자매 연예인으로 빠리에
서 활동하는 속편 「신사는 흑발(黑髮) 미인과 결혼한다」까지 나왔다.

"남자는 아무리 봐도 다 똑같다"는 내용의 노래로 시작되는 「신사

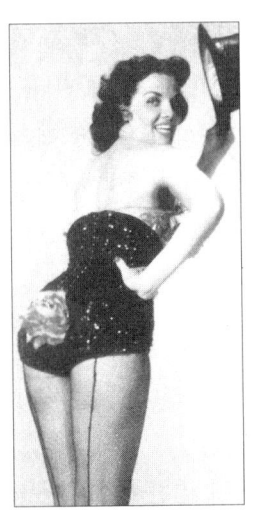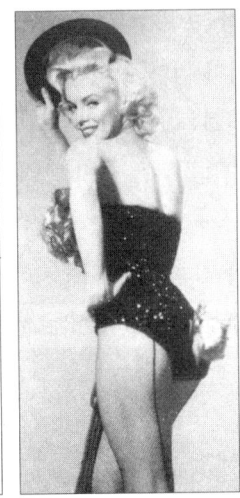

「신사는 금발을 좋아한다」에서
제인 럿셀(좌)과 마릴린 몬로(우)가
꼬리치기 대결을 벌인다.

는 금발을 좋아한다」에서 몬로가 맡았던 역은 역시 돈많은 남자를 사냥하는 로렐라이 리(Lorelei Lee)였는데, 지성은커녕 지능조차도 없어 보이고, '돈(money)'이라는 말만 들으면 진짜로 눈을 번쩍(=아주 동그랗게) 뜨고는 한다. 걸핏하면 다이아몬드를 선물로 주는 (로렐라이와 막상막하로 멍청한) 재벌 2세와 사귀면서도 혹시 돈이 더 많은 남자가 없는지 열심히 찾아다니기도 한다. 남자는 다 똑같지만 가진 돈에는 차이가 나고, 그래서 다이아몬드 광산과 늙은 아내를 소유한 노인 찰스 코번에게도 침을 흘리며 눈독을 들이기도 한다.

로렐라이의 인생관은 그녀가 부르는 노래 내용에 잘 나타난다. "유럽 식으로 손에다 고상하게 키스를 해 주는 남자도 좋지만, 다이아몬드와 사파이어 팔찌는 영원하다." 그래서, 제인 럿셀은 제쳐 두고 몬로가 혼자 부르는 노래의 제목처럼, "다이아몬드는 여자의 가장 좋은 친구(Diamonds Are a Girl's Best Friend)"이다. 어쩌면 당대의 시대상을 반영해서인지는 몰라도 이 노래는 굉장한 인기를 얻었고, 마릴린 몬로가 1954년 두 번째 남편인 은퇴한 야구선수 조 디마지오와 일본으로 신혼여행을 왔던 길에 주한 미군을 위한 위문 공연을 하러 내한해서도 바로 그 노래를 불러 그녀가 훗날 회고하기를 "평생 그토록 열광적인 호응을 받아 본 적이 없다"고 했을 정도의 경험을 하게 된다.

1962년, "전후파를 자칭하는 세 여성이 백만장자와의 결혼을 성취하기 위해 보이헌팅을 나선다"는 줄거리를 내세운 한국 영화 「백만장자와 결혼하는 길」이 노골적으로 '참조'했던 이 영화의 백미는 로렐라이가 결국 멍청이 2세와 결혼하기 위해 시아버지가 될 테일러 홈스를 만나 나누는 마지막 대화이다. 돈을 바라고 결혼하는 여자에 대해서 노인이 못마땅한 표정으로 한 마디 하자 로렐라이가 이렇게 받아넘긴다.

"여자한테는 미모가 밑천이듯 남자한테는 돈이 밑천예요. 남자들이 예쁜 여자들을 좋아하는 건 괜찮고, 여자가 돈많은 남자를 좋아하는 건 왜 안 되나요? 만일 따님이 있다면, 돈 많은 남자하고 결혼해서 편안하고 행복하게 사는 걸 마다하시겠어요?"

로렐라이가 멍청한 여자라는 소문을 들었는데 앞뒤를 따지는 솜씨를 보니까 그렇지 않은 모양이라고 노인이 "제법 똑똑하구나" 하는 말에도 대뜸 응수가 나간다.

"중요할 때는 여자도 똑똑해질 줄 알아요. 하지만 똑똑하면 남자들이 싫어하기 때문에 똑똑해지지를 않는 거예요."

그래도 어쨌든 아들의 돈을 노리고 결혼하려는 의도가 마음에 들지 않는다고 노인이 꾸짖자 로렐라이의 절묘한 대답이 폭소를 자아낸다.

"전 아드님의 돈 때문에 결혼하는 게 아녜요. 아버님의 돈 때문이지."

이것은 마릴린 몬로가 나오는 또 다른 희극영화 「뜨거운 것이 좋아(Some Like It Hot, 1959)」의 마지막 대사와 쌍벽을 이루는 걸작이다. 여자로 변장하고 피신 중인 잭 레몬을 정신없이 사랑하며 쫓아다니는 백만장자 노인을 떼어 버릴 수가 없어서 뱃놀이를 하는 마지막 장면에서 가발을 벗어던지고 "난 여자가 아니라 남자란 말예요!"라고 진실을 밝히자, 사랑에 눈이 먼 노인은 싱글벙글하면서 이렇게 말한다.

"완벽한 사람이 어디 있어(Nobody's perfect)."

물론 1950년 존 휴스턴 감독의 「아스팔트 정글(The Asphalt Jungle)」에서 이미 주목을 받기는 했지만, 몬로가 ('대배우'라고는 말하기 어려워도) 세계적인 인기배우로 발돋움한 때는 그녀의 대표작 세 편을 만들었던 1953년이며, 그 가운데 두 편(「백만장자와 결혼하는 방법」과 「신사는 금발을 좋아한다」)에서는 '푼수 연기'로 인정을 받았다. 우리나라에서도 그렇지만 '푼수 연기'는 '정통' 연기자로서의 대우를 받지는 못한다. 우리나라에서 지금까지 어느 한두 편의 작품에서 '지적인 연

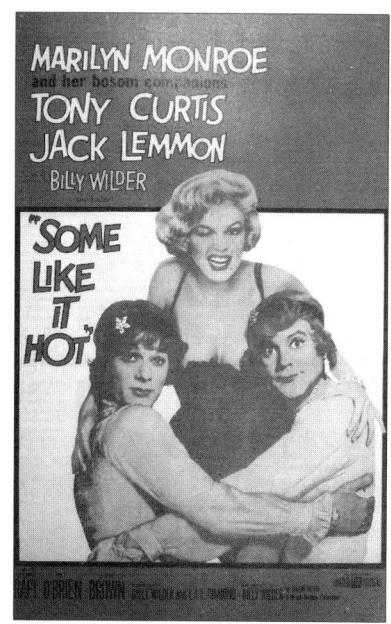

「뜨거운 것이 좋아」의 마지막 대사는 주책없는 백만장자
노인이 아니라 어쩌면 마릴린 몬로에게 훨씬
더 잘 어울리는 결론이었을 듯싶다.

기' 나 '예술적 연기'로 인정을 받아 삽
시간에 유명해진 영화배우를 꼽으라면
얼른 이름을 대기가 어렵지만 '푼수'
로 각광을 받았던 사람은 꽤 여럿인 이
유가 거기에 있다.

몬로는 우선 목소리부터가 졸리운
어린애 같고, 말투 또한 전혀 어른다운
구석이 없다. 물론 모두 스스로 연출해
낸 결과이겠지만, 가수 씬디(신데렐라의
애칭이기도 함) 로퍼가 요즈음 토크쇼에 나와 마릴린 몬로 식으로 횡설
수설 멍청한 소리를 늘어놓으며 관객을 웃기는 솜씨를 보면 몬로의
인기가 과연 어디에서 폭발했는지 쉽게 이해가 간다.

그리고 몬로는 1953년에 또 한 편의 대표작인 「나이아가라(Niagara)」
를 만들면서 세계적인 '성의 상징'이 되기도 한다. 나이아가라 폭포 전
망대를 건너서 건물로 들어가는 그녀의 모습은 어찌나 선정적이었는
지 당장 '몬로 걸음걸이(the Monroe walk)'로 알려졌고, 영화의 등장인
물이 계속해서 그냥 걸어가기만 하는 단독 장면으로서는 지금까지 가
장 길기로 유명해서 무려 총 116 피트의 필름에 담기는 기록도 남겼다.

화면에서 번질 정도로 새빨간 입술과 역시 새빨간 옷에 게슴츠레
한 눈까지 동원해 가면서, 다른 여자(진 피터스)와 신혼여행을 온 남자
까지도 홀릴 정도로 요염한 모습으로 그녀가 신청한 노래("Kiss")를
따라 불렀던 「나이아가라」의 마릴린 먼로는 「백만장자와 결혼하는

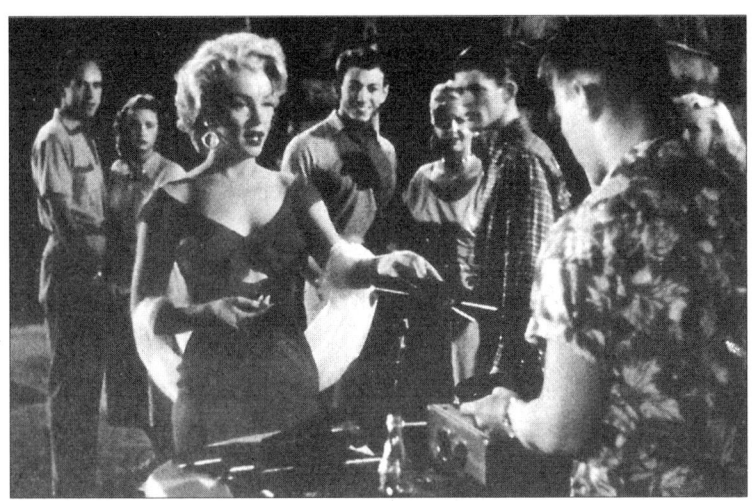

「나이아가라」에서 '시시한 음악'을 '좋은 음악'으로 바꿔 달라고 신청하는 마릴린 몬로

방법」에 출연해서는 제2차 세계대전 동안 군인들이 전쟁터에서 사진을 제일 많이 걸어 놓았던 여자(pin-up girl)로 꼽힌 베티 그레이블을 따돌리고 세계 최고의 성적인 상징물이 된다. (조금만 나이가 든 관객층이라면 허리춤에 두 손을 얹고 엉덩이를 보이며 뒤로 돌아서서 미소를 짓는 베티 그레이블의 유명한 사진을 잘 기억한다.)

따라서 몬로는 1953년 세 편의 영화에서 압도적인 두 가지 면모를 보였지만, 사람들은 어쩐 일인지 '멍청한 미녀'와 '성의 상징'을 동일시하기 시작했고, '멍청하고 아름다운 성의 상징'으로서 마릴린 몬로의 이름에서 머릿글자를 딴 'MM'을 머리에 떠올리게 되었으며, 쌍둥이 머릿글자는 프랑스에서 등장한 '성의 상징 BB' (브리지트 바르도)와 이탈리아의 'CC' (클라우디아 까르디날레)로 이어졌다.

그렇다면 노마 진 모텐슨(Norma Jean Mortenson) 또는 노마 진 베이커(Norma Jean Baker) 가운데 어느 쪽이 진짜 이름인지조차 분명하지가 않은 노마 진을 신데렐라라고 할 수가 있을까?

아버지가 누구인지도 모르고 어머니는 정신병원에 수용되어 어려서 '고아'가 되어 아홉 양부모를 거친 노마 진은 부모의 사랑을 받지 못했고, 그래서 열여섯 살 때 결혼한 스무 살의 남자(James Dougherty)를 '아빠(Daddy)'라고 불렀다. 옛날 명월관의 젊은 기생들이 머리를 올려 준 늙은 기둥서방을 차마 남들 앞에서 '남편'이라고 부르기가 거북해 '아빠'라고 부르던 습성을 이어받아 우리나라의 많은 여자들이 남편을 '아빠'라고 부르는 요즈음 행태와는 근원이 다르기는 하지만, 남편을 '오빠'나 '아빠'라고 부르는 까닭은 아마도 남녀평등이 제대로 이루어지지 않는 나라에서 부부로서의 수평 관계가 두렵기 때문에 차라리 '편한' 종속 관계를 원하는 신데렐라 콤플렉스에서 기인하는지도 모른다. MM이 "혼자서는 아무것도 못한다고 스스로 믿었던 여자"였다는 셸리 윈터스의 증언이 그런 면을 부각시킨다.

불행한 어린시절로 인해서 소심하고 불안한 아기의 정서를 간직한 채 비행기 공장에서 일하다가 사진작가의 눈에 띄어 50달러를 받고 나체사진을 찍기도 하지만, 몇 차례의 '눈부신 백치미 금발'역을 거쳐 마침내 20세기 폭스사에서 붙여 준 마릴린 몬로라는 이름으로, '멍청한 미녀'이건 '성의 상징'이건 간에, '뭇 남성들로부터 사랑'을 받게 된 MM은 정말로 신데렐라였던가?

주변에서 그녀를 알았던 수많은 사람들이 그렇지 않았다고 증언한다. 다수로부터의 공허한 사랑, 군중으로부터의 사랑은 불행했던 과거에 대한 보상을 해 주지 않았다. 몬로는 현실의 불행으로부터 벗어나는 방법으로 어려서부터 '연극놀이'를 자주 했다고 한다. 말하자면 가상 현실을 만들어 놓고 그 속에 들어가 만족을 찾아보려는 일종의 자위행위였으리라. 하지만 연기는 허위이고, 가짜 그녀를 사랑하는 군중에게서 몬로는 참된 사랑을 받는다고는 생각하지 않았다.

연예인이 누리는 찬란한 인기의 슬픔은 거기에서 연유하고, 그래서 당대 최고의 인기를 누렸던 주디 갈란드는 결국 술과 마약에 의존(도피)했고, 그녀의 딸 라이자 미넬리도 절대로 엄마처럼 되지는 않으리라고 맹세를 했다가도 결국 같은 경험을 거쳤으며, 굳이 외국에서뿐 아니라 우리나라에서도 역시 허망한 명성이 가져다 주는 환멸과 좌절을 이기지 못해 마약을 찾는 가수나 연기자들이 심심치 않게 신문 기사거리가 되고는 한다.

결국 그녀는 '참된 자신'을 찾기 위해 연기 공부를 하려고 리 스트라스버그(Lee Strasberg, 1899~1982)의 연기 학교(the Actors' Studio)를 찾아간다. 관객이 그녀에게서 원했던 모습과 그녀 자신이 보여 주고 싶었던 모습이 워낙 달랐기 때문에, 멍청한 금발 미녀 그리고 성의 상징이라는 '명성'으로부터 탈출하기 위해서였다. 하지만 언론을 포함한 대부분의 사람들은 푼수 배우가 셰익스피어 무대에 서려고 욕심을 부리기라도 한 듯 그녀의 '엉뚱한 시도'를 비웃었다.

1955년 마릴린 몬로 영화사를 설립하고 "진지한 영화를 만들고 싶다"던 MM을 언론은 다시 비웃었다. 그리고 가장 큰 비웃음을 샀던 때는 아더 밀러와 사귀면서 『까라마조프의 형제들』을 영화로 만들 계획을 세우고, 그 영화에서 그녀가 그루셴카 역을 맡고 싶어한다는 사실이 알려지면서였다.

몬로가 자신이 아무에게서도 사랑을 받지 못한다고 믿었던 까닭은 사람들이, 적어도 남성 관객 대부분은, 그녀를 교육이라고는 제대로 받아 보지도 못한 '바보스러운 아기'나 '물건' 취급만 하고 전혀 '존경'하지를 않기 때문이었다.

그녀를 지칭하는 명칭이었던 '섹스 심벌(sex symbol)'은 영어를 우리말로 표기해 놓으면 마치 무슨 찬사처럼 들릴지 모르지만, 가장 근본적인 의미는 '생식기'이다. 그러니까 관객은 그녀에게서 '멍청한 섹스(창녀)'를, 춘향처럼 이도령이 '데리고 놀 기생'을 원했으며, 이것은 집단 학대 행위에 해당했다. '노력'은 했다고 알려졌지만, MM이 세 번이나 결혼을 하면서도 아이를 갖지 못했던 (또는 갖지 않았던) 이유 또한 영원히 아기를 낳지 않는 '생식기'를 원했던 타인들(관객)의 묵시적인 요구 때문이었는지도 모른다. "세상에 알려진 자신의 모습을 안고 평생을 살아가기가 몹시 힘겨운 듯했다"는 셸리 윈터스의 증언을 연상시키는 대목이다. 언젠가 리 스트라스버그의 딸 수잔 스트라스버그가 "저런 몸매에 금발이라면 얼마나 행복할까" 하는 생각이 들어 MM에게 당신처럼 될 수만 있다면 무엇이든 다 포기하겠다는 말을 하자 깜짝 놀란 MM이 수잔에게 오히려 이런 말을 했던 까닭이 거기에 있다.

"그건 내가 할 말예요. 사람들은 당신을 존경하잖아요."

오 헨리의 단편소설 다섯 편을 모아서 만든 헨리 코스터 감독의 영화 「인생의 종착역」, "경찰관과 찬송가" 편에서 창녀로 출연한 그녀를 부랑자(찰스 로턴)가 '숙녀(lady)'라고 불러 주었을 때 열등감에 시달리던 그녀가 감격하는 모습('He called me a lady!')이 그래서 진실의 순간처럼 인상적이다.

요즈음에도 외화 제목이 엉터리가 워낙 많기는 하지만, 도대체 왜 "러브 헌트"라는 엉뚱한 제목으로 간판을 올렸는지 이해가 안 가는 영화 「노크는 필요없어요」에서도 몬로가 그녀 자신의 삶과 그녀 자신의 정체성에 대한 고백을 하는 듯한 장면이 눈에 띈다. 자살 직전으로 몰릴 지경으로 정서불안에 시달리는 '애보기(babysitter)'로 나온 그녀는 "누군가 날 버리면 어떤 소외감을 느끼게 되는지, 당신은 그런 거 모르잖아요"라면서 "당신이 없어지면 난 어디로 가서 다른 남자를 찾아야 할지 불안해요"라며 볼일을 보러 나가려는 남자(리처드 위드마크)에게 매달려 "나 좀 데리고 가요"라고 애원한다. 그리고 결국 그녀를 파멸에서 구원하는 '왕자님'은 아빠 같은 남자이다.

그리고 「아스팔트 정글」에서 몬로는 '아빠' 같은 남자(콧수염까지 기른 루이스 칼헌)의 무릎을 베고 누워 아양을 떨기도 한다. 기둥서방을 '아빠'라고 부르던 명월관 기생들의 모습을 참으로 실감나게 연상시키는 장면이었다.

이런 상황을 보다 노골적으로 그리고 극적으로 보여 주는 장면이 「돌아오지 않는 강」의 마지막 부분에 나온다. 한 손에 몽둥이를 들고 다른 한 손으로는 머리채를 휘어잡고 여자를 끌고 가는 원시인 남자를 그린 만화

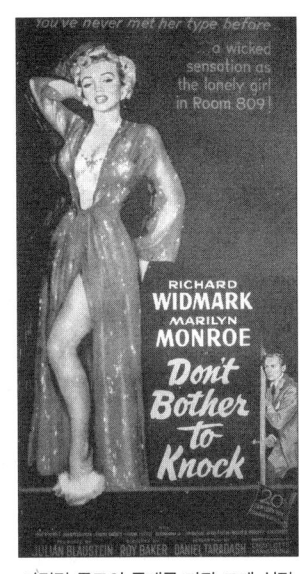

마릴린 몬로의 몸매를 가장 크게 선전한 「노크는 필요없어요」의 포스터

가 1940~60년대에 많았는데, 바로 그 장면을 재현하듯, 만화의 원시인 여자와 비슷한 무대 의상을 걸친 광산촌의 술집 여가수 마릴린 몬로를 무대에서 나꿔채어 로버트 밋첨이 어깨에 울러메고 나가 마차에 싣는다. 로버트 밋첨은 영화가 아닌 현실에서 몬로가 '아빠'라고 불렀던 첫 남편의 무명시절 동료였고, 관객은 두 사람 사이에서 묘한 근친상간적 '부녀 관계'를 보게 된다. 아빠 원시인이 무능한 미녀 (damsel in distress)를 구원하는 장면이라고 하겠다.

'원시인 같은 남성'에게서 몬로가 구원을 받는 상황은, 좌익 활동을 했으며 "헐리우드는 미다스(Midas)나 마찬가지로 손길이 닿는 모든 것을 죽인다"는 말을 남긴 극작가 클리포드 오뎃츠(Clifford Odets, 1906~1963)의 작품을 프릿츠 랑 감독이 영화로 만든 「밤의 충돌」에서 마릴린 몬로의 입을 통해 나온 대사("밤 11시에 문을 발로 차고 들어와서 나를 쓰러뜨렸어요. 나를 거칠게 다루는 사람을 좋아하게 될 줄은 나도

몰랐어요.")와도 이어진다. 폭력성을 찬양하는 이런 대사는 우리나라 영화에서도 '남성적인 박력'을 상징하는 의미로 자주 쓰이고는 했다.

그리고 「돌아오지 않는 강」의 마지막 '보쌈' 장면으로 말할 것 같으면, 「피크닉」을 함께 탄생시킨 극작가 윌리엄 인지(William Inge)와 감독 조슈아 로건이 다시 만나서 만든 「버스 정류장」의 마지막 상황과, '아빠' 밋첨이 '원시인' 카우보이로 바뀌었을 뿐, (여가수 몬로의 의상에 이르기까지) 강인한 남자가 '기생'에게 안식과 희망을 가져다 주는 기사도적인 설정이 너무나 흡사하다.

두말할 나위도 없이 마릴린 몬로는 이제 전설이 되었다. 그것은 아무도 부인하지 않는다.

전설은 역사적 사실에 상상력의 과장이 가미되어 생겨난다. 그래서 전설은 양면성을 지니고, 세상으로부터 인정을 받지 못했던 몬로의 비극적인 '참된 면모'에 대해서 동정적인 시각이 설득력을 지니는만큼, 또는 그 이상으로, 미화된 전설 뒤를 아무리 캐어 봤자 결국 지능 미달인 미녀의 본질적인(quintessential) 제 모습말고는 아무것도 나오지 않으리라는 주장 역시 강하다. 그러니까 몬로는 자신이 생각했던 모습이 오히려 과장된 상상이고, 실제로는 관객이 그녀를 더 정확하게 보았으리라는 견해이다. 때때로 인간됨됨은 자신의 주관보다 타인들의 객관이 보다 정확하게 판단하기 때문이다.

배우의 연기는 속에서 우러나야 인상적이고 실감이 나는데, 천성이 저능아가 아니고는 MM이 그토록 자연스럽게 보일 리가 없으리라는 '객관적' 견해 또한 갖가지 '증언'이 뒷받침을 한다. 「이브의 모든 것」을 촬영할 당시 마릴린 몬로가 지각을 해서 베티 데이비스 같은 선배 연기자들을 한 시간이나 기다리게 하는 꼴을 보고 쎌레스트 홈은 "시간을 지키는 행위처럼 기초적인 예의조차 모르는 여자"라고 평했으며, "약속을 어기고도 미안하다는 말조차 할 줄 모른다든가, 대사를 제대로 미리 외우지 않고도 그것이 잘못이라는 사실을 전혀 의식하지도 못하는 눈치"였다는 설명도 달았다. 자신의 인생에 대해서도 제대로 책임을 질 줄 몰랐던 몬로는 결국, 술과 마약에 몸이 망가져서이기는 하지만, 지각을 너무 자주 하는 바람에 마지막 작품(「Something's Got to Give」)의 촬영 도중 해고를 당하고, 몇 주일 후에 세상을 떠나게 된다.

그리고 마릴린 몬로가 한 시간을 지각했던 바로 그날 촬영한 「이브의 모든 것」의 층계 장면에서 조지 샌더스가 "집에서 심부름을 하는 사람은 waiter가 아니라 butler"라고 그녀의 실수를 바로잡아 주니까 "하지만 '버틀러'는 사람 이름이니까(예를 들면 「바람과 함께 사라지다」에서 클라크 게이블이 맡았던 역이 레트 버틀러였음) 혼동을 할까 봐 '웨이터'라고 그러는 거예요"라고 자신의 무식함에 대해서 너무나 당당해하던 몬로의 모습은 단순한 연기가 아니라 어떤 확신의 표정처럼 보인다.

마릴린 몬로 영화사를 설립하던 해에 발표한 「7년만의 외출」에서도 지하철 통풍구에서 치맛자락이 올라가는 유명한 장면 직전에 공포영화에 등장하는 괴물이 "아무도 사랑해 주지 않아서 너무나 불쌍하다"고 말하는 그녀의 분석에 대해 톰 이웰은 "참으로 독특한 견해"라고 신기해하거나, 「버스 정류장」의 마지막 장면을 촬영하다가, 너무 지나치게 가까이 촬영기를 접근시켜 찍으라고 감독이 요구하자, 남자 배우 돈 머리(Don Murray)의 이마부터 그림이 잘려 나가기 때문에 "관객을 놀라게 해서는 안 된다"고 촬영감독이 반대하는 말을 듣고는, "화면 위에 (남배우의) 머리가 있다는 건 관객도 다 알 거예요"라고 했다는 몬로의 유명한 말도 참으로 단순한 그녀의 사고 방식을 영화의 안팎에서 잘 보여 주는 경우들이다.

영화에서 몬로가 씬디 로퍼 식의 대화를 그렇게 자주 도맡아서 했다는 사실은 우연의 일치라고만 보기도 어렵다. 그녀 주변의 모든 사람이 몬로의 말버릇을 잘 알았을 터이며, 영화 대본이란 작업을 해가면서 상황과 대사가 빈번하게 바뀐다는 특성을 지녔으니까 말이다.

그녀의 세 번째 남편 아더 밀러가 맥카티 상원의원에게 공산주의자로 의심되는 작가들의 이름을 대지 않겠다고 국회 상임위에 협조를 거부했다가 곤경을 치렀을 때 마릴린 몬로가 밀러에 대한 지지 성명을 발표했던 사건도, 그것은 아마도 진정한 용기가 아니라 앞뒤를 가릴 줄 모르는 '멍청한 발언'이었을 가능성도 얼마든지 있으며, 그렇기 때문에 사람들은 그녀를 "아름답기는 해도 위협적이지는 않다"고, 그러니까 "마음대로 할 수 있는 편안한 여자(정신적인 창녀)" 쯤으로 생각했던 듯싶다.

세상이 그녀를 "얼굴과 몸매만 예쁘고 머리에는 든 것이 없는 여자"라고 생각한다는 사실을 좀 늦게서야 깨달았던 몬로는 전쟁터로 가겠다는 첫 남편에게서 버림을 받았다는 생각을 했다고 한다. "스포츠계의 왕자와 연예계의 공주"가 만났다고 모두들 떠들썩했고 일본 신혼여행 인터뷰에서 껌을 씹어대던 모습이 전혀 이지적으로 보이지는 않았던 두 번째 남편 조 디마지오(Joe DiMaggio)와도 9개월 만에 파경을 맞고 몬로는 "옛날부터 지적인 남자를 좋아했다"는 소문대로 결국 『세일즈맨의 죽음』으로 퓰리처 상을 받은 극작가 아더 밀러와 결혼하기에 이른다.

그녀가 생일 파티에 가서 "생일 축하합니다" 노래를 불러 주었던 존 F. 케네디 대통령과의 관계에 대해서도 그런 소문이 났지만, 몬로는 이번에도 신분 상승을 바라고 어울리지 않는 결혼을 했다는 소리를 듣는다. 신데렐라가 왕자를 만나러 무도회로 찾아가듯, 그녀는 영국의 극작가 조지 버나드 쇼를 찾아갔다는 어느 미녀처럼 극작가 아더 밀러에게로 『까라마조프의 형제들』을 들고 다가갔으리라는 짐작이다. 영국의 미녀는 조지 버나드 쇼가 그녀와 결혼하게 되면 "당신처럼 머리가 좋고 나처럼 잘생긴 아이를 갖게 되리라"는 희망을 피력했고, 쇼는 "당신처럼 머리가 나쁘고 나처럼 못생긴 아이를 낳게 되면 어쩌겠느냐"면서 여자를 돌려보냈다는데, '멍청한 미녀' 몬로는 '지적인' 극작가와의 결혼에는 성공을 하지만, 역시 결혼은 끝이 아니라 또 다른 하나의 시작에 지나지 않았다.

　몬로와 이혼하던 1961년, 아더 밀러는 〈에스콰이어〉 잡지에 발표했던 단편소설을 각색한 「야생마와 여인」에서 아버지뻘인 클라크 게이블의 입을 통해 몬로와 이런 대화를 나눈다.

　"무엇이 당신을 그토록 불행하게 만들지? 난 당신처럼 슬픈 여자를 본 적이 없어. (What makes you so sad? I think you're the saddest girl I ever met.)"

　"난 행복해 보인다는 말만 들으며 살았는데요. (I am usually told how

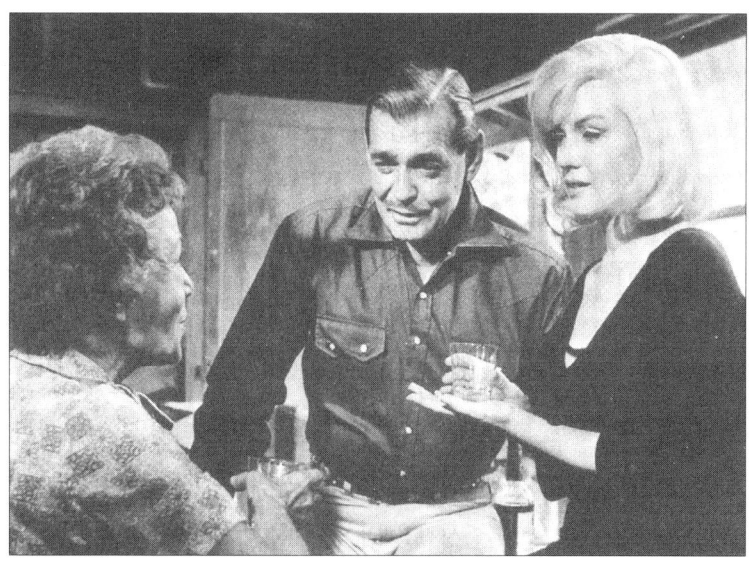

마릴린 몬로에 대한 아더 밀러의 견해는 「야생마와 여인」의 대사에서 잘 나타난다.

happy I am.)"

"그건 당신이 남자들로 하여금 기쁨을 느끼게 해 주기 때문이었겠지. (That's because you make men feel happy.)"

클라크 게이블과 마릴린 몬로 두 사람 모두에게는 이것이 마지막 영화였고, MM은 1962년에 드디어 화려한 불행을 마무리지었다. 그녀는 욕구와 기대가 너무 컸기 때문에 불행했는지도 모른다. 욕망의 크기는 행복과 반비례하기 때문이다. 조국에서는 아카데미 상 후보로조차도 올랐던 적이 없기는 하지만 이탈리아와 프랑스에서는 희극배우로 상을 받았으며, '푼수 연기'로는 누가 뭐라고 해도 세계 제1이요, 앤디 워홀의 그림에도 상업적인 얼굴로 유명한 주제를 제공했다는 정도로 행복해할 줄 몰랐다는 바로 그 사실로 인해서 결국 MM은 불행한 성년기를 보냈으니까 말이다.

그녀는 세상으로부터 인정을 받지 못했다고 느꼈으며, 그녀를 진정으로 사랑하는 사람이 없다고 믿었다는 사실을 많은 사람들이 증언했다. 하지만 그녀 또한 아무도 사랑하지 못했고, 누구보다도 우선 그녀 자신을 사랑할 줄 몰랐다. 정신분석가 디오도어 루빈(Theodore Isaac Rubin)은 인간이 자신을 사랑하지 않으면 아무도 그 사람을 사랑하지 않는다고 했는데, MM이 바로 그런 대표적인 예이다. 신데렐라는 왕자의 사랑을 받기는 했지만 과연 왕자를 진심으로 사랑했는지는 어디에서도 확인이 불가능하다. 그렇게 사람들은 지금까지 남자의 사랑을 받는다는 사실은 중요하게 여기면서도 여자의 사랑은 소홀히 생각해 왔는지도 모른다.

마릴린 몬로는 또한 "얼굴만 예쁜 여자"로 알려졌다가 결국 연기력을 인정받게 된 엘리자베드 테일러처럼 자신의 능력을 증명할 시간을 갖지 못했다. 그리고 비록 시간을 더 얻었다고 하더라도 끝내 인정을 받지 못했을지도 모른다. 사망하기 얼마 전에 구입한 그녀의 집 현관

바닥에 라틴어로 새겨 놓은 글처럼 "나의 여행은 끝이 났다(Cursum perticio)"고 마릴린 몬로는 이미 자신에 대한 전설의 결론을 지어 놓았는지도 모를 일이기 때문이다.

'인기배우 앞세우기(star system)'가 창조한 가장 위대한 작품 가운데 하나이며 가장 비극적인 희생물이기도 했던 마릴린 몬로에 대해서 아더 밀러는 "그녀의 아름다움이 빛나는 까닭은 그녀의 영혼이 스스로 영원히 빛나기 때문이다(Her beauty shines because the spirit is forever showing itself)"라는 찬사를 했으며, MM 자신은 "나는 기초가 없는 거대한 건물(a whole superstructure with no foundation)" 같다고 했으며, 빌리 와일더는 "대사를 외우지 못하면서도 연기를 하는 배우"이고 "스위스 치즈처럼 머리에 구멍이 잔뜩 뚫린 여자"라고 혹평했으며, 조슈아 로간 감독은 그녀를 "천재에 가까운 연기자"라고 했으며, 오토 프레밍거 감독은 "젖꼭지가 달린 진공상태(vacuum with nipples)"라고 했다.

헐리우드 키드는 마릴린 몬로를 수수께끼라고 생각한다.

찾아보기 •--

Jeanne Cagney, Elisha Cook, Jr.

▎「돌아오지 않는 강(River of No Return, 1954, 미국, 91분)」, 감/Otto Preminger, 출/Robert Mitchum, Marilyn Monroe, Rory Calhoun

▎「밤의 충돌(Clash by Night, 1952, 미국, 105분)」, 감/Fritz Lang, 출/Barbara Stanwyck, Paul Douglas, Robert Ryan, Marilyn Monroe, J. Carrol Naish

▎「버스 정류장(Bus Stop 또는 The Wrong Kind of Girl, 1956, 미국, 96분)」, 감/Joshua Logan, 출/Marilyn Monroe, Don Murray, Arthur O'Connell, Betty Field, Hope Lange

▎「이브의 모든 것(All About Eve, 1950, 미국, 138분)」, 감/Joseph L. Mankiewicz, 출/Bette Davis, Anne Baxter, George Sanders, Celeste Holm, Marilyn Monroe, Gregory Ratoff

▎「7년만의 외출(The Seven Year Itch, 1955, 미국, 105분)」, 감/Billy Wilder, 출/Marilyn Monroe, Tom Ewell, Evelyn Keyes, Oscar Homolka, Carolyn Jones, Robert Strauss

▎「야생마와 여인(The Misfits, 1961, 미국, 124분)」, 감/John Huston, 출/Clark Gable, Marilyn Monroe, Montgomery Clift, Thelma Ritter, Eli Wallach

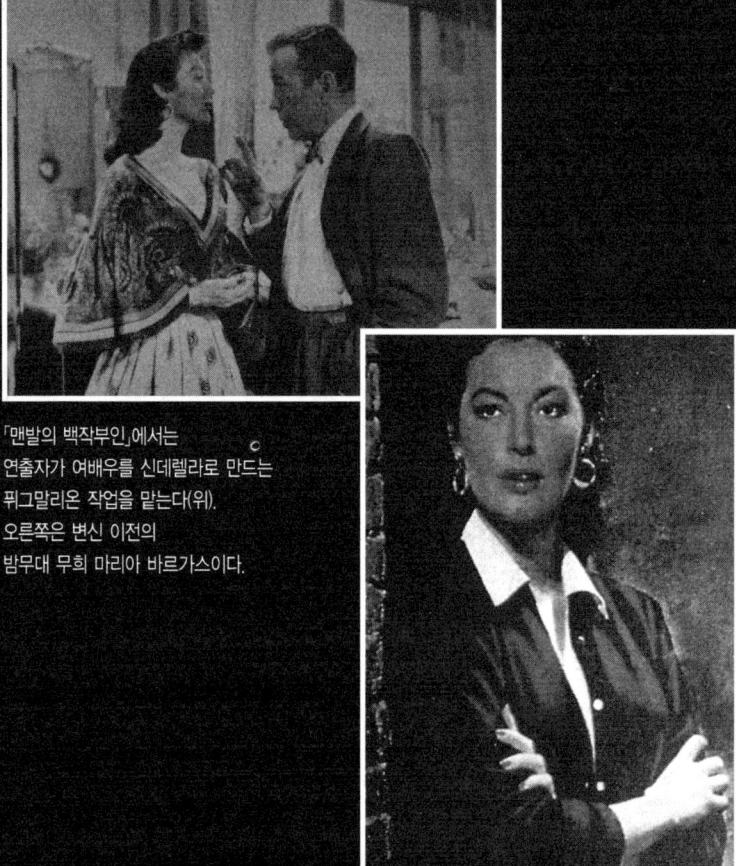

「맨발의 백작부인」에서는
연출자가 여배우를 신데렐라로 만드는
퓌그말리온 작업을 맡는다(위).
오른쪽은 변신 이전의
밤무대 무희 마리아 바르가스이다.

처음에 '은막의 신데렐라' 라는 소리를 자주 듣기는 했지만 전혀 신데렐라가 아니었다고 믿어지는 마릴린 몬로의 삶에 관한 영화로서는 우선 그녀가 출연했던 대부분의 영화를 주로 소개하는 다큐멘터리 「마릴린」과 노먼 메일러의 전기를 텔레비전 영화로 만든 「알려지지 않은 마릴린 이야기」를 꼽는다. 「노마 진과 마릴린」 역시 텔레비전 영화이지만, 몬로의 어린시절부터 죽을 때까지의 생애를 다루면서, 심리적인 갈등에 초점을 맞추었는데, 대단히 뛰어난 작품이어서 연예인들을 주인공으로 삼은 영화를 다루는 대목에서 보다 자세히 소개하겠다.

유일하게 극장용 영화로 만든 「노마 진이여 안녕」은 마릴린 몬로라는 이름 하나만 걸고 표를 팔아 보려는 듯 무성의하기 짝이 없으며, 1993년의 텔레비전 영화 「마릴린의 마지막 정사(Marilyn and Bobby : Her Final Affair)」 또한 제목부터가 속셈이 지나치게 빤하다.

아마도 몬로의 생애를 대중이 이해하는 신데렐라 동화의 개념에 입각해서 진지하게 풀이한 영화를 누가 일부러 만들었다면, MM이 세 편의 대표작을 발표한 다음해인 1954년 조세프 맨키위치가 극본을 쓰고 연출했으며 잭 카디프(Jack Cardiff)의 화려한 촬영이 역시 돋보이는 「맨발의 백작부인」 비슷한 작품이 되지 않았을까 싶다.

주인공인 무희 마리아 바르가스(에바 가드너)는 헐리우드의 유명한 인기배우가 되고 싶다는 꿈을 남몰래 키우면서도 섣불리 모험에 나섰다가는 현재의 위치마저 잃을까 봐 겁이 나서 선뜻 에스파냐를 떠나지 못하고 마드리드 야간 업소에서 춤을 추며 밥벌이를 한다. 그녀가 첫 장면에서 훌라맹꼬(flamenco) 춤을 추는 동안 발을 구르는 소리만 들려오고, 저마다 자신의 관심사에 바쁜 온갖 관객의 다양한 반응을 '인생극장'처럼 재미있게 '진열'하면서도, 정작 무희의 모습과 춤은 전혀 보여 주지 않은 채로 영화 「맨발의 백작부인」은 인상적으로 시작되고, 막상 주인공들의 대사가 열리는 도입부에서도, 우선 영화 산업을 자동차 공장처럼 분업화하고 최단 시일에 대량 생산한 제품을 껌처럼 유통시키는 구조를 지닌 헐리우드 기업에 대한 맨키위치 감독의 극명한 시각부터 보여 준다.

월 스트리트에서 떼돈을 번 다음 예술에 대해서는 무식하기 짝이 없으면서도 문화적 허영심에 사로잡혀 영화에 투자해 보려는 생각으로 마리아를 첫 작품에 출연시키기 위해 전용 비행기를 타고 미국에서 날아와 야간 업소를 찾아든 커크 에드워즈가 맨키위치 감독이 공격하는 대상인 헐리우드 상업주의를 상징하는 인물로 등장한다. 그는 10년 후 누벨바그 운동의 작가주의(auteurism) 관점이 '물주'가 지배하는 헐리우드를 얼마나 혐오하고 경멸하는지를 노골적으로 보여 주기 위해 장-뤽 고다르가 만든 「경멸」에 등장하는 무식하고 돈만 많은 미국인 제작자 프로코시(Jeremy Prokosch, 잭 팰런스)의 전신

(prototype)으로서, 하느님과 어머니 그리고 돈은 열심히 섬기면서도 연기자나 감독(작가)은 '직원'이나 '기능공' 정도로 취급하여 "감독이든 공장 수위든 월급을 받기는 마찬가지니까 모자를 가져오라면 가져와야 한다"는 논리로 안하무인 명령을 내리기에만 익숙한 인물이다. 심지어 그는 공공장소(술집)에서 옆에 앉혀 놓았던 (마릴린 몬로를 그대로 빼닮은) 금발의 여배우 머나의 뺨을 때리기도 한다.

맨키위치의 이러한 시각은 「인생의 종착역」과 「나이아가라」를 통해서 마릴린 몬로를 키워냈던 헨리 해더웨이 감독이 헐리우드의 윤리적 질서에 대해 퍼부었던, "누가 마릴린 몬로를 죽게 했는지를 알아내기 위해서는 검시(inquest)를 할 필요가 없다. 높은 자리에 앉은 놈들이 한 짓이니까 말이다"라는 격앙된 비난과도 상통한다.

그러나 "건강한 사람이 아니다"라고 기피했던 '파우스트적' 인물 에드워즈의 힘을 빌어 마리아는 신데렐라 동화를 현실화하는 과정을 거친다. 마리아는 자신이 신데렐라임을 스스로 인정한다. 산발적으로 그녀가 한 말을 종합해서 엮어 보면 이런 식으로 정리가 가능하기 때문이다.

"어렸을 땐 신발 살 돈이 없어서 맨발로 살았고, 그래서 난 언젠가는 예쁜 신발을 신은 귀부인이 되는 날이 오리라는 꿈을 키우며 성장했어요. 버릇이 되어서 지금은 맨발이어야 오히려 마음이 편하죠. 정말 왕자님이 신데렐라를 찾으려고 사방을 헤매었을까요? 신발을 신겨 주려고요? 여러 면에서 나는 꿈꾸던 것 이상을 성취했어요. 동화에 나오는 쎄니씨엔타(Cenicienta, 에스파냐어로 신데렐라를 뜻함)처럼요. 에드워즈 씨의 호화 전용 비행기가 칼라바자(calabaza＝호박)로 변하지는 않았겠죠?"

"그녀에게서 연기를 끌어내기란 이빨을 뽑아내기만큼이나 힘들었다"는 빌리 와일더나 "그녀에게 연기를 지도하기는 의견(義犬) 래씨

(Lassie)를 지도하는 격"이었다고 악평을 서슴지 않았던 오토 프레밍거 같은 감독들에게까지도 마릴린 몬로가 지나칠 정도로 연기 지도를 의존했던 것처럼 마리아 바르가스는 자신이 "예쁘기는 하지만 실력은 없다"고 믿어서 한때 진 할로우나 캐롤 롬바드와 함께 일했다가이제는 몰락해서 알코올 중독자가 되어 버린 시나리오 작가이며 연출가 해리 도스(험프리 보가트)에게 "좋은 배우가 되도록 날 도와 달라"며 매달리고, 1953년에 몬로가 출세작 세 편을 만들었듯이 마리아도 다마타라는 예명으로 세 편의 영화에서 계속 성공하여 세계적인여배우로 발돋움해서는 "세상에서 가장 탐나는 여자(the most desirable woman in the world)"가 되고, 맨발의 무희에 관한 전설만들기가 언론홍보를 업고 시작되어 마리아의 사생활과 과거를 수정하고 가꾸는무제한 '각색'이 이루어지고, 몬로가 나체사진 때문에 곤욕을 치렀듯이 마리아는 아버지가 어머니를 살해한 사건으로 인해서 위기를 겪고, MM이 막상 '성의 상징'이 되어서도 가족이나 참된 친구가 없어불안감과 열등감을 극복하는 데 어려움을 겪었듯이 마리아는 해리도스(Harry Dawes)에게 이런 고백을 한다.

"날마다 알지도 못하는 수천 명의 남자가 편지를 보내고, 이 세상에서 빌릴 수 있는 건 다 소유했고, 말이 끄는 (신데렐라의) 마차는 아니어도 자동차가 있고 보석도 가지고 있지만, 난 사랑과 위안을 줄 사람이 필요해요. 보호를 받지 못한 상태가 두려워요. 어둠 속의 아기처럼요. 어둠이 무서워요. 나에게는 같이 할 사람이 필요해요. 나를 안심시켜 줄 사람이요."

MM의 미래까지 예언한 듯 보이는 맨키위치 영화와 몬로의 삶에서발견되는 여러 일화를 연결하는 '우연의 일치'를 생각해 보면, 아마도 헛꿈을 추구하며 허무감에 시달리는 경우가 연예계에서는 우발적으로 유사성이 생겨날 정도로 흔한지도 모를 일이다.

마드리드 시절부터 도덕성이나 윤리관이 별로 모범적이지는 않았던 마리아는 명령을 하기에만 익숙한 제작자 커크 에드워즈의 그늘에서 물건 노릇을 하며 살아가는 데 대해 드디어 환멸을 느끼고, 해리 도스로부터 "여자는 왜 돈많은 남자를 매혹적이라고 생각하지?"라는 질문을 받아 가며 한 남자에서 다른 남자에게로 옮겨가는 신분 상승을 시작한다. 그리고 어느 누구도 감히 덤벼들지 못하는 커크를 정면에서 비난하는 첫 남자인 갑부 알베르또 브라바노(마리우스 고링)를 따라 국제 사교계의 거물들이 모여 도박을 하고 그들을 따라온 '나비(여자)'들은 '말장난(word game)'이라는 단어 놀이로 허송세월을 하는 '가면'의 세계 리비에라로 간다.

그러나 이 첫 번째 도약은 별로 폭이 넓지를 못했다.

마리아는 브라바노나 그가 소유한 돈을 진심으로 사랑하지는 못해서, 무료하고 무감각한 도박장의 나날을 보내다가, 그녀가 만만하게 깔보며 즐겨도 좋은 여자가 아니라는 사실을 깨달은 브라바노로부터 결국 "당신은 여자도 아냐. 사랑을 받지도 않고 주지도 않는 죽은 동물의 시체"라는 욕설을 듣는다. 그런 모욕의 순간에 마침내 '왕자님'이 나타나서 그녀의 명예를 지켜 주기 위해 정말로 남자답게 그리고 통쾌하게 브라바노의 뺨을 때리고는 마리아를 차에 태워 그의 성(城)으로 데리고 간다.

마지막으로 마리아를 구해 주기 위해서 백마를 타고 나타난 기사(왕자님)는 문예부흥기에 득세했으며 막강한 권력과 음모와 술수 그리고 욕정과 탐욕으로 이탈리아에서 악명을 드날렸던 에스파냐 계의 보르지아(Borgia 또는 de Borja) 집안과 가까웠고 힛치코크의 영화「나는 비밀을 안다(The Man Who Knew Too Much)」에서 도리스 데이가 부른 주제가를 통해 우리나라에서도 널리 알려진 유명한 '케 세라 세라(che sera, sera 또는 que sera, sera)'를 숙명론적인 가훈(motto)으로 삼았던 똘라또-파브리니(Torlato-Favrini) 가문의 빈센쪼(Vincenzo) 백작(로 싸노 브라찌)이었다.

마리아는 말한다. "백작은 다른 남자와 달라요. 동화 속의 주인공처럼 내 손등에다 키스를 해 줘요. 어둠의 세계가 이제는 온통 빛으로 바뀌었어요."

그리고 해리 도스는 말한다. "난 왕자가 신데렐라를 찾아냈다는 사실을 알았다. 구두만 발에 맞으면 행복한 미래가 펼쳐질 참이었다."

하지만 마리아가 그토록 기다리고 기다렸던 왕자님은 헤밍웨이의 소설을 헨리 킹 감독이 영화로 만든 「해는 또다시 뜬다(The Sun Also Rises, 1957)」에서 브레트 애슐리 부인(Lady Brett Ashley, 에바 가드너)의 연인이었던 제이크 반스(Jake Barnes, 타이론 파워)와 마찬가지로 전쟁터에서 받은 부상으로 인해서 성불구자가 된 남자였다.

신데렐라가 된다는 '꿈'은 이루었지만, 지극히 동물적인 육체의 '현실'은 어쩔 수가 없었던 집시 같은 여인 마리아는 결국 욕정을 탐하느라고 숨겨 놓은 남자의 아기를 임신한 다음 왕자님의 총에 맞아 정부와 함께 죽고 만다.

헐리우드에서는 그나마도 참으로 어려웠으리라는 생각이 들지만 장 들라누아(Jean Delannoy) 수준의 작가정신이라도 발휘했던 「맨발의 백작부인」과는 달리 "신데렐라=(여성을 위한) 요행수, 졸부, 벼락 출세"의 공식을 적용한 멍청영화도 적지 않은데, 그 대표적인 예가 「귀여운 여인」이다.

「귀여운 여인」은 냉혹한 백만장자 기업인(리처드 기어)이 헐리우드 길바닥에서 만난 창녀(줄리아 로버츠)의 신분조차 제대로 알아보지 못하고 성행위와는 전혀 관계가 없는 '동반자'로 고용한다는 상황 설정부터가 각본의 지능지수를 의심하게 만든다. 그토록 멍청한 남자가 어떻게 갑부가 되었는지도 알 길이 없는데, 거기다가 '참사랑의 발

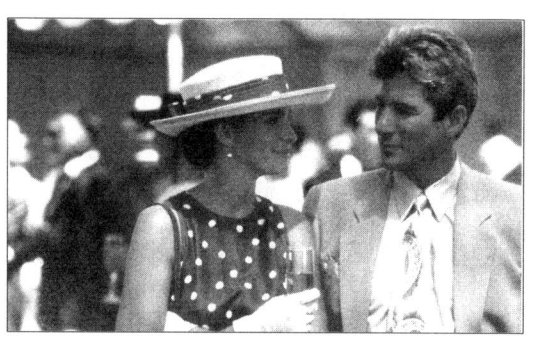

창녀들에게게라면 대단한 위안이 되었을 만한
신데렐라 멍청영화 「귀여운 여인」

견'이라는 주제까지 끼워 넣었으니, '댄서의 순정'을 주장하는 창녀
들에게는 대단한 정신적 위안을 주었을지는 모르겠으나, 제대로 된
'작품'으로 분류하기에는 큰 부담이 간다.

"신데렐라가 되었다"는 표현은 "복권에 (1등으로) 당첨되었다"는
개념과 비슷한 확률을 의미한다. 복권 당첨은 현실 세계에서는 늘 이
루어지고, 신문을 보면 당첨된 사람들과 그들에 대한 얘기가 자주 나
온다. 따라서 복권 당첨은 엄연한 하나의 현실이다. 그러나 만일 어떤
작품, 특히 문학 작품에서, 주인공이 온갖 고생을 하다가 어느 날 복
권이 당첨되어 잘 살게 되었다는 결말(denouement)을 맺으면 사람들
은 '엉터리'라고 말한다. 너무나 안이한 상황의 해결이기 때문이다.

현실에서 실제로 복권에 1등으로 당첨된 사람은 한 명뿐이고, 만일
당선되지 않은 모든 사람들까지 포함해서 명단을 만든다면 전화번호
부만큼이나 길어질 것이다. 그 명단 속에서 당첨자 한 명의 이름을 찾
아내기란 결코 쉬운 일이 아니다. 그런데도 현실성(확률)이 그렇게 희
박한 인물을 주인공으로 내세운다면 무책임하다는 소리를 들어 마땅
하다. 주인공이란, 프로이트의 말을 빌면, 다수의 독자나 관객이 자신
과 동일시하는 어떤 유형의 상징이기 때문이다. 비록 소설을 영어로
'희한한(novel)' 무엇이나 '허구(fiction)'의 작품이라고 하지만, 이렇듯
작품은 오히려 현실보다도 훨씬 더 현실적이요 논리적이어야 한다.

그러나 「귀여운 여인」은 환상(fantasy)이라는 무책임한 명목을 내세우고는 현실쯤은 아랑곳하지도 않는다.

확률에서뿐 아니라 작품성에서도 「귀여운 여인」보다 훨씬 뛰어나면서도 주제가 비슷한 영화로는 대릴 포니싼(Darryl Ponicsan)의 소설을 원작으로 삼은 「신데렐라 리버티」가 있다. 사생아(검둥이 아들)까지 둔 창녀 신데렐라를 이 영화에서 만나 사랑해 주는 왕자님은 배를 타는 지극히 평범한 남자(sailor)이다.

남자와 여자의 만남을 다룬 신데렐라 주제의 변주는 무수히 많아서, 비엔나의 건달 왕자님이 돈과 지위를 위해 정략 결혼을 하려던 마음을 바꿔 가난하지만 아름다운 아가씨와 맺어진다는 황홀한 이야기를 담은 고전 명화 「결혼 행진곡」에서부터, 왕자님(오마 샤리프)과 미천한 농부의 딸(소피아 로렌)이 맺어지는 「기적을 넘어서」, 그리고 패션계의 거물이 '새로운 얼굴'을 찾다가 신발 디자인을 하는 아가씨와 맺어진다는 「자정을 알리는 소리」에 이르기까지, 정말로 한이 없다.

마법이 끝나는 시간인 「자정을 알리는 소리」에서는 마법의 신발이 주인공 노릇을 하다시피 하고, 영국에서 만든 대형 음악극인 신데렐라 얘기 「구두와 장미」 역시 신발을 제목에서부터 뽑아낸다. 하지만 신데렐라가 흘리고 간 유리 구두가 신데렐라의 발에 꼭 맞기 때문에 신부감으로 데려갔다는 주장에 대해서는 아무도 이의를 제기하지 않았다. 여자들의 발이란 크기가 모두 그만그만해서 같은 신발이 발에 맞는 여자가 부지기수였을 텐데, 어째서 유리 구두가 신데렐라의 발에만 맞았을까? 발바닥의 폭이 3 미터이거나 반대로 아주 작아서 75 밀리미터 정도였다면 모르겠지만 말이다.

하지만 구두가 누구의 발에 맞느냐 여부보다도 훨씬 더 황당한 신데렐라 얘기는 「대통령의 연인」이다. 직무에 충실하고 유능하며, 자식에게는 사려깊은 학부형이요, 춤도 잘 추고 농담도 잘 하며, 여직원의

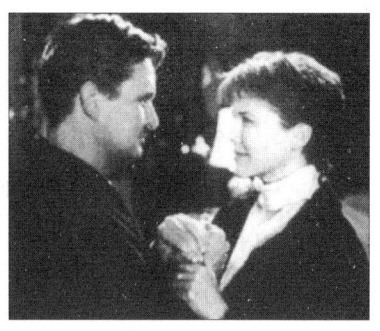

「귀여운 여인」과 「대통령의 연인」은
내용이 같을 뿐 아니라
지능 수준도 난형난제이다.

생일에는 꽃까지 챙겨 주는 미남이어서 세계 최고의 신랑감이라고 할 만한 홀아비 미국 대통령이 지구 온난화를 막으려는 단체(Global Defense Council)에서 로비를 나온 좀 모자라는 여자한테 홀딱 반해서 국가 정보망을 동원해 그녀의 전화번호를 알아내고 어쩐다는 등의 줄거리 전개는 어떤 멍청한 여인의 몽상적 자위행위(msturbation)처럼만 여겨진다. 콜린 매컬로우가 『가시나무새』를 집필하던 당시의 정신적인 상태가 아마 그렇지 않았나 모르겠다.

꿈이란, 특히 문학이나 영화에서는, 적어도 상황을 설정할 때는 현실에 못지않게 논리적이어야 한다. 아니면 설화는 역시 설화로서 배경과 전제에 대한 양보의 약속이 이루어져야 하고, 나중에 살펴보게 될 「소피의 세계」에서 발견되는 비현실의 현실처럼 스스로 진실해야 하는지도 모른다.

헐리우드 키드가 기억하는 가장 감동적이고도 논리적인 신데렐라 영화는 프랑스에서 만든 「첫사랑」이었다. 너무 어려서 봤기 때문에 자세한 내용은 기억이 나지 않지만, 고깔모자를 쓰고 색종이가 날리는 속에서 뿔피리 소리가 요란한 파티를 벌이던 장면으로 미루어 보아 마음이 들뜨는 연말이 시간적인 배경이요 지리적인 배경은 빠리였으리라고 생각되는 「첫사랑」의 신데렐라 주인공은 양장점에서 일하는 외롭고 가난한 점원 다니 로뱅이었고, 왕자 노릇을 한 남자는 그녀와 '하룻밤 풋사랑'을 즐긴 위조지폐범 장 마레였다.

그녀가 일하는 가게 진열창에 걸린 드레스를 한 번만이라도 입어 보는 것이 소원이었던 다니에게 장은 위조지폐를 펑펑 써 가며 서슴지 않고 그 옷을 사 준다. 엄청나게 큰 인형도 선물로 받아 안고 돌아다니며 그녀는 남자가 다시 떠날 때까지 풍요한 시한부 행복에 도취한다. 그들의 감미로운 키스는 벽에 그림자로만 보이고, 꿈같은 마법의 시간이 흘러 마차가 다시 호박으로 변하는 현실의 순간을 맞는다. 그래서 날이 밝아오고 신데렐라가 잠에서 깨어났을 때는 장이 이미 도시를 떠나 버린 다음이었다.

장은 즐거운 밤을 보낸 '추억에 대한 선물'로 다니의 화장대 책갈피에 돈을 남겨두고 가지만, 가난뱅이 콩쥐의 모습으로 돌아온 신데렐라는 장의 정체를 파악한 다음 그 돈도 위폐라고 생각해서 길거리에 쪼그리고 앉아 흘러가 버린 꿈과 함께 한 장씩 하수구로 흘려 보낸다.

찾아보기 ●--

▌「마릴린(Marilyn, 1963, 미국, 83분)」, 해설/Rock Hudson

▌「알려지지 않은 마릴린 이야기(Marilyn: The Untold Story, 1980, 미국, 150분)」, 감/John Flynn, Jack Arnold, Lawrence Schiller, 출/Catherine Hicks, Richard Basehart, Frank Converse, John Ireland, Viveca Lindfors, Jason Miller, Sheree North

▌「노마 진과 마릴린(Norma Jean & Marilyn, 1996, 미국, 129분)」, 감/Tim Fywell, 출/Mira Sorvino, Ashley Judd, Josh Charles, Ron Rifkin

▌「노마 진이여 안녕(Goodbye, Norma Jean, 1976, 미국, 95분)」, 감/Larry Buchanan, 출/Misty Rowe, Terence Lock

▌「맨발의 백작부인(The Barefoot Contessa, 1954, 미국, 128분)」, 감/Joseph L.

Mankiewicz, 출/Humphrey Bogart, Ava Gardner, Edmond O'Brien, Marius Goring, Rossano Brazzi, Warren Stevens, Mari Aldon

▌「경멸(Le Mépris, 영어 제목 Contempt, 1963, 프랑스-이탈리아, 103분)」, 감/Jean-Luc Godard, 출/Brigitte Bardot, Jack Palance, Michel Piccoli, Giorgia Moll, (Fritz Lang)

▌「귀여운 여인(Pretty Woman, 1990, 미국, 117분)」, 감/Garry Marshall, 출/Richard Gere, Julia Roberts, Ralph Bellamy

▌「신데렐라 리버티(Cinderella Liberty, 1973, 미국, 117분)」, 감/Mark Rydell, 출/James Caan, Marsha Mason, Eli Wallach, Kirk Calloway

▌「결혼 행진곡(The Wedding March, 1928, 미국, 113분)」, 감/Erich von Stroheim, 출/Erich von Stroheim, Fay Wray, ZaSu Pitts, George Fawcett

▌「기적을 넘어서(More Than a Miracle, 1967, 이탈리아-프랑스, 105분)」, 감/Francesco Rosi, 출/Sophia Loren, Omar Sharif, Dolores Del Rio, Georges Wilson, Leslie French

▌「자정을 알리는 소리(Stroke of Midnight, 1991, 미국, 91분)」, 감/Tom Clegg, 출/Rob Lowe, Jennifer Grey

▌「구두와 장미(The Slipper and the Rose, 1976, 영국, 146분, 미국판 128분)」, 감/Byron Forbes, 출/Richard Chamberlain, Gemma Craven, Annette Crosbie, Michael Hordern, Kenneth More

▌「대통령의 연인(The American President, 1995, 미국, 115분)」, 감/Rob Reiner, 출/Michael Douglas, Annette Benning, Martin Sheen, Michael J. Fox, Anna Deavere Smith, John Mahoney, Richard Dreyfuss

▌「첫사랑(Les Amants de Minuit, 1952, 프랑스)」, 감/Roger Richebe, 출/Jean Marais, Dany Robin, Micheline Gary, Louis Seigner

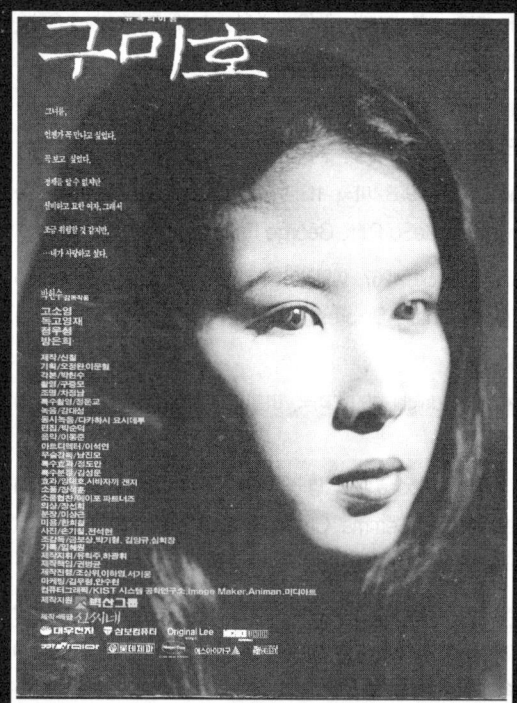

무척이나 귀신이 많이도 나오던 우리의 으스스한 옛이야기도 이제는 시대를 따라 변해서,
신씨네가 만든 「구미호」에 이르면 여우 귀신까지도 이처럼 매력이 넘치고,
저승사자는 「춘향전」의 방자처럼 웃긴다.

우리나라에는 콩쥐팥쥐(신데렐라) 이외에도 설화영화가 많다. 「전설따라 삼천리」는 옥황상제로부터 복주머니를 받은 착한 부부, 요귀를 없앤 용맹한 선비, 열녀와 효자가 주인공으로 등장하는 세 가지 전설을 담았고, "견우직녀(牽牛織女)"는 죄를 짓고 쫓겨난 천상의 공주가 지상의 농부와 사랑하여 같이 살다가 용서를 받고 하늘로 올라간 다음 일년에 한 번씩 칠월칠석에 만난다는 전설이 줄거리이다.

사랑하는 석공 아사달이 온갖 정성을 들여 지은 삼층석탑이 물에 비친 그림자를 보고 연못에 빠져 죽는 아사녀의 슬픈 얘기 「무영탑」 (현진건 원작)은 1957년과 1970년 두 번이나 영화가 되었고, 백제의 서동이 노래를 퍼뜨리며 사랑을 나눈 「선화공주(善花公主)」 얘기도 「무영탑」보다 한 달 늦게 1957년에 극장에 걸렸다.

한국의 전설을 보면, KBS-TV에서 만들었던 「전설의 고향」이 그러했듯이, 유난히 괴기담이 많다. 옥에 갇힌 아버지를 구할 돈이 필요해 죽은 여인의 귀신과 하룻밤 동침을 한다는 「요화(妖花)의 전설」이 그렇고, 1947년과 1964년 두 차례 영화로 선을 보인 「모란등기(牧丹燈記)」에서도 성불을 하려는 처녀 귀신과의 동침이 이루어진다. 그런가 하면 「미녀 홍낭자(紅娘子)」에서는 죽은 홍랑의 혼령이 살아 있는 남자와 정교를 맺고는 아예 저승으로 데려가려고 하며, 「이조괴담(李朝怪談)」에서는 연산군에게 참수를 당한 남편을 따라가려고 자결한 아내 야화의 혼령과 후궁 장록수의 요귀가 궁궐에 출몰하여 온갖 괴변을 일으킨다.

우리나라의 전설영화를 보면 남자는 살았고 여자는 죽어 귀신이 된 다음 잠자리를 같이 하는 경우가 흔한데, 드라큘라나 프랑켄슈타인 또는 늑대인간(werewolf) 같은 남자가 주인공인 서양의 괴기담과는 달리 왜 우리 전설에서는 최근의 「여고괴담」에 이르기까지 요괴나 요물이라면 여자가 그렇게 많은지 가끔 의아한 생각이 든다. 너무나 오래 억눌려 살아서 여자들에게는 한이 쌓여서일까?

하기야 서양과는 달리 우리에게는 천사(선녀) 또한 여성뿐이다. 여성이 정신세계와 가깝다는 암시 같기도 하지만, 어쨌든 여자 귀신과 남자 도깨비가 사랑을 하면 인간과 귀신을 연결짓지 않아도 될 듯싶기는 하다.

그리고 우리 전설에는 여자 귀신 못지않게 자주 등장하는 주인공이 재주를 넘으며 둔갑하는 여우이다. 「천년호(千年狐)」는 삼국시대의 천년 묵은 여우로서 인간으로 환생하기 위해 조불사와 살림까지 차리지만, 결국 뜻을 이루지 못한다. 절묘한 장난기가 깔린 젊은 감각으로 신씨네가 만든 여우영화 「구미호」는 서부의 방랑자 셰인의 옷을 걸치고 종횡무진 웃기는 저승사자와 무당의 양념이 춘향전의 방자와 향단만큼이나 관객을 즐겁게 해 주며 성공을 거둔 작품으로서, 전설은 아직도 상품 가치를 지닌다는 사실을 유쾌하게 증명했다.

여우뿐 아니라 「사녀(蛇女)의 한(恨)」에서는 사랑의 제물이 되어 죽어 간 여인이 뱀으로 환생해서는 다시 인간으로 둔갑하여 사랑과 결혼에 성공하지만, 살생을 한 죄로 다시 타계로 간다는 얘기를 담았다.

논리를 따지지 않아도 되기 때문에 현실 세계에서는 불가능한 온갖 기적과 괴변이 이루어지고 그래서 어수룩한 감동을 마음놓고 즐겨도 좋은 전설의 시대는 이렇게 막을 내리고, 역사의 시대에는 점차 합리성이 틀을 잡아 나간다. 그리고 역사와 연결된 전설은 상상과 진실의 충돌을 완화하는 과도기를 형성한다.

전설과 역사의 중간에 위치한 영화로서는 남북의 화해 분위기 속에서 '수입'된 북한의 「온달전」이 우리 영화의 과거에 대한 향수를 불러일으킨다. 「온달전」은 노래까지 곁들여 옛날 여성국극단의 사극 공연을 연상시킬 만큼 참으로 순진한 정서의 영화로서, 그 희소 가치로도 감상할 만하다. 남한의 온달 전설 영화는 이규웅 감독에 신영균과 김지미가 주연을 맡은 「바보 온달과 평강공주(1961)」가 있다.

울보 평강공주가 산 속으로 바보 온달을 찾아가 지성으로 글과 무술을 가르쳐 훌륭한 장수로 키워서 변방을 어지럽히던 여진족을 무찌르게 했다는 고구려 야사를 영화로 만든 「바보 온달과 평강공주」보다 한 달 전에는 김유신의 아들이 패전의 치욕을 씻기 위해 대오각성하고 적진에 뛰어들어 싸우다가 전사한다는 화랑의 얘기인 「원술랑」도 선보였다. 여성국극단에서도 자주 공연했던 원술랑 얘기는 남산에다 드라마 센터를 개관했던 극작가 유치진의 원작이 영화에 동원되었다.

역시 전설과 역사의 중간쯤에 걸친 인물 「김삿갓」 영화는 1957년에 나왔고, 홍경래의 난에서 항복한 할아버지의 굴욕이 부끄러워 벼슬을 그만두고 방랑에 나선 김병연과 마찬가지로 망국의 설움에 삼베옷을 걸치고는 세상을 등지고 입산한 신라의 마지막 왕자 김추(金秋)의 일대기를 춘원 이광수가 소설로 엮은 『마의태자(麻衣太子)』는 전창근 감독이 1956년에 영화로 만들었다. 백제가 망한 얘기를 장덕조가 소설로 만든 「낙화암과 삼천 궁녀」는 1960년에 이규환 감독이 영화로 옮겼다.

「햇님왕자와 달님공주」에서는 위만의 침공으로 기씨조선이 패망하자 둘째 왕자인 햇님이 인접국인 월지국(月支國)으로 망명하여 그곳 공주와 사랑을 맺어 부마가 된 다음 잃어버린 조국을 광복한다는 고대사화를 전해 준다.

낙랑(樂浪)이 고구려에 멸망하는 내용과 관련된 「왕자호동과 낙랑공주」는 1956년에 김소동 각본 감독으로 영화가 나왔고, 1962년에는 「왕자호동(王子好童)」으로 제목이 바뀌어 한형모 감독에 김진규와 엄앵란 주연으로 다시 영화가 되었다. 호동왕자와 낙랑공주의 첫 영화가 선보인 1956년 당시에는 연애영화에서도 키스 장면이 드물었던 시절이었지만, 김소동 감독의 영화에서는 김동원과 조미령이 키스를 한다. 고구려와 낙랑시대에도 우리나라 사람들이 그렇게 키스를 했는지, 헐리우드 키드는 아직도 그 역사적인 의문을 해결하지 못한 상태이다. 임권택 감독의 「춘향뎐」에서도 이도령과 춘향이 키스를 하지만 말이다. 틀녘

찾아보기 ●---